杏花雨

刘庆邦 著

人民文学出版社

图书在版编目(CIP)数据

杏花雨/刘庆邦著.—北京：人民文学出版社，
2017
ISBN 978-7-02-013329-1

Ⅰ.①杏…　Ⅱ.①刘…　Ⅲ.①短篇小说-小说集-中国-当代
Ⅳ.①I247.7

中国版本图书馆 CIP 数据核字(2017)第 211907 号

责任编辑　卜艳冰　杜　晗
装帧设计　蔡立国

出版发行　**人民文学出版社**
社　　址　**北京市朝内大街 166 号**
邮政编码　**100705**
网　　址　**http://www.rw-cn.com**

印　　制　**山东临沂新华印刷物流集团**
经　　销　**全国新华书店等**

字　　数　**250 千字**
开　　本　**890 毫米×1240 毫米　1/32**
印　　张　**11.625**
版　　次　**2018 年 1 月北京第 1 版**
印　　次　**2018 年 1 月第 1 次印刷**

书　　号　**978-7-02-013329-1**
定　　价　**48.00 元**

如有印装质量问题，请与本社图书销售中心调换。电话：010 - 65233595

目　录

羊脂玉

桃花开了，玉兰花开了，春天又来了。

报社召集各地驻站记者和特约通讯员到京开会，乔小琪也要来。乔小琪不是驻省会城市记者站的记者，只是南方一座小城的特约通讯员。和记者比起来，乔小琪写的稿子并不少，稿件质量也不错，每次开会她都能参加。乔小琪乐于参加报社召开的会议，一开会她就能与尉然君相会。她在电话里对尉然君说，开会是她的节日。尉然君说，开会也是他的节日。乔小琪笑了，说对对，会就是为咱俩开的，开会是我们共同的节日。二人交谈了几句，乔小琪的劲儿似乎又上来了，说节日真是个好词儿！

尉然君和乔小琪是多年的好朋友，有一张报纸做媒，他们几乎每年都有机会到一起。报纸是面向全国的，报社开会除了在北京开，也到外地去开。到外地开会，报社的办法是打一枪换一个地方，哪里风光好，可玩儿性强，有吸引力，就到哪里去开。借开会之机，这对好友已去过全国许多有名的地方，这山那岳，这江那河，这草原那沙漠，处处都洒下了他们的汗水，留下了他们的气息。

借开会之机幽会，也有不方便之处。参会的人多，大都是熟人，会议一般安排两个同性别的人住一个房间，他们很难得到单独交流的时间和空间。好不容易抓着一个机会，他们见缝插针，往往交流得比较仓促，既不尽兴，也不尽意。尉然君清楚地记得，有一年初秋，报社在长江南岸一个著名的风景区开会。白天开会期间，他和乔小琪你送我一波，我送你一波，波波相连之中，单等到了晚间把浪花激起来。谁知道呢，夜幕降临之后，与尉然君同居一室的男记者猫在屋里看电视，不出去；与乔小琪同居一室的女记者，也不给他们腾地方。尉然君到乔小琪住的房间坐了一会儿，那位女记者热情有加，竟拿出一篇刚写完的稿子给尉然君看，让尉然君给稿子提意见。刚沐浴完毕的乔小琪明知尉然君的来意，也只能跟尉然君说着欢迎来稿儿，欢迎来稿儿，胡乱跟尉然君打哈哈。为遮人耳目，尉然君不好在乔小琪的房间久坐。他把女记者的稿子翻了翻，说了一些肯定的话，见女记者没有离开的意思，只好自己告辞。尉然君没有回房间，向宾馆的大门外面走去。外面正下小雨，雨丝绵绵的，使得路灯的灯罩下面如同裹了一层雾。宾馆一角有一个小花园，花园里建有一座仿古的草亭，他到草亭里站着去了。眼看着宝贵的时间像雨丝一样飘落，他的心情有些黯然。他已经将近一年没能和乔小琪走到一起，如今终于走到了一起，二人却不能亲热，岂不可惜！尉然君不甘心浪花还没开就白白谢掉，但又无计可施。那时大家还都没有使用手机，他没法与乔小琪互通信息。他在草亭的暗影里待了一会儿，正准备回宾馆之际，见一个人从宾馆出来，一手捂着头顶遮雨，小跑着向小花园跑来。尉然君一见，不由得喜出望外，心跳加快。来者不是别人，正是他盼望中的乔小琪。尉然君赶紧从草亭里迎出来，在雨中拉住了乔小琪的手。乔小琪说：我一猜你就在这里。尉然君说：知道我在这里，还不赶快过来，让我一个人在这里干着急。乔小琪说：什么干着急，是湿着急。尉然君说：小坏包儿，你才是湿着急呢！说着，两个人来到草亭下面，在草亭里紧紧相拥，长时间热吻。草亭里没有床，只有石桌、石凳。雨还在下，小花园里静悄悄的。拥过吻过，他们只好以石凳为依托，把最重要的事情草草办了。

这次乔小琪到北京开会，尉然君得尽点儿地主之谊，为乔小琪创造一些条件。反正不能像在外地那样，两个人急得团团转，连一个房间都找不到。所谓创造条件，无非是找一间房子。如果有一间单独的空房子，开会之余，他就可以把乔小琪约到空房子里去，然后，把门一关，排除一切干扰，两个人从从容容地温存。

尉然君之所以产生这样的想法，也是有条件的。作为报社总编室的主任，他事先知道了报社开会所预订的宾馆。这是条件之一。条件之二是，报社文艺部有一位女编辑叫王点，王点名下有一套一居室的房子，就在那家宾馆对面的居民小区里。王点和丈夫离婚后，回到了母亲身边，不常在那套一居室里住，那套房子几乎等于闲置。还有一个更为微妙的条件是，尉然君了解王点的一点底细。关于王点的底细，是一位姓贺的驻站记者亲口对尉然君讲的。贺记者不但对尉然君讲了他和王点的亲密关系，还给尉然君讲了一些让人难忘的细节。比如有一次，王点与贺记者相约到黄山旅游，在火车的硬座车厢里，他们竟然一起钻进座位下面狭小的空间里去了。

谈到和王点的交往时，贺记者是深表赞赏的口气，意思是告诉尉然君，王点这人可交。平日里，尉然君与王点见面的机会比较多，除了工作上的事，他们很少谈别的。尽管他们是同事关系，不是朋友关系，但知道底细与否，感觉是不一样的，会生出惺惺相惜之感。有了以上三个条件，尉然君打算向王点张一次口，把王点闲置的房子借用两天。他相信，王点会为他着想，不会把他的话掉在地上。

临近开会的前两天，尉然君把王点喊到编辑部楼道的一个拐角，把借房的想法悄悄跟王点说了。说到借房的理由时，尉然君实话实说，除了没说出乔小琪的名字，别的都向王点交了底。对一位年轻女同事说如此私密的事，尉然君有些不好意思，脸也红了一阵。果然，听了尉然君的话，王点一点都不惊奇，一口就答应下来，说可以，没问题。王点说：这几天我没过去，房子里可能有些脏乱。要不然，我晚上回去把房子打扫整理一下，明天把钥匙给你。尉然君说：不用了，只要有间房子就行。王点无声地笑了一下，说那好吧，我去办公室给你拿钥匙。

王点把钥匙装进印有报社字样的小信封里，很快就交给了尉然君。钥匙是两把，一把金色，一把银色。金色的开保险门，银色的开木门。王点对尉然君交代，进屋之后，除了把两道门都锁上，最好把木门的插销也插好。因为她弟弟也有一套钥匙，弟弟有时也会带女朋友到那里去。外面不管谁开门或敲门，置之不理就是了。另外，屋里的电话响了也不用接，因为她妈妈偶尔会往那里打一个电话，要是她妈妈听出是陌生人在接电话，恐怕半天都解释不清。尉然君心想，王点为他考虑得真够周到的。他已把装有钥匙的信封装进自己的口袋里，说好，我都记住了。又看着王点说：王点，谢谢您！王点说：不客气，祝你们快乐！

尉然君故意留了一个悬念，见到乔小琪时，他表现得不是很热情，只跟乔小琪打了一个招呼就完了。开会期间，乔小琪一次又一次给尉然君递眼波，尉然君也不怎么回应。这次开会，乔小琪是被报社表彰的优秀特约通讯员之一，正好轮到尉然君给乔小琪颁发获奖证书时，尉然君所说的祝贺也是程式化的口气。直到下午散会后，尉然君才装作无意间走到乔小琪身边，趁前后无人，把钥匙掏给乔小琪看。两把钥匙，被尉然君用一根合股的丝绳拴在了一起。乔小琪一见钥匙，心中会意，两眼顿时放光，她说：你吓死我吧，我还以为你不理我了呢！尉然君说：哪能呢！乔小琪说：看你那个熊样儿，装得跟大领导一样。尉然君说：臭小琪，我就是要给你一个惊喜。他跟乔小琪说了楼号、单元号、层数、居室号，还说了具体时间，说他会提前到房间等乔小琪。乔小琪说：看我晚上怎么收拾你！尉然君说：我满怀期待，盼的就是这一天。

房间是一室一厅，一厨一卫。客厅不算大，卧室倒不小。卧室靠南窗放着一张宽大的双人床，床头的墙上挂着王点的大幅照片，床尾的墙上挂的是王点手绘的仕女图。尉然君和乔小琪在房间里相会后，没有在客厅停留，直接到卧室里去了。一进卧室，乔小琪就看到了王点的照片，她似乎有些意外，问：这不是文艺部的王点吗？尉然君没有否认。乔小琪回头看着尉然君，说：很漂亮嘛，很仕女嘛！尉然君笑了笑，没有说话。乔小琪说：你的胆儿可真够肥的，怎么敢借她的房子！尉然君说：我相信她。乔小琪说：噢，你相信她。她把"噢"拉得有些长，话后面像是有话。尉然君说：你不要想那么多，我和王点只是一般的同事关系。乔小琪说：不行，今天我要好好用用你，把你的剩余价值都榨出来。尉然君说：你放心，我生来就是让你用的。乔小琪说：这话我爱听。

二人在床上，尉然君觉出他和乔小琪紧贴的肌肤之间像是有一件东西，他抬身看了看，没看见有什么东西。他用手一摸，才把那件东西摸到了，原来是乔小琪佩戴在胸前的一个圆圆、扁扁的挂件。尉然君把挂件拿起来，问乔小琪：这是什么？乔小琪说：没什么。她接过挂件，将系挂件的丝绳往脖子后面一拉，把挂件放在脑后去了。

尉然君出汗了，他的汗水滴滴答答，滴在乔小琪身上，像雨点儿一样，使乔小琪的胸窝几乎变成了水窝。尉然君说，他出汗了，他好久没出过这么多汗了，真是痛快淋漓。乔小琪让他有汗只管出，不管出多少汗，她全部接收。乔小琪又说：你喘口气，不要着急，时间还多着呢。尉然君提出到卫生间擦把汗，不然的话，汗水把他的眼睛都迷住了。乔小琪不放他下去，扯下另一个枕头上的枕巾，让他擦汗。

乔小琪的习惯，在做好事时不愿亮着灯，灯光照眼，会影响她的集中感受。事前，尉然君关上了灯，却把窗帘拉开了。窗外的月亮快要圆了，白花花的月光透过窗户洒进来，洒人一身，洒满一床。二人都看到了窗外的月亮和床上的月光，对月光都很欣赏，一再说，太美了，太难忘了！乔小琪把一只手握起来，伸到尉然君眼前，说来，给你看一样东西。尉然君以为乔小琪让他看的是那件挂件，当乔小琪的手伸开时，却发现乔小琪手里什么都没有。然而尉然君说：我看见了，月光！乔小琪说：算你聪明。乔小琪又把月亮看了看，说：嫦娥在看我，嫦娥嫉妒我了。尉然君说：嫦娥肯定嫉妒你。不光是嫦娥，天上所有的仙女没有一个不思凡的，没有一个不向往尘世的生活，因为尘世的生活是最美好的。

为了美好的生活，他们共同发动起新一轮冲击波。这轮乔小琪要到了主动的位置，她欲升欲飞，整得浪花四溅。这回轮到尉然君让乔小琪慢点儿，不要着急。乔小琪好像已经刹不住车，听见尉然君的话如没听见一样，只管把"车速"开到最高挡。乔小琪也出汗了，两个人身上都水淋淋的。两个水淋淋的人像是变成了两条滑溜溜的鱼，在王点为他们提供的大床上畅游。有那么一瞬，尉然君想到，这样会在王点的床单上留下不少汗液。但为了难得的快乐，已经顾不了那么多。

第二天晚上，他们如约再次来到那张洒满月光的大床上尽欢。这一次，尉然君没有看见乔小琪挂在脖子上的挂件。他问乔小琪：你的挂件呢？乔小琪说：收起来了。在事情进行过程中，房间里的电话突然响起来。乔小琪一惊，伸手欲拉衣服。尉然君说：没事儿，不要管它。乔小琪问：不是王点打过来的吧？尉然君说：不可能，这两天王点不会往这里打电话。电话可能是王点的妈妈打来的。尉然君想起王点对他的交代，觉得幸亏王点事先想得周到，不然的话，他接了电话就不好了。

散会后，尉然君把钥匙装进原来的信封，很快交还给王点。尉然君说：我应该把床单撤下来洗一洗。王点说：没事儿，你不用管了。尉然君说：哪天我请你喝酒。王点说：不用，我不会喝酒。尉然君说：我不让你喝白酒，喝点啤酒总可以吧？王点微笑了一下，又像是想了想，说少喝点儿啤酒还行。尉然君说：好，一言为定，就咱们两个。

乔小琪从小城给尉然君打来了电话，还没说话先笑了一阵，似乎仍沉浸在快乐之中。她一再说，有一间房子真是太好了，太好了！回味了在北京得到的快乐，她像是顺便提及，她的挂件找不到了。她记得装进了裤子的口袋里，可回去后怎么找都找不到了，翻遍所有的口袋都没有。尉然君提醒乔小琪，挂件有没有可能落在王点的房子里呢？乔小琪说：完全有可能。尉然君说，他已经把钥匙交还给王点，随后让王点帮着找一找。乔小琪说：不要太当回事，找到更好，找不到拉倒。这件事我本来不想跟你说，因为挂件是我姥姥传给我妈，我妈又传给我的，我妈发现挂件没有了，非要让我找一找。尉然君说：一件已经至少传了三代的物件，且不说它的物质价值，里面还包含了情感因素，是得找一找。乔小琪说：谢谢理解。我发现你现在越来越厉害了，动不动就上升到哲学的层面。尉然君说：小琪又拿你哥逗着玩儿。乔小琪说：真的，不是开玩笑。我觉得我们两个人能够长期做朋友，原因是多方面的，除了生理上的原因，精神上的相通和交流恐怕也是一个很重要方面。尉然君说：还说我动不动就上升到哲学层面，我看你比我还哲学。乔小琪说：不好意思，班门弄斧。尉然君说：你是班，我是斧。乔小琪说：你是班，你是班，你是一个老斑鸠。

尉然君把女朋友丢失挂件的事对王点说了。王点说，她回去过一次，还把屋子简单收拾了一下，没发现什么挂件。尉然君说：没发现就算了。王点问：什么挂件？是金是玉还是钻？尉然君说，他也不知道，就是一个圆圆的、扁扁的东西。王点由此得出判断，说可能是玉。王点承诺，等到了星期天，她再回去仔细找一下。

王点为什么要等到星期天才回去找呢？因为报社离她住的地方比较远，平日只有下班后才回去，等她回到家天就黑了。在晚间找东西，就算把屋里的灯全部打开，光线也不是很好，不如白天找好一些。到了星期天，王点专门回了一趟家，给尉然君的女朋友找挂件。她采取排除法，找一处，排除一处。她先卧室，后客厅，再卫生间，再厨房，把全屋的角角落落都找遍了。她还用干拖把，把床下和沙发底下都扫了一遍，到底也没找到什么挂件。王点有些失望，好像自己丢失了什么难以舍弃的东西一样。

星期一上班，一见到尉然君，王点就说：很遗憾。一听王点说遗憾，尉然君就明白了。尉然君说：也许落在别的地方了，这个事情到此结束，不必再提。王点的样子好像不愿意结束，她说：要不然，我给人家买一件吧。这话怎么说！尉然君：王点，你说这话真是羞煞我也！要买，也只能是我买，怎么能让你买呢！

尉然君说说就放下了，并没有真的给乔小琪买什么挂件。他要是给乔小琪打电话，乔小琪肯定不让他买。他要是擅自买了呢，说不定乔小琪会拒绝接受。再说，他也不知道买什么样的挂件好，不管他买多么好的挂件，恐怕都不能代替乔小琪所丢失的挂件。他和乔小琪交往这么多年，两个人只有人来往，没有金钱上的来往。在金钱的问题上，乔小琪跟他分得很清，绝不允许他多花钱。有一次，他俩到外地住宾馆，包房间。乔小琪提出，包房间的钱要两个人平摊。尉然君当然不同意，说天底下没有这样的道理。乔小琪态度很坚决，样子甚至有些生气，说要是不让她花钱，宾馆她不住了，她走。碰见这样的小犟驴子，尉然君一点儿办法也没有，他只好同意乔小琪出一半钱，才把"小犟驴子"的毛捋顺了。当然了，他们有时会互赠一点小东小西。比如有一次，尉然君到沿海城市出差，回京时顺便拐到乔小琪所住的小城，特意给乔小琪捎了一副上好的水晶石变色镜。乔小琪很喜欢，当时就戴上了。当晚，他们相约爬一座山。爬山前，乔小琪把尉然君的脚一指，让尉然君把皮鞋脱下来。不穿鞋怎么爬山？乔小琪变戏法似的，一转身给尉然君拿出一双崭新的名牌旅游鞋，放在了尉然君脚前。尉然君把旅游鞋换上了，脚很舒服，前所未有的舒服。那些东西像是纪念品，又像是温暖的记号，一想起就让人倍感温暖。

　　报纸如书，一页一页翻过去。这年秋天，尉然君利用陪同报社总编外出开会的机会，又到乔小琪所在的小城去了一趟。乔小琪作为报社在小城的代理人，总编的活动自然由她全程陪同。白天，他们在一起参加座谈会，一起参加宴会，晚上又一起看文艺节目，乔小琪都做得彬彬有礼。尉然君相信，他和乔小琪应该还有一个节目，乔小琪大概不会忘记。直到把总编送回房间休息，乔小琪才把尉然君的胳膊轻轻拧了一下，把一样东西掏给尉然君看。尉然君一看就乐了，差点把乔小琪抱起来。乔小琪到北京开会时，尉然君让她看的见面礼是钥匙，作为回报，乔小琪给尉然君看的见面礼也是钥匙。钥匙真是好东西，有了钥匙，就可以开锁，开了锁，就是一个美妙的天地。乔小琪给尉然君看的钥匙只有一把，她借的是别人的一间办公室，办公室里有一张单人床。床窄一点没关系，在无床的情况下，他们都可以亲密，何况有床乎！这一次，他们缠绵有加，共同回顾了以前的多次相会。至于哪一次最难忘，他们的看法不一致。尉然君认为，在武汉的那一次相会很特别，因为乔小琪老是乐，他捂乔小琪的嘴都捂不住。而乔小琪认为，在新疆的那次相会，尉然君的表现最为疯狂，简直像换了一个人一样。他们共同感叹，生命的享受不过如此，人生的快乐不过如此。

在小城期间，乔小琪没有再提丢失挂件的事，一句都没提，好像已经把丢失挂件的事忘记了。乔小琪偶尔说起，她母亲最近身体不太好。

尉然君如诺请王点喝了啤酒。按王点的建议，他们没到大酒店里去，午间去了报社附近的一家小酒馆。尉然君问王点想吃点什么，王点说随便。尉然君要了两盘凉菜，两盘热菜，两瓶啤酒，还要了饺子。王点说很好。王点喝酒很实在，尉然君举杯她就喝，尉然君喝一杯，她也喝一杯。两杯啤酒喝下去，王点的眼睑和脸颊就红了。她的红不是夸张的红，而是一种内敛的红。一如她的为人，说话慢声细语，总是那么娴静。王点问尉然君：我的脸是不是已经红了？尉然君没有回答王点的脸红了没有，只是说：酒就得给您这样的人喝，喝了才会收到美妙的效果。王点微微一笑，头轻轻摇了摇。王点说，有一段时间她得了厌食症，什么饭都不想吃，什么酒都不能喝。她连着吃了几副中药，才渐渐有了食欲。尉然君说，他倒是什么酒都能喝一点，但他喝酒看对象，对象不同，酒量上下浮动。跟朋友在一块儿，他愿意喝，有时喝得还很主动。跟生人在一块儿，他就不想喝，好酒也不想喝。他端起一杯酒，对王点说：来，这个我喝干，你不用喝干。王点说：那不行，你喝干，我也得喝干。尉然君说，有一次，他跟朋友在一块儿喝酒喝高了，哭得一塌糊涂。王点说：想象不到，我一直认为你是个意志很坚强的人。尉然君说：那次很失态，很丑。王点说：说不上，人生难得几回醉吧！他们就这样说着一些平常话，话题没涉及到尉然君的女朋友，也没说到贺记者。他们都在报社工作，甚至连报社的人都没谈到。尉然君本来想问问王点还有没有再结婚的打算，话到嘴边，没有问出来。他问出来的话是，王点最近又画了什么画？王点说：瞎画，画着玩儿。尉然君把王点画的仕女图称赞了一番，建议王点把仕女图拍成照片，在他们报纸的副刊上发一下。王点说：自己在文艺部当编辑，在版面上发自己的画，不合适。尉然君说：那有什么不合适的，你的画登在报上，只会提高报纸的品位。王点低了一下眉，说别人都不知道她在画画儿，她不想让别人看见她的画儿。尉然君说：那我就明白了。到小酒馆吃饭的人多起来，服务员应接不暇，跑得跟穿梭一样。尉然君想跟王点说一个笑话，他说：王点，您画的仕女图，既不是王昭君，也不是文成公主，是不是比照你自己的形象画的？王点的脸比刚才还红，她连说不是不是，您真会说笑话。

　　临从小酒馆起身，王点像是顺便问了尉然君一句：您朋友的挂件找到了吗？尉然君说：没听她说过，好像还没有。

　　三年多过去了。冬天的一个早上，王点刚上班，就来到了尉然君的办公室。王点说：然君，报告您一个好消息。王点的神情有些激动，脸红得像刚喝了酒一样。尉然君以为王点找到了新的如意郎君，王点报告的好消息却是：您朋友的挂件找到了！王点说，因她要换一个新的席梦思床垫，把旧的床垫撤下来时，才在床垫和床槽之间的夹缝里看到了挂件。说着，王点拉开背包，从背包里取出挂件，双手托着递给尉然君。尉然君接过挂件看了一下，说：是那件东西。

王点说：这种挂件的名字叫平安扣，是用真正的和田羊脂玉的籽料打磨成的，很宝贵的。

尉然君说：看来您对玉有所研究。

王点说：研究说不上。我爸是国家珠宝玉石质量检验中心的高级鉴定师，有时听他回家念叨，略微知道一点。

王点一走，尉然君就给乔小琪打电话。前两次没人接听，第三次才打通了。乔小琪一接到电话，尉然君就说：报告小琪一个好消息，你的挂件找到了！乔小琪好像一点都不惊喜，说谢谢，谢谢您。尉然君说：您不用谢我，应该谢王点。王点说，您的挂件是用羊脂玉做成的，非常宝贵。

乔小琪说：我都知道。

尉然君说：这下您就可以向母亲交代了。

乔小琪不说话了。

尉然君说：小琪，您怎么了，您好像一点都不高兴啊！

乔小琪说：我母亲前几天去世了。说着在电话里啜泣起来。

2011 年 5 月 16 日至 24 日于北京和平里

贴

　　他看见过娘在铁锅里贴锅饼子。娘把玉米面、黄豆面、小麦面掺在一起，在瓦盆里和成软面坨儿，揪下来一块，用双手拍扁，拍成巴掌模样，往锅边一贴，就粘在锅上了。别看锅边是一个很陡的斜坡，闪着暗光的锅面也很光滑，但锅饼子一旦粘在锅边，就不会再滑下去。因为三样掺在一起的面里，分泌出的有一种胶黏的东西，抓锅抓得很紧，像壁虎脚趾上的吸盘抓在玻璃上一样。娘把锅饼子在锅沿贴够一圈，就在锅底添上水，盖上锅盖，开始烧锅。娘把锅烧得往上呼呼冒白汽，白汽冒成圆的，娘就不再往锅底续柴了。这时候，娘并不把锅盖掀开，还要像闷宝一样把锅饼子在锅里闷着。同时，锅底的明火虽说没有了，但暗火还在，暗火对锅饼子起着一种烘烤作用。到了一定时候，娘才把锅盖掀开了。锅饼子变得胖了一些，颜色也起了变化，变得黄朗朗的，如秋天成熟的果子一样。娘直接用手摘"果子"是摘不掉的，娘须拿一个锅铲子，贴着锅边一抢，才能把像是长在锅上的锅饼子抢下来。锅饼子贴在铁锅上的那一面，都会有一些煳焦，煳焦不是黑色，是柿红色，颜色恰到好处。拿一个锅饼子来吃，那真叫香，越嚼越香。如果条件允许，往锅饼子上抹上一点儿臭豆腐，把香和臭结合起来，那味道更是奇妙无比，恐怕只有人间才有。

回老家过年时，他往墙上贴过年画。把去年的年画揭下来，把新的年画贴上去，取辞旧图新之意。比起往锅里贴锅饼子，往墙上贴年画要容易些。用马勺打半勺糨糊，刷在墙上或年画的背面，提起年画的两个上角，往墙上一贴就得了。年画多是美丽的女人和白胖的娃娃，这与过年的意思是对应的。过年嘛，就是过女人和孩子，利用年画引进一些女人和孩子，往墙上一贴，闪闪的烛光一照耀，堂屋里的气氛马上就活跃了，热闹了。这年他蹬着桌子往墙上贴一张当红的女电影明星年画时，让妻子帮他观照一下，以免把明星贴歪。妻子让他把哪个角往上提，他就往上提。妻子让他把哪个角往下压，他就往下压。左提右提，左压右压，女明星迟迟不能落实到墙上。他看出来了，妻子在故意跟他捣蛋，故意让他跟女明星多"接触"一会儿。他在矿上挖煤，半年多没跟妻子在一块儿了。要过年了，他终于又跟妻子到了一块儿。在这种久别又合的情况下，妻子捣捣蛋是必要的，他很欢迎妻子捣蛋，但他却说：不许捣蛋，再捣蛋我就把你屁股上刷上糨糊，把你贴到墙上当画看。一个活蹦乱跳的大活人，前面鼓着，后面翘着，要贴到墙上是办不到的，但妻子笑着说：好呀好呀，给你，你贴吧。你把我贴到墙上，我正好啥活儿都不用干了。他说：你想得美，我才舍不得把你贴在墙上呢，只把你贴到床上就可以了。妻子说：骚，骚，你就犯骚吧你！

凌尚云无论如何也想不到，一个大活人，真的是可以贴的，他就被贴到了矿井下的顶板上去了。是的，他没有贴到巷壁上，而是贴到头顶上方的顶板上去了。好比年画没有贴到墙上，而是贴到平顶房的天花板上去了。这样的贴，更让人惊心，也更显奇绝。

凌尚云被贴在顶板上，是缘于一场瓦斯爆炸事故。

季节到了秋天，玉米棒子粗了，谷穗儿沉了，各种野草都结了籽儿。天是蓝的，云彩东一朵，西一朵，大雁排着队往南飞。当地的农民有的在掰棒子，有的在割谷子，地面上的一切是平静的。这天下午三四点钟的光景，平静被打破了，在地里干活的人们觉得脚下的土地晃动了一下，他们有些站立不稳，头也有些发晕。有人掰到了一个棒子，手不知不觉间一松，棒子落到了地上。有人正用镰刀割谷子，手一抖，镰刀差点割在自己腿上。天爷，这是怎么了！他们的第一个反应是发生了地震，这些年这儿震，那儿震，地震总是很吓人。他们正要开跑，一声闷响之后，抬头看见附近一座煤窑的井口忽地蹿出一股黑烟。黑烟蹿得很高，像是直捣天宫。烟柱是笔直的，比大海里因龙卷风而起的所谓龙吸水的水柱还要直。刚蹿出的黑色烟柱并不太粗，大概受到井筒子的规约，井筒子有多粗，它就有多粗。但它的顶部蹿到一定高度，很快翻卷开来，像一棵巨大的黑色蘑菇。"蘑菇"的秆子也在迅速膨胀，膨胀，直到扩展成漫天乌云，遮蔽了井口上面的天空。未及跑走的人们很快得出了判断，脚下没有发生地震，是一个小煤窑的井下发生了瓦斯爆炸。近煤者黑，当地的庄稼人因对煤窑上的事听得多了，见得多了，对瓦斯爆炸也略知一二。瓦斯是从煤层里涌出来的一种可燃性气体，别看它无色，透明，气味也不大，但聚集到一定浓度，见火就炸。瓦斯一旦发生爆炸，它的威力是很大的。每次发生爆炸，在地面生活的人们都跟经历一场局部地震差不多。

瓦斯爆炸的威力究竟有多大呢？它的冲击力有多强呢？看看井筒子里冲天而起的黑烟里所裹挟的几样东西就知道了。一样东西是井下用的大肚子防爆开关。这种防爆开关是用生铁铸成的，样子像一个大铁球。每个"铁球"的重量将近二百斤，一个人是抱不动的。瓦斯爆炸时，冲击波把一个大肚子开关冲出井口，送上了天空。这时的大肚子开关似乎变得很轻，轻得像一个气球，嗖地一下向空中飘去。防爆开关的防爆功能还保持着，"气球"在空中没有爆炸，它飘得高到不能再高时，就落在了旁边的一块绿豆地里，把绿豆地砸了一个深坑。一样东西是提煤和上下人用的铁罐。瓦斯爆炸时，铁罐里装了满满一罐上好的原煤，正通过绞车拉动系在铁罐上的钢丝绳，以均匀速度把原煤往上提。瓦斯爆炸的动力像是看不惯绞车老牛拉破车一样的速度，它以自己的气动力接管了绞车的电动力，使铁罐像是变成了一架罐形状的风筝，以钢丝绳为牵线，向空中飞去。有谁见过用钢丝绳作为"风筝"的牵线呢，这个煤窑就创造了一项吉尼斯世界纪录。只不过，钢丝绳也未能把"风筝"牵住，"风筝"落入附近一个长满芦苇的水塘里去了。亏得铁罐里没有盛人，倘若盛了人的话，那些窑哥们儿恐怕要免费遨游一下太空了。

从井底被抛向空中的矿工有一个，那是一位信号工。信号工的工作就是摁电铃，铁罐里的煤装满了，信号工摁两下电铃，给井上绞车房里的女司机递一个信号，一罐煤就提上去了。与采煤工、掘进工相比，信号工的工作比较轻松，也比较安全。这一次，信号工轻松是轻松了，安全就谈不上了。他刚打完信号，铁罐刚开始往上运行，他就被一股强大的气流顶了上去。他听说过腾云驾雾的说法，不乘铁罐就能往井上升，不是腾云驾雾是什么呢！他在电视上看见过孙悟空在地洞里除妖的故事，孙悟空在妖雾弥漫的地洞里蹿上跳下，那是相当自如。好玩儿，难道自己变成了齐天大圣孙悟空不成！然而，他离孙悟空大闹天宫的地方大约还差十万八千里，就被卡在扭曲的钢铁井架上了。冲击波没有把铆在水泥地板上的井架连根拔起，却把四条腿的支架上部拧成了麻花。信号工的半截身子就被拧进麻花里了。他脚朝上，头朝下，两只胳膊朝井口奋拉着。他的样子像要探究一下，井里到底发生了什么事。他的姿势又像猴子捞月亮的姿势。如同猴子从井里捞不到什么月亮，他也什么都捞不到了，他已经停止了呼吸，永远的。

冲天而起的黑色烟雾散尽之后，井口的地面和四周的庄稼上都落了一层煤尘。煤尘的厚度如一层小雪。只不过，小雪是白的，煤尘是黑的。旁边有一块棉花地，大朵的棉花在盛开。煤尘一落定，白棉花就变成了黑棉花。还有井架顶端的那杆旗，红旗是过节期间刚换的，飓风一样的冲击波不但把红旗撕成了碎条，还把红旗染成了黑色。

凌尚云没有在井口，也没有走在巷道里，他在工作面，手持一张大斗铁锨，正弯着腰攉煤。所以，他别无选择，只能被贴在工作面上方的顶板上。中国的汉字有好几千，找不到任何一个别的字可以把贴换下来，的的确确，确确实实，他就是贴上去的。在瓦斯爆炸的瞬间，或者说在瓦斯爆炸的千分之一秒，他就被贴了上去。他这一贴，要比往锅里贴锅饼子，或往墙上贴年画，都轻巧得多，也干脆得多，啪地一下子，就贴了上去。如果贴上去，很快掉下来，那也不能算是高质量、高水平的贴。他贴上去后，贴得结结实实，牢牢靠靠，没有任何掉下来的迹象，质量和水平都不能算低吧。

身体贴在顶板的瞬间，凌尚云什么都没想，也来不及想。既然身体贴牢了，他就可以想一想了。此时，凌尚云已经变成了两个凌尚云，一个是肉体的凌尚云，一个是灵魂的凌尚云，或者说一个是实的凌尚云，一个是虚的凌尚云。灵魂的凌尚云已幽幽地从肉体的凌尚云的躯壳里分离出来，顿时变得轻松而自由。平日里，人的肉身对人的灵魂有着极强的依赖性，对人的灵魂抓得很紧，不允许人的灵魂对肉身有所脱离。只有人在沉睡做梦的时候，人的灵魂才会忙里偷闲，稍稍离开人的肉身那么一小会儿。人的肉身总是很恐惧，只要一醒来，就得赶快把人的灵魂召唤回来。现在好了，凌尚云的肉身用不着凌尚云的灵魂了，凌尚云未散的灵魂可以把凌尚云的肉身对象化，对肉身来一番观察和思索。

凌尚云估不透，瓦斯爆炸的力量到底有多大，是原子弹爆炸的力量大呢，还是瓦斯爆炸的力量大？他小时候往屋山墙上摔过蛤蟆，把一只鼓着肚子的活蛤蟆抓在手里，抡圆胳膊，使劲往墙上摔。他想试一试，能不能把蛤蟆摔得贴在墙上。要是蛤蟆能贴在墙上的话，那是很好看的。他摔了两次都没有成功，蛤蟆一摔到墙上，就弹了回来，落在地上。有一次，他捡到一块坏红薯，红薯已经坏得稀溜溜的。他见过大人往墙上摔坏红薯，把坏红薯摔得贴到墙上，晒干后可以烧锅。他模仿大人的动作，也把坏红薯往墙上摔。他以为把坏红薯摔得贴到墙上应该不成问题。谁知道呢，坏红薯摔得只开了一个花，只在砖墙上留下一块湿印子，并没有贴到墙上。到了他这里，一赶上瓦斯爆炸，他轻而易举地就被贴到顶板上了。须知他是一个壮汉子，体重超过了一百七十斤。他不是锅饼子，背上也没有刷糨糊，怎么说贴就贴上了呢？他说过要把妻子贴到墙上当画看，妻子没有贴到墙上，他自己倒贴到顶板上去了，这事儿真有点操蛋。再说了，墙和顶板可不是一回事，往墙上贴东西容易些，往顶板上贴东西难度是很大的。因为地球的吸引力是往下吸的，上面的东西是悬空的，矿压也是往下压的。井下老是冒顶，顶板上的石头老是往下掉，就是地球吸力和矿压的结果。凌尚云贴在顶板上，是逆向而行，地球的吸力和矿山的压力都没能阻止他和顶板的亲密接触，瓦斯爆炸的巨大能量由此可见一斑。

　　瓦斯爆炸使凌尚云的灵魂得到了解放，他的灵魂不必再和他的肉身厮守在一起了，他和自己的肉身道了再见，便向井口走去。以往每天下班，凌尚云总是走得很快，他迈开大步，伸着脑袋，脚上的大胶靴把巷道里又是泥又是水的地板踩得跨跨的，走跟跑差不多。他的心情的确是逃离的心情，像是生怕慢了一步，就赶不上提人的铁罐似的，就要困在井下似的。今天的凌尚云摆脱了肉身的羁绊，一下子变得轻灵起来，他的行动不能再说成走，应该是飞，是飘，比走快多了。他的灵魂像井下的一只灰蛾，飞过煤巷，飞过岩巷，穿过一百多米深的、老是哗哗流水的井筒，很快就飞了上去。他的灵魂又像是一缕轻烟，轻烟袅袅娜娜，眨眼工夫就飘到井上去了。

井上来了不少人，也来了不少车，忙得像一群蚂蚁一样。"蚂蚁"们取下卡在井架上的信号工的尸体，拆除坏了的旧井架，安上新井架，戴上防毒面具，开始下井救人。其实井下已经无人可救，瓦斯爆炸之后，井下连一个会喘气的都不会有。井下除了有瓦斯，悬浮的还有煤尘，瓦斯爆炸加上煤尘爆炸，瞬间的温度可达到一千多度。水的沸腾点不过一百度，到了一百度，什么肉啊蛋的放到水里都可以煮熟。那么，一千多度是什么概念呢？也就是说，它的温度比开水的温度高十倍还要多。在这种情况下，矿工的皮肉一下子就被烧熟了。不仅表面的皮肉烧熟了，高温吸进肺腑里，连内脏都烧熟了。亏得高温一闪而过，不然的话，每个矿工烧得恐怕只会剩下白色的骨架。高温若再持续下去，矿工连骨架都不会存在，只能化为灰烬。瓦斯爆炸对矿工的打击是毁灭性的打击，是在劫难逃的毁灭，每个下窑的人最害怕的就是瓦斯爆炸。

遇难矿工的尸体陆陆续续运上来了。每运上来一具矿工的尸体，凌尚云都要凑过去，看看是不是他。每天都洗脸，每天都照镜子，对自己的面貌是熟悉的。尽管每个矿工的脸都很黑，黑得没鼻子没脸，只有牙齿和眼白，但只要被弄上来，他一眼就能认出自己。可是，他看了一个又一个，哪个都不是自己。这是怎么回事呢？难道他的尸体被老鼠吃掉？窑底下的白毛老鼠是很多的，每当他们班中在井下吃东西时，老鼠们就围拢过去，眼巴巴地看着他们。有的老鼠还跳到矿工的腿上，爬到矿工的胳膊上，伸着嘴够吃矿工手里的东西。挖煤人对老鼠有一个共识，认为鼠类比人类嗅觉灵敏，能预报井下的灾难，所以矿工们对老鼠们都很友好，不管老鼠们怎样调皮，他们从来不伤害老鼠。凌尚云记起来了，在这次瓦斯爆炸之前，老鼠们的表现确实有些反常，它们在巷道里窜来窜去，显得非常焦躁。有的老鼠发出哭一样的叫声，好像世界到了末日。要是他们能听懂老鼠的语言，提前到井上，也许就不会死在井下了。他们都死掉了，与他们朝夕相伴的好朋友老鼠们大概也不能幸免，老鼠吃掉他的可能性不大。那么，到井下搜寻遇难矿工尸体的救护队员怎么没找到他呢？

　　凌尚云听见井口的人在核查人数，当班下井的人是三十六个，已经运上来三十五具尸体，只差一具尸体不够数。凌尚云还听到有人提到他的名字，说只有一个叫凌尚云的没有找到。救护队决定派一个小分队，再次下井搜寻凌尚云的下落。凌尚云知道自己的尸体在哪里，他愿意为小分队带路，到采煤工作面去找他的尸体。救护队员走得慢，他飘得快，救护队员刚下到窑底，他已经飘到他的尸体所在的位置了。

　　趁救护队员尚未到达工作面，他有时间把他的尸体从头到脚仔细观察了一番。人有两面，背部是一面，腹部是一面。腹部被称为正面，背部被称为背面。凌尚云是背面贴在了顶板上，肚脐子朝下，头把子朝上。贴在顶板上的部分主要是背部和臀部，他的头并没有贴在顶板上。他的头肯定在石头顶板上撞击过，撞得有一些扁。大概因为头上骨头太多肉太少的缘故，并没有在顶板上贴住。他头上的安全帽不知飞到哪里去了，他的头向下垂着，像是自己在为自己脱帽致哀。他的整个身子都是扁平的，扁得变成了一个薄片。瓦斯爆炸像一个压缩机，把他的身体生生压成了这样。但他没有流血，连一处流血的地方都没有。顶板上的石头是平面的，光滑的，把他贴在顶板上的东西是什么呢？也许他的皮肉里含有一种胶黏的东西，冲击波一挤，就把胶黏的东西挤了出来，黏得像刷在年画背面的糨糊一样，把他牢牢贴在了顶板上。没有贴在顶板上的除了头颅，还有一条左胳膊和一条右腿，左胳膊和右腿都朝下耷拉着。这样的姿势看上去有些怪异，他像是在模仿敦煌壁画里飞天的动作，又像是在玩一种杂技。凌尚云还注意到了，他的眼睛是张开的，嘴巴也是张开的，而且张得都比较大，像是到了最大限度。他觉得自己最后的形象不太好，显得过于夸张。总的来说，凌尚云看到贴在顶板上的尸体是丑陋的，简直惨不忍睹。他有些质疑：这哥们儿是我吗？我长得这么难看吗？不会吧！他不大愿意承认贴在顶板上的尸体就是他自己。

平日里，凌尚云对自己的身体充满自信。他曾在澡堂里咣咣地拍着自己的大胯，并弯起胳膊，做出一种类似健美表演的动作，对窑哥们儿说：看看，这才是真正的男子汉的身体。凌尚云对自己的身体是爱惜的。有的矿工愿意脱光身子干活儿，他从来都是把工作服穿得整整齐齐。为了身体安全，他处处小心谨慎，从不冒险蛮干。当矿工十多年，他连轻伤都没受过。在澡堂洗澡也是，有的矿工总是洗得潦潦草草，黑眼圈儿洗不干净，洗完了澡，还能从鼻孔里挖出一块炭来。而他每次洗澡，都上上下下洗得很仔细。有包皮的地方，他还把包皮翻过来洗一洗，每次都把自己洗得干干净净。有窑哥子跟他说笑话，说他老婆又不在矿上，把下面洗那么干净干什么！他把笑话接过来，也当笑话说：你以为我为老婆洗的呀，我是为自己洗的，我怕沾自己一手黑。当灵魂在自己的身体里，并主导自己的身体时，他的身体堪称完美。当身体毁于一夕，当灵魂离开他的身体时，他的身体竟变得如此丑陋。看来灵魂和肉体相附相依，相辅相成，谁都离不开谁。肉体离开了灵魂，肉体马上变成了一块僵死的东西，跟一只死蛤蟆或一块坏红薯差不多。而灵魂离开了身体呢，也无所附，无所依。虽说轻松了，自由了，但再也没有了实际生活。

三人组成的小分队终于来到了工作面。不要埋怨救护队员们行动速度慢，瓦斯爆炸之后，工作面损毁得非常严重，钢梁支柱横七竖八，冒落物几乎堵塞了通道。在有的地方，救护队员需要趴在地上，手扒脚蹬，才能钻过狭窄的缝隙。每钻过一个缝隙，他们都要停下来，手执矿灯照一照，看看有没有凌尚云的尸体。让凌尚云感到遗憾的是，这几个救护队员想象力都不够强，他们手中的矿灯只往采空区里照，只往煤墙上照。也许在他们的想象里，顶板上根本不可能贴人。当然，凌尚云尸体下方有几根支柱交叉着，救护队员爬着从支柱下面通过时，用矿灯往上照不太方便。眼看救护队员们就要从他的尸体下方穿过去，凌尚云有些着急，他真想指着自己的尸体，大声告诉那些救护队员，说往上看，我在这里呢！可是，由于他的灵魂已经脱离了他的身体，他有手不能指，有嘴也不能说话，只能干着急，只能眼睁睁地看着救护队员们空手而归。别人的尸体都运上去了，只有他一个人的尸体还在这里，这可怎么办呢？他有些伤感，几乎想掉泪。眼泪也在身体里，没有了身体，想掉泪也掉不成了。

　　三番五次找不到凌尚云的下落，有人对凌尚云的行踪产生了怀疑，说凌尚云是不是没有下井？或者干了一会儿，就悄悄潜了上来，在跟窑上的人玩失踪？救护指挥部的人在会议室里开会，这些话凌尚云是在会议室里听到的。他像一个隐身人，他能看到别人，别人看不到他。关于玩失踪的事，凌尚云听说过。有的挖煤人不想下力，不想吃苦，又想挣钱，下井后悄悄从井下溜上来，找一个地方藏身，然后让家里人跟窑上要赔偿。要说凌尚云玩失踪那是太冤枉他了。他靠诚实劳动吃饭，绝不干那样的事。他的尸体高高地在顶板上贴着，找不到他，不是他的错，是救护队员们寻找得还不够仔细。会议室里还有人提出，是否派人到凌尚云的家里看看，看看凌尚云是不是在他家里藏着。好呀，凌尚云欢迎救护指挥部的人去他家。

　　凌尚云的家离煤窑几百里，他驾起自己的灵魂，很快就回到了家。在学校上学的儿子和女儿还没有回家，只有妻子一个人在灶屋里擀面条。以前他每次回家，只要两个孩子不在跟前，妻子就会看着他笑，笑得比刚开红的木槿花都好看。他问妻子笑什么，妻子说谁笑了，没有呀。口说没笑，却比刚才笑得还灿烂。这时，凌尚云就会张开双臂，把久别的妻子紧紧地抱在怀里。这一次，妻子再也看不见他了，再也不会对他笑了，而他再也不能跟妻子亲热了。儿子放学回来了，妻子发现儿子又下河洗了澡，妻子吵儿子：水都凉了，你怎么还下河洗澡，冻病了怎么办！等你爹回来，我要让你爹好好揍你一顿！凌尚云可舍不得揍儿子，儿子长高了，儿子从来没有像今天这样可爱，可怜。他想哭，想对妻子和儿女说：我不是一个好丈夫，也不是一个好父亲，我对不起你们啊！

妻子在家里种着二亩地，秋后种麦子，夏天种玉米，打的粮食填饱一家人的肚子是没问题。但一家人光填饱肚子是不够的，需要花钱的地方还很多，比如供两个孩子上学，每年就要花不少钱。家里的各项花销，全靠他外出打工去挣。他一出事，就再也不能给家里挣钱了。不过按规定，他在井下丢了性命，煤窑上应该给他家一定的赔偿。赔偿有一个前提，那就是必须先找到他的尸体，没有尸体为死亡做证，人家凭什么赔偿他家的钱呢？别看他贴在顶板上的尸体已变成丑陋不堪，但他的尸体是有用的。相比之下灵魂是无用的。换句话说，他的尸体是值钱的，灵魂是不值钱的。

还好，救护队决定再找凌尚云一次，最后一次，如果再找不到，那就没办法了，只能放弃。救护队不是小煤窑的救护队，小煤窑没有救护队。救护队是省里从附近的国营大矿调过来的。这一次带队下井搜寻凌尚云的是一位国营大矿安全监察局的副局长，他身经百战，对在井下搜寻死难矿工有着丰富的经验。他要求队员们要仔细再仔细，任何蛛丝马迹都不要放过。他介绍说，有一次瓦斯爆炸，把一个矿工炸碎了，找到胳膊，找不到腿，找到腿了，又缺了生殖器，后来经过仔细寻找，还是把那位矿工身体上的所有部件都找齐了。

副局长端底厉害，来到工作面，他把矿灯的光柱往上一指，就把凌尚云指准了。他把随后跟上来的六个救护队员召集到一起，矿灯一指凌尚云，说：你们往这儿看。

所有的矿灯都照向了凌尚云。

一位救护队员吓得叫了一声，双手差点抱住了头。

副局长说：镇定，不要惊慌！

他换了好口气，对凌尚云说：好兄弟，我说怎么找不到你，原来你躲到这里当济公来了。好了，各路神仙都已经到井上去了，就差你了，跟我们走吧。

接下来的问题是，怎样把凌尚云从顶板上"请"下来。有的矿工的尸体贴在岩石巷道的墙壁上，他们是用铁锹贴着墙把尸体抢下来的。而凌尚云的尸体贴在顶板上，他们够不着抢，再说他们这次也没带铁锹。副局长把凌尚云又观察了一番，他说，他来。他登上歪斜的支架，拽住凌尚云的一只脚，要把凌尚云拽下来。登上支架之前，他要求六名救护队员，两人一组，手拉手，面对面站好，在下面托住凌尚云，别让凌尚云摔在地上。凌尚云好像已经在顶板上贴够了，急于回到地面，副局长拽到凌尚云的脚，只轻轻一拉，凌尚云的身体就脱离了顶板，落在救护队员们拉在一起的手臂上。

好了，没事了，凌尚云的尸体终于找到了，他的灵魂不必再为自己的躯壳操心，他可以走了。

摆脱了肉身的纠缠，凌尚云的灵魂获得了空前的自由。出了井口，他正想驾起云头，到全国云游一番，不料一阵风吹来，竟把他的灵魂吹散了，再也不能聚拢，无可寻觅。

2013 年 9 月 5 日至 9 月 25 日于北京

（此间到河南大平矿定点深入生活十多天）

27

琼 斯

　　姥姥爱琼斯，姥姥想让姥爷也能爱琼斯。爱，过去来说是一个虚词，看不见，摸不着，爱一下子不容易。现而今，爱变成了一个实词，爱是冰激凌、麻辣烫、草莓、糖葫芦，还是后半晌儿街边撮堆卖的蔫叶子菜，满大街都是。姥姥李月卓以为，老张作为琼斯的姥爷，把琼斯爱起来应该不成问题。姥姥对琼斯说：去，让你姥爷抱抱你。你姥爷可喜欢你了！说着，轻轻把琼斯往老张面前推送了一下。

　　老张正坐在客厅里的沙发上看电视，大脑袋靠在沙发背上，双腿伸得很长。他对琼斯说：不要找我，敢过来我踢你丫挺的！

　　琼斯很懂话、很知趣的样子，走到半道儿停了下来。琼斯明亮的大眼睛看了看姥爷，大概看出姥爷对她一点儿都不友好，连看她一眼都不愿意，便打了转折，重新回到姥姥身边。

　　姥姥伸手把琼斯抱在怀里，自己的大脸和琼斯的小脸贴了一下，说老张，你对咱们的外孙女儿不能这样，你对她好，她是知道的；你待她不好，她跟你也不会亲热。哎，你是不是重男轻女？

　　狗屁！什么重男轻女，我轻你。

我知道你轻我，因为我是女的嘛。你轻视我可以，最好不要轻视咱们的外孙女儿，今后我还指望外孙女儿陪伴咱们老两口儿呢！

苍蝇，你少跟我扯哩根儿楞，我不吃这个。什么外孙女儿，里孙女儿，我不承认！

不承认拉倒。姥爷不承认，姥姥承认，是不是琼斯。来，琼斯跟姥姥亲一个，好，好，琼斯真是姥姥的好宝贝儿。

恶我的心，滚一边去！

李月卓抱起琼斯，下楼去了。他们家住在五楼，是这座楼的最高一层。李月卓舍不得把琼斯放在地上，让琼斯自己走，她抱着胖胖的琼斯，低头看着楼梯，一步一下往下走。到了楼下，她才把琼斯放在地上，给琼斯扣上绳子，牵着琼斯在小区里遛弯儿。下午四五点钟，正是居民小区的狗爷狗奶、狗爸狗妈、狗哥狗姐们集中遛狗的时间，小区里到处都活跃着狗的身影。狗的品种很多，称得上千奇百怪，有的像熊，有的像狮子，有的像绵羊，有的像狐狸，有的像小鹿，独独不再像狗。但不管它们怎样秀这个，秀那个，不管它们怎样变态，骨子里还是狗，还是习惯撩起一条后腿，对着墙根或汽车轮子撒尿。李月卓本来不想给琼斯拴绳子，想让琼斯自由地跑一跑，给琼斯减减肥。可是，不行啊！小区里追求琼斯的男狗太多，李月卓不得不提高警惕，时刻保卫着琼斯的处女之身。大概因为每个人都愿攻击别人，不愿接受攻击，居民们养的狗绝大多数是具有攻击力的男狗，女狗少而又少，一百只狗里能有一只女狗就不错，男女比例严重失调。而李月卓家的琼斯是一只女狗，是一百比一的那个一，有点儿一枝独秀的意思，也是万绿丛中一点红的意思。男狗只要看到"一点红",就会一溜烟儿地跑过来,二话不说就往"一点红"背上跳,尾巴摇得像风中的花朵一样。每遇到这种情况,李月卓会迅速把琼斯拎过来,抱起来,以摆脱不要脸的男狗的骚扰。男狗们多在小区的花园里追逐,嬉戏,让男狗们互相瞎比画去吧,李月卓一般不带琼斯到花园里去。小区附近有一个商业广场,去那里遛狗的也很多,每天傍晚都像是在开狗的群英会。为避免那些"英雄"们对琼斯的纠缠,李月卓也不带公主一样的琼斯到广场里去。她选择的是人少狗少的地方,哪里比较僻静,她就牵着琼斯往哪里走。

一边是一所中学的围墙,一边是小区的供暖锅炉房的围墙,中间形成了一条夹道。夹道绿树成荫,人和狗比较少。李月卓愿意在这条夹道上遛琼斯。说人和狗较少,也不是一个人、一条狗都没有。这不,李月卓刚把琼斯遛到半道,对面就走过来一个牵狗的男人。男人留长发,上身穿红衣服,下身穿细腿裤,样子像一个女人。男人牵的是一只像小绵羊一样的白卷毛儿狗,狗的两只耳朵和尾巴尖染成了粉红色,男狗化装成了女狗的面貌。对于像女人的男人和像女狗的男狗,李月卓都认识,她牵着琼斯想躲避,已经来不及,男狗像是得到了某种信息,兴奋得两眼放光,挣着脖子向琼斯挣过去。这时候,如果男人松开绳子,男狗定会像箭一样射到琼斯身边,骑到琼斯背上。好在男人没有放松自己的狗,他死死地拽着绳子,还大声叱责了几句:见个母的你就想上,一点儿血统也不讲,你贱不贱呢!回来!

这话李月卓不爱听,甚至有些反感。什么血统不血统,话里明显流露出对琼斯的歧视。李月卓每天之所以不愿意到狗多的地方遛琼斯，除了避免琼斯遭到众多男狗欺负，还有一个原因，是她察觉出来了，许多狗的主人看不起她的琼斯。别看男狗们对琼斯趋之若鹜，男狗的男女主人们却对琼斯有些挑剔，并说三道四。李月卓的琼斯是一只矮脚京巴儿。李月卓听人说过，京巴儿在慈禧时代最为受宠。八国联军打进北京时，把京巴儿当宝贝一样抢掠。英国人还把抢回去的京巴儿献给他们的女王。自打慈禧时代结束，京巴儿的行情就不行了，身子越来越粗，脑子越来越笨，面相越来越丑。京巴儿再也不时髦了，再也不是身份和地位的象征了，除了外地人还养养京巴儿，京城的人养京巴儿的已经很少了。李月卓不这么认为，别人不养京巴儿，她偏要养。谁的裤子好不好，自己的腿知道。她就是觉得琼斯好。琼斯灵巧、聪明，长得也很漂亮。特别是琼斯那一双黑棋子一样的大眼睛，天真纯洁，又温情脉脉，一见就让人爱怜。不管别人喜欢不喜欢琼斯，不管她的丈夫老张爱不爱琼斯，反正她对外孙女儿是彻头彻尾、贴心贴肺地爱。

遛完琼斯，李月卓抱着琼斯回到楼上，见老张打着呼噜，靠在沙发上睡着了。电视还开着，电视里播放的是武打的片子，正打得稀里哗啦。老张中过一次风后，手脚麻木，不能再下楼，只能待在屋里，靠看电视消磨日子。要睡觉就该到床上去睡，还开着电视干什么！李月卓拿起遥控器，把电视关掉了。

电视机一不响，老张就醒了过来：嗯，我看得好好的，你怎么把电视给关了？

看什么看，你睡得跟猪一样。

胡扯，我根本就没睡着。

电视老开着，电表是要走字儿的。电表走字儿越多，电费交得就越多，你知道不知道！

电费交得再多，也比你养狗省钱。把电视给我打开，你开不开？不开我拽你！老张的手在沙发上摸索东西。

李月卓只好把电视重新打开。自从琼斯进了家门，家里好像多了一个吃闲饭的，老张一百个不乐意，脾气变得越来越大。为了能保存住琼斯，李月卓不敢跟老张较劲。

电视打开了，老张不好好看武打，却盯着李月卓问：你是不是又偷着给狗喂狗粮了？老张的退休工资很低，每个月才一千多块钱。而李月卓没有退休工资，吃的是市民的最低生活保障费。鉴于他们家的这种经济状况，老张规定，狗只能吃剩饭，喝剩汤，绝不允许另外花钱给狗买狗粮。可有一次，老张在楼上的窗户内发现，李月卓在一个绿篱后面偷偷地给狗喂狗粮。那一次，老张跟李月卓生了一场挺大的气，老张非要把狗从窗口扔下去摔死。李月卓说了好多好话，还哭了一鼻子，才把琼斯保住了。

李月卓今天并没有给琼斯喂狗粮，她说：你少诈我，我是吃粮食长大的，不是被人诈大的。

你吃的是狗粮吗？

你才吃狗粮呢！

看来你还是愿意当人，不愿意当狗。把狗当人的人都是假招子。过来，给我挠挠痒痒。

你现在怎么这么多事儿呀，都快成事儿爷了。

怎么着，使不动你了吗！

李月卓心里明白，老张这是在和琼斯争宠，或者说在和琼斯争怀。以前老张并不是这样，很少让她给挠痒痒。有了痒痒，老张都是用一个竹子制的痒痒挠自己挠。家里添了琼斯之后，老张担心她的注意力都转移到琼斯身上，不再好好照顾老张，动不动就考验她一下。李月卓让老张转过身去，掀开老张后面的衣服，给老张挠后背。老张说：对，对，再往上一点儿，真舒服！

女主人给男主人挠痒痒，琼斯静静地趴在一边看着，一句话都不说，对男主人好像一点儿都不嫉妒。

趁李月卓挠着痒痒，老张的一只手绕到李月卓身子后面，抓住李月卓的一块屁股瓣子，不声不响掰了一下。他掰得有些发狠，像是要把两块中的一块掰下来。

李月卓疼得吸了一下牙，停止了挠痒痒，说：干什么你！都这样了，还骚什么骚！

干什么？×你！这样怎么了，不管我是什么样儿，你还是我老婆，我想怎样，就怎样。

你倒是想怎样呢，恐怕怎样不成了。再给你安一条腿，三条腿变成四条腿还差不多。

腿不行了，我还有手指头，还有筷子。

我不需要。你以后对琼斯好一点儿，就算对我好了。

琼斯这个名字，是他们家已出嫁的女儿给起的。女儿把狗抱过来时，已经给狗起好了名字。老张一直拒绝把狗叫琼斯。他把琼斯听成了"穷死"。他们家本来就够穷的，再来一个"穷死"，以后的日子还怎么过！老张说：狗到啥时候都是狗，狗不能代替你。

琼斯作为一只女狗，到了一定时候会发情，这在李月卓的预料之中。可琼斯还会来例假，这是李月卓没有想到的。琼斯来了例假，倒不用给她戴卫生巾，她用自己的长舌头代替卫生巾，自己就把自己收拾干净了。琼斯身体里发出的情却不大好收拾。情不是血，但比血更红，比血更热。情是太阳，发起来光芒四射。情是劲风，把琼斯刮得满屋子打旋儿，自己再也管不住自己。琼斯一次次来到门口，立起身子，用爪子抓门。李月卓不给她开门，她就来来回回用头蹭李月卓的腿，用屁股绊李月卓的脚，肢体语言一再向李月卓发出请求，她要到外边去！李月卓说：好好好，我带你出去。咱先说好，不要搭理那些男狗。什么猛男、豹子头、黑旋风、拉登，没有一个好东西！

对于哈巴狗儿的亢奋表现，老张有些幸灾乐祸，他说：看看怎样，我说不让你养狗，你非要养，引火烧身了吧！

烧我，又不是烧你，我乐意。

我劝你还是小心点儿，那些公狗一疯狂，把你也当成了母狗，就不好了。

闭上你的臭嘴！

李月卓牵着琼斯，刚走出居民楼的单元门口不远，一些嗅觉灵敏的男狗们定是嗅到了琼斯发情的气息，纷纷从不同的方向蹿过来，争先恐后往琼斯身上跳。情况紧急，李月卓伸手把琼斯抱了起来，她对那些男狗们的主人说：干什么，干什么，快管管你们的狗！

有的狗主人赶过来，强行把他们的狗弄走了。因为四条腿的狗跑得快，两条腿的人追不上狗的步伐，有两个狗主人未能及时把自己的狗弄走，那两只男狗继续对琼斯恋恋不舍。这时惊险的一幕出现了。李月卓不是把琼斯抱起来了嘛，两只男狗左边一只，右边一只，在噌噌地往上跳，企图和李月卓怀里的琼斯亲近。平日里，人们很少看见狗会跳得这么高。琼斯的发情，似乎使它们获得了前所未有的动力，和向上的引力，它们拉直了身子，露出了粉红的肚皮，跳得差不多有一人高。它们意图明显，不加任何掩饰，就是想夺走琼斯，或在李月卓怀里直接和琼斯交配。它们这样的动作是危险的，因为它们往上蹿时同时打出了爪子。它们已经抓到了李月卓的衣服，再这样下去，它们会把李月卓的衣服抓破，说不定还会抓破李月卓的脸皮。李月卓吓坏了，她真想把琼斯扔掉算了。这时的琼斯表现得很不好，她不是配合女主人对她的保护，好好在李月卓怀里待着，而是身体乱拧，想脱离李月卓的怀抱。可是，把琼斯扔掉不行啊！李月卓懂得，她倘是把琼斯放在地上，倘是让一只男狗的企图得逞，就不是一会儿半会儿所能完事儿。时间一长，就会吸引不少看客前来围观。看客们看男狗女狗难解难分的喜事不算完，说不定还会看一看作为女狗主人的她。那样的话，众目睽睽之下，她面子上会很难堪。还有，若让男狗对琼斯的进犯得逞，完事儿后，男狗摇摇尾巴就走了，不用负任何责任，而男狗播进琼斯肚子里的种子，会变成琼斯的一窝子孩子生出来。她只养了一个琼斯，老张就把她埋怨得鼻子不是鼻子，脸不是脸。琼斯要是再生下一窝孩子，不知老张会恼成什么样子。她怎样处理琼斯的孩子，恐怕也是一个大问题。李月卓坚持住了，她冒着被两只上蹿下跳的男狗抓伤的危险，死死地抱着琼斯，硬是把琼斯抱到楼上，抱回了家。

楼下所发生的这一切，都被站在五楼窗户后面的老张看在了眼里。

李月卓把琼斯抱回家，第一次揍了琼斯的屁股：我叫你浪，我叫你不要脸，我打死你，打死你！

琼斯的样子似有些委屈，眼里泪汪汪的。

老张说：你不应该打狗的屁股，应该打你自己的屁股。你知道养狗的难处了吧，现在把狗送走还不晚。老张一直反对李月卓养狗。城里人不把狗当狗，把狗当人养，这让老张很看不惯。不管怎么说，狗还是畜生，不是人。把狗和人画等号，那人还是人吗！以前他们住的这个地方是北京北郊的一个村庄，叫小张庄。是村庄的时候，养只狗是有用的，狗起码可以帮着看家护院。现在村庄没有了，原来种庄稼的地方都盖起了高楼，成了小张庄居民小区。居民们都在自己门口安了防盗门，在窗口装了防护栏，小区大门口还有保安人员日夜把守，还要狗有什么用呢！除了白吃干粮，到处拉屎，一分钱的用处都没有嘛！可是，李月卓对养狗却很热心，她心里长出了一根筋，这根筋的名字就叫养狗。养狗之风初起之时，全城流传着一句话：你看谁谁谁，人家连狗都有了！这句话是对养狗人家的赞赏，羡慕，也是一种评价。这种评价类似物质匮乏时期拥有缝纫机、自行车、手表和收音机，经济发展之初拥有电视机、电冰箱、洗衣机和金首饰一样，是一种相当高的评价标准。养狗之所以成为评价市民生活质量的一种标准，还在于以前那些东西是物件，是死物，而狗是动物，是活物。以前那些东西只具有物质性意义，而养狗除了物质性意义，还有精神性意义。它的精神性意义在于养狗是时尚的，而且是国际性的时尚。谁家如果不养狗，就等于赶不上时代潮流，就等于落后。李月卓不甘心落后，她三天两头跟老张磨叽，谁谁家养狗了，谁谁家也养狗了。她跟老张报告的人家，都是老张所认识的回迁户。有一个回迁户老头儿，在小区里扒垃圾桶，捡废品，人家一下子养了两只小狐狸狗。每当老头儿提着袋子向垃圾桶走去，两只小狐狸狗像老头儿的先行官一样，总是屁颠儿屁颠儿地跑在老头儿前头，很是可爱。老头儿守着某个垃圾桶，不让外地来的人乱扒。两只小狗一齐为老头儿帮腔，一副忠实走狗的样子。李月卓对老张说：你看连人家扒垃圾的都有狗了，咱怎么也比扒垃圾的老头儿强吧！老张认为李月卓的话都是垃圾。李月卓坚持养狗还有一个理由，她的女儿虽然结婚了，女儿却打定主意不要孩子。要是女儿生一个孩子给她带着，她养狗的心情不会这么急切。没孩子可带，再不养一只狗，家里只剩下老两口儿，有啥意思呢！两口子僵持不下之际，女儿把琼斯抱来了。女儿说，琼斯就算是她生的孩子，给姥爷姥姥带着玩吧。

　　既然琼斯是女儿送来的，既然女儿把琼斯说成是他们的外孙女儿，李月卓就有了留下琼斯和爱护琼斯的理由。他对老张说：你少废话，不管遇到什么情况，我都不会把琼斯送走，不会让我的外孙女儿离开我。琼斯有这样的表现很正常，你也是从年轻的时候过来的，应该理解琼斯此时的心情。

那你打它干什么!

我打她,因为我爱她。

那我也打它丫的。

我可以打,你不可以打。我的打和你的打,性质是不一样的。

趁两个人在争论,琼斯又到门后去了,立起身子,在够门把,似乎要自己拉下门把,把门打开。同时,门外传来刺啦刺啦的声音,像是有爪子在挠门。

老张说:快去看看,有公狗找上门来了。

不会吧。李月卓通过安在保险门上的猫眼往门外看了看,没看见什么公狗。她说:你不要瞎说,不要吓唬我。

傻娘们儿,猫眼的位置高,公狗的个子低,你当然看不见。你听你听。

门外的声响更急切,像是要把保险门撕下一层皮。

李月卓只得把琼斯关进厨房,拉开一点儿门缝往外看了一眼。这一看不要紧,一只男狗毛烘烘的嘴脸不失时机地伸进门缝,正扁着脑袋往门里挤。李月卓有些害怕,喊老张快来。

老张坐在沙发上不动窝,他说:怕什么,你只管放它进来嘛。我关起门宰了它,剥了它的皮,炖它的肉吃!我吃过狗肉,狗肉挺好吃的。

李月卓没有把男狗放进来,她骂了一句滚蛋,硬是把男狗关在了门外。李月卓关门时,挤了男狗的长嘴一下。男狗疼得叫了一声,像是对李月卓的回骂。

以前李月卓出去买菜,有时会牵上琼斯。有人夸琼斯乖,她心里会很美气。在琼斯激情四射、容易惹是生非期间，她不敢再带琼斯外出。有一天，李月卓买完菜回到家，琼斯对她摇过尾巴，行过欢迎礼之后，转过头就对老张叫起来。琼斯叫得声音很大，叫声里仿佛充满了对老张的厌恶。琼斯不会学舌，不会告状。但李月卓听得出来，琼斯这是向她告老张的状。她问老张：我不在家的时候，你怎么欺负琼斯了？

老张拿白眼珠子翻了她一下，不说话。

我问你话呢？怎么，你的腿坏了，嘴也坏了？

什么我欺负它，是你欺负我！

我怎么欺负你了，我做给你吃，做给你喝，给你洗脚，还给你挠痒痒，哪一点儿对不起你！

自从有了这个狗东西，你对我就没有过好气。

琼斯显然是站在李月卓的立场上，跟李月卓结成了统一战线，见李月卓跟老张吵架，琼斯对老张叫得比刚才更厉害。琼斯的身子一退一扑，头一伏一扬，似乎随时会咬老张一口。

老张使劲拍了一下沙发，震慑琼斯说：闭嘴！再叫我勒死你个狗娘养的！他又对李月卓说：你赶快把它弄走，看见它我就烦！

李月卓蹲下身子摸了摸琼斯的头，对琼斯说：好了，别叫了。琼斯果然不叫了。李月卓回应老张说：想把琼斯弄走，这个话你跟我说不着。等你闺女来了，你跟你闺女去说。你闺女怕你成天待在家里寂寞，好心好意抱来了琼斯，闺女还说权当琼斯是她生的孩子，权当是你的外孙女儿，你怎么好意思把外孙女儿推出去不管呢！

老张伸出一根手指头把李月卓指了一下，说：李月卓，你蒙谁呢！告诉你说，我的腿傻了，脑子一点儿都不傻。好不蔫儿的家里弄来一只赖狗，完全是你搞的阴谋诡计。要不是你背着我在闺女面前哭着喊着要养狗，还不让闺女跟我说实话，家里能这样不得安生吗！

李月卓说：我不跟你说了，你这人太独了。谁都知道，狗是人类最好的朋友。你连一个最好的朋友都容不下，还把朋友当敌人，谁还会搭理你呢！都说慈禧太后坏，听说人家慈禧太后对狗亲着呢。我看你连慈禧太后都不如。李月卓把买回的茄子、土豆等提溜进厨房，琼斯跟在李月卓身后，也进了厨房。琼斯不愿意跟老张一块儿待在客厅里，只有一步不落地跟在李月卓身边，好像才有安全感。李月卓对琼斯说：对，姥爷不喜欢你，姥姥带你玩。

李月卓好胳膊好腿儿，她的社交活动还是有一些的。比如听健康讲座，参观季节性小商品交易会，到郊区采摘，和朋友们一起到别的居民小区进行乒乓球挑战赛，等等，她都乐意参加。这些活动，有的可以带上宠物，有的不能带，只能把宠物留在家里。中秋节后的一天，李月卓对老张说，几个朋友约她到昌平去泡温泉，可能要去一整天。她提前给老张做好了老张爱吃的火腿肉丁炒饭，炒饭在锅里盖着，中午老张自己开火热一下就可以吃。泡温泉不能带琼斯，只能把琼斯留在家里。李月卓特别对老张交代：你只管看你的电视，不用管琼斯。要得小儿安，三分饥和寒，琼斯饿饿肚子没关系，我晚上回来再给她弄吃的。

老张不想让李月卓去泡温泉，他说：你把一个病号丢在家里，你去泡温泉，你还老美呢！我也去。

李月卓知道老张行动不便，不过是嘴上说说而已，她说好呀，欢迎你去。我们几个都是姐们儿，去一个爷们儿给我们跟包儿更好。

老张把李月卓的想法及时揭露出来：你知道我去不成，就说欢迎我去，我要是能去，你就不会这么痛快了。老张强调，他两天没解大便了，身体不大舒服，李月卓还是别去泡温泉好一些。

李月卓说：那不行，我们都约好了，九点钟在小区门口集合。我要是不去，人家以后就不带我玩了。憋便如憋宝，憋宝如憋福，两天不解大便，不算什么事。好了，回头我帮你把肚子揉一揉，拜拜！

李月卓跟老张撒了谎，这天外出，她并不是去泡什么温泉，而是去参加一场意义重大的集体行动。这个行动万万不敢让老张知道，若被老张知道了，说破大天，老张也不会让她去。她要参加的是一场什么行动呢？是拦截行动，也叫救援行动。救援什么呢？救援的是爱犬。却原来，李月卓背着老张，已经加入了由市民自发组织的爱犬协会。协会通过眼线得到情报，今天将有一大卡车爱犬走京沈高速路运往东北。爱犬是从河北收购来的，他们把爱犬送到寒冷的地方，是要砍爱犬的头，扒爱犬的皮，吃爱犬的肉。天哪，这是绝对不能容忍的！于是，由一个副会长牵头，组织了这场救援爱犬的行动。解救行动的费用大家平均分摊，每人交八十元钱就可以了。李月卓是救援行动的志愿者，她乐意参加这种挽救爱犬生命的**光荣行动**。

他们分乘四辆私家车，来到高速路收费站出京方向外侧的开阔地带守候。他们的情报是准确的，中午时分，果然有一辆装满爱犬的大卡车开了过来。参加解救行动的十几位爱犬协会成员一哄而上，拦在卡车前头。他们都看见了，卡车上分三层装了几十个铁笼子，每个铁笼子里都塞满了爱犬。爱犬的种类很多，有本地的土犬，更多的是杂交的混血犬。有一只铁笼子里爬着几只毛茸茸的小犬，看样子是在囚笼内刚生出来的。还有一只将要分娩的大肚子母犬，急得在铁笼子里乱扒乱转，显然急于从囚笼里逃出来。须知每位参与行动的爱犬协会成员，家里都养有为数不等的爱犬，在他们眼里，这些铁笼子里的爱犬和他们家养的爱犬是一样的，都是他们的朋友、亲人，或者说这些爱犬都是他们的孩子啊，他们怎能舍得让屠夫们把这些爱犬杀掉呢！他们在车前扯起了横幅，横幅上写的是北京市某某区爱犬协会的字样。在副会长的带领下，他们还喊起了口号：反对杀戮，还我朋友！他们好久没喊口号了，听见自己喊出的口号，不禁有些想笑。但他们都把表情严肃着，不许自己笑。他们甚至把这些爱犬与当年的革命志士联系起来，他们保护爱犬，就是保护革命志士；挽救爱犬，就是挽救革命，他们的行动，是何等的庄严，何等的令人热血沸腾。

　　李月卓绕着卡车转了两圈，至少看到了三只长得和琼斯一样的京巴儿。这些即将被送进火锅的京巴儿，也许正是斯琼的兄弟姐妹。其中有一只京巴儿，仿佛认出了她是琼斯的姥姥，目不转睛地看着她。李月卓的心情是激动的，也是兴奋的，她庆幸自己参加这次行动真是参加对了。别人喊口号，她比别人喊得更响亮。有人说了激烈的话，她的附和比那人说的话还要激烈。谁说她只是一个家庭妇女，谁说她是一个无用的人，原来她对爱犬充满了爱心，这些爱犬离不开她的帮助啊！

押车人从驾驶楼里下来了，声称他运狗是合法的，是有商品准运证的。他的意思是说，狗和猪、羊、牛一样，都是畜生，都是可以变成肉，变成商品的。而拦截商品运输是不合法的。参与行动的人一齐围上来反驳他，认为他的观点不对，缺乏犬道主义精神。他们共同的态度是，若想把这一车爱犬运走，除非车轮从他们身上碾过去。交警来了，他们毫不妥协。工商管理人员来了，他们毫不让步。最后取得斗争胜利的是他们，押车人只得掉转车头，把一车爱犬拉到市里的动物保护协会去了。

得胜而归的李月卓，特地给老张买了三个老张爱吃的驴肉火烧。为避免多疑的老张向她发问，她得用能和天上龙肉相提并论的地上驴肉占住老张的嘴。一开门，他就把装在塑料袋里的驴肉火烧举起来，说老伴儿，看我给你买的什么？

老张闭了一下眼，不说话。

又怎么了，这是谁又得罪你了？

睁开你的狗眼看看！老张绾起一只裤腿和一只袖子给李月卓看。

李月卓看见了，老张的一条腿和一只胳膊都受了伤，受伤处都浸着鲜血。李月卓样子有些吃惊：哟，天哪，这是怎么了？琼斯呢？

听见姥姥找她，琼斯在厨房里叫起来。

李月卓打开厨房的门，见琼斯的阴部有些异样，后腿也瘸了一条。她很快得出判断，定是老张折磨了琼斯，琼斯不堪忍受，就咬了老张。人哪，种福得福，种祸得祸，福和祸都是自找的，真是没办法。把老张和琼斯比起来，老张毕竟重要些，李月卓顾不上安慰琼斯，却对老张说：别生气了，走吧，我扶你下楼，带你去打防疫针。

老张断然拒绝：不去，我等死！

你不要和自己过不去。

从今以后，有它没我，有我没它，你看着办！

李月卓明白，老张说的它，指的是琼斯。事情闹到这种势不两立的地步，李月卓想挽留琼斯，的确有一些难度。她和爱犬协会的会员们可以把一车爱犬解救下来，可面对她家的一只爱犬，她的爱护和挽留却显得有些无能为力。李月卓想让老张把情绪稍稍缓和一下，劝老张还是先吃饭吧，身体是第一位的。

老张不吃饭。老张最后的条件是，李月卓一天不把恶狗弄走，他就一天不吃饭。老张没说绝食这两个字，但他的意思就是要绝食。

事情没有了回旋的余地，李月卓只好给女儿打电话讲明了情况，让女儿过来把琼斯抱走吧！李月卓跟女儿说话时，声音有些颤，眼里也有了泪光。

女儿有些不耐烦，说请神容易送神难，她不管。说罢就把电话挂掉了。

无奈之际，李月卓央求了一个开出租车的邻居，请邻居帮忙把

琼斯拉到郊外的野地里去了。她把琼斯抱下车，跟琼斯告别似的亲了一下，说：你不能怨我狠心，我也是没办法呀！

上了车，李月卓回头透过车后的玻璃看见，琼斯在后面追着汽车跑。由于琼斯一瘸一拐，汽车跑得快，琼斯跑得慢，不一会儿，汽车就把琼斯甩远了。

李月卓再也看不见琼斯了。

李月卓的眼泪下来了。

2013 年 10 月 9 日至 10 月 26 日于北京和平里

（此间去了武汉、海南、合肥）

合　作

　　贺品刚不爱喝白酒，也不爱喝红酒，只爱喝啤酒。白酒辣，红酒甜，啤酒说不上是什么味儿，却是他的最爱。在炎热的夏天，一口气把冰镇啤酒喝上一瓶，那叫一个痛快。贺品刚喝啤酒时，不用动嘴唇，不用动舌头，也不用动喉咙，只需把嘴巴张成一个洞口，直接把啤酒往洞口里倾倒就行了。金子华笑话他，说他喝啤酒过于粗放，野蛮，简直像灌老鼠洞子一样。按道理，往老鼠洞子里灌了液体，老鼠们受淹不过，应该顺着洞壁从洞口爬出来。然而，液体灌了不少，洞口一点儿动静都没有。金子华说，这么好的东西，让他喝了白瞎了。

　　白瞎也要喝。这天下班后，贺品刚拐进一家小饭馆，先灌了一瓶啤酒。他没有点热菜，只要了一盘水煮毛豆。一会儿回家他还要吃饭，在这儿吃饱没有必要，只过一下啤酒的瘾就可以了。路边的银杏树叶子已经发黄，一阵秋风吹过，明黄的叶片纷纷落在地上。贺品刚喝一杯啤酒，吃几粒咸滋儿的毛豆，蛮舒服蛮享受的。在小饭馆里用餐的人不算少，每张窄窄的小餐桌前差不多都坐了人。贺品刚看见，邻桌一位戴白边眼镜的年轻女人，也在一个人喝啤酒。

年轻女人比他奢侈些，除要了一份水煮毛豆，还要了一份热气腾腾的羊杂火锅。一个人自斟自饮，都是老爷们儿干的事。年纪轻轻的女人家，也在一个人喝啤酒，这让贺品刚有些不解。喝一瓶啤酒等于给肚子下了一阵小雨，肚子尚未湿透。贺品刚有心再喝一瓶，给肚子下雨下到中雨量级，想到金子华正在家里等他，就没有再喝。他要是喝两瓶啤酒，回到家有可能会打酒嗝，让金子华闻到就不好了。到了秋后，天气转凉，金子华就不再给他买啤酒喝。金子华说是爱护他，是在为他的身体着想。金子华的说法有些玄，说虽然天气凉了，贺品刚的心肠还是热的，要保持一副热心肠，凉啤酒就不能再喝。贺品刚对金子华的话意有些琢磨不透，啤酒和心肠并不搭界，不知金子华是怎么把它们联系起来的。他总觉着，金子华把话说高了。

贺品刚上班的地方在通州，下班后他挤上地铁，一路向西，到东单换乘另一条线路，再一路向北，到站后还要走上二三里路，才回到了他们居住的小区。此时天已经黑了下来，霓虹灯纷纷亮起。小区的大门右侧，开有一家足疗店，足疗店的大门脸是朝外的，为了招徕居住在小区内的顾客，店主在足疗店的后门上方用宽幅的霓虹灯灯箱打出一条横幅，横幅上的字在滚动播出，除了足疗，还有保健、按摩、超级享受等字样。因霓虹灯制成的字样比较大，映在贺品刚脸上也有些红，滚动的红。对于贺品刚来说，这个足疗店等于兔子窝边的花草。他没去那里吃过，也知道那里面都有些什么"花草"。有奇葩样金子华顶着，那些"花草"不吃也罢。

他一开门就喊：子华，我回来了！

金子华正在厨房里炒菜，抽油烟机抽得呼呼响。尽管噪声不小，金子华还是把贺品刚的报告听到了，金子华说：好，你先歇会儿，菜马上就得。

金子华做的是家常菜，两菜一汤。菜是猪肉炖粉条和素炒酸辣白菜，汤是砂锅海鲜豆腐汤。金子华往客厅的餐桌上端好了菜，像店小二那样喊着：来喽，地道的东北菜，吃饱喝饱不想家。

贺品刚脱了外衣，从小卧室里出来，见餐桌上仍没有放啤酒。要想在家里天天喝啤酒，恐怕得等到明年夏天了。有一瓶啤酒在肚里，贺品刚不会提啤酒之事，金子华提供什么，他就吃什么，喝什么，他问：小雨呢？

金子华说：小雨在幼儿园吃过饭了，不用管她。说了不用管她，金子华还是问了一句：小雨，妈妈烧的豆腐汤，你喝一点儿吗？

小雨在大卧室里答：不喝了。

公鸡找到了食，自己往往舍不得吃，把食叼一下，放下了，再叼一下，又放下了，咕咕地唤母鸡过去吃。在金子华家，事情有些颠倒，不管哪一个菜，金子华的筷子伸过去了，并不夹菜，而是示意贺品刚先夹，先尝。贺品刚尝过了，说好吃，她才吃。金子华用筷子点着酸辣白菜对贺品刚说：你尝尝我炒的酸辣白菜。贺品刚把酸辣白菜尝过了。金子华看着他的嘴问：味道怎么样？贺品刚的评价有些夸张，说：贼好吃！金子华笑了，说其实大白菜还是新鲜的好吃，咱们东北人老吃酸菜，那是没办法，是不会保鲜。

贺品刚吃了一块肥肉，提示似的对金子华说：今天是星期三。

是吗？你不说我都忘了。金子华吃了一根粉条，粉条有些长，还有点儿粗，她没把粉条咬断，是把粉条吸进嘴里去的。

贺品刚说：假装的，你才不会忘记呢！

真的，不蒙你。金子华知道星期三意味着什么，这天晚上是他们做好事儿的时间。除了星期三，还有一个时间是星期六。这两个时间是他们两个都经过多轮磋商后最后敲定的时间。贺品刚第一次提出的方案是每天都做好事儿，他的理由是，一个人做一件好事儿并不难，难的是每天都做好事儿。他是知难而进的态度，每天都要做好事儿。

金子华的观点是，一个人一辈子能做多少好事儿，都是命中注定的，你提前把好事儿做完了，以后就没得做。要把好事儿做好，真正做出水平，做出质量，不能日赶日，还是细水长流好一些。贺品刚退了一步，提出隔一天做一次，这下总该可以了吧？金子华还是不愿点头，说一星期做两次好事儿就不算少了。算算看，一星期两次，一个月八到九次，一年呢，就是上百次。哎呀，不算不知道，一算吓一跳，太雷人了，太可怕了！

贺品刚有些挠头，怎么办呢？他和金子华的关系是合作的关系。任何合作都不能对抗，只能妥协。只有不断妥协，合作的关系才能维持。一个星期做两次好事儿，对贺品刚来说有些少，但他还是同意。上个星期六刚做完，他就盼着星期三赶快来到。星期三终于到了，他对金子华提示一下，并不是担心金子华会把好事儿忘掉，是想让金子华有所预热，到时好好表现。

金子华也是一个喜做好事儿的人，她当然不会忘。她说自己

忘了,不过是逗一逗贺品刚,欲擒故纵,使事情变得更有趣味。她说:要不然我给你倒一杯红酒喝吧。

贺品刚说算了,不喝了。贺品刚知道,家里常年备有红酒。金子华睡眠不好,她听人说喝点儿红酒可以促进睡眠,每晚睡觉前都会喝上一杯。红酒挺贵的,还是留给金子华自己喝吧。

吃过晚饭,贺品刚在客厅里有一搭无一搭地看了一会儿电视,就到自己住的卧室等金子华去了。这套房子是两室一厅,金子华和女儿小雨住大卧室,贺品刚住小卧室。小卧室面积小,才八个平方多一点。贺品刚对卧室面积没有过高要求,能放下一张床就可以了。金子华要等小雨睡着了,睡熟了,才能悄悄到小卧室里来,跟贺品刚一块儿做好事儿。在小雨没睡熟之前,金子华是不会找贺品刚的。而贺品刚也不能到大卧室去,跟金子华母女睡在一张大床上。因为贺品刚和金子华并不是夫妻,是搭伙过日子的。贺品刚也不像以前人们说的,在帮助金子华的丈夫拉帮套。金子华已经和丈夫离婚,金子华是自由之身。贺品刚和金子华凑在一起,是互通有无,互相帮衬。也就是说,贺品刚并不是小雨的爸爸,金子华让小雨把贺品刚叫叔叔。小雨四岁多了,已经开始懂事儿,好事儿坏事儿似乎都懂一点儿。金子华不能让女儿看见叔叔和她们睡在一张床上,更不能让女儿看见叔叔和妈妈做好事儿。对于这一点,贺品刚能够理解。夜还长着呢,他有耐心等。他把有些膨胀的老二握了握,对老二说:不要着急,好饭不怕晚,到时候有你吃的。

贺品刚在一家私营公司上班,上了一天班下来,他脑疲心疲,只想睡觉,连话都不愿多说。随着秋夜往深里走,窗外已完全静下来，静得几乎能听见杨树叶子落地的声音。据说这个在五环路以北的居民小区曾经是郊区农民的庄稼地，农民在地里种小麦、玉米、谷子，也种向日葵和大白菜。城市扩大以后，这里很快盖起几十栋高楼，就成了以青春城命名的居民小区。这里只种人，种草，不再种庄稼了。种庄稼的农民也不知到哪里去了。贺品刚的老家在东北农村，他对庄稼地是熟悉的。他曾躺在庄稼地的地头看过云彩，也看过飞鸟。云彩和飞鸟都悠悠的。他一迷糊，差点儿睡着了。看看表，十点半都过了，金子华还没过来。他悄悄起身，到大卧室的门外侧耳听了听，听见金子华还在给小雨讲故事。这是小雨的习惯，只有在妈妈讲的故事中，她才能入睡。贺品刚不由得摇了摇头，又悄悄退走了。小雨倒是有故事可听，他和金子华的故事不知何时才能开始。贺品刚不能明白，一个男人干吗非要找女人呢？干吗非要和女人合作才算过日子呢？才能形成故事呢？这到底是谁安排的呢？

等金子华来到贺品刚的卧室，贺品刚已进入梦区，在梦区里正和第三位女友因找不到做爱的地方着急。不过金子华摸黑一走到床边，贺品刚就醒了。金子华不是第三位女友，是他的第四位女友。清醒过来的贺品刚不说话，也不动，做的还是睡着的样子。半夜十二点恐怕都过了，金子华过来得太晚了。人说一鼓作气，贺品刚用自己的"鼓槌子"在自己肚皮上不知打过几遍鼓了，气泄得也差不多了。

金子华轻声唤他：品刚，品刚，你是不是睡着了？

贺品刚嗯了一下，表示他是睡着了。

金子华说：你要是睡着了，那今天就算了，你接着睡吧。

算了，那可不行！贺品刚干等长等，天要打雷，狗要钻洞，算了，算怎么回事！他说：赶快上来吧你，看我不×死你！

金子华嘻嘻笑了，说：我还以为你真的睡着了呢，原来你是在养精蓄锐装死驴啊！

金子华上得床来，贺品刚却一点儿都不主动，把主动权都拱手交给金子华。金子华比他大三岁，又生过孩子，而他还没有正儿八经地结过婚，名义上还是一个青头厮。无论从哪方面讲，金子华的性事经验都比他丰富，床上功夫都比他深。所以他愿意在金子华面前卖一点儿无知，撒一点儿娇。

金子华懂得贺品刚的心思，她上来就骑在贺品刚身上，把贺品刚当马骑。骑上"马"，她没喊嘚儿驾，喊的是：老公，老公，我的好老公！

贺品刚本来想绷一会儿，让金子华好好地出出力再说，但金子华骑得太快，他有些绷不住，只得做出回应：老婆，老婆，我金子一样的好老婆，你要幸福死我啊！

既然两个人在一块儿如此幸福，他们结为夫妻不行吗？不行，贺品刚认为不行，金子华也认为不行。贺品刚在北京是大学本科毕业，金子华只是一个初中毕业生；贺品刚有工作，有收入，金子华无工作，无收入。贺品刚找对象，起码得找一个没结过婚的姑娘。像金子华这样的，比他大三岁不说，还结过婚，带着孩子。倘是娶金子华做老婆，不光对不起自己，跟父母也说不过去。贺品刚心里**清楚，他和金子华搭伙过日子，不过是权宜之计，不是长久之计。**

他所利用的是金子华的资源。金子华有房子，住在金子华这里，他不必到处租房子住。金子华会做饭，而且做的饭很对他的口味，他不必再到街上买着吃。更重要的是，金子华作为一个三十多岁的少妇，要眉有眉，要眼有眼，要肉有肉，要水有水，正好可以满足他的欲望。没认识金子华之前，他每月都要去"保健"几次，哪怕是最低档的"保健"，一次也要花去二百块钱。当然了，他住在金子华这里不是白住，也要花钱。他每月按时付给金子华三千块钱，就什么都有了。他还在寻找合适的对象，等把能与他合作一辈子的对象找到了，他马上就会离开金子华。

金子华利用的也是贺品刚的资源。资源主要由两个方面组成，一个是贺品刚的钱，还有一个是贺品刚充沛的精力。金子华和丈夫离婚后，丈夫每月只给她一千块钱，说是小雨的抚养费。拿这点钱维持她们母女的生活远远不够。拿到贺品刚的三千块钱呢，日子就可以过得下去。另一个资源就不必说了，贺品刚还是一个小伙子，小伙子的精力正在盛头上，那是相当厉害。她正好可以采贺品刚的阳，补一补自己的阴。金子华之所以不打算和贺品刚结为夫妻，除了觉出贺品刚并不是真心爱她，和她在一块儿不过是逢场作戏，还有一个原因，虽然她和丈夫分手了，但丈夫没有另娶，还和她保持着联系。丈夫常给她打电话，高兴了，就开着车跑到家里来，把激情重温一下。丈夫反对她再和别的男人结婚，如果她另嫁他人，他就不再给小雨抚养费了。丈夫是北京人，干的是公职，丈夫之所以愿意娶她这个外地人为妻，看重的是她的姿色。丈夫还有一个想法，是希望她能为他们家生一个男孩儿。她没生出男孩儿，丈夫有些灰心，便在外边胡搞八搞，把钱都花到野鸡身上去了。金子华忍无可忍，便提出和丈夫离婚。她本来想吓一吓丈夫，让丈夫回心转意。不料丈夫来个顺水推舟，果然把婚给离了。丈夫把房子给她留下，只把车开走了就完了。丈夫偶尔回来给她下种时，在她耳边吹的还有风。丈夫说，因他有公职在身，按国家规定不能生二胎。现在他们离婚了，如果金子华再生，他就可以不负责任。要是金子华为他生一个男孩呢，他就考虑和金子华复婚。丈夫的父母名下有两套房产，以后这些房产都是他们的。房产当然是好东西，北京的房价蹿着蹦子往上长，谁手里有几套房子，便有了一切。没有房子呢，只能寄人房下，连老婆都找不到。贺品刚就是因为买不起房子，谈一个对象，又谈一个对象，其结果都是吹灯拔蜡。

贺品刚的父亲事前没跟贺品刚打招呼，突然就到北京来了，并找到了贺品刚所在的公司办公室。贺品刚有些慌乱，也有些不悦，问父亲：你为啥不先打个电话来呢？现在打电话这么方便？

父亲嘿嘿笑着，没有解释来之前为啥没给贺品刚打电话。父亲为贺品刚带来的有木耳、蘑菇，还有一布袋子土豆。

贺品刚说：北京什么都有，你带这些东西干什么？

父亲说：木耳、蘑菇都是他到山上采的，野生的。土豆是他自己种的，一点儿化肥都没上，吃起来面得很。父亲提起贺品刚小时候，说你小时候最爱吃我种的土豆了。

什么小时候不小时候，小时候早就过去了，现在都快变成老时候了。既然父亲来了，他让父亲马上回去不大现实，他安排父亲坐下，给父亲倒了一杯热茶，让父亲慢慢喝，自己躲到外面给金子华打电话，说他父亲来了。

金子华一听马上表态：谁的父亲谁接待，你千万不要把你父亲带到我这里来，来了我没法儿处理。

贺品刚说他父亲很可笑，除带来了木耳、蘑菇，还带来了一袋子土豆。

金子华没有随着贺品刚笑话贺品刚的父亲，她说：别别别，我现在正在减肥，土豆含淀粉太多，我一个土豆都不吃。

贺品刚听出金子华的口气有些急，好像他的父亲不是一个人，而是一个瘟神，他说：你急什么，我也没说带老人到你那里去，我只是跟你说一声，我今天晚上不回去了。

金子华的口气这才缓和一些，说知道了。说罢就把手机关断了。

晚上，贺品刚带父亲住旅馆去了。他找了一家比较便宜的旅馆，一个双人间住一晚二百六十块钱。父亲嫌住旅馆太贵，眼一闭什么都不知道，没必要为打瞌睡花钱。父亲要贺品刚带他到贺品刚每天住的地方去住。贺品刚每天住的地方是金子华的家，他不可能把父亲带到金子华家里去。他要是把父亲带到金子华家里去，他成年成月跟父亲说的谎话一下子都露馅了。金子华不是他所处的对象，充其量是一个临时合作的性伴侣，说得不好听一点，金子华不过是他的一个姘头。他千方百计，还是要把自己的谎话维持下去。他对父亲说，他住的地方是居民区的一个出租屋，出租屋里住了好几个人，太乱了，住着不方便。父亲说，那有什么不方便的，他到哪里都能凑合，要是没床铺的话，打一个地铺也可以。贺品刚说：那不行，绝对不行，您大老远地来看我，我哪能让您遭那个罪呢！好了，卫生间里有热水，您好好洗个澡，我一会儿带您去吃涮羊肉。

父亲说：不吃肉了，随便吃点什么就行了。

贺品刚说：干吗不吃，到了北京，您就听我的没错儿。

在火锅店里吃涮肉，肉是大头儿，酒水是浇头儿，啤酒和二锅头不收费，可以敞开喝。贺品刚喝啤酒，父亲喝二锅头，父子两个都喝了不少酒。酒至高处，父亲提出，他这次来北京，主要目的是要见一见贺品刚的对象，也就是他未来的儿媳妇。他听儿子说过，儿子的对象姓金，他把儿子的对象叫小金。

贺品刚说：小金上班很忙，我要看她有没有时间。

父亲一听就急眼了，把筷子往桌子上一放，指着贺品刚说：小子你听我说，老子这次来，不是来看你的，是来看儿媳妇的。你让我看，我要看，你不让我看，我也要看。你妈成天盼着你娶媳妇，成天盼着抱孙子，她不但没抱成孙子，连儿媳妇都没见着。你妈临死时，连眼都没闭上，你知道不知道？你难道想让我也瞪着眼珠子死吗？父亲说着，眼珠子上蒙上了泪水。

贺品刚高个子，明鼻子，大眼睛，称得上是一位帅哥。贺品刚天生的自然条件还是挺能吸引女孩子的，他先后谈过三个对象，第三个对象甚至与他同居过一年多时间，还为他做过一次流产，但最后都没答应跟他结婚。说起原因，不是三言两语所能说清。主要原因，用两个字概括，那就是没有。他没有房子，没有汽车，没有攒下钱，没有权力，没有可啃的父母。大学毕业后，他在北京工作单位换了好几个，住的地方换得更多，像一片树叶一样，就那么在北京的水面上漂着。他能够理解父母的心情，父母希望他尽快娶妻生子，把贺家的香火延续下去。贺品刚何尝不想找一个能合作一辈子的老婆呢，何尝不想当爸爸呢，可除了长得帅，他还有什么呢？他今年已经三十岁了，到了该立起来的年龄了。然而他没有立的资本，也没有立的能耐，只能仍然像只爬虫一样趴在地上。他看出来，父亲喝得差不多了。父亲若再喝下去，说不定会哭出来。父亲历来有这个毛病，酒水子一用多，就会变成泪水子从眼里流出来。他说：爸，少喝点儿酒，多吃点儿菜。

父亲说：我干吗不喝，我就要喝，喝死拉倒！说着又干了一杯。

贺品刚说：至于吗？你不就是想见见小金嘛，不就是我一句话的事嘛！我让她来见您，她要是不来，我立马儿蹬了她。咱先说好，女孩子碍口，还不能叫你爸，只能把你叫叔，这点儿您别在意。等我俩正式结了婚，她叫爸多了您不要烦。

父亲说：我不烦，我喜欢还喜欢不过来呢！我给小金准备了见面礼。

贺品刚躲进卫生间给金子华打电话，说亲爱的，我和我老爸在火锅店喝酒。老爷子喝高了，提出想见见你。

金子华说：你爸算老几，我凭什么见他！

我蒙老爷子，说你是我处的对象。劳驾你配合我一下，咱们一块儿哄老爷子高兴高兴。

要哄你自己哄，我没那个义务。充其量，我只是你的一个房东，你只是我的一个租户，你明白吧？

华姐，看在咱俩的情分上，你给老弟一个面子嘛！

面子是什么？面子怎么给？面子多少钱一斤？

哎对了，老爷子说，他给你准备的还有见面礼呢！

见面礼，什么见面礼？

又装又装，我最讨厌你给我装丫了。

给多少？

见面礼不能给单数，我估计至少应该给两千块吧。

这个这个，你估计算个屁，把数目弄清楚再说。

两千块我敢给你打包票，少了我给你补，多了你分我一半。

你这叫雁过拔毛。

对了，我就是喜欢你的毛。

又骚又骚，少灌点儿马尿。

贺品刚从卫生间出来对父亲说：我跟小金说了，她明天到旅馆里看您。

金子华面见贺品刚的父亲时，把自己收拾得很光鲜，她上身穿了一件紫红的半大皮衣，脚上穿了深筒皮靴，头上烫了大花，唇上涂了口红，像是一个拜花堂的新娘子。贺品刚把金子华介绍给父亲：爸，这就是我的女朋友小金，小金比我小三岁。

金子华上前问了一声贺叔叔好，声调怯怯的，相当甜美。

贺品刚的父亲高兴坏了，连说好，好！

金子华说：人家说，女大三，抱金砖。我和品刚是男大三，也不知道能抱什么。

贺父说：男大三很好，我看也能抱金砖吧。

谢谢叔叔的吉言！

贺父说：孩子你等等。自己转到卫生间里去了。

贺品刚小声对金子华说：见面礼肯定缝在裤裆里了。

金子华撇了一下嘴。

贺父从卫生间里出来了，手里果然拿了一个红包，他说：我这次来，也没给你带什么东西，这两千块钱，算是我给你的见面礼。

金子华没有伸手接，她说：叔叔免了吧，怪不好意思的。

让贺品刚猜准了，父亲给金子华的见面礼果然是两千块。两千块对父亲来说是大钱，不知父亲攒多长时间才攒了这么多钱呢！他对金子华说：这是爸的一点儿心意，你还客气什么，赶快接着吧。

金子华这才把红包接下了，说谢谢叔叔！她瞥了贺品刚一眼，心说：你想拔毛没戏了。

贺父给了小金见面礼，像是取得了话语权，他咳咳喉咙，以父辈的口吻说：我看你们两个岁数都不小了，该办事儿就早点儿把事儿办了吧，老拖着也不是个事儿。

金子华说：叔叔，我们也想办事儿，可是呢，品刚没房子，我也没房子，办了事儿，我们把床放哪儿呢？把锅放哪儿呢？

贺父：咱们家好歹还有几间房子，一个院子，你们看看这样行不行，你们回家去办事儿，我给你们张罗。你们办完了事儿，再回来工作。那样的话，你们踏实些，我跟亲戚朋友、乡里乡亲们也好有个交代。

金子华说：那样恐怕不行，事儿是办给别人看的，日子还得我们自己过。办事儿不是目的，生孩子才是目的。老鼠生孩子还得有一个自己的窝呢，何况人呢！

贺父叹了一口气，说：看来不管哪一辈的人都有难处，走到哪一步都是难。我原来想着，你们年轻人总算赶上了好时候，吃不愁，穿不愁，能上大学，还可以在大城市工作。谁知道呢，你们的难处也不小。

这时金子华的手机响了，她的手机彩铃是一首歌，唱的是在月亮之上，有一个梦想。听到歌声的召唤，她看了一眼显示屏，转身到门外接听去了。

贺品刚对父亲说：爸，我跟您说过，您注意好自己的身体，安度晚年就行了。

父亲说：人活孩子，我安不安，还不是看你们，你们安了，我才安，你们不安，我也不会安。

贺品刚的父亲心疼钱，只在旅馆里住了两天，就回家去了。临走时，他让贺品刚到过年时带小金回老家过年。

贺品刚有些不耐烦，他说过年没那么重要，到时候再说吧。

父亲一走，贺品刚接着到金子华家里去吃，去住，去做好事儿。这天是星期五，还不到星期六，贺品刚提出加一个班。

金子华认为班不能随便加，加了班，谁给加班费呢？

贺品刚说：我给。

真的？

我给你加满油，不就等于加班费嘛！

我自己有油，不需要你加油。你加的不是油，都是醋。

贺品刚笑了，他说金子华很会说话，变得越来越可爱。他凑在金子华的耳边小声说：亲爱的，如果不加班的话，我怎么能表达对你的爱呢！你问我爱你有多深，加班代表我的心。

金子华明白，就是因为她得到了贺老爷子给她的两千块钱，贺品刚心里不平衡，才提出了额外的要求。她说：贺品刚，我发现你现在越来越会算计了，看见一只蚂蚁，都想剥下四两肉来。我问你，在你们家老爷子面前，我跟你配合得怎么样？

贺品刚承认金子华配合得很好，称得上天衣无缝。而就是因为金子华和他配合得好，他才要好好感谢金子华一下。

金子华还是答应了贺品刚的要求。她说下不为例。

这年北京下雪早，刚入冬就下了一场雪。别看雪不声不响的，下得还不小。人们早上醒来，看见汽车顶上、自行车座子上、小花园的绿篱上、垃圾桶的盖子上等，都积了厚厚一层雪。人们喜欢雪，因为雪有积累性，塑造性，雪可以在短时间内改变世界，使世界一下子变得洁白起来。老家在东北的贺品刚和金子华都喜欢雪，他们带着小雨到花园里堆雪人去了。堆好了雪人，他们又在雪人头上放一只雪球，然后退到一定距离，用手中的雪球，轮流往雪人头顶的雪球击打，谁把雪球击落，谁就是赢家，可以赢得大家的欢呼。也许在别人看来，这是一个其乐融融的三口之家，是爸爸妈妈在带着他们的女儿做游戏。有那么一刻，贺品刚也产生了错觉，以为金子华是自己的老婆，小雨是自己的女儿，他在北京的生活是幸福的。

下第二场雪时，金子华通知贺品刚，贺品刚不能在她家里继续住了，因为她母亲要从老家到北京来，而且要在北京过春节。

贺品刚无话可说，他只能抓紧时间，寻找新的可以租住的地方。

2013 年 11 月 4 日至 11 月 19 日

（此间去了一趟昆明，回了一趟老家）

吻

　　矿务局组织文艺节目会演，要求全局各单位都要成立业余毛泽东思想文艺宣传队。小李和小赵是在矿上的宣传队里认识的。小李比小赵早一年到矿上参加工作，小李在掘进队当掘进工，小赵被分到矿灯房收发矿灯。煤矿是男人主导的世界，井下连一个女人都看不到。井下的老鼠虽说被矿工们一律亲切地叫成白毛女，但老鼠身量太小，毕竟不能代替女人，老鼠的气息也不是女人的气息。井上稍好一些，食堂和灯房里有一些女工，机关科室里也有个别女干部，可那些女工和女干部多是结过婚的人，或是生过孩子的人，她们不愿意让井下的人看她们，好像多看她们一眼，就要把她们当煤采似的。小赵情况不同些，她刚参加工作，看上去还很年轻，应该没有主家。一般情况下，矿上招工都是成批招，一进矿就是一批年轻人。不知小赵是什么情况，她到矿上报到时，只有她一个人。若是矿上同时招几个女孩子，矿工们追逐的目光会有所分散，不至于集中在小赵一个人身上。进矿的只有小赵一个女孩子呢，目标就有些放大，有些显眼，众多饥渴的目光只能别无选择地对准小赵。在夏天的水面会看到这样的镜头，一颗成熟的、红色的楮桃子落在水里，无数的鱼儿受到吸引，会箭一样向楮桃子射去，不消一会儿工夫，楮桃子就会被沸腾般的鱼群分吃干净。好在小赵不是楮桃子，那些矿工的目光也不是鱼，他们不能把小赵怎么样。在矿工们看来，小赵好像并不是很敏感，那么多人看她，她似乎没什么感觉，也没有什么反应，两眼看着前方，只管走了过去。

那天，小李在篮球场的场地边看别人打篮球，小赵进矿的第一天，小李就把陌生的小赵看到了。因离得比较远，小李没看清小赵的长相，只注意到了小赵走路的姿势。小赵的腰身、脖颈挺得笔直，走路脚下一弹一弹的，轻捷，有节奏感。而不少女人走路低头探脑，脚下拖泥带水，一点儿都不好看。小李很快得出判断，小赵大概受到过舞蹈方面的训练，并养有一些艺术的素质。这样，小赵这个女孩子和别的女孩子就区别开了。对于小赵目不斜视，小李的看法也与别人有所不同，小赵对那么多人的关注没有反应，不是因为她不敏感，相反，是因为她太敏感。她知道很多人都在看她，就故意不看别人，故意不做出反应，使观看无效。小赵的姿态表明小赵是自信的，自尊的，还有那么一点儿骄傲。女孩子总是骄傲一点儿好，骄傲了才有骄傲之美，才显得高贵。小李对小赵的姿态不免有些欣赏，他想，什么时候能有机会和这个女孩子认识一下就好了。可理智告诉他，作为一个在井下打巷道的掘进工，他与这个女孩子认识的机会不多，接近的希望不大。矿上的男人成百上千，不少男人在地面工作，他们的条件都比他优越得多，僧多粥少，哪里轮得上他和新来的女孩子认识呢！

机缘巧合，小李和小赵很快就走到了一起。促使他们走到一起的有一座桥梁，或者说有一个媒介，这个媒介是宣传队。矿上经过了解，得知小李在中学、大队、公社都参加过宣传队，小赵在矿中读书时，也曾是矿务局宣传队的队员，凭借文艺特长和宣传经验，他们和其他若干男女青年一起，被集中在矿上新组建的宣传队。至于都宣传了一些什么，宣传的效果如何，小李和小赵并不是很在意，他们珍惜的是两个人互相认识、互相吸引的机会。小李负责宣传队的组织和日常管理工作，还兼着宣传队的编剧。没有人宣布让小赵协助小李开展工作，也没有别的宣传队员帮助小李做事情，小李把剧本编好了，只有小赵一个人积极主动地帮助小李刻钢板，印刷剧本。这样一来二去，两个人彼此就产生了好感，并有了一些默契。好感也好，默契也罢，他们只能向内转，只能把好感和默契默默地埋在心里，在言语行动上连一星半点儿都不敢流露。须知在那个年代，革命的口号成天喊得震天响，高压政治压倒一切，在宣传队里谈恋爱是不允许的，或者说是犯忌的。倘若小李对小赵的好感有半点儿流露，就会被别的宣传队员察觉，遭到集体性的反对和起哄，继而影响小李在宣传队的威信，影响整个宣传队的生存。可能出现的更为严重的后果是，矿上的领导知道后，会把小李和小赵双方从宣传队里开除出去。小李在公社的宣传队当宣传队员时，就目睹过一个男队员因谈恋爱被无情开除的经过。男队员在半夜里不声不响地离开了宣传队，回家不久就自杀了。女队员是宣传队的主力，她虽然未被开除，后来精神上也出了问题，以致哭笑无常。有别人的教训在前，小李对自己的感情控制了再控制，压抑了再压抑，绝不能让别人看出他和小赵有谈恋爱的嫌疑。在排练节目时，他不会多看小赵一眼。在每天例行的总结会上，他多是表扬别人，表扬小赵也很少。小赵注意到，宣传队里喜欢小李的女队员不止她一个，有的女队员开始在生活细节上关心小李，以取得小李的欢心。但小赵相信，小李的内心是倾向她的，所以她表现得很内敛，一点儿都不着急。她只在宣传工作上与小李配合，避免参与小李的生活。队员们在背后说到小李时，她也不说话，只是听。

　　两个月之后，直到宣传队完成了到矿务局参加会演的任务，解散了，小李和小赵才开始了真正的、公开的交往。别的宣传队员们这才发现，他们两个在宣传队里就互相爱上了，就打下了坚实的爱的基础。他们承认，这两个人在宣传队里分寸掌握得很好，保密工作做得也够可以。有的未能取得小李欢心的女队员难免有些失落，有些看法，说小李和小赵在宣传队里宣传别的是假，偷偷谈恋爱才是真。

　　小李回到了掘进队，小赵回到了灯房，比起在宣传队，他们见面的机会少多了。那么，他们谈恋爱怎么谈呢？两个人都是三班倒，往往是小赵下班了，小李还在井下挥汗开掘巷道。若两个人都在地面工作，小赵可以到小李的工作岗位把小李看一眼。可小李的工作在井下，地面和井下隔着千层山，万层岩，小赵去看小李是不可能的。小李上班之前，总要领矿灯，下班之后，总要交矿灯，趁领灯交灯的机会，小李总是来到小赵值班的窗口，把小赵看上几眼，说几句话。也是因为倒班的缘故，小李上班或下班来到灯房，以往小赵值班的窗口却换成了别的女工。然而，只要有心，只要两个人的心在一起，他们总是可以找到见面的机会。两个人都有自己的落脚点，那就是职工宿舍。如果不是上班时间，小赵可以在掘进队的宿舍楼上找到小李，小李也可以在矿上的女工宿舍里找到小赵。小赵找到小李时，小李不是在睡觉，就是在看书。小李找到小赵呢，小赵常常是坐在床边，用钩针在钩线衣。矿上发给她的劳保手套，她舍不得戴，就把手套拆成线，钩成白线坎肩。

在宿舍里见个面是可以的，但宿舍里不适合交谈，也不适合久坐。掘进队的宿舍，一间宿舍里住四个人。小赵在宿舍里跟小李说话，会被别人听去不说，还会影响别人睡觉。要知道，矿工在井下干一班活儿，上来睡觉是很重要的，既关乎体力的恢复，也关乎生命的安全，所以别人要像尊重矿工的生命一样尊重矿工的睡眠。女工宿舍是一处单独的院子，只有几间平房，每间平房里住三个人。在当时，由于男女界限分明，女工宿舍几乎成为男工的禁区，一般情况下，男工不敢踏进女工宿舍。就算小李鼓足勇气走进小赵的宿舍，看到别的女工也在宿舍里，他也会像犯了错误一样，浑身都不自在。那，小李和小赵怎么办呢？为了缓和彼此的相思之苦，为了把谈恋爱的谈字实现一下，他们只能凑一个两人都不在班上的时间，相约到矿区外面的山沟走一走。

从矿里往矿外走时，他们没有并肩同行，也没有一个在前面走，一个在后面跟，而是先约好一个地点，两人分头出发，到预定的地点见面。矿里那么多人，他们要是一路同行，被别人看见就不好了，别人会说他们有资产阶级思想，他们的行为会被说成是阶级斗争新动向。为避免别人说三道四，避免无端的干扰，他们的约会还是秘密进行好一些。正是这种秘密约会，使他们有些激动，也有些紧张，心跳加快不少。及至他们在约会的地点见了面，那种喜悦的心情是不言而喻的。要知道，相爱几个月来，这是他们第一次外出，第一次单独在一起，这是难得的表述爱的机会啊！然而，他们没有拉手，没有相拥，没有走得很近，甚至连惊喜都没有，就那么相视了一会儿，眼里放了放光，无声地笑了笑，就沿着田边的小路，向有山沟的方向走去。

那是秋天的一个下午，黄黄的秋阳照在人身上暖暖的。地上成熟的谷子已经割去，地里剩下谷茬、谷叶和个别小小的谷穗，蚂蚱在地上跳，鸟儿在天上飞，一切是那么静谧。这里的地貌是奇特的，内容是丰富的，他们在平地上往前走着走着，不经意间，面前陡然就会出现一条断裂下去的山沟。山沟很深，断崖壁立，乍一看下面阴森森的，让人有些害怕，几乎却步。定睛一看，他们就发现了，下面有树，有水，有庄稼，有菜园，两侧的山崖下面掏有窑洞，窑洞里住有人家，缭绕的是烟火的气息。却原来，山沟里是另一番天地。有一句诗，说是白云生处有人家。这里是山沟深处有人家。小李听人说过，这里有这么一条山沟。他之所以愿意带小赵到这里来，因为这里有隐蔽性和陌生性，矿上的人看不见他们，也不会遇见矿上的熟人，他们可以自由一些，放松一下自己的感情。

既然山沟下面有人家，必定有小路通往沟底。他们看见了，顺着山沟的斜坡开有一条蜿蜒的小径，小径比较窄，也比较陡。沿着小径往下走时，如果站不稳脚跟，有可能会滑倒，并滚下山沟。这对小李来说是一个示爱的好机会，他可以抓住这个机会，拉住小赵的手，一步一步把小赵领下山沟。他早就想拉一拉小赵的手了，设想小赵的手一定很美好。可他一次也没有拉过，不知小赵的手美好到什么样的程度，是柔还是软，是热还是烫。小李的手是有力的，也是灵活的，他拉住小赵的手可以说轻而易举。然而在当时的气候条件下，一个男的拉一个女孩子的手是一个重大行动，不大容易出台。男的会想，这是不是资产阶级思想在作怪呢？拉人家女孩子的手，会不会显得不够革命，不够正派呢？谁都得受"气候"制约，这样的想法小李也有。同时，因为读书较多，小李还有一些别的想法，他理解，爱是一种含蓄，一种尊重，甚至是一种敬畏；爱不是直露，不是随意，更不是无所顾忌。这些想法加起来，形成了小李心理上的一些障碍，使得他不敢轻易对小赵伸手。小李担负的是先行者的角色，他率先踏上了小径往下走。他走几步，就回过头来提醒小赵，要小赵小心，小心，慢点儿走。这时候，小赵如果有害怕的表示，如果伸手对小李有所示意，小李会不失时机，对小赵施以援手。大概小赵与小李有着相似的想法，尽管她低着头，弯着腰，张着膀子，一点一点走得很小心，但她坚持自己往沟下走，没有任何让小李拉她的表示。下到沟底时，小赵才感叹了一声，说哎呀，终于下来了！

不能有手上的接触，他们动动嘴，谈谈情，说说爱，总该可以了吧？不可以。他们嘴里像装了保险丝一样，不会涉及这两个字。他们心里有一千个情，一个情都不会谈出来。他们心中有一万个爱，一个爱都不会说出来。好像一说出这两个字眼，就不是工人阶级了，不是无产阶级了，不是革命同志了，不是阶级友谊了。那么，他们说什么呢？不必为他们发愁，他们有话可说。看见沟底有一脉清流在潺潺流动，他们会蹲在水边撩一撩水，说水真清。看见菜园里有一眼水井，水井上安着一只绞水用的辘轳，他们会把辘轳把子摇一摇，看谁能提上水来。看见柿子树下面落了一层秋叶，小赵捡起一片叶子举在眼前反复观赏，夸柿树的叶子真红，比柿子还要红。阳光从西边斜照进来，使沟底的一切如添了一层金色。两个年轻人你看我，我看你，身心无比愉悦。恰恰因为没有把情和爱说出来，他们的情爱才更加饱满，更加实在，更加汹涌澎湃。有一种感觉，他们以前体会得不深。通过这次二人的山沟之行，他们深切地体会到了，这种感觉叫幸福。

从山沟里上来，他们分头走进矿里，回到各自的宿舍。刚分开不到半个小时，两个人就开始回忆山沟之行，开始新的思念。回忆不能使思念减轻，反而使思念变得更加深重。小李的办法，是找出纸笔，趴在床边，把回忆写在纸上。小李利用自己编过剧本的优势，以叙事诗的形式，把他在山沟里所感到的美好情景都写进诗里去了。这样一来，他的回忆和书写过程，就变成了一种心理和精神活动，继而落实下来，变成一种精神产品。因小李描绘的都是自然的、美好的东西，使得他们的山沟之行有了诗情，也有了画意，并几近文学的品质。倘若他们一上来就很接近，就有了肌肤之亲，也许小李不会写这些东西。正因为限制、压抑和距离，才使爱能够顽强生长，并具有广阔的精神性空间。

小李把写好的东西拿给小赵看，小赵被惊住了，她有点不相信自己的眼睛，不相信小李所描绘的就是他们共同的经历。怎么怎么，沟还是那条沟，水还是那道水，树还是那棵树，叶还是那片叶，怎么一写进诗里就变得不一样了呢！小赵看得有些感动，感动得差点儿湿了眼睛。看一遍不够，她要求小李把写的东西给她吧，她看了还要看，看了还要保存下来。

为了让小李再写东西，也是为了给小李写诗增加新的素材，小赵提出，等他们有了共同的时间，下次到矿北边的卧牛山去爬山。小赵说，她在矿中读书时，教师曾带同学们爬过卧牛山，山上有山寨遗址，有古塔，还有很多野花，挺好玩的。

看山跑死马，矿上离卧牛山比较远。他们两个一早出发，需要越过一个火车站，一个集镇和一个长长的山洼子，才能到达山根。他们确立了目标，并不急于达到目标，一边走，一边玩，只要两个人在一块儿就好。山洼子里长有不少柿子树，柿子树上结满了柿子。有的柿子已经红透，熟得红滴溜儿的。喜鹊们捷足先登，把有的熟透的柿子啄成一个个小洞。有的树熟的柿子掉在地上摔烂，烂得成了糖稀。长腿长身的蚂蚁爬过来了，纷纷在糖稀般的柿子上大快朵颐。熟透的柿子鸟儿吃得，昆虫吃得，人也吃得。为了在小赵面前显示自己身手矫捷，也是为了讨得小赵欢喜，小李噌噌噌攀上一棵柿子树，给小赵摘柿子吃。小李挑最大最红的柿子摘，每摘下一枚柿子，他就从树杈上俯下身子，让小赵在树下两手向上张开，他准确地把柿子丢进小赵两手对在一起的手捧里。小李看见了，小赵吃柿子很在行，她揭开柿子上的褐色的蒂盖儿，嘴对着揭开蒂盖儿后留下的小孔，一吸一吸，就把稀软的柿子肉吸进嘴里去了。小赵说柿子真好吃，真甜！小李心里也很甜。

卧牛山的山坡有些陡，又无路可循，脚下都是碎石和野草，往山上爬是有些难度的，也是有些费劲的。小李问小赵怎么样，行吗？小赵说没问题。小赵坚持独立自主地往山上爬，没有把手交给小李，让小李拉她。直到踏遍山顶，二人从西边的山坡下山时，小赵踩到了小石子儿，脚下一滑，向下跌去。眼看小赵就要跌倒，走在前面的小李眼疾手快，一把拉住了小赵的手。是的，为了不让小赵摔倒，天赐良机，小李自然而然地拉住了小赵的手。小赵似乎也乐意让小李拉她，与小李拉住手时，她的手只抖了一下，没有往回抽。小赵的手小小的，又软又柔，又温又烫。小李领着小赵继续往前走，再也没有舍得松开小赵的手。小赵的手出汗了，小李手心也出了一层细汗。小李没有把小赵的手拉得很紧，他的感觉，小赵的手像一只小鸟儿，他似乎能感到"小鸟儿"的心脏在弹弹地跳动。小李既舍不得让"小鸟儿"从手心飞走，又不能把"小鸟儿"握疼。"小鸟儿"的"心脏"在跳，小李受到感染，他的心也在跳。他的心都快要跳出来了。

有感而发，由于爬山得到的感受比较多，素材也比较丰富，小李这次写的叙事诗洋洋洒洒，比上次长得多。他思路敏捷，写出来的东西没什么改动，几乎是一气呵成。把诗写完，他就拿给小赵看。如果小李写的东西也称得上作品的话，他是作品的作者，小赵就是作品的读者。作者只有一个，读者也只有一个。一件作品只有一个读者，是不是有些可惜呢？读者是不是有些少呢？小李一点儿都不嫌读者少。万两黄金容易得，知音一个也难求。小李认为小赵就是他的知音，能得到小赵的赞赏，他就心满意足。

小李特别对小赵交代过，他写的这些东西只给小赵一个人看，千万不要让别的任何一个人看见。小赵说知道，她自己看完，就锁进箱子里去了。小李不让别人看见他写的东西，是篇章里有什么浓艳的、有失分寸的、不可示人的句子吗？没有。小李写的东西朴素得很，也干净得很，像诸如亲呀，爱呀，情呀，这样的字眼儿连一个都没有。小李描摹的是自然的风光，赞颂的是大地和山水之美。在写东西时，也许小李满脑子里想的都是小赵的形象，是对小赵的满腔热情给了他灵感之光，但他并没有直接把小赵作为赞美的对象，所描所写不过都是一些借喻。尽管如此，小李心里清楚，他写的这些东西是不合时宜、不合潮流的，起码没有突出政治。如果被别人看去，人家拿政治的标准一分析，说不定就会给他扣上一顶吓人的帽子。要是那样的话，问题就严重了。

比较保险的办法，是小李还写了一首有关矿灯和灯房女工的诗。他竭尽想象之能事，把矿灯比喻成花朵，说灯房里的女工都是采花人，女工们穿行在百花丛中，每天都把采来的花朵献给矿工。他还说矿灯是光明的象征，每个矿工都把"光明"顶在头上，"光明"照亮了矿工的前程。而每个灯房女工都是"光明"的使者。小李把这样的诗送给小赵，小赵也很喜欢看，看得眼放光明。小赵说，她原来并不太喜欢自己的工作，看了小李写的诗，她开始喜欢自己的工作了。

耽于想象的小李，以颜色和四季相对应，把秋天说成黄，把冬天说成白，把春天说成红，把夏天说成绿。黄过了，到白；白过了，到红。不管是黄白红绿，还是秋冬春夏，小李和小赵只要有机会单独到一块儿，两个人的手不知不觉就拉到了一起。假设两只手代表两个人，两只手紧紧相握，你把它说成两个人拥抱也可以，抱得手指交叉重叠，你中有我，我中有你，老也不愿分开。但假设归假设，两手相握毕竟不是拥抱，更不是接吻。也就是说，两个人的恋爱谈了将近一年，他们的肢体接触还停止在手拉手上，没有取得新的进展。小李从外国的一些小说中看到，恋爱中的男女有接吻这一项，接吻总是被描写得非常动人，非常甜蜜。小李也很想亲吻一下小赵，可是他不敢。拉手的行动就够重大的，而亲吻的动作不知要比拉手重大多少倍，隆重多少倍。想到亲吻，小李不只心跳的问题，他简直有些害怕。长这么大，他只看见过大人亲孩子，从没有看见过成人之间的互相亲吻。提到亲吻，人们马上想到的是流氓行为，几乎和犯罪联系起来。算了算了，还是把吻小赵的念头压下来为好。小说中的故事都是编出来的，万万不可向小说中的人物学习。还有，出于一个女孩子的矜持，小赵绝对不会主动亲吻他，只能由他开始。可他不知道小赵是什么态度，是接受还是拒绝？小赵接受当然好，万一遭到小赵拒绝，那就糟糕透了。激烈的事情是有的。小李听人说过，两个男女青年在谈恋爱期间，因条件尚未成熟，男青年贸然吻了女青年一下，竟然被女青年抽了一个嘴巴子。其结果，两个人的恋爱只能是不欢而散。小李和小赵的恋爱小心翼翼地谈了这么长时间，小李可不愿看到因自己求吻心切，导致他和小赵的恋爱关系中断。小李注意到了，矿上有不少男青年喜欢小赵，并向小赵发出了求爱的信号。他要是失去了小赵，其结果是不难想象的。他可不愿意得到那样不好的结局。

在如何对待女性的问题上，小李有一位男同学说过一个意思，小李是赞同的。男同学谈的对象是公社广播站的广播员。因小李和男同学在老家同属一个大队，他们一起参加过一个公社办的学习班。有一天晚上，在学习班驻地的地铺上，有人提到了男同学的对象，问男同学，在新婚之夜有什么打算。男同学脸有些红，说没什么打算。没打算怎么行呢？那些结过婚的人给男同学出主意，这样那样，煎炒烹炸，说了不少热烈的话。男同学对那些主意一个都不认可，他说哪能呢，等结了婚，他只把对象搂一搂就可以了。由男同学的对象，小李想到的当然是小赵，他想，他要是和小赵结了婚，也不能把小赵怎样，把小赵搂一搂就够了。

小李没想到，在一个假日，他和小赵到煤矿附近一个城市公园游览之后，小赵跟他说到了吻。小赵是在讲一个笑话时说到的。小赵讲，一个矿工给妻子写信。矿工识字不多，想法却不少。信写到最后，矿工想践一个词，玩一下浪漫，写道：给你一个甜蜜的物。妻子识字也不多，但物品的物字她还算认识。妻子很高兴，以为丈夫要给她寄糖果，或别的甜东西回来。妻子一高兴，对两个孩子也说了：等着吧，你爹要给你们寄甜东西吃。他们等呀，等呀，等了十天，又等了一个月，仍没有收到什么甜东西。妻子实在等不及了，给丈夫写了一封回信，说这么长时间，一直没有收到你给家里寄的甜蜜的物。还说孩子等着吃，都等急了。丈夫收到回信，并没有意识到自己把字写错了，把吻写成了物，以为吻就是物，物就是吻。他埋怨妻子是个土老帽儿，成天价就惦记着吃，一点儿都不好玩。他不知道制造笑话的是他自己，只说妻子可笑。这样一来，就使笑话在可笑度上又加了一层可笑，变成了双倍的可笑。矿工在井下把笑话讲给工友们听，待好能把工友们笑翻。笑过以后，一位念过初中的技术员才把矿工的错误指了出来，说不是他妻子可笑，是他自己可笑。矿工问，他怎么可笑了。技术员让他写一个吻字给大家看。在矿灯的照耀下，矿工用手指在巷道底板的浮煤上写了一个大大的物字。技术员说：你知道不知道，勿字前面搭一个牛字，念物；勿字前面搭一个口字，才念吻。你别跟你妻子踩文，你写上送给你妻子一根甜蜜的口条，你妻子也许就不会误会了。小赵是一个爱笑的人，她边讲边忍不住笑，笑得眼里几乎有了泪花儿。小赵的牙齿细密，白得像贝一样。小赵的嘴唇饱满，红润。

小李也觉得这个笑话挺好笑的，但他没有小赵笑得厉害。他有些走神，心想，他要是给小赵写一封信的话，绝不会把吻字写错。

小赵说他太什么持了。

什么持？

小赵说：那个字我见过，脑子里知道怎么写，也知道大概意思，但不知道念什么。

小李想了想，说：你说的是矜持吧，今天的今，搭一个矛字，念矜。

小赵噢了一声，说知道了，矜持。我没你识字多，要是把矜字念错了，你不会笑话我吧？

小李说：哪能呢！你又没把吻写成物。小李笑了一下。

小赵脸上飞过一阵红云，说：我才不写那样的信呢！

小赵讲关于吻的笑话时，小李几乎理解为是小赵对他的暗示，他有些跃跃欲试。听小赵这么一说，他只好把心中燃起的吻的念头掐灭。

　　吻的实现太难了，吻一下怎么就那么难呢？苦恼之后，小李并没有停止对吻的想象。如果吻的实现像吃一粒糖豆那么容易，小李就不用费神巴力地想象了，直接把"糖豆"拿来吃就行了。恰因为吻的实现太过艰难，才激发起他对吻的想象力，促使他对吻不断进行想象。他的想象延续到梦里，在梦中，他不止一次吻过小赵了，那不只是甜蜜所能形容，比甜蜜还要甜蜜。

　　把吻落实下来，需要有一个契机。好比他第一次拉到小赵的手时，就是因为意外得到了小赵眼看要跌跤的契机。可是，他什么时候才能得到吻小赵的契机呢？难道要等到他们两个结婚才能吻小赵吗？他现在还是一个井下掘进工，希望能调到井上工作，调动的事儿还没有影儿，什么时候才能和小赵结婚呢？

　　契机来了。这天，小李上夜班。下雪了，井上一片白，井下一片黑。夜班上到一多半，放完第二茬炮，一个工友用镐头刨煤时刨到了哑炮，被炸坏了。还有两个工友受了伤。因小李到卸料场往掘头进窝头拖木头桩子，威力很大的雷管和炸药才没有炸到他。那个被炸坏的工友死得有些惨，人成了破碎状态，七不挨，八不连，拉手头不动弹，拉脚肚子不动弹。矿上的救护队员下来了，死难工友的尸体收拾不到担架上，有人找来一件胶面雨衣，才把工友一塌糊涂的尸体兜了起来。目睹了工友惨状的小李难免有些害怕，吓得手都凉了，嘴都苦了，胆都颤了。他心里说：太可怕了，太可怕了！天下还有比死亡更可怕的事吗？恐怕没有了。他第一个想到的是他的恋人小赵，第一个想见到的人也是小赵。他想，亏得炸死的人不

77

是他，不然的话，他今生今世再也见不到小赵了，吻小赵的愿望再也不能实现了。这样想着，他鼓起了前所未有的勇气，打算升井后马上去找小赵，一定要把小赵吻一下。这勇气是工友的死亡给予他的。

小赵这天上的是八点班。小李升井洗过澡来到小赵的宿舍，见小赵已穿上工作服，正准备去上班。小李把井下发生的事故简单对小赵讲了一遍，感叹说：太可怕了！简直太可怕了！原来人的生命这样脆弱。还有比死亡更可怕的事吗？恐怕没有了。我想吻你一下。他不等小赵说话，不等小赵说同意，还是不同意，趁小赵还在发愣，就抱住小赵，把小赵吻了一下。

小赵的嘴唇有些凉，小赵也没有做出反应，远不如想象中那样美好，这让小李多多少少有些失望。

2013 年 11 月 23 日至 12 月 9 日

（此间去了福州、摩洛哥和西班牙，走到哪里写到哪里）

一剪梅

这个村庄在中原这块土地上存在了几百年，其间被水淹过，被火烧过，被土匪践踏过，但没有毁灭，还在顽强地生长着。村里的人家，由当初的两三户，发展到现在的一百多户。人口由十几口子，繁衍至三千多口子。

在过去的几百年里，村里的闺女极少远嫁，只在方圆几十里圈子内的村庄打转转。同样，因为腿短，村里的小伙子也极少娶外地的女孩子当老婆。在民国年间，只有一个在外边当了军官的男人，还乡时带回一个家在外地的妻子，算是一个异数。

现在情况变了。随着村里外出求学和外出打工的年轻人不断增多，海阔凭鱼跃，天空凭鸟飞，男女婚嫁的地理局限被打破。村里的闺女有的嫁到了深圳，有的嫁到了新疆，有的嫁到了长春，还有的嫁到了北京。嫁到外地的闺女究竟有多少，都是嫁到了哪些地方，恐怕谁都说不清。或许有人嫁到了台湾地区或国外，可能性也不是没有。

凡事有出就有进，近二十多年来，全国各地的女子嫁给该村男子为妻的也不少。这些女子有四川的，贵州的，江西的，也有青海的、内蒙古的。在城里或外地生活的就不说了，长期在村里居住的外省来的女子就有好几个。她们当中，有的是被人口贩子拐卖过来的，捆过几次，打过几次，生了孩子，就不走了。多数女子并没有受到什么强制，是她们经过试验和考察，觉得自己找的对象不错，对象所在的村庄也不错，自觉自愿地就在村里住了下来。

她们的到来，带来了各地的口音和方言，也带来了不同的生活习惯。四川来的那位，不管下地干活儿，还是到镇上赶集，还是愿意背着一个背篓。她买了芹菜，放进背篓里。买了猪肉，也放进背篓里。从集上回到家，卸下背篓一看，里面只剩下芹菜，猪肉却没有了。她买的猪肉红红的，像刚开的鲜花儿一样，怎么不见了呢？她问：我的肉呢？我的肉呢？丈夫说：你的肉不是在你自己身上嘛，瞎找什么！她果然低头在自己身上找，找不到，她才说：我买的是猪肉。丈夫说：你的脑子是猪脑子，你身上的肉不就是猪肉嘛！她听懂了，与丈夫对骂：你才是猪脑壳儿，你们一家人都是猪脑壳儿！江西来的那位，打儿子打得很凶，儿子稍不听话，她甩手就抽儿子的嘴巴子。当地的告诫是，打人不打脸，骂人不揭短。她不管这个那个，照样把儿子的脸抽得啪啪的。恼上来，她还习惯扔儿子，掂住儿子的胳膊，或揪起儿子的耳朵，一扔，就把儿子扔到一边去了。贵州嫁过来的是一个小巧型的女人，她手小脚小，脸小嘴小，乍一看还像一个没长开的女孩子。别看她长得小，身体的开放程度却比较高。她的开放有一个条件，也是一个前提，你拿钞票来，她才对你开放。她定的价码并不高，开一次五十块钱就够了。她丈夫在城里打工，她在乡下也可以"打工"，她的来者不拒并不见得比丈夫挣的钱少。

这些都不说了，这次主要说一说一个叫楚品梅的女人。楚品梅是湖北人，娘家住在长江南岸的一个村庄。她的第一任丈夫是一个船工，船工在水上漂来漂去，挣的钱不往家里拿，都填到别人女人的"水坑"里去了。她一气之下，和丈夫离了婚，一个儿子也留给了丈夫。她的第二任丈夫是一个开私家诊所的乡村医生，医生的老婆生病死了，她便去诊所补了缺。医生没有营业执照，在一次给人看病时又夺了人命，结果被人告发，给抓到该去的地方去了。楚品梅跟第二任丈夫没有领结婚证，二人只是同居关系。她不必跟人家打离婚，只把诊所的药品卖掉一些，拍拍屁股就走了。走，到外面去！别人可以到外面讨生活，看世界，她并不比别人笨，干吗不到外面闯一闯呢。她来到一座小城，到一家私人开的灯泡厂找到一份工作。她的工作很简单，就是把做好的灯泡安在带电的插座上，看看电灯明不明，明了，就是合格，不明，就是废品。干了几个月之后，工资很低不说，她的眼睛有些受不了。夜里，她躺在床上不检验灯泡了，眼前似乎仍有灯光在一明一灭地闪烁。白天，眼睛盯着一个又一个灯泡时，眼前却一阵阵发黑。这不好，再这样干下去，她的眼睛非瞎不可。她在厂门口修鞋时认识了一个修鞋匠，鞋匠得知她在厂里检验灯泡时，说干这个活儿的人都干不长，太费眼。又说鞋坏了可以修，眼坏了修起来就难了，一辈子都是麻烦事。鞋匠给她介绍了一个对象，是一个烧砖窑的砖老板，说砖老板把泥土变成砖，把砖头变成钱，砖老板的钱多得像砖头一样，如果她愿意，可以帮着砖老板把钱花一花。坐了轮船坐火车，坐了火车坐汽

81

车，鞋匠把她带到砖老板那里去了。砖老板把她打量了一下，说她的样子像城里人。砖老板请鞋匠和她喝了一顿酒，她就留下了。砖老板欲火很旺，把她当作了一座砖窑，除了给砖窑烧火，就是给她烧火。刚到窑场的头一天，砖老板竟连着给她烧了三把火，把她烧得火辣辣的。在窑场住了几天，楚品梅就知道了，原来砖老板家里有老婆，有孩子，砖老板不可能跟她结婚。砖老板之所以愿意把她留下来，不过是把她当成了一个泄火的工具，她所起的作用跟小姐差不多。说跟小姐差不多吧，她得到的又不是小姐的待遇。自头一天砖老板给了她三百块钱见面礼之后，砖老板就不愿意再给她钱。她跟砖老板要钱，砖老板问她要钱干什么，说窑场上花不着钱。窑场在一个很荒僻的地方，前不挨村，后不靠店，连鸡鸣狗叫都听不到。窑场里除了几个做砖坯子的农民工和一个做饭的伙夫，别的就没有什么人了。有一天，她跟伙夫提出，她想吃鱼。她从小是在江边吃鱼长大的，到窑场这么多天，连一次鱼都没吃过。伙夫让她跟老板说，老板同意买鱼，伙夫才敢买。伙夫悄悄对她说，两个多月前，老板包了一个小姐，谈的价钱是一个月给小姐一万块钱。一个月过去了，老板拖着，不给人家小姐钱，说等卖了砖再给钱。又一个月过去了，砖也卖了两窑，老板还是不付给人家小姐钱。老板反过来跟小姐要劳务合同，说没有劳动合同，空口说白话是没有凭据的。最后，小姐是哭着离开窑场的。楚品梅明白了伙夫的意思，问伙夫，她应该怎么办？这时，伙夫就给她介绍了一个新的对象，说那个对象的老婆死了两年多，想女人想得团团转。说那个对象家里有房子，有地，有粮食，有存款，去了就可以当家，可以过安稳日子。还说那个对象老实，本分，对她不会错。于是，出生在湖北的楚品梅，就来到了这个地处中原腹地的古老村庄，在鳏夫宋喜良家里住了下来。

宋喜良的娘，一见楚品梅就很排斥。她说这个外面来的女人一看就是个妖精，身上冒出来的都是妖气。妖精是干什么的，是吸人的，既吸人财，又吸人血。等把你的财吸完了，把你的血吸干了，她就现了原形，就跑了。宋喜良的大哥，也反对三弟收留楚品梅。大哥倒没有把楚品梅说成妖精，他说外面来的女人你不知根，不知底，她们都是带膀子的，她们能飞到你这里，也能飞到别的地方去。你把她的毛儿一点儿理不顺，她翅子一撸就飞走了。大哥在镇上做木材生意，兼打制棺材。宋喜良在大哥手下打工。以前，宋喜良骑一车破自行车，到木材厂上班是准时的。自从家里有了一个女人，宋喜良上班老是迟到。大哥训斥他：看你这点出息，八辈子没见过女人吗！买这样一个女人，还不如买一只母羊。母羊可以拴到床腿上，拴到年底可以杀掉吃肉。买这样一个女人，到头来只能鸡飞蛋打。宋喜良解释说，楚品梅不是他买来的，是经别人介绍，楚品梅自己愿意留下来的。大哥说：你就等着吧，到时候你比正儿八经买一个女人花钱还要多。宋喜良有两个孩子，一个女儿，一个儿子。女儿在读初中，儿子上小学四年级。两个孩子对突然到来的楚品梅一时也不能接受。宋喜良让两个孩子把楚品梅叫妈，两个孩子把楚品梅看了看，都塌下了眼皮，没有叫出口。他们的亲妈因为跟爹生气，喝农药死了，他们心里想的还是他们的亲妈。至于村里别的人，不是冷眼旁观，就是笑眼旁观，宋喜良爱娶鸟就娶鸟，爱娶鸡就娶鸡，他们才不管呢。过去村里只养土狗，现在北京的京巴儿，西藏的獒串子，还有德国的黑背狼狗，不都进来了嘛！外来的和尚会念经，外来的女人味道新，宋喜良想尝就尝呗。什么新鲜味道都是前几口，尝过几口就不新鲜了。

　　不管亲人和村里别的人态度如何，反正宋喜良是把楚品梅留在家里了，让到床上了，搂在怀里了。没女人的日子不好过，没女人的家不算个家。失去了妻子，他才体会到女人对一个家庭来说是多么重要。一根筷子夹不起饭菜，两根筷子才能把饭菜夹起来。楚品梅的到来，使他从一根筷子又变成了两根筷子。双木桥好过，独木檩难沿。有了楚品梅，他眼前的桥就成了双木桥，好过多了。

　　楚品梅带给宋喜良的具体好处，让宋喜良一时难以胜数。楚品梅是一个爱干净的人，来到宋喜良家，她做的第一件事就是全面打扫卫生，使家里的卫生状况大为改观。在楚品梅没来之前，宋喜良家的被子不知多少年没拆洗过了，随便在床上窝巴着，套子滚成了疙瘩，像包着一包死猪娃子一样。花格子粗布床单不见了花格子，只剩下黑色。床单上充满尿臊味不说，用手一摸还涩拉拉的，一抓似乎就能抓到颗粒状的东西。床上的用品洗起来不方便，宋喜良身上穿的衣服，脚上穿的袜子，总应该常洗吧？不，连他自己身上穿的东西也不常洗。拿他脚上穿的一双尼龙袜子来说，袜子脱下来，硬得好像能在地上立起来。袜子里所包含的强烈的负能量，几乎能把人熏得背过气去。宋喜良家有四间屋子，哪间屋子里都是脏、乱、臭。屋顶上结着蜘蛛网，垂着灰穗子。床下面扔着烂鞋子，破罐子。三屉桌上积累的灰尘，可以用手指在桌面上画字，画猪是猪，画狗是狗。拉开抽屉一看，其中一个抽屉竟被老鼠做成了窝，老鼠刚生了一窝尚未长毛的粉嫩的娃子。灶屋里更是糟糕，锅碗瓢盆没有一个干净的。掉在锅台上的面条长了毛，像是一条毛毛虫。楚品梅对宋喜良说：宋喜良，你的家这叫家吗，简直就是一个猪窝，比猪窝还猪窝。宋喜良嘻嘻笑着说：这不是等你来嘛，你一来就好了。

楚品梅让宋喜良买回一台洗衣机，把洗衣机放在院子一角的压水井旁边，在院子里摆开了战场。她分期分批，把家里该拆的东西都拆了，把能洗的东西都洗了一遍。院子里扯了晾衣绳，她每天都把晾衣绳上晾得满满的，像是挂满了万国旗。楚品梅把被子重新套过，床上铺上了新买的细布花床单。以前，儿子和宋喜良睡在一张大床上。现在他们给儿子在另外一间屋铺一张小床，让儿子单独睡在小床上。楚品梅对个人卫生更是讲究，每天睡觉前，她必定用热水洗屁股，洗脚。她自己洗了不算完，要求宋喜良也要洗屁股，洗脚。楚品梅把烧好的热水端到宋喜良面前，说洗吧。宋喜良以前的老婆从没有这样伺候过他，楚品梅的伺候，让他觉得很受用。头两天，楚品梅让他洗，他都乖乖洗了。第三天，楚品梅再让他洗，他就有些嫌麻烦，说他的屁股不脏，脚也不臭，不用洗了。楚品梅说那不行，不洗就不让他上床。床是什么，有了女人，床等于是女人的身体，不让他上床，等于不让他上身。宋喜良说好好好，我洗。

在床上，楚品梅与原来的老婆行事风格也不一样。宋喜良跟原来的老婆办事，上去就上去了，下来就下来了，事前没什么前奏，事后也没什么尾声。而楚品梅一点儿都不着急，让宋喜良吹了拉，拉了弹，把前奏弄得挺长。事办完后，楚品梅也不许宋喜良闭眼就睡，她还要和宋喜良说一会儿话，把尾声拖得袅袅的。特别是在办事的过程中，楚品梅把事情闹得相当张扬，一再叫嚷：好受，好受，你个鬼哟，搞得我好受死了！宋喜良跟原来的老婆办事，时间有短也有长，但老婆从来都是闷头闷脑，闷手闷脚，像哑巴逮驴一样。然而，宋喜良想让楚品梅叫嚷，又不想让楚品梅叫嚷。想让楚品梅叫嚷，是他从中得到了一种成功感，对他也是一个难得的刺激。他算是体验到了，外地的女人和本地的女人就是不一样，外地女人不仅是带着器官来的，还是带着发声器官来的。仅凭这一点，他就得把楚品梅牢牢压在身子底下。不想让楚品梅叫嚷呢，是怕他儿子听见。儿子已经懂事了，楚品梅叫得像杀猪宰羊一样，对儿子影响不好。宋喜良把楚品梅叫老楚，说：老楚，老楚，小声点儿，别让儿子听见。

楚品梅说：我干吗小声，老子就是要大声叫，谁想听见谁听见。

宋喜良说：好好好，你想怎么叫就怎么叫，行了吧！

楚品梅喜欢自称老子，以老子自居。宋喜良和她三句话说不好，她就说老子如何如何。这地方都是男人自称老子，没见过哪个女人称老子的。有的女人为了高抬自己，贬低别人，顶多自称一下姑奶奶，并没有超越自己的性别。而楚品梅以母鸡冒充公鸡，显然是把他们老家的习惯带了过来。

宋喜良家的西间屋里有一个挺大的粮食茓子，茓子里盛的都是小麦，恐怕五千斤都不止。每到夜晚，成群结队的老鼠就跳进麦茓子里大吃大嚼。它们吃得鼓着肚子不说，还把茓子当成了厕所，在里边又撒又拉，让人气恼。宋喜良跟邻居学了一个办法，在麦子上方封了一层塑料布，又在塑料布上面盖一层半拃厚的草木灰，这样，老鼠跳进麦茓子里一折腾，就会被草木灰迷了眼睛，陷入盲目状态，就没法糟蹋小麦了。这个办法实施头两天，老鼠大概处于探索阶段，麦茓子里消停一些。但两天过后，夜间的麦茓子里又恢复了往日的热闹，老鼠们又跳又叫，像是在集体欢呼所取得的新胜利。宋喜良拉亮电灯，走过去一看，发现邻居和他都低估了老鼠们的智力。老鼠们刨开了草木灰，露出了塑料布，并把塑料布咬开一个个洞口，钻进洞里照样吃麦。楚品梅到来之后，宋喜良领她围着小麦茓子转了一圈，正要对楚品梅夸耀，说就算到了灾年，就算田里颗粒无收，这些小麦也够他们全家吃三年的。不料，楚品梅把被老鼠刨得乱七八糟的小麦茓子看了一眼，对宋喜良指示说：你把这些小麦统统卖掉。

宋喜良以为楚品梅跟他说笑话，说开玩笑，什么东西都能卖，小麦是不能卖的。家里有粮食，心里才踏实。

楚品梅说：狗屁，还说对我好，我看你一点儿都不理解我。我让你把小麦卖掉，换成大米，你知道不知道？

换成大米干什么？我听说老鼠爱大米，要是换成大米，招来的老鼠更多。

傻皮，我看你就是一个老鼠，你的头脑还比不上老鼠聪明呢！老子生在鱼米之乡，从小是吃大米长大的。有大米吃，就是有饭吃。没有大米，吃什么都不算吃饭。老子要是没饭吃，怎么给你洗衣服，怎么给你做饭，怎么伺候你！楚品梅对付老鼠，也有自己的办法，她说：你把小麦卖掉后，一次不要买回很多大米。你先买一个带盖子的塑料桶，把买来的大米放进塑料桶里，一次买个二三十斤就行了。反正你天天到镇上上班，买大米挺方便的。那种塑料桶的名字叫气死老鼠，咱把塑料桶的盖子一盖，老鼠干着急，也吃不到大米。

宋喜良的娘给宋喜良的大哥看房子，一个人在大哥家里住。宋喜良雇了一辆农用三轮车，到镇上去卖小麦，被娘拦下了。娘说：喜良，你千万不要听那个女人的话呀，那个女人是在祸害你呀。家里有一千只一万只老鼠都不怕，就怕有一个祸害人的女人。你不想想，你把麦子都卖掉，你和两个孩子吃什么。麦子是从咱们这儿的土地里长出来的，吃到肚子里是暖性。大米是从水里长出来的，吃到肚子里是凉性。你把凉性东西吃多了，积攒下来，就会得寒症。男人最怕得寒症，一得了寒症，人就算完了。

宋喜良不听娘的劝说，说：我的事儿你就不用管了，只管好你自己的身体就行了。

不听老人言，吃亏在眼前，等你吃了亏就晚了。你有多少钱，千万不要让那个女人知道，更不能让那个女人管钱。她就是冲着你的钱来的，钱才是她的男人。等她把你的钱全部拿到手，你就不值钱了，她就不跟你过了。

宋喜良有些不耐烦，说算了算了，不要说了。我没女人的时候，你们谁都不管我。我好不容易有了一个女人，你们说得七个八个，一百个看不惯。你们看不惯瞎搭了，我就是看着她好，就是要对她好。

娘气得骂了宋喜良一句，说：你看你都瘦成什么样子了，我看你就是妖怪缠身。说不定那个女人是一个白母猪精变成的，不把你吸干榨净，她就不算完。

什么吸不吸的，一个当娘的，说的这叫什么话！宋喜良对雇来的开农用三轮车的司机说：走走走，不要听她瞎说！

楚品梅把大米淘净，盛在一个瓦碗里，放在锅里蒸。大米放进碗里是半碗，一蒸熟，大米就膨胀开来，变成一满碗。宋喜良和儿子不喜欢吃米饭，还是喜欢吃馍。宋喜良从镇上买回馍，楚品梅蒸米饭时，一块儿馏在锅里。吃米饭需要就菜，只让楚品梅吃萝卜、白菜等素菜，她是不干的，她希望每顿饭都吃到荤腥。她除了不吃羊肉，对别的肉倒不怎么挑剔，猪肉、鱼肉、牛肉、鸡肉等，都可以。楚品梅很会炒菜，她炒的菜好看，好闻，又好吃。楚品梅不忌讳提到宋喜良死去的老婆，她问宋喜良：你老婆炒菜怎么样？

宋喜良说：挺好吃的，味道好极了！

难道比老子炒得还好吃吗？

我说的就是你，你难道不是我老婆吗？

我问的是你喝农药死去的那个老婆。我听说她长得很漂亮，你怎么把人家搞死了？

我说的是现在的老婆，你承认不承认你是我老婆？

楚品梅没说承认，也没说不承认，只说：你搞死你老婆，我管不着。你想搞死我，那是办不到的。不等你搞死我，老子先搞死你，把你搞成一条死鱼，吃你的肉，扔你的刺。

楚品梅与宋喜良这样对话时，宋喜良的儿子留根也在旁边听着，当听到后妈要把他爹搞成一条死鱼时，他大概有所想象，不由得笑了一下。

　　楚品梅听见了留根的笑，她瞪了留根一眼，说小屁孩儿，笑什么笑，滚一边去！

　　宋喜良的女儿在学校吃住，一星期回家一次。留根一天三顿饭，都要在家里吃。楚品梅嫌留根学习不好，贪玩儿，不听话，不懂礼貌，动不动就给留根颜色看。她给留根看的颜色应该是白色，因为她的白眼珠是白的。留根一看到后妈的白眼珠发出的冷冷的白颜色，脸上就吓得没了颜色，赶快退避到一边去了。楚品梅对留根使用的颜色是专用，宋喜良一般来说看不到，但他能看到儿子对楚品梅的害怕。儿子只要看到楚品梅，吓得眼都睁不开。为了缓和儿子与楚品梅的关系，宋喜良逼着儿子叫了妈。楚品梅虽然答应了，但她对留根还是没好气。有一次留根尿了床，被楚品梅发现了，她把留根训得了几乎尿了裤子。楚品梅切着齿说：这么大了，还尿床，你要脸不要脸哪！再敢往床上尿，老子就不让你在床上睡了，把你撵到坟地里跟你妈睡去！

　　父子连心，听着楚品梅这样训儿子，宋喜良有些心疼。但他的心疼没有表现出来，没有护着儿子。他帮着楚品梅，一块儿训儿子。他说：你妈把床单给你洗得这么干净，你要爱惜。要是再尿床，就把鸡巴头子给你割掉！

　　为了让楚品梅改变一下对儿子的印象，能够对儿子稍稍好一点，宋喜良耍了一点聪明，导演了一场戏。季节到了夏天，天有些长，天气也有些热。这天晚上，宋喜良下班回来了，楚品梅也把晚饭做好了，却迟迟不见留根回家。搁往日，留根这会儿早就放学回来，把书包往家里一扔，到同学家去看电视。今天为啥不见留根回来呢？宋喜良嘴里念叨：这孩子，天都快黑了，还不回来，不会出什么事吧？说着看了看楚品梅。

楚品梅说：你要是不放心，可以到学校去看看嘛，看看是不是老师留他在学校里写作业。

宋喜良没有到学校里去，他说再等等吧。

又等了一会儿，留根才回来了。留根背上背着书包，手里还提着一只塑料袋。

宋喜良质问留根：你干吗去了，回来这么晚？

留根说：我到水塘里摸鱼去了。

谁让你去摸鱼的？

谁也没让我去，是我自己想去的。我妈喜欢吃鱼，我摸的鱼是给妈吃的。

你这小子，还知道你妈喜欢吃鱼，算你懂事，那今天就不揍你了。你摸到鱼了吗？

留根把手里的塑料袋提了一下，说摸到了。

宋喜良接过塑料袋一看，说嘀，摸的鱼还不少。他把鱼倒进一个搪瓷盆里去了，一共是三条鲫鱼，一条黑鱼，一条鳜鱼，还有一条嘎牙。他往盆里添了一些水，说看看鱼是不是还活着。黑鱼的尾巴动了一下，他说好家伙，鱼还是活的。他对楚品梅说：这些鱼都是野生鱼，最有鱼味儿，比饲养的鱼好吃多了。鳜鱼现在挺贵的，在饭馆里点一条鳜鱼，起码要好几十块钱。

楚品梅没有表扬留根，对放在盆里的鱼似乎也不愿多看，说好了，吃饭吧，饭都凉了。

吃了晚饭，临睡觉之前，宋喜良问楚品梅，把留根摸的鱼放好没有。楚品梅说，她不管。宋喜良指出，猫的鼻子尖得很，猫要是闻到腥味儿，会把鱼叼走的。楚品梅说：几条破鱼，叼走就叼走吧。宋喜良说：这是孩子对你的一点儿心意，让猫叼走就不好了，还是把心意保护一下好一些。还是宋喜良回到灶屋，在盛鱼的盆上盖上锅盖，又在锅盖上压了一块砖，才放心了。宋喜良回头对楚品梅说，亏得他去灶屋去得及时，因为他看见有一只白猫已来到盆边，正伸着爪子从水里抄鱼。他一过去，白猫出溜一下就蹿了。楚品梅说：你真够操心的，小心把你的头发操白，变成白猫。

第二天，宋喜良上班走时，叮嘱楚品梅把鱼收拾一下，切成段儿，用油煎出来，中午烧鱼汤喝。楚品梅没有说话。

中午回家吃饭，宋喜良见楚品梅没有烧鱼汤，只做了一个菜，鸡蛋炒韭菜。几条鱼仍在盆里泡着，鱼的肚子都有些翻白，并散发出一些臭味儿。宋喜良导演的戏眼看也要变臭，他有些不悦，问楚品梅：我说让你把鱼烧成鱼汤，你怎么没烧呢？

楚品梅说：烧什么鱼汤，我不会。我一次只会烧一种鱼，把几种乱七八糟的鱼放在一块儿烧，我没烧过。

你一次烧一种鱼也可以呀，先烧鲫鱼，或先烧鳜鱼都可以。孩子好心好意下到水塘里给你摸鱼，你把鱼吃了，孩子一定会很高兴。你不是最喜欢吃鱼嘛，你这次把鱼吃了，说不定孩子下次还会给你摸鱼吃。

楚品梅连连摇手，说别别别，万一把你的宝贝儿子淹着了，我可担待不起。

楚品梅到底没有把几条鱼收拾出来，任鱼泡得烂糟糟的，泡成了白浓浓的臭汤子。这样的汤也应该算鱼汤，可这样的鱼汤不但不能喝，闻一鼻子恐怕都会被熏得想呕。宋喜良端起盆子，闭住气，连鱼带汤，一下子倒进院子一角的阴沟里去了。

除了洗衣，做饭，干一些家务活儿，地里的活儿楚品梅从来不干。她甚至不愿到地里去，连收麦的时候，她都不肯到地里帮忙。平日里，她就待在村子里，守在院子里，每天都要找点儿东西洗一洗。洗完了东西，她就在院子里锻炼身体。她锻炼身体的办法不知从哪儿学来的，就那么架着膀子，在碎砖头砌成的甬道上慢慢走。她驾起膀子左边扭一下，又往右边扭一下，似乎要飞，却始终飞不起来。她的膀子往哪边扭时，头也扭转过去，像是回头找什么东西。可她什么东西都没找到，因她的眼皮塌蒙着，眼睛是虚的。有人从大门的门缝里看见她在院子里扭来扭去，不认为她是在锻炼身体，说宋喜良的老婆在装神呢。也有的妇女为她"装神"所吸引，推开院子的门，问她干什么呢，跟她说话。她说她在练气功，有了这套功法，她一般来说不会生病。即使偶尔生一点小病，她也不用吃药，不用打针，练练气功就好了。正说话的妇女闻到了臭味儿，看见了院子一角的臭鱼，有些掩鼻，问：我听说留根给摸的鱼，你怎么没吃呢？楚品梅说：什么留根摸的鱼，你不要听宋喜良瞎说。宋喜良在镇上买的鱼，交给留根，让留根说，是留根给我摸的鱼。

他们爷儿俩合起伙来糊弄我，我没有当场揭穿他，就算给他留面子了。

冬天到来时，楚品梅得到一个消息，她妈生病了，想她了，让她回去。谁都是妈生的，谁都有妈，楚品梅提出回老家看她妈，宋喜良没有理由阻拦。宋喜良把楚品梅送到火车站，对楚品梅颇有些恋恋不舍，他一再问楚品梅：你还回来吗？

楚品梅反问他：你想让我回来吗？

想。

哪儿想？

心里想。

好，回答正确。你想让我回来，我就回来。

听说楚品梅走了，宋喜良的娘这才长出了一口气，娘对宋喜良说：她总算把你折腾干了，她总算走了。娘断定，那个女人不会再回来了。

大哥和大嫂跟娘的看法是一样的，他们认为姓楚的女人说回去看她妈，不过是一个借口，比偷着跑掉好看一点。那样的女人都是打一枪换一个地方，这一枪打中了宋喜良，下一枪不知打中谁呢！村里有人把楚品梅比成苹果，说本地不产苹果，苹果都是外地进来的。宋喜良吃到了苹果就可以了，应该知足。如果还想着让苹果在本地扎根，并开花结果，那就想多了。

过年时，楚品梅没有回来。过罢年，麦田里的冰雪化了，仍不见楚品梅的影子。渐渐地，宋喜良也有些失望。他和楚品梅并没有办结婚登记手续，楚品梅并不是他的合法妻子，他没有理由要求人家一定要回来。就算楚品梅是他的合法妻子，人家要是不愿意回来，他也拿人家没办法。

然而，当院子里一棵杏树开花时，楚品梅回来了。

2013 年 12 月 28 日至 2014 年 1 月 11 日于北京和平里

火

　　自从改用收割机器收麦之后，这里大面积播种的小麦收割起来就快了。收割机器前面平端着巨大的电动理发推子一样的刀具，以均匀速度往麦地里那么一推进，颗粒饱满的麦穗，连同举着麦穗的半截麦秆，就被连续不断地吃进机器的肚子里去了。机器一边吃，一边分解，伸长的嘴巴里吐出来的是麦粒，后面屙出来的是被粉碎的麦秸和麦糠。以前使用镰刀和铲子收麦时，紧赶慢赶，抢得像打仗一样，也得收个五六天，七八天。现在使用机器收麦，在好天好地的情况下，只需两三天就把麦子收完了。还有，以前把麦子运到场院后，还要晒场，碾场，扬场，看场，归仓，垛麦秸垛，这一系列工序做下来，更加费工费时，没有十天半个月麦秸垛封不了顶。现在好了，打场那一套后工序全免了，连场面子都不用造了。不对吧，难道连麦秸垛都不垛了吗？可不是咋的，麦秸用不着了，现在连麦秸垛也不用垛了。有生产队那会儿，麦秸是用来喂牛的，可以说麦子是人的粮食，麦秸是牛的粮食。眼下犁地不用牛，耙地不用牛，拉车不用牛，家家户户都不养牛了，还留着麦秸有什么用呢！你说麦秸可以烧锅，还可以造纸，那也是过去的事了。村民做饭可

96

以烧煤，烧液化气，顶不济也可以烧玉米秆，谁还烧不耐烧、发热量低的麦秸呢！造纸厂对河水污染太厉害，上面一声令下，造纸厂都停办了。

那么，还长在地里的那些一走乱绊腿的麦茬，机器屙出来的东一摊西一摊的麦秸和麦糠，该怎么处理呢，只管扔在地里不管吗？不行。因为小麦收完之后，地里马上就要种玉米，或是耩豆子，栽红薯，土地必须清理一下，像翻晒被子一样翻一翻，施一些底肥。如果留在地里的那些麦茬、麦秸、麦糠不及时清理掉，会直接影响播种下一季庄稼。也许有人会说，把那些麦季的残余物翻压在下面，沤烂，变成肥料，不是很好嘛！千万不要这样说，这样说人家会笑话你没种过庄稼。夏收日赶日，夏种时赶时，下一季庄稼与上一季庄稼衔接时间很短，翻压在土地表层下面的东西不可能在短时间内沤烂，它们手挽手，肩并肩，扯扯捞捞，会造成对下一季庄稼播种和生长的严重障碍，并导致减产。

这个问题怎么办呢？别发愁，勤劳智慧的人们自有办法。他们的办法很简单，拿火来，用火解决问题。他们拿上火柴或打火机，到地头放一把火就完了。不消一会儿工夫，那些不愿退出历史舞台的残余物很快消失，化成了灰烬。把那些灰烬翻进土地里，真的可以转化成有机肥料呢！

高清宇还是发愁。这个愁不是那个愁，他愁的不是点不起火，发愁的是，每年麦收之后烧起来的火太大了，熊熊大火危及他的房子，他的家园，他的家人，甚至还危及他家的鸡和狗。

高清宇名下有两块责任田，一块一亩半多一点，另一块半亩多一点。在那块半亩多的责任田地头，他盖了两间房。房子坐北朝南，房后是一条水坑，房前是庄稼地。为了多种庄稼，少占耕地，高清宇家的两间房子是敞开式的，既没有留院子，也没有搭院墙。也就是说，高清宇家的房子几乎等于盖进了庄稼地里。如果地里种的是豆子，开门一看就是满地的豆子，出门两三步，就走进了豆子地里。不小心被门槛绊倒了呢，脚还在门里，手已经够得着摘豆角子。

他在村子中央的老宅上本来有房，房子是他爷爷那一辈留下的。他的大儿子结婚时，家里把起脊的旧房子扒掉，翻盖成了用水泥预制板压顶的平房。他把平房留给大儿子和大儿媳住，悄悄花了钱，让村长在村东的官路边又给他批了一块宅基地，他又盖了几间简易的房子，带着老婆、女儿和二儿子到简易房里去住。又过了几年，女儿出嫁了，二儿子也要结婚。他把简易房子扒掉，翻盖成跟大儿子的房子一样规格的平房，为二儿子在平房里迎娶新娘。高清宇很满足，也有些自豪，他认为他们两口子扒查得很不错，先后给两个儿子都盖了新房，娶了新娘。人一辈子过什么呢，过来过去不过都是过孩子，孩子好过了，他们就好过了。给二儿子办完婚事后，他们两口子几乎长出了一口气，觉得他们这一辈子的任务算是完成了。这时候，他们才五十多岁，身体仍能打能跳。高清宇的高兴劲儿上来，还愿意和老婆把旧梦重新温一温。就是在这种情况下，他们自力更生，另起炉灶，在村外的地头盖起两间小房，重新回到了二人世界。他们一再对村里人说，不是孩子把他们撵出来的，是他们自觉自愿出来的，他们不愿意给孩子添累赘。其实，盖小房住在地头的不止他们老两口子，村里的好几个老人都住到了地头。有一个顺口溜在当地已经流传得很广泛，儿子住平房，孙子住楼，老头儿老婆儿住地头儿。也有人说得比较悲观，说人总是要死的，死了总是要埋在地里。人老了住在地头，是在向坟地过渡，在向死人靠拢。

高清宇没想那么多，没觉得住地头有什么不好，不觉得住地头有什么委屈。他看见过一副春联，下联记不清了，只记得上联，上联写的是：向阳门第春常在。和春联对照了一下，他认为自己的家就是向阳门第。是呀，门外的平原一马平川，无遮无拦，只要是晴天，太阳一出来就照进他家里去了，伸手一抓就是一把阳光，不抓也是阳光。有阳光就有温暖，就像是春天常在。绿色和春天相伴，他们家门口的绿色也很多。除了麦子成熟时和秋庄稼成熟时黄那么几天，其余的时间，一开门满眼的绿色就蜂拥而来。你说冬天，冬天怎么了，到了冬天，高清宇家门口的绿地绿得更纯粹，更有覆盖性，也更广阔。那是大面积播种的冬小麦。现在电视里不是成天都在说，这也要绿色，那也要绿色嘛，高清宇家的小房子就被绿色包围着，他们一家人，包括家养的鸡和狗，一年到头都生活在绿色里。

任何生活都不会十全十美，什么事情都是有利也有弊。前面提到了，高清宇一到收麦季节就发愁，就有些提心吊胆。为了防止每年必起的大火烧到他家的麦子，他不等麦子熟得炸芒，就让雇来的联合收割机进地，提前把自家的麦子收了回来。长在地里的麦子，被大火吞掉的情况是有的。去年，村里有一家，因两口子外出打工回家晚了，别人家的麦子都收完了，他们家熟透的麦子还长在地里。等他们回到家，大火已蔓延过来，眼睁睁地看着麦子被大火吃掉了。他们跳脚，他们骂人，但损失已不可挽回。他们想喊冤，想告状，因不知是哪个先放的火，他们找不到被告是谁。一季麦子，是当地农人一年的主要口粮。麦子经风经雨，经霜经雪，在地里长了好几个月，高清宇可舍不得眼看着到嘴的麦子被一把火烧掉。

麦子收回来了，保存起来了，高清宇所面临的第二个紧迫任务，是想方设法保住他家的两间小房子，保住他们的家。这天上午，高清宇对老婆李妮子说：你今天别去赶集了，抓紧时间把门口的地清理一下。

李妮子说：慌啥慌，火还没开始放呢！

预防针都是提前打，等病到身上了，再打预防针就晚了。

那你为啥不提前给自己打预防针呢？李妮子把话岔到高清宇身上去了，高清宇得过一次脑血栓之后，身体就不行了。他的一只手老是拐着，像一只长把子木勺。"木勺"里什么东西也舀不到，他却再也不愿意把"木勺"放下来。他的一条腿虽然还长在他身上，但好像已经不属于他，跟他离心离德，不再听他指挥。每移动一点，他都像移动别人的腿一样，得跟那条腿商量半天。高清宇变成这种不由自主的样子，是李妮子万万没有想到的，他对高清宇有些失望，也有些耿耿于怀，觉得一个人要赖皮不能这样耍法儿。

高清宇说：我听说打预防针能预防小儿麻痹，能预防出麻疹，没听说过能预防脑血栓的。要是有能预防脑血栓的针，我早就打了。好了，你先把门口的麦茬割割吧。

李妮子坐在一个矮脚凳子上，拿眼翻了翻高清宇，仍不动窝。

见使不动老婆，高清宇只得拐着胳膊，搬着腿，一点一点挪到门后，取下挂在门后墙上的一把镰刀。他明知自己弯不下腰，没有能力割下哪怕一棵麦茬，但他还是要做做样子，以推动李妮子赶快行动起来。

　　他的推动有效，李妮子果然站了起来，李妮子说：干啥呢，干啥呢，你成心恶心谁呢，恶心人不能这样恶心法儿。她从高清宇手里夺过镰刀，到门口的地里割麦茬去了。麦茬到膝盖那么深，而且，麦秆粗壮，种得也很密，每割一镰刀都要费一把子力气。过去收麦虽然也是用镰刀割，但过去的小麦种得稀，品种不是现在的品种，长得也不粗壮，割起来容易些。现在如果把麦茬割一遍，所花费的力气比割一遍麦子还要多。李妮子蹲着割麦茬，高清宇站在一边看着。他难免想起李妮子年轻的时候，当年的李妮子身手麻利得很，一眨眼跑到他前头，又一眨眼躲到他后头，比一只兔子都麻利。目前的李妮子也不行了，手也迟，脚也慢，连一只老兔子都不如。

　　李妮子不愿意让高清宇看着她干活儿，她说：看啥看，有啥可看的，爬一边待着去。

　　高清宇说：我没看你。

　　那你看谁？

　　我看我老婆。

　　我不是你老婆。

　　你敢再说一遍，你不是我的老婆，你是谁的老婆？

　　我是狗的老婆。

　　高清宇家养了一只小母狗，小母狗刚生了四只狗娃子，狗娃子只知道吃奶，还没从铺了麦秸的狗窝里走出来。小母狗身子小小的，既不像当地的土狗，也不像外来的洋狗，不知是怎么杂交出来的一种混血狗。他原来养了一只母羊，母羊怀着羔子时，夜里被贼人偷走了。他不再养羊了，就养了这么一只小狗。住在村外的地头，左不挨村，右不挨邻，养一只狗是必要的，至少可以帮着看家。他没有养大型狗，因为现在偷狗的也有了。偷狗的炮制了一种叫三步倒的毒药，包了牛肺，扔给狗吃，狗一吃，就昏倒了。偷狗的把狗弄走，卖给狗肉馆子做酱狗肉。据说一条大型狗能卖好几百块钱呢。大概小母狗也知道它的名字叫狗，听到女主人提到它，它就走到李妮子身边去了，对着李妮子摇尾巴，仿佛在说：我来了，你喊我干什么？李妮子对小母狗说：你过来干什么，滚蛋！小心我把你的尾巴割下来。小母狗的眼神似有些茫然，不明白女主人对它为啥这么不友好。

高清宇说：你说你是狗的老婆，狗就当真了。可惜这只小狗是个母狗，不是公家伙。

李妮子说：亏得血栓只拴住了你的脑子，还没拴住你的嘴皮子，要是把你的嘴皮子也拴住了，你就变成哑巴了。

我要是变成哑巴，就没人帮你解闷了。

解屁，我不需要！

高清宇不会忘记，三十多年前，麦茬、麦秸和麦糠，还是宝贝一样的东西。生产队那会儿，麦茬留得很浅，几乎贴着地皮。那么浅的麦茬，人们仍看在眼里，舍不得放弃。一些妇女吃过午饭，顾不上休息一会儿，就冒着毒辣的太阳，到地里用镰刀砍麦茬。她们连麦根带麦茬一块儿刨了出来，抖掉土，把麦茬和麦根弄回家烧锅。麦秸和麦糠垛在一起，属于生产队，是集体所有，留着喂牲口，社员不可动用。但到了大雪飘飘的冬天，社员的脚冻得实在受不了，到麦秸垛上拽一把麦秸，塞进鞋壳里暖脚，也不算什么大不了的事。高清宇有一个婶子，以为这是一个空子，就天天转到麦秸垛那里，拽一把麦秸塞进自己鞋壳里。她把麦秸攒下来，为的是垫在床上隔寒。她的小动作被人发现了，告发了，队里不但命她交回了垫在床上的麦秸，她还在社员大会上挨了批斗。真是三十年河东，三十年河西，谁会想得到呢，这些宝贝一样的东西现在变成了垃圾，变成了多余的东西，变成了累赘，变成了不放火不能解决问题的障碍之物。高清宇由近及远，看到地里的麦子都收完了，到处都是密集的麦茬。在阳光的照耀下，麦茬白花花的，如遍地倒插着的太阳的光芒。看了一会儿，高清宇产生了错觉，似乎看到烧麦茬之火已经燃起来了，火从很远的地方燃起，正一波一波地向这边蔓延过来。他像是闻到了烟火的气息，并感到有热浪扑过来。他惊了一下，打了一个趔趄。他退了两步，站稳脚跟再看，原来不是火，而是波动在麦茬上的热气。

李妮子把半亩多地的麦茬只割了不到一半，就不割了，提着镰刀从地里走了出来。

高清宇说：好，歇歇吧，喝口水，一会儿再割。

李妮子说：够了，不割了。

让李妮子把麦茬割下来，主要是高清宇的主意，他的意思是在房子前面造出一个隔离带，等火烧过来时，有隔离带隔离着，大火就不会烧到他家的房子。李妮子把麦茬割去这么多，作为隔离带，宽度也说得过去。但是，要对火造成真正的隔离效果，还必须把割倒的麦茬，以及麦秸、麦糠收拾干净，并在地上泼上水，把地泼得精湿，大火才有可能在隔离带那里止步。高清宇只好把隔离带的标准降低一些，说：不想割就算了，你把割倒的麦茬，还有麦秸、麦糠，都弄出来吧。

李妮子似有些心烦，说：我都干了半天了，你想累死我呀！有本事你自己弄去，没本事就少支使别人。

高清宇叹了一口气，说他自己也恨自己，本来好好的，不知怎么就变成了这种熊样子。人说他的病是吃出来的，他除了不饿肚子了，也没吃什么好东西呀！他又说：我要是好手好脚，这点活儿算什么，我自己就把它收拾得利利索索，根本不用你动手。高清宇说得不错，他的确称得上是一个勤劳持家的好男人，也是一个懂得如何心疼老婆的好丈夫。别家的男人一批又一批外出打工，为了在家里守着老婆，高清宇一直没有外出。本村和周围的村庄老有人家盖房子，哪里有盖房子的，他就去哪里干活儿。他砌得一手好砖，人又随和，到谁家干活儿都很受欢迎。他不必外出，照样可以打工，照样可以挣到钱。他先后盖起的两座平房，花的钱都是他给人家盖房所挣的钱。后来他的两个儿子外出打工，老婆也到城里给大儿子看孩子，家里只剩他一个人时，他仍没有外出，还是到邻村帮人家盖房子。他骑着一辆吱嘎作响的破自行车，早上吱吱嘎嘎去了，中午回家自己擀点儿面条一吃，下午又吱吱嘎嘎到工地去了。直到他得了病，手脚不听使唤了，才不得不把老婆叫了回来。他没有再支使老婆，到屋里拿了一把笆子，一只手拉着笆子，把老婆割掉的麦茬往一块儿搂。笆子作为一种竹制的农具，等于人们延长的手臂，手好使时，"手臂"也好使，手不好使了，"手臂"也随之形同虚设。他把笆子搂在麦茬上，笆子只搂到几根麦茬，一滑，就从麦茬上滑了过去。

李妮子说：不错，好看，你搂的麦茬够给蚂蚁搭窝的。

高清宇说：你也不用挖苦我，我心里够苦的了，我权当活动活动身体。

我哪敢挖你呀，你有什么可挖的？我挖我自己。

我估计就在今天夜里，大火一定会烧起来。赶在天黑之前，咱必须把这些可燃物清理掉，把地上泼上水，把隔离带造好。要是可燃物还在地里扔着，火星子溅到上面，明火呼啦一下子就会烧过来。

这时，村长骑着一辆摩托车过来了，村长说：大哥，大嫂，你们正好都在家里，我通知你们一件事，你们今年千万不要烧麦茬，谁要是点火，罚款三百。

李妮子问：为啥不让点？

乡里说，为了防止增加雾霾。

啥是雾霾？

我也不知道，那个字很复杂，上面是个雨字头，下面有个里，还有个什么东西。我以为念雾里，乡长说念雾霾。

是不是活埋的埋？

不是，活埋的埋是土字边。

我正好不想活了，你把我活埋了算了。李妮子说着，眯着眼对村长笑。村长是她的一个远门子堂弟，她习惯跟堂弟开玩笑。

村长说：你不要犯浪，我跟你说的是正经话，不是跟你开玩笑。是不是大哥不能给你浇水了，你的火又起来了！

哎，火就是起来了，怎么着！干吗不能点火，你一走我就点。我才不管它埋不埋呢，埋住谁算谁。

反正我通知过了，你小心着。你敢点麦茬，回头我就点你的毛！村长跨上摩托，一溜烟开走了。

眼看到了晌午，村长走后，李妮子骑上三轮车，到邻村的小学校接孙子和孙女去了。她不能在城里帮助大儿子看孩子，大儿子就让她把孩子带了回来。二儿媳知道了婆婆在帮助嫂子带孩子，心里不平衡，也把她的女儿送了回来。本村没学校，李妮子只好把孙子和孙女送到邻村的学校去上学。小房子离学校三里多路，李妮子上午送一趟，接一趟，下午还要送一趟，接一趟，刮风下雨都不耽误。

高清宇要李妮子慢点儿骑，不要着急。

李妮子没有搭理他。

高清宇原以为，孩子大了，该娶的娶了，该嫁的嫁了，他们两口子操心操劳也操到头了，可以到村外的地头享点清福。没想到，孩子的孩子也得他们帮着看，帮着养。亏得老婆的身体比他好一些，能下地，能赶集，能骑车，能压水，能把地里的收进屋里，能把生的做成熟的。倘若老婆也像他这样半死不活，半活不死，家里的日子就没法儿过了。其实老婆的身体也好不到哪里去，老婆患有糖尿病，还有高血压，是带病运转，不过是拼命挣扎而已。高清宇不能明白，以前缺吃少喝，人的病没有那么多。现在足吃足喝，人的病反倒多起来了，什么乱七八糟的病都来了。看来不管到啥时候，老天爷都不让人好过啊！

夜里，高清宇在门口的地上铺了一领席，一个人睡在门口。他睡不着，一会儿坐起来往地边看一看，密切关注着火的动向。他好比是一只值班的大雁，别的大雁都睡熟了，他在为雁群的安全站岗。他的身体不行了，但一颗负责任的心还在跳动着。他不能干活儿了，少睡点儿觉是可以的。天是晴天，有无数的星星在银河里漂浮。偶尔有一颗星星掉下来了，很快划过天空，画出一条长长的白线。星星掉下来没关系，星星不是火星子，不会在地里燃起火来。有风从南边吹过来，风里裹着的还是麦子的燥香，不是烟火的气息。水塘里的蛤蟆在叫，咯哇咯哇，声音大得出奇。蛤蟆的叫声越大，夜越显得沉静，越让人觉得紧张。高清宇的心情是矛盾的，他估计大火会不可避免地烧起来，又担心大火烧过来。

后半夜，大火到底还是烧起来了。平地起火，火是从南边一个村庄的地里先烧起来的。高清宇看见南边明了一下，像是天边打了一个露水闪。露水闪都是一闪而过，但那块地方越来越明，变成了火光。他妈的，烧起来了，烧起来了！高清宇像是有些兴奋，他摸索着来到屋里，摸到老婆光着的胳膊，报告说：哎，哎，起火了，起火了！

老婆惊得一下子坐了起来，问：烧到咱这儿了吗？

还没有，离咱们这儿还远着呢。

那你慌什么，吓我一跳。

我没慌，只是跟你说一声。你接着睡吧。

高清宇所在的村庄与南边那个村庄隔着一条河，河虽说不宽，河堤也不算高，但河里还有水。要说隔离带的话，这条河正是村与村之间的隔离带。高清宇不知道，火能不能越过隔离带，从对面的河边跳过来。此时他的心情仍然是矛盾的，希望火跳过来，又像是害怕火跳过来。他再也不睡了，扛着一只铁锨，在自家的地边站着，目不转睛地朝起火的地方眺望。他的小母狗也发现了远处的火光，对着火光叫了几声。高清宇制止了小母狗的叫。高清宇没有看清，河对岸的火是怎样从河面上跳过来的，也许是南风把火吹过来的，也许是火长了翅膀，飞过了河床，反正河这边的地里也开始燃起火来。起火的地方从一个点开始，很快拉长了战线，从点变成了线，又从线变成了面。若是在白天，火光也许不太明显，而在黑夜背景的衬托下，火光熊熊，像是要烧破天。火苗子一蹿一蹿的，在扭着身子往上长，像是在进行一场盛大的火的舞蹈。然而，火苗子总是蹿不高，蹿到一定高度，就熄灭了。蹿得比较高的是一些爆裂般的火星子，它们在空中噼啪作响，开出一朵朵小花。远远看去，这有些像过年时放的焰火。只是比任何焰火的规模都大得多，不管谁家再有钱，恐怕都舍不得放这么大的焰火。谁想看免费的焰火，就到这里来吧！

火越烧越大，浓浓的黑烟遮蔽了天空。天上的银河看不见了，星星看不见了。也许大火把银河烤干了，把星星烧化了。大火似乎把南边的半边天都烧成了红的，天边布满了红霞。因红霞在南天，不知算是朝霞还是晚霞。水塘里的蛤蟆不再叫了，一声都不叫了，

108

处于集体性的暗哑状态。或许蛤蟆们也感到了大火的威胁吧。

火越烧越近，热浪已有些扑脸。李妮子也看到了火光，从屋里出来了。她披着一件衣服，身上仍有些哆嗦。

高清宇问她：你冷吗？

她说：我日他姐。

不要害怕。

没事儿吧？

应该没事儿。

白天，在高清宇的催促下，李妮子把割下的麦茬，连同麦秸和麦糠，都清理出来，扔到屋子后面的水坑里去了。上面有话，这些东西不能烧，也不能往水坑里扔，扔到水坑里会堵塞水道。可是，不扔在水里能扔到哪里呢，堆在门前或堆在屋后，都是火引子，都不安全。只有扔在水坑里，才不会引火烧身。之后，李妮子又从压水井里压出好多水，一桶一桶泼在地里，把地上泼得湿漉漉的。由于事先采取了这些预防措施，又有高清宇的彻夜死盯死守，大火应该不会烧到他家的房子。

李妮子惊呼了一下，指着一棵着火的树，让高清宇快看。

高清宇看见了，前面不远处有一座坟，坟上长着一棵楮树，地里的火爬到树上，把树冠烧着了。燃烧的树冠像一支巨大的火把，正朝天而烧。那是小鸟儿吃了楮桃子，把种子拉到坟头上，就长起了这棵楮树。在高清宇的印象里，这棵楮树至少已长了十来年，长得枝繁叶茂，遮住了坟顶。这把火一烧，楮树就死掉了。如埋在坟里的死人一样，永远死掉。高清宇有些喃喃：火来了，谁都挡不住，谁都挡不住！不知为何，他想起了发大水，说大火来了跟大水来了一样，谁都抵挡不住。有一年，这里发大水，水头半人高，眼看着排山倒海般涌过来，把村子淹了个房倒屋塌，很快成了汪洋。

天将明时，大火逼过来了，烧到了高清宇家门前的地里。麦茬很快在大火中变软，炽化，火苗子蹿得有一人高。高清宇被大火熏得流了泪，眼睛变得有些模糊。但他没有躲到屋里去，仍站在门口和大火对峙。

李妮子后悔没有把地里的麦茬全部割掉，她采取的补救的办法，是提着满满一桶水，冲上去，见哪里火头旺，就朝哪里泼水。火烟子涌进屋里，把孙子孙女呛醒了，他们一边咳嗽，一边喊奶奶奶奶！小母狗喉咙里呻吟着，用嘴叼起小狗，一趟一趟把几只小狗叼到屋后去了。三只母鸡和一只公鸡虽然被李妮子提前关进了笼子里，并提进屋里，但它们似乎也感到了危险，在笼子里拍打着翅膀，躁动得厉害。

还算幸运，火烧到隔离带那里就渐渐熄灭了，火星子没有飞到屋里，没有烧到高清宇家的房子。

有一个同样住在地头小房子里的四奶奶就没那么幸运，李妮子送孙子孙女上学回来的路上听村里人说，四奶奶的一间小房子被夜里过来的大火烧着了，四奶奶也被烧死在里面。村里人说，四奶奶不用再花钱拉到县里的火葬场去火化，在自己家就火化了。

这一年的火是烧过去了，高清宇开始发愁下一年。

2014 年 1 月 12 日至 22 日于北京小黄庄

回娘家

　　文兰走娘家，心情有些复杂。望见娘家所在的村庄时，她脚下不知不觉慢了下来，胆子越缩越小，越来越怯。对面过来一个骑自行车的男人，男人边骑，边可着嗓子大声唱歌。文兰把眼皮塌蒙下来。对面又过来一个骑三轮车的妇女，车斗子里立着一只大耳朵的普尔山羊，像是带山羊到邻村的种子站配种。文兰把围巾拉了拉，遮住了半边脸，还把头低了下来。她不想让娘家村里的人看见她，更不愿意让村里人认出她是谁。

　　小时候，文兰听娘小声哼哼过一支歌。娘不大会唱歌，唱歌时总不敢放声，比蚊子的叫声大不了多少。因娘一遍一遍老是哼那支歌，文兰就记住了歌里的大概意思。歌子唱的是一个出了门子的闺女回娘家的事。时节当是春天或夏天，有风吹杨柳，还有小河流水。闺女给娘家带些什么呢？左手提着一只鸡，右手提着一只鸭，背上还背着一个胖娃娃。娘之所以爱哼这支歌，歌里所唱的内容也许代表着娘的理想，唱出了娘的心声。文兰听这支歌时，从没往心里去，从没有把回娘家和自己联系起来，她还以为自己老也长不大呢，还以为要在娘家待一辈子呢！谁知道呢，天不变，人变；坟不走，云走，这么快就轮到了她回娘家。

路边的杨树，河边的柳树，叶子早落光了，只剩下光秃秃的树枝。河里的水被冰封住了，冰面上太阳的反光显得有些凛冽。有人往冰面上投土坷垃砸冰，冰没有砸成洞，土坷垃却破碎成了辐射状态。前些日子下过一场雪，麦田里的雪还没有化完。麦苗是墨绿，残雪是明白。一只老鸹在低空踅了一下，落在麦田里。老鸹的下落，好像并没有什么明确的目的，它稍稍停顿了一会儿，又张开翅膀飞走了。老鸹的飞行，也很难说有什么目的。文兰这次回来，没带什么像样的东西，鸡和鸭都说不上。她只提了一只黑色的塑料袋，袋子里装着五包方便面和五根细细的火腿肠。这些东西是她特意为弟弟文生买的，她知道弟弟喜欢啃方便面，吃火腿肠。为了啃方便面，弟弟挨了爹不少打，有一次把弟弟的屁股都打青了。文兰没有给娘带什么礼物，她的亲娘跟爹生气，喝农药死了好几年了。自从亲娘在西南地的坟地里睡下，再也没有起来。至于说娃娃，文兰难免有些不好意思。娃娃是有的，只是还在她的肚子里，尚不知是男是女，是胖是瘦。她还不到十八岁，肚子里的娃娃已有七八个月大。

文兰叫了奶奶，奶奶好像仍一时没认出她是谁。奶奶看着她，似乎在问：你找谁？奶奶八十多岁了，头发白成乱麻，腰弯得更厉害，眼睛也蒙上了一层白色的东西。文兰只得又叫了一声奶奶，自我介绍说：我是文兰哪！文兰的声音有些发颤，仿佛有酸酸的东西在向鼻腔子里涌。

奶奶知道了她是文兰，对她一点儿都不热情，奶奶说：是文兰

112

哪，你这闺女，还回来干啥哩！娘家娘家，有娘才有家，没了娘就没了家。你没有娘了，回来还有啥偎头儿哩！

文兰说：没娘有奶奶，我想奶奶了，回来看看奶奶还不行吗！

你不用挂念我，我都快死的人了，今儿死今儿烧，明儿死后儿烧，横竖是一把火。奶奶需要重新认识文兰似的，把文兰上下打量了一下，看见文兰带来了一个"西瓜"，肚子大得不成样子。奶奶指了指床边，让文兰坐在床上歇歇吧。奶奶有三个儿子，每个儿子都盖了钢筋水泥结构的好房子，每座房子都装了大铁门，门楣上都用彩漆喷了家和万事兴的字样。可奶奶没到一个儿子家里去住，一个人住在村外地头边的一间小房子里，吃饭自己做，做梦自己圆。奶奶对自己不是很满意，说她明明该死了，怎么老也不死哩！奶奶对文兰也有看法，说文兰本身还是一个孩子，这么早要孩子干什么，眼下哪个孩子不是大人的对头！

文兰不愿让奶奶看她的肚子，说叨她的孩子。她之所以尽量躲着村里人，不让村里人看见她，也是不想让别人知道她的身子显山显水，早早地就怀了孕。她十六岁外出打工，十七岁就怀了孩子。孩子好像是一个证据，证据越来越大，越坐越实，证明着她小小年纪就有了男女之事。平白无故的话，人的肚子里是不会长孩子的。因丈夫的年龄比她大得多，爹认为她一定是受骗了，上了人家的钩。或是人家强行给她破了土，种了瓜。尽管她哭着一再申明，丈夫是一个好人，丈夫对她很好，她跟丈夫好是自觉自愿的，爹和三爷还是打上丈夫的家门，要把她领走。爹的理由是，她把闺女养大不容易，男方家里一不送彩礼，二不摆宴席，就要把他的闺女弄走，天底下哪有这等便宜的事！没办法，丈夫只得东拼西凑，凑了一万零两百块钱给爹和三爷，他们才不闹了。文兰肚子里的孩子，好像也听到了有人以不友好的口气提到他，抗议似的腾腾踹了几小脚，把文兰一侧的肚皮踹得硬了起来。文兰手捂肚子，把孩子安抚了一会儿，问奶奶：文生常到你这里来吗？

那个小杂种，他到我这里来干什么！他要是敢来，我就把他的腿棒骨敲断。奶奶扭着头往屋门口瞅，似乎要找到一件能敲断腿棒骨的铁器。

你不是说过，几个孙子当中你最喜欢文生嘛！

他现在学坏了，翻邻居家的箱子，偷人家的钱，到街上啥王巴里去打游戏。你爹知道了，把他打了个半死。你爹那个鳖种，打个孩子都不会打，光抽孩子的脸，把孩子两边的脸都抽肿，肿得像趴着两只气蛤蟆。

文兰心里一疼，好像自己的两个腮帮子也肿胀起来。她赶集时碰见熟人，听熟人说弟弟犯了错，挨了打，看来这事是真的。她这次来娘家，不是为了看奶奶，不是为了看爹，更不是为了看后妈，是专程来看弟弟。娘一共生了两个孩子，一个是她，还有一个就是弟弟。她和弟弟同命，连心，想不心疼弟弟都不行。特别是她怀了孩子之后，不知为什么，她对弟弟挂念得更厉害。她对奶奶说：我想看看文生。

到底是从一个娘肚子里爬出来的，嘴不亲血亲。还说想我了，想文生才是真。给文生带了啥好东西，给我看看。奶奶冲文兰伸出了手。

我给文生带了几包方便面，还有几根火腿肠。

方便面我嚼不动，你把火腿肠给我两根吧，我半年都不知道啥是肉味儿了。

文兰没有马上给奶奶掏火腿肠，她要向奶奶提一个条件，奶奶答应了条件，她才会把好吃的猪肉火腿肠给奶奶吃。她让奶奶帮她把文生找来，等文生来了，奶奶跟文生一块儿吃火腿肠。火腿肠里一点骨头都没有，挺好吃的。

奶奶的牙床把瘪着的嘴拱了两下，没有接受文兰提出的条件，她说：要找文生你自己去，你又不是没有腿。我跟那个女人是反贴门神不对脸，她不能看见我，我也不能看见她。

奶奶说的那个女人，指的是文兰的后妈。奶奶反对文兰的爹娶那个女人，说那个女人是个骗子，钱一骗到手，那个女人就会开溜。那个女人是从外地来的，看人横眉立眼，厉害得像一头抵人的牛。她对文兰的奶奶也看不惯，三句话没说完，就把文兰的奶奶骂成老不死的老东西。文兰跟后妈也没什么缘分，因为她不愿意把后妈叫妈，说话时不敢看后妈的眼，还因为她的眉眼长得好看一些，后妈就容不得她，骂她天生就是一个贱货。她当时还是一个初中生，后妈这样骂她，未免有些恶毒。家里不容人，自有容人处，初中一毕业，她就到外地打工去了。从那以后，她再也没登过娘家的家门，再也没见过那个名义上是她后妈的女人。文兰对奶奶说：我又没说让你到那个女人家里去，你到学校大门外边等一下，等文生放了学，你把他叫到这里就行了。

又不是上山打狼，你自己咋不去哩！

文兰撒娇似的叫了一声奶奶，说我这个样子，不想让村里人看见我。我没娘了，奶奶替我跑一趟，权当心疼我。

你这闺女，就知道让我心疼你，谁心疼我哩！我一辈子生了三个儿子，三个闺女，他们都不愿意收留我，都嫌我活得岁数太大了，该死了不死。

奶奶刚出去，一只黄狗过来了。黄狗大概以为小屋里没人了，想趁机蹚摸点儿吃的。当看见文兰在小屋里坐着，黄狗有些出乎意料似的，塌下眼皮，转身走掉了。文兰在奶奶的小屋里没看见有什么可吃的东西，案板上只放着一块红薯，一根胡萝卜，还有两根葱。她掀开锅盖看看，见锅底放着一只瓦碗，碗里盛着半碗红薯糊糊。不用说，红薯糊糊是奶奶做的早饭，早饭没吃完，盛出来盖在锅里，中午接着吃。门口一片绿色，那是满地的麦苗。麦苗种得离门口很近，几乎种到了屋里。顺着麦垄往前看，不远处绿色中断，黄色隆起，那里鼓着十几个坟包。在文兰小时候的印象里，这块坟地离村子挺远的，是鬼们住的地方，一看到坟地就让人有些害怕。不过十几年工夫，村子像摊煎饼一样，越摊越大，以致把阳宅摊到阴宅，人住的地方和鬼住的地方越来越接近。文兰听奶奶讲过，这块坟地是他们家的，坟里埋的都是他们的亲人，其中就包括文兰的爷爷。然而文兰的娘也死了，却没有埋在这块坟地里。文兰也是听奶奶讲的，说文兰的娘不是好死，是恶死，恶死的人是不能进老坟的。娘的坟被打发到西南地一个比较远的地方，显得孤零零的。

太阳偏了西，奶奶才把文生带到文兰面前。文生把姐姐看了一眼，觉得姐姐有些陌生似的，连一声姐都没叫出口，就把头低下了。

奶奶说：我说你姐来了，你还说我骗你，看看，我没骗你吧，你姐真的来了吧！你姐给你带的有好吃的，还不赶快叫姐。

文生脚下动了动，嘴动了动，像是要叫，但还是没有叫出口。

这个小犟种，就是不懂事。奶奶骂了文生一句。

文生偏过脸，狠狠地瞪了奶奶一眼。

文兰说：文生，过来，让姐好好看看。她预想的是，要是见到弟弟，一定要把弟弟抱在怀里，紧紧地抱一会儿。弟弟小时候，娘顾不上抱弟弟，多是她抱着弟弟到处玩，弟弟几乎是她抱大的。弟弟小时候很缠人，也很会撒娇，刚学会说话就张着胳膊，喊姐抱抱，姐抱抱。文兰还预想，当她抱住弟弟时，说不定她会流泪，泪会流得很长。可她的预想没有实现，弟弟站在原地没动，还是低着头。弟弟的手倒是拿起来了，右手开始抠左手的指甲。

弟弟长高了，抽条抽得有些瘦，比冬天的麦苗还瘦。弟弟的头发刺蓬着，有些纠结，不知多长时间没洗了。弟弟的脸不再肿了，脸上新添了一道道抓痕。抓痕不会是爹抓的，可能是弟弟和别的孩子打架时被抓伤的。弟弟的样子仿娘，长眼细眉，长得很秀气。可惜弟弟不会保护自己的脸。弟弟身上的衣服破旧，单薄。牛仔裤短得揪巴上去，露出了红红的脚脖儿。弟弟脚上穿的是一双不知从哪里捡来的旅游鞋，鞋被弟弟穿飞了，两只脚像踩着两只鸟。"鸟"的膀子耷拉着，不是活"鸟"，是死"鸟"。文兰只得从床边站起来，双手拉住弟弟的两只手，边退边把弟弟往自己跟前拉。

可能是弟弟挨打挨多了，受限制受多了，当有人抓住他的手时，他习惯性的反应就是抗拒，挣扎。姐姐拉住他的手时，他的第一反应也是往回抽自己的手，要把手从拉他的人的手里抽出来。文兰把弟弟的手拉得更紧些，并撅了一下说：小生儿，我是你姐。你看你的手，都冻成什么样子了，真是没娘的孩子啊！文兰说着，嗓子那里哽了一下，顿时红了眼圈儿。

娘把文生叫小生儿，姐把文生叫小生儿，娘死后，姐走后，好久没人把他叫小生儿了。一声小生儿叫的，如同唤回了久违的亲情，文生的手一软，没有再往回抽自己的手。文生的手背冻得结了肿块，皲裂出一道道血口子。在姐姐手里，文生的双手微微地有些发抖。这时，文生抬起头来又看了姐姐一眼，但很快又把眼皮塌下来。

文兰看见了，文生的睫毛是湿的，两只眼睛长长的睫毛都湿漉漉的，几乎黏在一起。像文生这样经常挨打受气的皮孩子，轻易是不会掉眼泪的，含在眼眶里的泪水能把睫毛浸湿，表明确实触动了他心中的委屈。文兰心里涌起一阵怜惜，眼泪也涌了出来。

趁姐姐用手擦眼泪，文生抽回了自己的手，并把手背在身后。他瞥了一眼姐姐放在床上的黑色塑料袋子，估计姐姐带来的好吃的东西都在袋子里放着。

文兰问文生：听说咱爹打你了，打得很厉害，是吗？

文生摇了摇头，说没有。

奶奶证明：还说没有，你爹把你两边的腮帮子都打肿了，难道打的是狗吗！

文生转过身去，突然提高了声音冲奶奶嚷：没有没有就是没有！

文兰制止了文生的嚷，又对奶奶说：你不能这样说文生，文生马上就是一个大人了，文生已经长心了，已经知道要脸了。

奶奶说：我看他还是不要脸，要是要脸，就不会去偷人家的钱。

没偷没偷就是没偷！文生嚷嚷得比刚才声音还大。

你看他厉害不厉害！大鱼吃小鱼，小鱼吃虾米，他后妈欺负他，他就欺负我。

文兰沉沉地叫了一声奶奶，说我求求你，你别这样说我弟弟了好不好，你说得这样难听，我弟弟是会受到伤害的。

我没害他，是他自己不往人上混，自己害自己。奶奶指了一下床上放的塑料袋，对文兰说：你赶快把东西拿出来给他吃，让他吃了赶快走。我现在不能看见他，一看见他我就气得脑壳疼。奶奶又说：你让他就在这儿吃，吃不完的千万别让他拿走，要是让你爹和你后妈看见了，又得像审贼一样审他。

文兰拿出火腿肠，先给了奶奶一根，又给了文生一根。文生有些发狠似的，用牙咬住火腿肠一头猛地一拽，就把火腿肠的红色塑料包皮撕破了。他用手一挤，挤出粉红的肠肉，送到嘴里吃起来。他吃得口有些大，一口至少把一根火腿肠吃掉三分之一。奶奶拿到火腿肠，放到鼻子上闻了闻，看看这头儿，看看那头儿，不知怎样才能把火腿肠的皮子弄开。她放进嘴里用牙床挤了挤，一挤一滑，滑得像泥鳅一样。她像是担心"泥鳅"会直接钻进喉咙眼里，赶紧把"泥鳅"拿了出来。眼看贪吃的文生快把一根火腿肠吃完了，她显然也闻到了文生嘴里散发出的肠肉的香气，有些着急，说我弄不开呀!

文生说：弄不开，就别吃。

奶奶说：是你姐孝敬我的，我干吗不吃！都让你个龟孙吃了，我怕你撑死。

文兰说：拿来，我帮你。她从奶奶手里接过火腿肠，从中间把火腿肠拧细再拧细，一拽，就把火腿肠拽断了，把一根火腿肠分成两根，细细的肠肉从断裂的地方冒出来。奶奶把肠肉尝了一口，说这东西就是好吃。

那只黄狗定是嗅到了火腿肠的香气，又不声不响地走过来，眼巴巴地盯着奶奶的嘴，像童话故事中的狐狸盯着嘴里叼有肉块的乌鸦的嘴一样。可惜，黄狗不是狐狸，奶奶也不是乌鸦，奶奶嘴里的肉块不会掉下来。奶奶说：狗，狗，滚！黄狗再次失望地走开。村里传来电喇叭喊卖热蒸馍的声音，还有当娘的喊孩子回家吃饭的声音。没有人喊文生回家吃饭，不管他吃不吃饭，爹和后妈都不在意。

文生吃完了火腿肠，文兰拿了一包方便面给他吃。文生说，他不想吃方便面，方便面太干了。文兰只好又拿出一根火腿肠给文生吃。

火腿肠不能代替午饭，吃午饭的时间都过了，奶奶不知道给两个孩子做点儿什么饭吃。文兰对奶奶说：干脆烧点儿开水，煮方便面吃吧。奶奶把水烧开，文兰把五包方便面都煮了。

吃过方便面，文兰像是突然想起一件事似的对奶奶说：俺娘有一张照片，怀里抱着文生，我也在旁边站着。照片夹在镜框里，一直在靠后墙的条几上放着，不知道现在还有没有。要是有的话，你跟俺爹要来，放在你这里，我再来的时候拿走。我做梦老是梦见俺娘，梦一醒就想不起娘是啥样子。看看照片，就算见到俺娘了。

奶奶说：那张照片我也见过，恐怕早就没有了。你不想想，你爹娶了新老婆，那女人怎么会让你娘在那里碍她的眼哩，不烧掉也得撕掉。依我说，说来说去还是怨你娘，怨你娘肚量太小了，心肠太狠了。那时候你们两个还小，她怎么能忍心撇下孩子自己先走哩！

文兰当然不会忘记，当时娘劝爹去做生意，爹不去，娘就自己去。娘做生意没赚到钱，反而赔了本。娘受爹埋怨不过，一气之下，就喝了农药。药性发作后，娘后悔了，喊着"我不想死，赶快救我"。可已经晚了。娘死时，她吓坏了，吓得浑身哆嗦，像筛糠一样。弟弟还不知道哭，只知道搂住娘的脖子不撒手。

文生该去上学了，文兰提出跟弟弟一块儿走。文兰说：奶奶，你不要起来了，我让文生送送我。等把孩子生下来，我再来看你。

姐弟二人走到大路上，文兰站下了，对文生说：你今后不要再去玩游戏了，要把心思用在学习上。咱娘不在了，你一定要争气。只有把学习学好，以后才会有饭吃。

不料文生说：我上学上到明年暑假就不上了，我也出去打工。有一个表哥在上海开大货车，咱爹让我跟他学开车。

你年龄还小，出去打工还有点儿早。你至少上到初中毕业，再出去打工也不迟。你现在连小学都没上完，出去怎么说呢。你要是明年出去打工，还算是一个童工，谁都不敢收留你。

文生好像主意已经拿定，没有再说话。

文兰从口袋里掏了六十块钱，怕人看见似的递给文生说：给你六十块钱，你收好，跟谁都不要说。你想买笔买本儿都可以。

文生把钱看了看，没有接。他说：姐，我不要你的钱。等我打工挣了钱，给你花。

2014 年 1 月 28 日至 2 月 3 日

（农历腊月二十八至马年大年正月初四）于北京和平里

煤 瘢

　　一个窑哥们儿在井下受了伤，被紧急拉到矿务局总医院抢救。救护车一路喊着疼啊疼啊，他没有听见。因为他处于昏迷状态。人一旦昏迷，好像眼也瞎了，耳朵也聋了，疼都不知道，跟半死差不多。到了医院的第二天，他才渐渐苏醒过来。意识的虫子刚刚爬上脑际，刚把思维拱开一条缝，他就在心里骂了一句他奶奶的，知道坏大菜了，本哥们儿受伤了。

　　按照老窑工传授给他的自我检验的经验，他把注意力搜集一下，派到自己脚上，开始使劲勾自己的脚指头，勾了左脚勾右脚。骨头连着肉，肉连着筋，筋牵着脚指头，只要脚指头能动，就表明腿没有折。他的检验很快有了结果，十个脚指头如同筋线牵着的木偶，一牵一动，频频点头，相当灵活。好，他的腿还是好腿，两条腿都完好无缺，互相配合不成问题。紧接着他开始握自己的拳头，握了右手握左手。同样的道理，如果每只手上的五个兄弟能够紧密团结，形成拳头，就证明胳膊没有断。这项自检也让他感到欣慰，只要手还长在胳膊上，只要手指头伸缩自如，拿酒还是酒，抓肉还是肉。

既然胳膊腿都是好好的，既然那个被称为命的东西并没有舍他而去，他有些放松似的，几乎长出了一口气。哎，且慢，出气需要先吸气，他吸气刚吸到一半，觉得肚子那里隐隐有些疼。怎么，难道肚子出了问题？他用手摸了摸，摸到自己的肚子有些鼓，原来那里拦腰缠了不少纱布。他听人说过，做剖腹产手术的女人肚子上才缠纱布。他是一条汉子，又没有从他肚子里取出孩子，往他肚子上缠这么多纱布干什么！他想看看是怎么回事，眼睛却一睁二睁没睁开。他把手移到眼上一摸，好嘛，摸出眼上也缠了纱布，纱布把他的两眼缠得严严实实。医用纱布应该是白的，目前他的眼睛是一抹黑，不，是两抹黑。他有些急，抬起一只手喊大夫，大夫。

　　小林接过他的手，说郝哥，雄哥，我在这里。

　　你是谁？

　　我是小林，队里派我来这里陪护你，有啥事你就跟我说。你想撒尿吗？有尿你只管撒，你尿道里插了橡皮管子。

　　郝雄想了想，记起小林是他的工友，他们在同一个煤巷掘进队干活儿。他问小林：我的眼瞎了吗？

　　这个这个，我说不清楚，应该没有。我是今天早上来的，我一来，你的头就包成了这样。

　　你去把大夫叫来。

　　大夫没有来，一个护士过来了。护士走到病床边，问：什么事？

　　我的眼珠子还在吗？

　　在呢，你可以把眼珠子在眼眶里转一下，试一试。

郝雄把眼珠子像转玻璃球似的转了两圈了，眼里嚓嚓冒出几道金光。只要能冒金光，表明自己的眼睛并无大碍。他就此又学了一招儿，通过转眼珠子，可以判断自己眼睛是否可以继续使用。他问护士：我的眼睛没有受伤，纱布缠住我的眼睛干什么？

护士解释说：你的眼睛虽然没有受伤，但脸部受伤了。你脸部的伤在颧骨处，离眼睛比较近，大夫在为你包扎脸部伤口的时候，只能把你的眼睛也包上。

人要脸，树要皮。听说自己的脸部受伤，郝雄不禁惊了一下：那，我不是破相了嘛！

护士把破相回避了，说：你放心，伤的地方大夫已经给你缝上了。

他的脸又不是下井穿的工作服，工作服撕破了，可以用针线缝上，脸皮破了，再缝上能有什么好！他问：伤好后，我脸上会不会留下疤瘌呢？

这个很难说，要看伤口的愈合情况。好了，安心养伤吧，暂时不要想那么多。想得太多对养伤不利。

护士欲走，郝雄不让护士走，又问他的肚子是怎么回事？

护士告诉他，他的肚子伤得比较厉害，送到医院时，肚皮开着口子，肠子都流了出来。

他的肠子天天在肚子里装着，因隔着一层肚皮，他从没看见过自己的肠子长什么样。他看见过其他动物的肠子，脑子里装的都是那些肠子的形状，自己的肠子也许和那些肠子差不多。他说了一句"够恶心的"，才让护士走了。

郝雄的身体素质不错，他在医院住了不到一个星期，伤口就长好了，拆线了。大夫刚为他拆除缝在脸皮和肚皮上的线头，他就低下头往自己肚皮上瞅。他没有瞅见自己的肠子。好像自己的肠子对自己来说是一个秘密，永远对自己保密，他以前没看见过自己的肠子，现在还是看不见。但是，他瞅见了肚皮上留下的一道疤痕，还瞅见疤痕处蔓延着一片黑色。对于这片黑色，郝雄一点儿都不感到奇怪，做过窑的人都懂，你只要下窑，只要天天和铁器、火药、矿石打交道，就难免会受伤。只要受伤，伤口愈合处就可能会留下一片黑色，那就是人们所说的煤癍。

从肚皮往上走，走到上面是脸皮，郝雄不愿让自己脸上留下煤癍。肚皮上的煤癍看上去像是一块胎记，用他们老家的话说，记在腰，别大刀，"胎记"长在腰里兆头是可以的。再说了，煤癍留在小肚子一侧，他把裤子一穿，腰带一系，煤癍就会被遮蔽，谁都看不见。然而，煤癍若是在脸上就不好了，头上不能穿裤子，脸上不能系腰带，煤癍一旦留在脸上，就会无遮无拦，暴露无遗。他伸手往脸上摸，受过伤的颧骨处还算平整，没有觉出有疤痕挡手。他想进一步摸摸脸上有没有煤癍，可他手指头上没长眼睛，靠手指头摸是摸不出颜色的。他自己脸上倒是长有眼睛，而他的眼睛还相当明亮，可惜，他的眼睛看不见他的脸，要看自己的脸，须借助别人的眼睛，或者借助镜子。他问小林：我脸上留下的有煤癍吗？

小林嘿嘿笑着，目光有些躲闪。小林本来是看着他的，他这么一问，小林的目光就躲开了。

躲什么躲，看着我！

郝哥，你对煤癍不在意吧？

你别管我在意不在意，你只管实话实说，正面回答我的问题。

小林只得直面看着郝雄，他的目光还是有些虚。他说煤癍是有一点，不太明显。

怎么个不明显法儿，你说清楚一点儿。

看清楚容易，说清楚总是难，小林有些嗫嚅。

郝雄的预感不是很好，他起身到厕所去了。在他的印象里，一般的厕所会有一个洗手池，洗手池后面的墙上会装有一面镜子。医院的厕所里洗手池是有的，可墙上没有镜子。也许原来有镜子，不知被哪个对镜子不满的人打碎了。郝雄返回病房，对小林说：你去给我找个镜子。

郝哥，你明天就出院了，等回到矿上，你再照镜子也不迟。

废话，我现在就要照！

我找不到镜子。

连个镜子都找不到，你在这里干什么！那些护士肯定有镜子，你去找她们借。

小林出去了好一会儿，才借回一面镜子。郝雄的脸是方的，镜子是圆的，镶嵌在一块雕花的白桦树的树皮上。郝雄的脸面积比较大，镜子小小的，镜子的面积还不及郝雄脸部面积的六分之一。镜子再小也是镜子，它的参照效果显而易见。郝雄一拿起镜子，就把自己脸上的煤癍看到了。他看见镜子里的人有些陌生，不敢相信那个哥们儿就是郝雄。他把镜子放下，像是回忆了一下，拿起镜子再照。这一次，他上照下照，左照右照，远照近照，照得比较仔细。

在他照镜子时，小林一直在观察他，大概害怕他看到自己的面貌变化后有什么过激反应。

得到了镜子，郝雄不需要小林再这样看他，他说：看什么看，一边待着去！

小林刚退到墙边，他又说：你去把大夫给我叫来！

一个穿白大褂的男大夫过来了，向郝雄问好。

郝雄拉着脸子说：我不好。你在缝合伤口的时候，为啥不把里面的煤清理一下？

大夫说：我们不但清理过，而且反复做了清理。要是把煤的颗粒留在里面，你的脸就变成一座煤矿了。

那，为啥还会出现煤瘢，煤瘢为啥还这么黑？

那是因为煤里所包含的黑色素浸润到你的肌肉里造成的，要彻底清除黑色素，除非把你的肌肉挖掉一块。那样的话，你的脸一边大，一边小，就不对称了。对称为美，不对称就不美了。

什么对称不对称，蒙老冤儿呢！一边脸上有煤瘢，一边没有，算什么对称！这话郝雄没有说出来。右边脸上平添了一块煤瘢，已经让他不知道怎么办才好，他可不愿意在左边脸上再添一块煤瘢。

郝雄回到矿上去了，继续在井下的掘进队里当班长。他受伤好比是当兵的在战场挂了花，花治好了，当兵的当然要重返战场。所不同的是，郝雄身上挂的"花"并没有彻底摘去，不过由"红花"变成了"黑花"。特别是他脸上的那朵"黑花"，工友们跟他一照面就看见了。他觉出来了，那些家伙看他的眼神儿跟以前不大一样。以前，他们看的是他的眼睛，实现的是目光与目光的对接。现

128

在，他们的眼睛向下一错，寻求的是目光和煤癍的对接，好像他脸上真的开了一朵黑牡丹。假如工友们的眼睛是一盏盏矿灯的话，那些"矿灯"里伸出的光柱纷纷戳在他的颧骨上了，真有点儿搞笑。其实大哥别笑二哥，三哥在后面跟着，在掘进队里，身上带有煤癍的不止郝雄一个。郝雄在澡堂的汤池里看见过，全队身上带有煤癍的哥们儿至少有五六个。他们的煤癍，有的在手臂上，有的在大腿上，还有的在屁股沟子里，显得隐蔽一些。也有一个哥们儿和他一样，煤癍痕留在了脸上。区别在于，他的煤癍留在了高处的颧骨上，人家的煤癍留在低处的鼻洼子里；人家的煤癍比较小，只有一粒黑豆那么大，他的煤癍比人家的煤癍大八九倍都不止。煤癍又不是储煤场，要这么大干什么！

煤癍业已存在，问题是，他怎样认识这块煤癍？怎样深入理解这块煤癍？煤癍会给他的生活带来哪些影响？他难道真的允许煤癍伴随他一辈子吗？郝雄的宿舍里自备的有一面方镜，下班回到宿舍，除了睡觉，他有时间手持镜子对煤癍进行仔细研究。郝雄长得比较白，脸上也比较干净，在没添煤癍之前，他脸上连一个雀斑都没有，被人们称为"白净子"。恰因他的脸长得白净，而煤癍是黑色，黑白对比起来显得格外分明。在白的衬托下，煤癍简直有些凸起，有些跳的意思。人们看一幅水墨画，画面上画的是一只写意的鹿或兔子，看着看着，恍惚间，画面上的动物仿佛活动起来。郝雄长时间看自己脸上的煤癍时，有时也会产生错觉，好像煤癍离他越来越近，眼看就要像一片墨镜一样罩在他眼上，使他变成一个独眼龙。他赶紧放下镜子，"墨镜"才消失了。

要说近煤者黑，郝雄大约不会否认。但要说郝雄脸上的煤癣是纯粹的黑色，郝雄恐怕还要跟您掰扯掰扯。作为一个天天把煤癣挂在脸上的人，郝雄对煤癣的颜色是有发言权的，他认为煤癣不是纯黑，是综合色，甚至是万色之和。因为他在煤癣的边缘发现了蓝色，还有隐隐的绿色。蓝色是深蓝，比宝石蓝还要蓝一些。绿是孔雀绿，绿在不断变幻，有时看得见，有时看不见。郝雄从煤矿技校毕业，看过不少有关煤矿的书。书上说，煤是由远古的森林变化而成。煤的原形既然是树，树上就有绿色的叶子，煤里就应该包含有绿色。这样推断下来，把煤癣说成绿色的煤癣，也是有道理的。再推断下去，煤癣里面还应该有红色。因为煤的热量是太阳赋予的，一点燃就红色尽现。倘若煤癣里面的红色可以看得见的话，那就热闹了，煤癣就变成了彩癣。由彩癣又联想到彩票，联想到中彩，郝雄不禁笑了一下。

　　郝雄说不清自己脸上的煤癣像什么东西。乍一看像一片云，一片乌云。"乌云"里孕育的是雨，有一场雨似乎很快就要落下。可"乌云"只低垂着，迟迟不见有雨点落下来。再看像一只动物，像狮子，像老虎，像野牛，还像猪，像狗。像什么动物取决于他的主观愿望。他心里想让煤癣像什么，拿镜子一照，煤癣果然与他想象的动物比较接近。有一天，他看见电视里的动物世界，见一头雄狮跃上一头野牛的背，继而抱住野牛的脖子，一下子就把野牛撂倒了。由于对雄狮的体力和智慧有些佩服，他想，自己脸上的煤癣如果像一头狮子就好了。这样想着，他拿起镜子一照，亦真亦幻似的，仿佛看见一头雄狮正对他抖擞颈毛，好不威武！因煤癣和树的亲缘关系，有时候，他看自己脸上的煤癍像一棵树，一棵松树，一棵柏树，一棵枫树，或是一棵云杉。树没有树干，只有树冠。树冠上的枝叶蓬勃，茂密，云雾缭绕其间，有着远古的神秘色彩。有树就有鸟。还有的时候，郝雄觉得煤癍如同一群飞翔的鸟，鸟群忽东忽西，忽高忽低，遵循的是统一节奏，飞出的是同样的旋律，如歌如诗。一眨眼，一群鸟又变成了一只鸟。那只鸟当是传说中的大鹏，它的翅幅是那样宽展，志向是那样高远，仿佛不飞则已，一飞冲天。总的来说，郝雄脸上的煤癍的图案是不规则的，不确定的，给他留下了广阔的想象余地。他看什么，像什么，又不像什么。看什么，不像什么，又像什么。

小林与郝雄住在同一间宿舍。有一天，小林正在看小说，郝雄问他：你看我脸上的煤癍像什么。

小林正看小说，心里想的也是小说，他说：像小说。

什么什么？像小说？你说我的煤癍像小说？

我说我正在看小说。一个走过窑的人，写的是咱们走窑的事儿，写得挺像那么回事儿的。

郝雄命小林把小说放下，说看小说不如看你哥。他再次让小林说出他脸上的煤癍像什么。他不能具体给煤癍命名，想听一听小林的看法。

小林这才把小说放下了，说哎呀，郝哥净给我出难题，这个问题我没想过，说不好。

什么说不好，你只管说，说什么都没关系。你要是不说实话，我就不认你这个哥们儿了。

小林说：我看像一幅地图。

像地图，这个郝雄倒没有想到过。看看，人各有眼，眼各有别，人与人的看法就是不一样。郝雄接着问：你看像哪个国家的地图呢？像不像咱们中国的地图呢？

小林把郝雄脸上的"地图"观察了一下，说有点儿像中国地图，又不太像。中国的地图像一只大公鸡，郝雄脸上的"公鸡"肚子够大，只是头昂得不够高。小林还说，他之所以认为郝雄脸上的煤瘢像一幅地图，因为地图上表示边界的地方大都曲曲弯弯，不大整齐。煤瘢的边缘呢，也不是一刀切，有些模糊。

郝雄夸小林说得不错，依你这么说，你说煤瘢像画在床单上的尿云子也可以。

可以是可以，说地图好听些，说成尿云子不是不好听嘛，不是有损郝哥的光辉形象嘛！

放屁！

女人的脸，男人看；男人的脸，女人看。对郝雄脸上的煤瘢究竟怎样看，郝雄最在意的还是女人的看法。矿上食堂里有一个女工叫谢仪红，在餐厅里打扫卫生。郝雄和谢仪红彼此印象不错，见面时愿意互相打个招呼，交谈几句。郝雄没有和谢仪红谈恋爱，谈不上交朋友，顶多算是比较友好的关系。谢仪红的丈夫死于一场井下瓦斯爆炸事故，她一个人带着两个孩子。矿上为了照顾谢仪红的生活，就给她安排了一个在食堂打扫卫生的工作。谢仪红还不到三十岁，叶儿还绿着，花儿还红着，她应该还会嫁人。出于自尊，郝雄找对象不会考虑像谢仪红这样的女人。就他的条件而言，他至少也得找一个没结过婚的大闺女。但这并不影响他和谢仪红的交往。也许正是因为他对谢仪红没有想法，没有心理障碍，他跟谢仪红说话才更坦然，更自由。这天郝雄到食堂的卖饭窗口打了饭菜，见谢仪红在餐厅一角的一张餐桌边坐着休息，就端着饭碗向谢仪红走去。谢仪红，你好呀！他先跟谢仪红打招呼。

谢仪红赶紧从桌边站了起来：郝师傅呀，听说你前一段受伤住院了，没事吧！

我差点儿见了阎王。我要是受到阎王的接见，就见不着你了。

谢仪红笑了一下，说：只要阎王爷放你回来就好。

好什么好，受伤受得都带了样儿。郝雄说着，用筷子指了指自己脸上的煤癍，又说：现在是空气受污染，水受污染，我的脸也受到了污染。

谢仪红没否认郝雄的脸受到了污染，她说：你可以把污染清除嘛！

郝雄听出来了，谢仪红不喜欢他脸上留下的煤癍。谢仪红的观点也许代表所有女性的观点。他摇了摇头，说煤癍一旦留在脸上，想清除就难了。他把大夫跟他说的话对谢仪红重复了一遍。

谢仪红说：不会吧，听说现在整容手术很厉害的，可以把鼻梁垫高，把下巴加长，把单眼皮做成双眼皮，消痘祛斑更不成问题。你要是不把煤癍去掉，出门在外，人家一眼就认出你是个挖煤的，说不定有的人还会说你是煤黑子。

是的，郝雄不能不承认，煤癍的确构成了一种特殊标记，人们一见到这种标记，就认出你是一个挖煤的，你不想承认都不行。世上的行业千种万种，没有哪一种行业像挖煤一样，动辄就给从业者身上打上标记。吃挖煤这碗饭的人是很多，但作为最底层的劳动者，挖煤人的社会地位一直不高。所以矿工一出井口，脱下工装，来到外面的世界，就不大愿意承认自己是一个煤矿工人。如果你脸上没有煤癣呢，不愿暴露身份倒也罢了。如果脸上有煤癣呢，任何隐瞒只能是自讨没趣。这种情况让郝雄联想到古代的犯人。为了把犯罪之人与普通民众相区别，也是为了羞辱罪犯，古代的狱卒会给犯人的脸上刺上墨字，或打上烙印。这样一来，犯人就无处躲，无处藏，不管犯人跑到哪里，人们还是能把犯人指出来。郝雄意识到了，他的这种联想，有些牵强，不大合适，并含有自贬之意。但煤癣带给他的苦恼让他有些管不住自己，不知不觉就胡思乱想。

郝雄向掘进队的一位副队长请教，脸上的煤癣到底有没有办法清除？副队长脸上也有煤癣，他的煤癣留在了脑门上。副队长跟郝雄说笑话：你的煤癣是矿上奖给你的一枚勋章，你不好好带着，老想着去掉它干什么！

勋章，这又是一种说法。郝雄明白，副队长这样说是有原因的。附近农村的一个小煤窑与他们这边的井田争地盘，争资源，把巷道打他们这边来了。对峙不下之际，小煤窑的人在巷道里埋了炸药，说谁敢过去，就把炸药引爆。作为掘进队一个班的当班班长，郝雄认为小煤窑玩的不过是一种炸威胁，并不敢真的把炸药引爆。于是他喊了一声，"有种的跟我来"，带头冲了过去。不料人家真的引爆了炸药，当场就把他炸翻了。由于郝雄差点丢了性命，等于付出了沉重代价，加上矿上请来的记者又把这个事件渲染得比较厉害，小煤窑的窑主只得龟缩回去，退出了对资源的争夺。这样算下来，勇敢的郝雄为保护国有煤炭资源是立了功的，矿上奖给他一枚勋章，完全说得过去。可这勋章不是那勋章，这种"黑色的勋章"还是不要为好。

说笑话归说笑话，副队长还是给郝雄讲了一件事情，证明煤瘢和刺青一样，是很难清除掉的。事情发生在东北的一座煤矿。到了月底，矿上该发工资了，从银行取回一帆布口袋近百万元现金，放在保卫科的值班室里保卫着。三个劫匪做了精心准备，提前踩了点，蒙着面，手持双管猎枪，去保卫科抢钱。保卫人员有手枪，双方展开了枪战。结果是，四个保卫人员全部被打死，钱被抢走，劫匪只死了一人。劫匪没有把死了的同伙弄走，采取焚尸灭迹的办法，往同伙身上泼了汽油，把同伙烧掉了。因劫匪烧得面目全非，刑侦人员认不清尸源，破案工作迟迟不能进展。后来案情获得重大突破，是省里去的一位刑侦专家，对尸体表面炭化的部分进行剥离，露出死者隐藏在胳膊肌肉深层的刺青，刺青的图案是一条蛇。刑侦人员以刺青为线索，走访了市内的几家刺青店，很快锁定了犯罪嫌疑人及其同伙，使这件大案告破。副队长说：你看看，那家伙把皮都烧焦了，刺青都烧不掉。我敢说，留在咱们身上的煤瘢肯定比刺青的根子深，因为咱们受伤时的伤口深。

对于刺青，郝雄是知道的。刺青也叫文身，可以在身上文出多种多样的图案。文身所选择的部位多是在手腕、大臂和后背。就郝雄的所见而言，那些图案有的是一个福字，有的是一个忍字，有的是人名，有的是十字架，还有的是文身者的偶像。有一次在洗浴中心，郝雄看见一个年轻人的整个后背都被文身占满，使白背变成了黑背。第一眼，他没看出头绪，没弄清年轻人背上文的是什么名堂。走近再看，他才看清楚了，文的原来是一条盘龙。人们很少把图案文在面部，但也不是完全没有。比如女人文眉，把眉文得弯弯的，长长的，其实也是一种文身。把文身和煤癍相比较：文身带有选择性，设计性，出于自觉自愿。煤癍不可选择，没有设计，带有粗暴的强制性；文身是为了审美，带有一定的艺术性。煤癍给人的感觉谈不上美，也不好和艺术相提并论；文身的图案是清晰的，意义是确定的。煤癍的边缘是模糊的，没有什么确定性的意义。那天郝雄趋近观看年轻人后背上的盘龙，年轻人回过头也看到了他脸上的煤癍，问他脸上文的是什么？郝雄没有说明自己脸上是在井下受伤留下的煤癍，没有否认做了文身，他反问年轻人：你看呢？年轻人眨眨眼皮，像是想了一下：我看像是一只黑寡妇蜘蛛。又摇头说：我看啥都不像，是个四不像。

刺青启发了郝雄，他想，煤癍和刺青那么相像，几乎可以以假乱真，煤癍是可以向刺青靠拢的。既然煤癍深入肌肉，不可清除，为何不在煤癍的基础上加以设计和扩展，刺成一个有确定意义的形象呢！

利用一个倒班休息的时间，郝雄到市里一家刺青店去了，一位女刺青手热情接待了他。当他说明了自己的想法之后，女刺青手满口答应，说当然可以。女刺青手把煤癍扩展手术说成是嫁接手术，说有一个矿工就是在她这里做的煤癍图案嫁接手术，效果非常好，面貌焕然一新。她问客户郝雄，想嫁接成什么图案呢？郝雄说，他也不知道。女刺青手拿起放大镜，把郝雄颧骨处的煤癍仔仔细细观察了一番。因她的脸离郝雄的脸很近，郝雄感到了她的鼻息，还有扑鼻而来的香气，这让郝雄稍稍有些不自在。观察之后，女刺青手认为煤癍的基础不太好，嫁接手术难度比较大。对这单找上门来的生意，她当然不会放弃，她这样说，是欲擒故纵的意思，为的在提高价码上埋下伏笔。她问郝雄的属相是什么？郝雄说他属鸡。那么女刺青手建议，可以把煤癍嫁接成一只雄鹰。雄鹰可以一飞冲天，在天空翱翔。而郝雄有可能从井下调到井上，从此改变自己的命运，由鸡的命运变成鹰的命运。谈到手术费，女刺青手说价钱不贵，只需一万块钱就够了。

还说不贵，这个价钱相当于郝雄三个月的工资啊！郝雄有些犹豫，说太贵了，他身上可没带那么多钱。

女刺青手说：那没关系，你带多少先交多少，剩下的你打一个欠条，留下联系电话就可以了，我们相信你。见郝雄还在犹豫，女刺青手就拉住了郝雄的手，把郝雄叫成兄弟，说我看你兄弟是个实诚人，这样吧，我给你打八折优惠，只收你八千块钱，这下你满意了吧。好了，跟我到楼上的手术室去，我把你的面部全面清理一下，先消消毒。

从刺青店里出来，郝雄脸上的煤癍加刺青，图案果然清晰起来，一看就是一只雄鹰。雄鹰的翅膀是伸展的，膀尖一边伸向鼻梁，一边伸向鬓角。煤癍上部嫁接了鹰头，鹰头上有圆圆的鹰眼和锐利的钩子嘴。煤癍的下部嫁接了鹰的尾巴，尾巴张成扇面状。郝雄对镜一照，似乎看见一只雄鹰正展翅向他飞来。他相信，人们再也不会说他脸上的图案像这个，像那个，再也不会有人说他脸上的图腾是四不像。

年底休假回老家，郝雄乘坐的是火车。刚在座位上坐下，火车尚未开动，郝雄就觉出坐在对面座位上的一个中年男人在看他。中年男人的目光有些直，还有些锐利，恐怕跟鹰的眼睛差不多。郝雄心里明白，吸引中年男人注意力的不是他本人，而是他脸上的那只雄鹰。雄鹰也有眼睛，就让雄鹰与中年男人在互相对视中角力去吧。中年男人除了盯着郝雄不放松，像是还要和郝雄说话。有的人就是话多，看见陌生人也要搭讪。郝雄不愿和中年男人说话，他的办法是用眼皮收着眼睛，不给中年男人以对视的机会。一般来说，两个人说话之前，都是眼睛打前站，先接头，先"说话"，然后才会开口。如果一方有说话的愿望，另一方的眼睛老是躲着，想实现对话也难。郝雄坐在靠窗的位置，为了避免中年男人找他的眼睛，他扭过脸，把目光投到窗外去了。在车窗玻璃的映像上，他发现中年男人仍在观察他。中年男人头发稀疏，留的却是长发，这让郝雄觉得坐在对面的这位老兄有些怪异。

哎，这位哥们儿，请问你在哪个矿上上班？中年男人伸手拍了拍郝雄的膝盖。

郝雄未免诧异，他脸上的煤癍已不是原来意义上的煤癍，这多嘴的陌生人凭什么断定他是一个矿工呢？人家拍了他，他不回过脸来似乎有些说不过去。但他回过脸后，把膝盖往里收了收，并不打算回答。

中年男人自我介绍，说他原来也在井下挖煤，所以一见到走窑的哥们儿感觉格外亲切。

怪不得呢，原来是同行。那么郝雄就反过来问对方，在哪个矿上班？

中年男人说了他所在的矿，并说他当了九年的采煤工。后来他考上了美术学院，就出了煤矿，一直画油画。他所画的油画，主要取材于煤矿生活。大概为了证明自己的说法不是虚构，画家侧过脸，撩开自己的头发，说哥们儿你看。

郝雄一眼就看见了，画家右边的脸侧后一点有一块煤癍，煤癍是长条状，从耳后延展到脖颈。郝雄看不出煤癍的图案像什么，估计画家没有对煤癍进行过改造性处理。

画家笑了一下说：这是画在我脸上的一幅油画，我很喜欢她，走到哪里就把她带到哪里。你看这幅画的艺术性怎么样？

郝雄摇摇头，说不出画家耳后煤癍的艺术性在哪里。他意识到自己脸上的雄鹰，要说艺术性的话，雄鹰恐怕还沾点边儿。

画家没有谈论也没有称赞郝雄脸上的雄鹰，还是拿自己耳后的煤癍说事儿，他说：我这幅画不是具象，是抽象。抽象也是包罗万象，可以为观众提供丰富的想象余地。

2014 年 2 月 9 日至 2 月 23 日于北京和平里

139

梅花三弄

我正在一间相对封闭的小屋里写东西，手机响了。我的手机铃声是雄鸡打鸣的声音，高亢嘹亮，有着不错的穿透力。雄鸡打鸣一般是在早晨，可我手机里的雄鸡把时空完全打乱了，随时随地都会鸣叫起来。我不知道雄鸡哪一刻会叫，它的叫声对我来说总是有一些突然性，几乎带有突然袭击的意思，让人被动。我不关机，在写东西时也开着机。妻子要求我把手机保持在畅通状态，方便她随时可以找到我，给我下指示，让我买面，买鸡蛋，或者是买西红柿、黄瓜、西兰花等。我热爱家庭生活，乐于接受她的指示。我拿起手机一看，不是妻子打来的，是一个陌生的号码。有心不接，又怕是送递品的快递员打给我的，就摁下标有绿色听筒的接听键听了一下。当打电话的人确认我就是他要找的人，马上叫我老师，自称他是我的粉丝，铁杆的。他说他特别喜欢我的小说，只要看见某家杂志上登载有我的小说，就立即掏钱买来读。

这样的电话我一听就够了，想把电话挂掉。说来有些矛盾。我们写东西，是给读者看的，读者看了，我们希望有好的反馈。可是，一旦反馈真的来了，我们接受起来往往缺乏耐心，甚至会产生躲避的念头。这和叶公好龙不是一个性质，叶公也许真的好龙，而写作者和读者的关系要复杂得多，也微妙得多。还有粉丝的说法，也让我觉得别扭。你说自己是读者，前面顶多再加上忠实二字，完全可以说明问题。粉丝是什么？粉丝是用红薯或土豆的淀粉做成的细丝状的食品，跟读者根本不搭界。把读者说成是一种廉价的食品，是对读者的贬低，也是对汉字的不尊重。出于礼貌，我没有把电话挂掉，只说谢谢，谢谢。我口气冷淡，不愿多说一句话。我可不敢招惹打电话的人，不愿和陌生人瞎聊，倘稍不注意，一句话说不好，对方有可能跟我说个没完没了。说不定还会提到我的某篇小说，复述小说中的细节，以证明他确实读过我的小说。类似的电话我以前也接过一些，我从来不愿意在电话里多说我的小说，仿佛每篇小说里都包含有一段隐秘的感情，提起小说只能让我感到羞怯。又好比每篇小说都是我的孩子，自己的孩子自己最了解，无须别人评头论足。

打电话的人倒是没有再拿我的小说说事儿，但他提出了一个要求，要见见我。

见我？没有这个必要吧。我又不是演员，不是明星，见我干什么呢？我说对不起，我正在写东西。我没有撒谎，这天是星期日，我一早骑车从家里出来，确实正在一家杂志社的编辑部里写东西。我写的是一个短篇小说，小说写到中段，正是需要奋力向前开拓的时候。

我知道您的时间很宝贵，我不会占用您过多的时间，给我十分钟可以吗？

不可以，坚决不可以。我知道，时间这东西最难掌握，他说是十分钟，到时候恐怕一个钟头都打不住。我的时间其实就是我生命的组成部分，我干吗把一部分生命随便给别人呢！我说：还是不见为好，见了我你会失望的。

我写过一篇走窑的汉子复仇的小说，一些读者看了小说，把我想象成一个高大威猛的汉子。及至有机会见到我，发现我的身材及面貌与他们的想象有很大差距。每当有人说出他的想象时，我只能说：很抱歉，让您失望了！

我很崇拜您，一直把您当成我的偶像，我不会失望的。如果您觉得十分钟太长，那就五分钟吧，三分钟吧？

麻烦，我遇上难缠的人了。蚂蟥吸不住鹭鸶的腿，你要缠我，我拒绝缠，你奈我何！我说好了，就这样吧。我把电话挂断了。

我拿起钢笔，刚要接续刚才被打断的思路，"雄鸡"又叫起来。这一轮的叫声似乎比刚才还大，比传说中的半夜鸡叫叫得还厉害。我估计，电话还是那个人打来的，他雄起起的，正在扮演"雄鸡"的角色。我一瞅，没错儿，还是那个电话号码。在我们老家，把雄鸡叫公鸡，公鸡的啼叫有催人起床的功能。在手机里，该功能可以忽略不计，"雄鸡"有叫的权利，我也有"不起床"、不理睬的权利。"雄鸡"的叫声设有一定限度，它叫一会儿就不叫了。我想，打电话的人应该知趣，他再次打来电话，我不接，他就不会再打了，再打就没意思了。不料他真够执拗的，"雄鸡"竟然再而三地叫起来。公鸡打鸣一般要叫够三遍，看来"雄鸡"不叫够三遍也不罢休。我相信，"雄鸡"的叫声不是电子合成的声音，应该是真正

142

的公鸡的录音。被采集的公鸡当是一只脸上长着青春痘的青年鸡，不然的话，它的叫声不会这般元气沛然，直冲霄汉。我仿佛看见，那头打电话的人无异于一只"雄鸡"，正挺着腰身，梗着脖子，瞪着斗鸡一样的眼睛，在不屈不挠地冲我大鸣大叫。我怎么办？我的办法是把手机的电源关掉。这样一来，等于我一把掐住了"雄鸡"的脖子，并把"雄鸡"的脖子掐断了。我看你叫，我看你还叫不叫，我就不信治不了你！

这样做犹不解烦，停了一会儿，我把手机打开，把陌生人的电话号码存在电话簿里，给陌生人起了一个名字，讨厌。以后，凡是"讨厌"打来的电话，我一看是"讨厌"，就不再接听。

我之所以在杂志社的编辑部里写东西，因为我是这家杂志的主编。我这个主编是挂名的，不看稿子，不编稿子，不管什么具体事。我对杂志社的社长说，我是借贵方一块宝地，在这里种点儿自己的东西。我本来可以在家里写东西，可家里有床，看见床我就想睡觉。我在一家报社上了二十多年班，上班已经成了习惯。虽说现在脱离了报社，不用再上班，但我每天做的还和正常上班一样，早早就挎上书包出门，到杂志社的编辑部去种自留地。我这样做，是意志自治，甚至带有强制性，为的是让自己克服懒惰，持续劳动。

这天又是星期天，编辑部的工作人员都在家里休息，只有我一个人在那里写东西。楼上静悄悄的，阳光从窗口照进来，外部世界的条件很不错。有了这样良好的外部条件，我才比较顺畅地走进了自己的内心世界。我正在自己的内心世界自由自在地散步，电话响了起来。这次不是手机里的"雄鸡"在叫，是放在桌子一角的座机在响。这部座机是老款式，没有来电显示，我不知道电话是谁打来的。自从我用"讨厌"为那个打电话的人命名，将近一星期过去了，他没有再打我的手机。我以为"讨厌"已经隐去，消失，不会再和我联系。我还以为，他只知道我手机的号码，不知道我桌上座机的号码，所以我没有任何犹豫，就接了电话。真讨厌，电话正是"讨厌"打来的，他说：老师不欢迎我，我打老师的手机老师关机，我只好打老师的座机，请老师能够理解一个铁杆儿粉丝的心情。

今天是星期天，我在编辑部里写东西。你到底有什么事儿？

我想给你讲讲我和女朋友的事，给您提供点儿素材，您要是写成小说，一定会很精彩。

免了，我自己的素材还没写完，不需要别人为我提供素材。有人知道我喜欢摆弄点儿小说，多少年来，已有若干人主动找到我，要给我讲他或她的经历。每遇到这种情况，我从不敢贸然答应。不但不敢答应，心里还稍稍有些抵触。我写东西，干的是私活儿，凭什么让人家给我提供材料呢！我借人家的米可以还，借人家的钱可以还，倘若借用了人家的材料，我拿什么归还人家呢！我当过多年记者，当记者的规矩我懂，你采访了人家，随后就得给人家说点儿好话。而作者不同于记者，写小说不同于写新闻，小说中的人名是虚构的，小说中的人物也经过了改头换面，是张三的鼻子，李四的眼睛。人家给你讲了其经历，在小说里不但看不到什么好话，说不定连个影子都找不到。也许把影子找到了，却与人家的期望大相径庭，这如何面对人家呢！更让我心存疑虑的是，主动提出给我讲经历的热心人，都强调他们的经历如何复杂，如何新奇。在他们眼

144

里，好像只有复杂和新奇的东西才适合写成小说。他们哪里知道，我的小说是简单的，我不需要过于复杂的东西；我写的是一些日常生活，不喜欢新奇的故事。

"讨厌"说，他已经来了，就在编辑部的门口外边站着。

我所在的屋子，屋门上方装有一块玻璃，我没有往玻璃上糊纸，玻璃是透明的。走在楼道里的人，若是个头高一些，踮起脚尖一看，就能看到我屋子里的一切。我觉出一个人影在玻璃外面晃了一下，不用说，是"讨厌"提前对我进行了侦察，已经看到我在屋里坐着。完了，看来我是躲不开了，继续写东西也不可能了，只好放下电话，把门打开。站在门外的是一个年轻人，个头至少在一米八以上。年轻人穿了一身牛仔装，显得有些瘦。年轻人的眉眼倒不怎么刁钻，低眉耷眼的，显得有些老实。我的口气是拒人的，开口就问：你怎么知道我的电话？

我捡到了一张您的名片，就知道了。

你是谁？

我叫胡晓君。

你是干什么的？

我在北京打工。

打什么工？

搞装修。

今天为什么没上班？

公司暂时没揽到业务，没活儿可干，就没上班。

你没活儿可干，就来干扰我，是不是？你知道不知道，没经我

145

同意，你就找上门来堵我的门口，这样很不好，很不礼貌。

对不起，老师！我实在太想见您了，看见您，我特别激动。

我屋里有沙发，我用电热水器烧的也有开水，但我没让他到屋里去。他要是在我屋里坐下来，恐怕一时半会打发不走。对这样的不速之客，我没有必要客气。我说：你既然来了，咱们到楼下待一会儿吧。我回身穿上外套，拿上钥匙包和手机，带上屋门，向楼下走去。我的手劲失了节制，带门带得有些重。我不管胡晓君愿意不愿意下楼，连回头看他一眼都不看，只管到楼下去了。

楼门口两侧植有绿篱，绿篱前面是街边的人行道。绿篱缩进去的地方，布置的有一些用合成的棕色木条搭成的座位。有人走累了，或无所事事，可以在座位上坐一会儿。我指一个座位，让胡晓君坐吧。季节到了初秋，个别杨树叶子已开始下落。有一片杨树叶子落在座位上，像一只招风耳一样支棱着。叶子还是绿的，一点儿都不发黄。

胡晓君把杨树叶子拨拉在地上，坐下了。他坐在座位一头，留出比较宽的地方给我坐。

我见座位上灰土斑斑，似乎还有痰迹，没有坐。我不愿和他平起平坐。他手里拿着一本选刊类的文学杂志，两只手把杂志卷来卷去，卷成圆筒，放开；再卷成圆筒，再放开。看得出来，他的心情是翻卷的，有些紧张。这本杂志我看见过，上面选载有我新发表的一篇小说。胡晓君手持这本杂志来见我，可能准备拿我的小说当说话的引子，以证明他的确看过我的小说。只是他一紧张，就把说话的引子忘记了。我装作对杂志毫不关心，更不会提起其中的那篇小说。我看不惯一个人把杂志卷来卷去，通过这样的细节，我判断出他对读物不够爱惜。一个对读物不爱惜的人，很难说得上爱读。

胡晓君说，他有一个女朋友，他跟女朋友谈了两年多，到了谈婚论嫁的程度。今年过了春节，女朋友不跟他好了，他百般追求，女朋友都不再理他。他说他的一颗心都在女朋友身上，打工所挣的钱也差不多都花在了谈恋爱上。女朋友的背离，对他打击很大，让他非常伤心，看天天昏，看地地暗，他都不想活了。说着，他长叹了一口气，眼圈儿有些发红。

我说好了，我知道了，你不要再说了。这样的事情满大街都是，一点儿也不新鲜。

可是我很难接受。我是第一次谈恋爱，董小雨是我的第一个女朋友。

难接受也得接受。这就是现实，现实总是严酷的。

你说的是现实主义吗？

什么主义不主义，现实就是现实。

一个穿网眼黑丝袜的长腿女郎，牵着一条狼一样的爱斯基摩犬，从我们面前走过。高傲的女郎不看我们，两只眼睛不一样的大型犬也仿佛对我们不屑一顾，很快就走了过去。一个老爷子从我们面前匆匆走过，在后面紧追不舍的是一个老太太，老太太边走边骂：你这个不要脸的老东西，这么老了你还打野鸡。你给我站住，看我不把你的嘴巴子抽歪！老爷子回过头说：你不要瞎说，我不跟你一般见识。

胡晓君对我笑笑。我没有笑。

他还是想跟我讲他的故事，希望我把故事写成小说。

我说我再重复一遍，我不想听你讲故事，也不可能把你的故事写成小说。想写你自己可以写嘛，自己对自己的生活最熟悉。

你觉得我可以写吗？

我觉得没用，你自己觉得可以就可以。你以前写过东西吗？

上学的时候写过。我要是写了，您能给我发表吗？

这个我可不敢保证。

您不是主编吗？

我当主编是挂名的，不看稿子。不过你要是把稿子写出来，我可以让编辑帮你看一看。如果达到能用的水平，他们会用的。

这时有一个穿黑色西服的青年人冲我们走过来，向我们发放推销海景房的广告。我摆摆手，拒绝接受。他把广告发给胡晓君，说先生，看看吧。胡晓君见我是拒绝的态度，他也没接广告。直到这时，他好像才记起自己手里拿着的杂志，说杂志上登的有我的小说，他专门给我买了一本。

我哪能要他的杂志，我说：杂志社已经给我寄了，你自己留着吧。我手上正干一样急活儿，不能陪你聊了。在我干活儿的时候，你最好不要再给我打电话。你要学会尊重别人，不要把自己的意愿强加给别人。说罢，我丢下胡晓君，转身上楼去了。

时间过去了一个多月，天气越来越凉。杨树叶子已经变黄，不管有风无风，都会有杨树叶子落下来。杂志社楼下的这条街道两旁除了栽有杨树，更多的是银杏树。银杏树的叶子已经黄透，黄成了明黄。我知道，银杏树在等待一场必然要到来的冷空气，冷空气一旦袭来，明黄的银杏树叶子会很快落满一地。胡晓君没有再给我打电话，手机座机都没打，我几乎把这个人忘掉了。说过要写东西的人不在少数，但说说就拉倒了，不一定真的动手写。写东西不是吃巧克力豆，也不是喝可口可乐，不是那么容易的。可是，我并没有把标有"讨厌"的电话号码从我手机上删除，反正我手机上电话簿的空间很大，多一个号码，少一个号码，无所谓。

在一个冷空气骤袭的星期天，胡晓君又到编辑部找我来了。他没有再打电话，而是直接到编辑部敲我的门。我没想到是胡晓君，问：哪位？

是我，小胡儿。

我已经在屋门上方的玻璃上糊了报纸，胡晓君不可能再透过玻璃看到我。他可能摸准了我的作息规律，或者是躲到一个隐蔽的地方，看我上楼来了，就到门口堵我。其实这天我并没有写东西，正躺在沙发上睡觉。昨天晚上和一帮作家朋友喝酒喝多了，早上起来仍头昏脑涨，脑筋很难开动。打扰我睡觉和打扰我写作一样，都让我不悦。我极不情愿地从沙发上起来，给胡晓君开门。

老师，我已经把小说写完了。

这么快？

快吗？

够快的。

我让人家写东西，有时说的并不是真心话，只不过显示一下自己在写作方面的话语权。上次我说让胡晓君自己把自己的故事写下来，目的是尽快结束和他的谈话，把他打发走。说句心里话，我

149

不相信胡晓君会写什么东西。一个人动嘴是一回事，动笔又是一回事，动嘴谁都会，会动笔写文章的只有少数人。胡晓君说他上学的时候写过东西，那些东西不能算东西，顶多算是学写字。再说，一个忙于跑来跑去打工的人，哪有时间静下心来写东西！出乎我意料的是，我的话把胡晓君给惹了，他真的给我送稿子来了。这次我仍没有让他进屋，还是带他到楼下去了。他穿的还是一身牛仔装，鞋上和裤腿上溅了许多白灰的斑点，这表明他已经找到了活儿，说不定是从装修现场过来的。我随手从屋里拿了两张废报纸，垫在人行道旁边的座位上，从胡晓君手里接过稿子，坐在座位上当场看起来。作者到杂志社送稿子，一般来说，编辑都不会马上看。编辑让作者把稿子留下，并留下联系方式，过一段时间，编辑看了稿子，再跟作者联系。我也可以让胡晓君把稿子留下，把稿子转交给有关编辑。那样的话，胡晓君放不下悬念，还会来找我。我的想法是，当场否定他的稿子，让他死了这份写稿子的心，不要再来找我。没有经过写作训练的人，不会写出什么像样的稿子，这事儿没有例外。为了不让他看出我的真实想法，我看得还算仔细。他使用的横格稿纸显然是从笔记本上扯下来的，纸面上留有圆珠笔画过的乱七八糟的印痕。他的字写得很生硬，好像写每一个字都很吃力。其中还有不少错别字，不是少了胳膊，就是少了腿。比如寒冷二字，他把寒多写了一点，把冷少写了一点。再比如嫉妒，他写成了鸡肚。鸡肚和嫉妒好像也沾点边，鸡的肚量是很小。我看着稿子，瞥见胡晓君在看我。他通过观察我的表情，试图判断他写的稿子是否成功。他心里肯定是打鼓的，他心里的鼓打得恐怕比鸡叨米还快。

我不动声色，让他无"米"可叼。一阵秋风吹来，银杏树的叶子纷纷下落。有一片叶子落在我腿上，胡晓君赶快替我捡掉。

稿子看完后，我对胡晓君说：你写的这个故事还是有价值的，是值得写的。

胡晓君的眼里露出了欣喜。

但是，我知道胡晓君很担心我说但是，但是，我必须跟他说但是，我的但是是预设的。我说：但是，你写得线条太粗了，几乎看不到什么细节。我实话实说，你不要介意。目前来说，你写的这篇东西还构不成小说，离发表还有相当的距离。我把稿子还给了他。

胡晓君很不情愿地接过稿子，脸上顿时黯然失色。他说：老师能帮我改改吗？

这不可能。我能帮你看看稿子，提提意见，就不错了。我建议你也不要急着改，把稿子放下，好好看点书，把事情琢磨透了，再改也不迟。

老师，我在模仿您的小说，您没看出来吗？

我不爱听这个，我的小说难道这么糟糕吗！我说：我的小说不好，你不要模仿我的小说。另外我还建议，你好好给人家搞装修，先解决自己的生存问题。这时我手机里"雄鸡"叫起来。为了尽快摆脱胡晓君，这次不管是熟悉的号码，还是陌生的号码，我都要接听。我一边接电话，一边对胡晓君摆摆手，上楼去了。

北京很大，但我认识的人很少，满大街都是陌生的面孔。我老家的村子很小，只有几百口人。我在老家时，我们村子里的人我全都认识。这表明，地方越大，认识的人就越少；地方越小，认识的人就越多。和某个人在某次聚会上吃过一餐饭，喝过一次酒，之后很可能再也见不到他，一辈子都没有再见的机会。这使我想到我们常常挂在嘴上的再见这个词，作为一个礼貌性用词，人们说到它时，只当是打了一个招呼，很少在意它的含义和情感色彩。其实说了再见之后，有的人能再见面，有的人再也见不到面。

胡晓君就是这样，我对他摆摆手，表达了再见的意思，就再也没有见到他。一年过去了，两年过去了，三年过去了，四年过去了，楼下路边银杏树的叶子落了又生，生了又落，胡晓君再也没有来找我。我丢过一次手机，手机里标有"讨厌"的电话号码一并丢失。我换了新的手机，新手机的铃声不再是雄鸡打鸣，换成了一支歌曲：夏天夏天悄悄过去留下小秘密。也许我的话真的打消了胡晓君写作的念头，从那以后，他再也没有写什么小说。也许那个从外地来北京的高个子年轻人将永远从我的视野里消失。

每天每天，我还是照样到杂志社的那间小屋里写东西。花上十天半个月，写一篇短东西，投出去，大约能换回一顿酒钱。有一天，我突然对写作感到有些厌倦，觉得写一篇，写一篇，都是实而又实的东西，老是摆脱不了现实的纠缠，有啥意思呢！现实里，该有的，都有了，不该有的，也发生了，我们只是把它换个地方，以文字的形式，搬到小说里。这样的东西，有什么新鲜的呢！还能玩出什么花样呢！算了，不写了，睡觉去。睡了一觉醒来，心里又空得慌，还有些许懊悔。睡觉，以后有的是机会，到了那一天，你不想也得睡，而且会永远地睡下去。趁着有生，脑子还转得动，手里还是抓挠点什么为好。我们能抓住什么呢？空气抓不住，风抓不住，云彩抓不住，月光也抓不住，我们能抓住的，只能是一些实的东西。好比我们生于现实的土地，长于现实的土地，一出生就被地球的万能引力牢牢地吸在地球上，只能在球体上进行有限的活动。我们可以不甘心，可以叹气，但我们不可自拔，不能提着自己的头发把自己提到空中。这是全人类的命，当然也是每个写作者的宿命。没办法，我们只能在现实的泥淖里继续挣扎。

某一日，我翻检以前的笔记，看到胡晓君来访的事我略略记有几笔。回忆起来，胡晓君给我看的那几页稿子，我还是留有一些印象的。把印象加以整理，加以想象，加以扩展，说不定真的能变成一篇有头有尾的故事性的东西，并能换回一顿酒钱。写作者难称厚道的地方也许就在这里。当了你的面，他从不会对你说，我要写你。但转过身去，他很有可能悄悄把你写进他的小说里。当你在他的小说里看到你的影子，向他求证时，他的头摇得像拨浪鼓一样，会矢口否认。

虚　弄

胡晓君和董小雨是在一家洗浴中心认识的。这家洗浴中心的规模不是很大，但里面的服务项目不算少，称得上应有尽有。洗浴的项目有淋浴、池浴、盆浴、桑拿浴、蒸汽浴、火石浴；保健项目有中国式、泰国式、韩国式、荷兰式等。另外还有拔罐、刮痧、足疗、掏耳和美容美发。洗浴中心是私家开办，所使用的员工都是从外地进京打工族中招聘而来。胡晓君是男宾部洗浴室里的服务生，有男宾拿着手牌进来了，他须热情招呼欢迎光临，帮人家打开更衣箱，并送上浴巾。这个工作没什么技术含量，只要态度好，腿脚勤快，有眼力见儿，就可以应付。董小雨是在休息室里为宾客捏脚，搞所谓的足疗。休息室面积挺大，放有若干排可坐可躺的软沙发。男女宾客洗澡洗累了，都可以躺在沙发上休息，同时可以看电视，喝茶，在手机上玩游戏。每进来一位客人，董小雨都会走上前去，叫着先生或阿姨，问人家要不要做一个足疗。人家若同意做，董小雨就会在沙发前面坐下来，搬过人家的脚，取出做足疗所需的一应物品，开始在脚底板上做起文章来。相比胡晓君在洗浴室里当服务生，董小雨上岗前受过培训，算是一个技术工人。她每做一篇"文章"，顾客都会付给洗浴中心六十块钱"稿费"。这笔"稿费"董小雨不可能全得，洗浴中心给她按两成提成，只给她十二块钱就完了。董小雨不嫌少，钱是一块一块攒起来的，只要她做的"文章"多，"稿费"就会越攒越多。不说太多，如果她一天能做上十篇"文章"，得到的提成就超过了一百块。因此，董小雨做"文章"的积极性颇高，看见一个人，就想把人家的脚底板翻过来。

两个人各干各的活儿，见面的机会不是很多。就算他们碰了面，从彼此所穿的工作服上认出对方也是洗浴中心的员工，并不一定多说话。在男员工看来，在洗浴中心打工的女员工总是有一些神秘，她们每个人都像是在和老板单线联系，只接受老板一个人的指令，老板让她们灭谁，她们就灭谁。作为一个男员工，你既不是老板，又不是进洗浴中心消费的服务对象，人家干吗搭理你呢！女员工看男员工也是如此，虽然在同一个洗浴中心工作，她们视男员工像是陌路人。不仅如此，女员工发现，男员工看她们的目光总是有些异样，像是要窥破什么秘密，这使她们不得不有所警惕。加之老板不愿跟招聘来的打工者签合同，致使来洗浴中心的打工者流动性很强，今天他来了，明天他走了，谁都难得真正认识谁。

是一个偶然的机会，促使胡晓君打定主意，要认识一下董小雨。如果有可能，他要把董小雨这个目标锁定，把董小雨发展成他的女朋友。这天下午，胡晓君去烘干房取回一抱热乎乎的浴巾，路过自助餐厅的门口时，隔着门缝，他听见有人在餐厅说话。乍一听，胡晓君几乎产生了错觉，以为他回到了老家，在听老家的人说话。但他很快反应过来，意识到自己身在北京，老家也没有人来找他。他听出来了，正说话的是一个女孩子，女孩子大概正在打电话。那么，用他老家的口音打电话的女孩子是谁呢？他得弄个究竟。他放下浴巾，装作到餐厅里找一样东西，推门到餐厅里去了。他一进餐厅就看见了，正打电话的是董小雨。洗浴中心备有自助餐，餐费在门票里包括着，到了就餐时间，客人换上浴服，可以到餐厅就餐。此时就餐时间已过，人去厅空，灯光调暗，只有董小雨一个人躲在里面对着手机说话。见有人进去，董小雨赶紧转过身去，并以手遮嘴，把说话的声音压低。胡晓君目的达到，在餐厅转了一圈，就退了出去。

回到浴室，胡晓君看见一个中年男人扶着一位老人往汤池走，赶紧走上前去，扶住老人的另一只胳膊，说慢点儿，慢点儿。中年人夸他服务态度不错，对他说了谢谢。胡晓君和中年人一块儿把老人扶进汤池后，胡晓君又主动问中年人：你们要不要躺在按摩椅上按摩一下，挺舒服的。当中年人说了可以，胡晓君就把两张按摩椅的开关打开了，分布在按摩椅上的多个小孔立即咕咕嘟嘟冒出水来，在水面催出一朵朵小花。胡晓君得出判断，董小雨是他的一个老乡，这个老乡的家跟他家住得不会太远，不是一个乡，也是一个县。胡晓君理解董小雨，他们一来到北京，就想融入北京，不想让北京人知道他们是外地人。他们所做的第一件事，就是调整自己的舌头，把家乡的口音调整成北京人的口音。可一个人从小形成的口音好像已经在自己的舌头上扎根，调整起来并不那么容易。舌头这个东西看上去是柔软的，灵活的，有时却很生硬，很固执，稍不留神，隐藏在舌头里的家乡口音就会冒出来。特别是在接听家里亲人打来电话的时候，不知不觉间，口音就会跟着亲人走。当他们的耳朵听到自己说的是家乡话，意识到自己的口音与身处的语言环境不符，想扭转一下，又不大敢。他们要是扭转成北京话，亲人会说他们在撇京腔，还有可能听不懂他们撇的是什么。所以在跟亲人通电话时，他们不可避免地会带出家乡口音。北京这么大，来北京打工的人数以百万计，能碰到一个在同一块土地上长大的老乡难而又难。而胡晓君不但碰上了董小雨，他们还是同一个洗浴中心的同事，这怎么说呢，只能说这是老天爷的安排，认识董小雨对他来说是天赐良机。倘若他不主动接近董小雨，简直就是违背天意。

董小雨，咱俩是老乡。这天午后，胡晓君观察到董小雨在餐厅里吃自助餐，随便取了一点食品，坐在董小雨对面，开始跟董小雨搭讪。洗浴中心对员工的承诺是管吃管住。管吃，是指顾客可以吃自助餐，员工也可以吃。不同的是，顾客与员工用餐不在一个时间段，顾客先用，员工后用。拿午餐来说，顾客是十二点开始用餐，而员工必须等到下午一点之后方可用餐。如果哪个员工违反规定，胆敢与被称为上帝的顾客抢食，那是没有好果子吃的。

董小雨看了一眼胡晓君，遂低下眉，没有搭理胡晓君。董小雨餐盘里取的食品是生西红柿片和生黄瓜片，她用筷子夹了一片生黄瓜放进嘴里。

胡晓君报了自己所在的县，问董小雨家是不是也在那个县？

董小雨仍拒绝搭理胡晓君，没有说明她跟胡晓君是不是一个县，她心里说的是：你管呢！她在做足疗时，总会有一些男顾客爱说话，盯着她年轻的脸，年轻的胸，问她的老家在哪里。在哪里呢？有一回，她没有说实话，而是编了一个地方。问话的顾客当场指出：你这个丫头不诚实！把她弄了个大红脸，很是不好意思。北京好比一个大海，游进大海里的都是鱼，干吗非要问她是从哪里来的鱼呢！

小曲好唱口难开，女孩子开口总是难，胡晓君不着急。胡晓君说：董小雨，你吃得太少了，还想吃点儿什么，我去给你拿。说着，就要起身给董小雨拿吃的。

不用你管，想吃什么我自己会拿。

董小雨，你总算跟我说话了，我好感动好感动。这里没什么好吃的，哪天你给我一个机会，我请你到外边去吃。你喜欢吃什么？

我什么都不喜欢吃。

那可不行，咱们出门在外，得把身体放在第一位。要想身体好，就得注意饮食，注意营养均衡。既然咱俩是老乡，一拃没有四指近，今后有用得着我的地方，你只管找我，我有责任为你服务，

157

也有责任保护你。谁敢让你受委屈，我绝对不答应！这样吧，要是不嫌弃的话，你把我手机号码记一下。胡晓君说罢，两眼看着董小雨放在餐桌上的手机。董小雨的手机是带盖子的那一种。

董小雨像是犹豫了一下，还是拿起手机，把手机的盖子翻开了。胡晓君一组一组地说着号码，董小雨记了下来。

我的名字叫胡晓君，你就叫我小胡吧。有些人给别人的电话号码是假的，我给你的号码绝对是真的，不信你拨一下试试？

顺着胡晓君的指引，董小雨把电话号码拨了一下，胡晓君装在口袋里的手机果然响了起来。胡晓君的手机铃声是一支旋律相当欢快的曲子。董小雨哪里知道，胡晓君给予她电话号码的目的，是想得到她的电话号码。

胡晓君说：看看，没错儿吧！

董小雨这才想到，她一拨胡晓君的电话号码不要紧，自己的号码就跑到了胡晓君的手机上。她说：没事儿你不要打我的电话，更不要把我的电话号码告诉别人。

别人的说法让胡晓君心里一动，很是受用。别人是别人，他就不是别人，是自己人，看来董小雨已经认了他这个老乡。他说：你放心，日久见人心，时间长了，你就知道我了。

时代到了数字化时代，人也被数字取代，人人都有代码。每个人的代码主要有两个，一个是身份证的号码，另一个是所使用的手机的号码。身份证的号码一报户口就确定下来，一辈子都不会改变。在互联网上输入你的代码，无论你走到哪里，都能网到你。手机的号码也差不多，要不是为了隐蔽，一般来说，人们不会改变自己的号码。手机用坏了可以再换一个，但手机的号码还是原来的号码。胡晓君把董小雨的手机号码存入自己的手机，仿佛同时存进了董小雨这个人，这让他一下子变得充实起来，好像连手机本身也大大增值。按董小雨的意见，胡晓君没有轻易给董小雨打电话，只给董小雨发些短信。下雨了，他给董小雨发了一条短信：终于下雨了，我最喜欢下雨。董小雨没有给他回信。接着，他又给董小雨发了一条短信，说要请董小雨到附近的一家餐馆吃烤鸭，并强调，烤鸭可是北京的名吃。这次董小雨回了信，信的内容只有两个字：不吃。胡晓君想，也许董小雨不爱吃烤鸭，爱吃洋餐。过了两天，他再给董小雨发短信，要请董小雨到外面吃意大利披萨。董小雨的回信还是两个字：不吃。那么董小雨到底爱吃什么呢？是不是最爱吃的还是家乡饭呢？他打听到一家小饭店卖有家乡的糊涂面，就请董小雨下班之后跟他一块去吃糊涂面。他在短信里说：近不近，故乡人，请董小雨给老乡一个面子吧！这次董小雨的回信倒没说不吃，说的是不去。这个董小雨，三请三不，是不吃他这一套啊，是不想和他交往啊，这可怎么办呢？想来想去，他只好给董小雨打了一个电话。打第一遍，董小雨不接；打第二遍，董小雨还是不接；直到打第三遍，董小雨才接了。董小雨一开口，口气就有些不耐烦，说我正忙着，你老打电话干什么！我不是跟你说过，不让你老给我打电话嘛，好了，就这样吧。啪地一下子，把手机盖子扣上了。胡晓君看看自己的手机，手机的显示屏是黑的，拿在手里像一块生铁。他真想对着手机说：你忙什么，不就是在给人家捏脚嘛！人脚又不是猪脚，猪脚能吃，人脚上都是脚气，又不能吃，你有什么可牛的!

　　无论如何，胡晓君不会放弃对董小雨的追求。老板召集洗浴中心的全体员工点名和训话时，胡晓君看见过在洗浴中心打工的所有女工，他也巧妙地打听过那些女工的情况。别的女工来自四面八方，都不是他的老乡。只有董小雨是他的老乡，而且是近老乡。董小雨长得也不错，不高不低，不胖不瘦，一看就是一个适合谈对象的家常人。董小雨虽然来到城里干活儿，但她并没有赶城里人的时髦，不描眉，不画眼，没有染成红头发，黄头发，连高跟鞋都不穿。董小雨一上班，就穿一身棉布工作服，一天到晚都是那身工作服。不管从哪方面看，董小雨都不失朴实，都是一个好好过日子的人。要是能把董小雨搞到手，对他的一生来说将是一个巨大的胜利。村里年轻人外出打工，好几个年轻人都带回了外地的老婆。那些女人不是好吃懒做，就是脾气暴躁，胡晓君一个都看不上。爹对他说：你不要看不上人家，你小子要是有本事，也给我们带回一个儿媳妇，我和你娘就不用操心给你找对象了。爹的话他记住了，他争取找一个对象带回家。

　　胡晓君去餐馆买了一份烤鸭，分装在两个塑料餐盒里，带回洗浴中心。一个餐盒里装的是薄片鸭肉和甜面酱，另一个餐盒里装的是荷叶饼和葱条。这天吃晚饭时，他一见董小雨去餐厅吃饭，就赶紧把烤鸭拿了过去，小声对董小雨说：这是我给你买的烤鸭，你尝尝味道如何。

　　董小雨一见烤鸭，就皱起了眉头，说：我说过不吃，谁让你买的! 谁买的谁自己吃。

我吃过了，这是专门给你买的一份。你说话小点儿声，别让别人听见。你把鸭肉和葱条卷在荷叶饼里吃，就当吃的是自助餐，吃的时候也最好别让别人看见。好了，今天我不陪你了，你慢慢吃吧。

走到门外，胡晓君透过缝看见，董小雨揭起一页荷叶饼，正把蘸了甜面酱的鸭肉和葱条卷在里面吃。很好很好，烤熟的鸭子外酥里嫩，是很好吃的，你就好好吃吧。

停了一会儿，胡晓君又到餐厅门外隔着门缝看了董小雨一眼，见董小雨没把烤鸭吃完，收拾起来带走了。洗浴中心规定，自助餐厅里的食品只能在餐厅里吃，不能带到外面去。因他送给董小雨的烤鸭是从外面带进来的，不在洗浴中心的规定范围，吃不完应该可以带走。董小雨吃了他送给董小雨的烤鸭，这让胡晓君觉得，他和董小雨的关系又前进了一步。他对自己说，饭要一口一口吃，水要一口一口喝，他和董小雨的关系要一步一步走，慢慢来，不要着急。在老家时，他见过老母鸡孵蛋。老母鸡就那么俯着身子，围着翅膀，日日夜夜卧在一窝鸡蛋上，把自己身体里的热量，一点一点持续不断地传达到鸡蛋内部，使鸡蛋发生变化，孵出小鸡。胡晓君相信，董小雨不是一块石头，也是一个鸡蛋，他要向有耐心的母鸡学习，不断给董小雨以足够的温暖，把鸡蛋里面的小鸡孵出来。就算董小雨是一块石头，他也有恒心、有能力，先把石头暖成鸡蛋，再把鸡蛋孵出小鸡。

说洗浴中心管住，是指洗浴中心同时开有三层楼的旅馆。客人住在旅馆里，为客人服务的员工不必到外面租房，也可以住在旅馆里。只不过，员工住得拥挤一些，六个人住一个房间，是上下铺。在房间里，年轻的男员工心痒手痒，喜欢拿女员工说事儿，对女员工评头论足，给每一个女员工打分。一天晚上，有人说到董小雨，说那丫头长得太死性，一点儿都不可爱。还有人说，董小雨名义上是给人捏脚，背地里不知给人家捏什么。这些话胡晓君不爱听，他说：你们不要议论董小雨，她是我的老乡。人家说：老乡不香，老乡算什么，要是女朋友还差不多。胡晓君没有否认董小雨是他的女朋友。

又过了一段时间，胡晓君从外面给董小雨买回一张披萨饼，事情就没有那么顺利。这天午后，当胡晓君把披萨饼放在董小雨面前的餐桌上时，被邻桌一个眼尖的小女孩儿看见了。一位白头发的老太太，带着一个小女孩儿，吃饭吃得比较慢，别的顾客差不多都走了，已经到了员工吃饭的时间，她们还没有离开餐厅。小女孩儿看见了披萨，嚷嚷着要吃披萨。老太太说：哪有披萨，这儿没有披萨。小女孩儿一指董小雨面前的披萨，说有，有。老太太也把披萨看见了，对小女孩儿说：明天奶奶去披萨店给你买。小女孩儿不干，嚷嚷得更厉害：不，不，我现在就要吃！这时，胡晓君若把披萨分给小女孩儿一点，也许小女孩儿就不闹了。大概胡晓君心里只装着董小雨一个人，急于让董小雨吃披萨，完全忽略了小女孩儿的感受和要求。他不但没有分给小女孩儿披萨，还把身子坐过来，与董小雨坐并排，试图挡住小女孩儿的视线。这下把老太太给惹了，老太太不干了，老太太大声质问胡晓君和董小雨：你们是不是这儿的员工？

胡晓君和董小雨被北京老太太陡起的气焰吓住了，他们不敢面对老太太，没有回答老太太的问话。

谁让你们在这儿吃披萨的？有你们吃的披萨，就应该有顾客吃的披萨。不让顾客吃，你们自己吃，这是哪家的道理！把你们的老板找来，我要问问他！

眼看别的员工围过来看热闹，董小雨像是急于摆脱干系，丢下胡晓君，自己站起来走了。

胡晓君没有走，他硬着头皮，仍坐在那里坚持。他自己从未吃过披萨，只是听人说披萨好吃，才给董小雨买了一份。此时放在桌上的披萨已经凉了，但他觉得披萨变成了烫手的红薯，不知该怎样处理。

不知哪个嘴快的把老板找来了，老板进得餐厅，直奔胡晓君问：怎么回事？谁让你在餐厅吃披萨的？回答！

我没吃。董小雨没吃过披萨，这是我给她买的。

你为什么要给董小雨买披萨？你们是什么关系？

我们是老乡，她是我的女朋友。

别的员工交换了一下眼神儿。

老板说：董小雨是不是你女朋友，另当别论，我只问你，本中心不许员工带食品在餐厅里吃，这个规定你知道不知道？

不知道。

那好，今天我让你知道一下，食品没收，罚款三百元人民币。

对胡晓君的处罚还没有完，第二天上班前，老板让浴室主管通知胡晓君，洗浴中心决定终止对他的聘用，上午九点之前，他必须走人。

胡晓君吃惊不小，说他很热爱洗浴中心的工作，正干得好好的，为什么要开除他呢？

浴室主管向他转达老板的话：你的行为已经构成对女员工的骚扰，在洗浴中心造成了不良影响，所以要开除你。

董小雨呢？把我们两个一块儿开除吗？

这个我不知道。

我去找董小雨问一问。

你不要问了，老板找董小雨谈过了，董小雨说她根本就不认识你。浴室主管撇着嘴，用讥讽的口气说：还说董小雨是你的女朋友，我看你是剃头挑子一头热。

胡晓君的情绪低沉下来。他想把自己的情绪再酝酿一下，湿一湿自己的眼圈。这样想着，他的眼圈真的有些泛潮。他对主管说，他收拾一下自己的东西，一会儿就走。说这些话时，胡晓君是在自己住的宿舍里，他已经换好了上班的工作服。他的打算是，等主管一离开，他就去董小雨的宿舍或休息室去找董小雨，跟董小雨说几句话。

主管似乎看破了他的想法，要他马上把工作服脱下来。也是洗浴中心的规定，只要脱下工作服，换上自己的衣服，就不许在工作场所走动。

胡晓君没有马上脱工作服，看看主管能把他怎样。什么主管不主管，不也是一个吃打工饭的外地佬嘛，有什么了不起的。

主管到门外打了一个电话，把洗浴中心的保安叫来了。保安是一个练过立起手掌切砖的家伙，切起人的脖子来相当厉害。保安说话的声调倒是不高，他对胡晓君说：走吧，哥们儿，最好别让我动手，我一动手，谁脸上都不好看。

胡晓君只好脱下工作服，换上自己的衣服，把零碎东西都收进拉杆箱里，拉起箱子走了。走到大门口，胡晓君似有些恋恋不舍，转过身来与董小雨大声告别：董小雨，我走了！

没有任何回应。两个穿黑色工作服的女服务员在柜台里面坐着，她们连动都没动。

胡晓君又喊了一声：董小雨，我爱你！

一直跟在他身后的保安举起了巴掌，命他赶快滚蛋！

来到大门外边，胡晓君没有马上离开，站在那里给董小雨打电话。他估计，洗浴中心只开除他一个，不会开除董小雨。因为董小雨会捏脚，可以为洗浴中心赚钱。电话打过去，很快有了回应，回应是一个女人的声音，但不是董小雨的声音，回应说：你拨打的电话已关机！

冬天来了。一个初雪的傍晚，有一个年轻人，手持一朵玫瑰花，跪在洗浴中心门外的地上，雪片子落在年轻人的头发上，落在年轻人的肩头，落在年轻人的后背，几乎把年轻人变成了一个雪人。年轻人双手举着的玫瑰花似开未开，花上面也落了一层雪。落雪有声人无声，年轻人就那么不声不响地跪着，似乎要跪他个感天动地，地老天荒。这个年轻人不是别人，是胡晓君。

有前来洗浴的顾客看见了胡晓君，有些好奇，问胡晓君跪在雪地里干什么？

165

胡晓君说，他来给他的女朋友献花。

你的女朋友在哪里？

在洗浴中心。

你怎么不进去找她呢？

他们不让我进。

你可以打个电话把你的女朋友约出来嘛。

她不接我的电话。

噢，所以你就在这里玩苦肉计，对不对！顾客说罢，摇摇头，进去洗浴去了。

保安发现了跪在雪地里的胡晓君，他推开玻璃门，并撩开棉布帘子，对胡晓君骂道：你他妈的怎么又来了，你真是一个赖皮，我看你比癞皮狗还赖！之前，胡晓君已来过几次，他几次前来，都被前台的服务员和保安及时发现，被保安赶了出去。有一次，他以顾客的身份，要自己花钱洗澡。保安通过打电话向老板请示，老板还是拒绝他进入洗浴中心。

胡晓君不说话，他把玫瑰举得更高些，想让玫瑰替他说话。他认为自己跪的是街边的雪地，并没有进入洗浴中心，狗保安不应该干涉他。他希望前台的服务员能看见他，并转告给洗浴中心的所有员工，让所有员工都知道他今天的非凡举动，其中包括董小雨。一颗红心向着董小雨，他不相信董小雨一点儿都不感动。

保安用脚点住胡晓君的肩头，只一蹬，就把他蹬得仰面朝天，倒在马路边上。

这时有一辆黑色的轿车开过来，下雪路滑，司机紧急刹车，发出一声尖叫。只差那么一点点，车的左前轮就碾到了胡晓君的头。司机从车窗里探出头来骂人：干吗呢？干吗呢？找死呢！

胡晓君没有爬起来，躺在雪地里哭起来。要是被车撞死，他就再也见不到董小雨了。他哭得声音越来越大，引得不少路人驻足围观。一些洗浴中心的员工闻声也出来看热闹，一个男人在街头大哭总是很少见。胡晓君虽然哭得涕泪横流，玫瑰花仍在他手里紧紧攥着。

有同事告诉董小雨，说她的男朋友给她献花来了。

董小雨否认她有男朋友，说，谁再这样说她就跟谁急。

老板出来了，一见老板板着脸，员工们赶紧把头缩进洗浴中心。老板对围观的路人说：大家散了吧，这人是个神经病，没什么好看的。他臆想一个女孩子是他的女朋友，其实根本没那回事。

见胡晓君还在哭，围观的人还不走，老板就打电话报了警，说有人在洗浴中心门口无理取闹，影响了他的生意。

不一会儿，警察就开着警车过来，把胡晓君带到附近的派出所询问情况去了。

不知是实弄还是虚弄

十几年过去了。某个春天的下午，我在看一档名为《忏悔录》的法制电视节目时，听节目主持人提到了胡晓君的名字。主持人介绍说，胡晓君为北京一户居民搞完了装修，回头翻窗到这户人家行窃时，碰巧被这家回家取东西的女主人撞见了，当女主人指着鼻子斥责胡晓君时，胡晓君怕罪行暴露，就扑上去把女主人掐死了。胡晓君以故意杀人罪，被判处死刑。

我不大爱看电视，除了看球赛和《动物世界》时偶尔激动一下，看别的节目我常常是有一搭无一搭。听到胡晓君这个名字时，我并没往心里去，没有把胡晓君这个名字和那个曾经让我帮他看稿子的青年打工者联系起来。我已经把那个胡姓青年的名字淡忘了。当胡晓君的形象在电视画面上出现时，我的注意力才不由自主地集中了一下，这个囚徒我看着怎么有些面熟呢？尽管胡晓君穿着囚服，戴着手铐，面貌已不是当年的面貌，我还是想起来了，这个胡晓君，不是和胡晓君重名的胡晓君，正是那个到办公室里找过我的高个子年轻人。主持人说他犯罪时在搞装修，他从事的工作也与我对他留下的印象相重合。没错儿，就是他，就是那个曾经被我在手机上命名为"讨厌"的胡晓君。我难免心生感慨，看来人的命运真是莫测啊，说是条条大路通北京，到了北京，摆在人们面前的不一定都是大路。

面对电视镜头，胡晓君表示了忏悔和痛恨。他后悔不该去行窃，更不该剥夺他人的生命。他不恨别人，只痛恨他自己。要是有来生，下一辈子他一定要好好做人。

按照人道主义精神，在死刑犯伏法之前，狱政人员都会问一下犯人，最后还有什么要求。如果要求并不过分，监狱方面会尽量满足。胡晓君提出的要求是，临死前他要见一见他热恋过的女朋友，当面问一下女朋友，他那么苦苦追求，女朋友为什么看不上他？

狱政人员找到了胡晓君所说的女朋友。让我感到疑惑的是，她的名字不叫董小雨，叫冻小雪。冻小雪已结婚生子，成了人妻人母。冻小雪似乎记起了有胡晓君这么个人，但她不愿意去监狱见胡晓君，担心跟自己的丈夫无法交代。

人之将死，其言也善，将死的人总是占着一份死理。狱政人员只好找到冻小雪的丈夫，让其丈夫帮助做做冻小雪的工作，看能不能见胡晓君一面。冻小雪的丈夫倒很开通，也能够理解胡晓君的心情，说人家都是快死的人了，去看看人家有什么不可以。

至于二人见面后，胡晓君向冻小雪问了一些什么话，冻小雪又是怎么回答的，这个就不再想象了。

也许，冻小雪是董小雨的化名，也许不是。如果冻小雪的名字是真名真姓，这个胡晓君就不一定是那个胡晓君。我宁可相信，胡晓君还惦着写东西，并有可能看到这篇不太像小说的小说。

2014年3月8日至4月9日于北京和平里

（一个短篇断断续续写了一个月）

种扁豆

景中海不顾所有人的反对，打定主意要在自家责任田里种三分地的扁豆。

这扁豆不是那扁豆。

那扁豆通常是指夏季里的一种蔬菜，吃的是瘪瘪的、嫩绿的豆角子。人们把豆角子切成寸段，和肉片儿、肉丝一块儿放进油锅里炒，或做成扁豆焖面，味道都不错。豆角子里面一旦结了子儿，变成纤维化的老白背儿，人们就不再吃了。景中海种的扁豆是一种粮食。粮食粮食，变成粮才能食。这种扁豆与那种蔬菜性质的扁豆相比，其食用价值相反，人们吃的正是豆角子里面结的子儿。等扁豆子儿长得饱满了，结实了，打下来才可以吃。把扁豆磨成面，掺点儿麦面调成糊糊，在鏊子上摊成煎饼，或下进稀饭锅里当捞头儿，那是相当好吃。这时，豆角子不再叫豆角子，应该叫豆角子皮才是。豆角子皮干得变成了柴，只能和豆其放在一起用来烧锅。"煮豆燃豆其，豆在釜中泣"，说的就是这个意思。

这地方豆子的品种不少。黄豆、绿豆、黑豆、白豆、青豆、紫豆、红小豆等，这些是从颜色上说的。自然界有什么颜色，几乎都可以找到什么颜色的豆子。不知是自然界赋予豆子各种各样的颜色，还是豆子模仿自然界的颜色装扮自己。从形状上命名的豆子有大豆、小豆、蚕豆、扁豆、鳖蛋豆子等。还有的豆子不以颜色命名，也不以形状命名，说不清名字是何由来。比如说豌豆、豇豆、菜豆、芸豆等。豌的是哪门子呢？芸是何所云呢？不明白。

不管怎么说，在以前，各种豆子在地里都能看到，想吃什么豆子也不算什么难事。现在不行了，走遍大地小地，除了黄豆偶尔还看得见，别的豆子，几乎都难以寻觅。如果说以前地里的颜色是五颜六色，现在只剩下单一的黄色。想吃豆子只能吃黄豆，别的豆子就甭想了。确切一点说，生产队那会儿，地里种的豆子品种还比较多样。尽管人与人之间斗来斗去，各种豆子还可以和平相处。按道理说，生产队解散了，土地被分到各家各户，农业经济由集体经济、计划经济，变成了个体经济、自由经济，地里的庄稼更应该丰富多彩一些，然而让人始料不及的是，庄稼的种类逐渐变得单调起来。夏季里，满地里种的都是玉米。高粱、谷子、芝麻、大豆、红薯等，都不见了。收秋之后，地里统统种上了冬小麦。本来应该和小麦一起下种的大麦、豌豆、扁豆、蚕豆，包括油菜，也很少有人种。这是怎么回事呢？是庄稼人放着自由不自由吗？不是的，因为玉米和小麦的产量高，价钱贵，是产量取向和价值取向决定着庄稼人种什么，不种什么。说白了，是钱在发号令，人们听从的是钱老大的指挥。这么看起来，到任何时候，自由都是有限的，都是相对而言。钱和体制比较起来呢，好像钱这个家伙更厉害。

就是在这样的时代背景下，一个叫景中海的人，决意要种一块扁豆。

　　第一个反对景中海种扁豆的，是他的老婆。当他提出要种扁豆时，老婆看了他好一会儿，好像不认识他了一样。回想起来，老婆好久没这样看他了。是的，他脸上的皮一年比一年松，皱纹一年比一年多，有什么可看的呢！老婆问他傻吗？他摇头。老婆把手摸在他脑门上，问他生病了吗？他否认自己生病。没生病，没发烧，为什么说胡话呢？景中海说他的脑子清亮着呢，一点儿都不糊涂，他确实想种扁豆。老婆让他到四面八方打听打听，现在还有谁家种扁豆！扁豆早就成了过时的东西，只有从坟里走出来的人才会想起来种它。景中海说，就是因为别人都不种了，他才要种。老婆一连问了他几个为啥，干吗非要吃扁豆呢？不吃那一口难道就不能活吗？景中海劝老婆不必着急，树上开啥花都是开，地里种啥庄稼都是种，犯不着为这点儿事着急。他说种扁豆并不是为了吃，主要是想种着玩。什么不好玩，拿扁豆种着玩，这种想法让老婆难以理解。老婆怀疑景中海没有跟他说实话，或是有什么事瞒着他。别以为两口子之间就没有什么秘密，嘴里的舌头可以互通，有的秘密可能一辈子都不会说。老婆说：老了，老了，你就瞎折腾吧，我看你连扁豆种都找不着。景中海说：这个你就不用管了，能找到扁豆种子，我就种；找不到，就不种，不就完了嘛！

　　不管种什么，都需要种子。拿种人来说，女人好比大地，男人身上的东西好比种子。如果只有土地，没有种子，土地再肥沃也是瞎搭，也长不出孩子来。种扁豆也是同样的道理，只有把扁豆的种子找到了，播进土地里，种子才会生根，发芽，开花，结果，收获

172

新的扁豆。连景中海自己也没想到，为找到小小的扁豆种子，他真是费够了牛劲。他走了不下百里，问了不下百人，一粒扁豆都没有找到。附近的乡镇都有专事营销庄稼种子的种子站，他到每一个种子站都问过了，没有一个种子站卖扁豆种子。听说县里的职业技术学校有一个种子系，专门保留、研究和培育各种农作物的种子，他坐车到学校去打听，那里竟然也没有扁豆种子。凡是他问过的人，人家多多少少都有些惊奇。有人问他是不是在吃中药，要拿扁豆做引子。有人不知扁豆为何物，问他是不是豆子长扁了就叫扁豆。还有人调侃他，让他到出土文物管理部门问一问，因为有的墓葬陶罐里装有植物的种子，其中可能有扁豆。总而言之，没有一个人支持他种扁豆，所有的人都认为他的想法是可笑的，不合时宜的，错误的。

景中海不大服气，不就是想种一点儿扁豆嘛，说什么错误不错误。以他几十年的经历衡量，人世上有许多事情无所谓对，也无所谓错。有些事情此一时大家都说对，彼一时却错了。还有一些事情，当时被判定为大错特错，过了若干时日，一下子变成先知先觉，无比正确。景中海没有放弃种扁豆的想法，就算种扁豆是一个错，他也要把错事做对，做到底。

还好，景中海终于在邻县县城一家卖杂粮的市场找到了扁豆。在众多杂粮中看到扁豆时，他的眼睛亮了一下，稍稍有些激动。但他把激动压制住，没敢明显流露。他怕卖扁豆的妇女看出他的激动，临时抬高扁豆的价码。但他一开口，还是问了一句有些可笑的话，他从敞着口子的帆布口袋里抓起一把扁豆问：这是扁豆吗？

妇女反问：你看呢？

我看是扁豆。

你看是扁豆，它就是扁豆。

景中海把手松开，任扁豆的颗粒从手指缝里流回口袋。他留了一粒扁豆，放进自己嘴里。扁豆很硬，他不可能把扁豆咬碎，品尝久违的扁豆的味道，但他愿意把扁豆在嘴里含着。问到扁豆的价钱时，妇女报出的价码并不贵，一斤扁豆比一斤小麦贵一倍多一点。景中海买了十斤。付完了买扁豆的钱，景中海才想起问妇女：你卖的扁豆是新的吗？会发芽儿吗？他懂的，任何庄稼种子里面都包含有胚芽，胚芽才真正代表种子的生机，如果种子放得时间过长，胚芽就会死掉，就失去了种子的意义。

妇女回答：我卖的是扁豆，不是扁豆芽儿。想发芽儿它就发，不想发芽儿它就不发，你可以拿回家泡在盆里试试嘛！

收完了玉米，整好了土地，紧接着，人们就开始种冬小麦。景中海找到了扁豆种子，心里有了底气，把准备种扁豆的三分地留了出来。他家的这块责任田是一亩三分，田的大头仍然种小麦，只用田的零头种扁豆。用来种小麦的一亩地用旋土机旋过了，也用租来的播种机把小麦种上了，而预留的三分地，他在用传统的手工方法精耕细作。种扁豆之前，他要给地里施些底肥。他所选用的肥料不是化肥，是自己配制的农家肥。经过在夏季高温条件下的发酵，农家肥已经腐化得很成熟。把成熟的农家肥捣碎，晾干，撒在土地的表面，再通过翻土把肥料翻在下面，就是底肥。用铁锨在地里撒粪时，景中海一点儿都不觉得粪臭，反而闻到了一种粪香，他好久

174

没有闻到如此浓郁的香气了。粪撒均匀了，他举起三齿钉耙，一下接一下扒地。地表面是干的，一扒开却是湿润的，每扒开一钉耙土，像是翻开一页书，都让他感到新鲜。"书"里的内容是丰富的，其中有玉米白色的根须，有红色的小虫子，还有野生植物的小小块茎。太阳暖暖地照着，他扒地扒得一点儿都不快。扒到玉米的根须和植物的块茎，他捡起来，扔到地边去了。扒到小虫子，见小虫子还在伸懒腰，他把小虫子又盖到土里去了。有时他还会抓起一把土，在手里攥一攥，看一看。在手里一攥，土就成了团。他松开手，重新把土揉碎，才把土放回地里去了。太阳往西边转移，把他的影子在东边的地上越拉越长，每举一下钉耙，像是直接扒到了天上。天是好天，要是把天扒破就不好了。再举钉耙时，他似有些小心，不把钉耙举那么高了。

往地里种扁豆时，景中海没租用播种机。只那么一小块地，不值得动用大机器。按说用三条腿的土耧耩扁豆是可以的，土耧在村里还能找得到，摇耧的技术景中海也没有忘记。可是，耧有腿不会自己走，需要用牛拉耧，还需要有一个人帮耧。所谓帮耧，就是人领着牛，跟牛一块儿往前走。帮耧嘛，他可以动员老婆帮忙。问题是，现在村里都不养牛了，到哪里找一头拉耧的牛呢。景中海的办法是自拉自唱。他用锄头把地开成垄沟，以手指代替耧腿，均匀地把扁豆的种子撒进垄沟里。他听老辈的人说过，不管撒什么种子，手都不能抬得太高，太高了种子落在地上会疼，甚至有可能会被摔死，不再发芽。他低头弯腰，手几乎贴着地面，轻轻地把种子往湿润的垄沟里撒。撒完了一垄沟，他用双脚相对着往沟里填土，踩实。他没有穿鞋，也没有穿袜子，就那么打着赤脚。赤脚踩在松软的土壤里，他觉得很舒服，脚很舒服，心里也很舒服。

扁豆种在地里，也像是种在了景中海的心里，他有些放心不下，一天三趟往地里跑。村里有人爱看电视，有人爱养鹌鹑，有人爱打扑克，他的爱好是往地里跑。没种扁豆时，他老往地里跑，地里种了扁豆，他往地里跑得更勤些。他明明知道，种子发芽有一个过程，五六天之后，种子才会冒尖。但他有些管不住自己似的，不知不觉就走到地里去了。这天下了雨，雨下得还不小，石榴树金黄的叶子被雨点打落了一地。他拿起一把雨伞，水一脚，泥一脚，还是来到了地头。地里的麦苗出齐了，一片喜人的鹅黄。可扁豆地里一点动静都没有，他把土封上时什么样，现在原封不动，还是什么样。雨点打在伞面上叮叮响，他心里也有些打鼓：那个妇女卖给他的不是放了多年的陈粮吧？不会全都不发芽儿吧？心里打鼓归打鼓，景中海不会扒开土，把埋在土里的扁豆看一看。好比在母鸡孵蛋过程中，人们不能把蛋壳磕开，看看里面的小鸡发育如何。倘是磕开蛋壳，会使发育中的小鸡受到伤害，停止发育，再也变不成小鸡。景中海多次见过母鸡孵小鸡，深知种庄稼和孵小鸡有着同样的道理，该等待时，一点儿都不能心急，必须耐心等待。

在一个雨过天晴的下午，景中海终于看见，他播下的扁豆种子钻出了芽尖尖。芽尖尖很细，细得像绣花针一样，不仔细看很难发现。因景中海心里事先有了芽尖尖，心里有眼里就有，所以他一眼就把刚钻出地面的芽尖尖看到了。如同见到了久违的老朋友，又如同看到新生命的诞生，他难免有些欣喜，不停地搓着自己的手说：

哎呀，出来了，总算出来了！他不怕扁豆的芽尖尖细得像绣花针，有了"绣花针"，就不愁绣出大大的花朵。他还想到了旗杆。不少庄稼刚钻出地面时都是细细的一根，像插在地上的旗杆一样。岂不知，插上"旗杆"的同时，"旗帜"就裹在了"旗杆"的杆头。随着"旗杆"升高，"旗帜"就会逐渐展开，迎风招展。他仿佛已经看见，扁豆棵子上的绿色"旗帜"越展越宽，正在长风中猎猎作响。

然而，扁豆苗子没能出齐。景中海播下的扁豆种子以十成计，长出的扁豆苗子大约只有七八成。这样一来，苗子显得有点稀，并有断垄的情况。与相邻的麦苗相比，麦苗密植合理，根苗苗壮，一点儿断垄的情况都没有。麦苗对扁豆苗子占了本来属于它的地盘似有些意见，并对稀不登的扁豆苗子有些看不起，仿佛在说：你们这些扁东西，不是已经退出历史舞台了嘛，不是已经走远了嘛，又回来干什么！在气势汹汹的麦苗面前，扁豆苗子似有些羞怯，有些抬不起头来，仿佛在说：对不起，麦老板。我们也知道自己过时了，不应该再回来现眼。可是，景大爷非要种我们，我们有什么办法呢！它们一起抱歉似的看着景中海，似乎在说：您要是想把我们毁掉，补种麦子还来得及。景中海赶紧为扁豆苗子撑腰打气，要它们挺起腰杆，好好活着，他决不会亏待它们。他曾担心扁豆种子存放太久，连一根扁豆苗子都不会出。目前扁豆的出苗率到了七八成，他已经很满足。他相信，等他把新扁豆打下来，明年再种，出苗率当是百分之百。

扁豆的叶子圆圆的，跟豌豆的叶子差不多。长出一些嫩绿的叶子之后，扁豆棵子就不再往上长，几乎进入一种静止状态。一直到严寒袭来，天下大雪，扁豆都保持着静止状态。通过静止，它摆脱外部世界的纠缠，开始进入自己的内心，在苦练内功。同时它的根须尽可能地往地层深处扎，并进行横向伸展，以吸收丰富的营养，积累足够的能量，准备迎接严寒和冰雪的到来。

景中海刚给他的扁豆施过一遍苗肥，入冬后的第一场雪就下来了。扁豆不但不怕严寒和冰雪，对下雪好像还很喜欢。雪朵子落在扁豆的叶片上，每落下一朵雪朵子，叶片都像是轻轻点一下头，说好，好着呢！远望一片雪茫茫，天地之间变得混沌起来。回头再看他的扁豆，每棵扁豆上方都积了雪，如同开着一朵朵硕大的白花。渐渐地，地上白了，村庄白了，扁豆也被白雪所覆盖。看不见扁豆时，他一时有些紧张，这可如何是好，大雪把扁豆压坏了怎么办？他几乎要动手清除压在扁豆棵子上的积雪时，才意识到自己的紧张和想法是可笑的。麦盖三床被，头枕白馍睡。扁豆和麦子是一样的，下雪等于给扁豆盖上了被子，被子盖得越厚，扁豆就越暖和。他要是把被子掀开，岂不是把扁豆冻着了！他自己这次下地也没有打伞，没带任何雪具，不知不觉间雪落满一身，几乎成了一个雪人。

过春节时，在城里打工的儿子、儿媳和孙子回来了。儿子的腰包鼓鼓的，说话也很气粗，看来把钱挣到了。儿子见到村里不少人，他们都说到了儿子的爹所种的扁豆：你爹太逗了，他种了一块扁豆；大家都劝他不要种扁豆，他就是不听，真不知道他是咋想的；你爹真是一根筋啊，真是一个怪人啊！如果只是一两个人这么说，儿子也许并不放在心上。地既然分到了各家各户，种什么，不种什么，那是各家的自由，谁都管不着。可村里许多人都这么说，儿子就不得不想一想，不得不跟爹谈一谈，问问爹到底是怎么想的。

爹，你都成了咱村的新闻人物啦！

啥新闻人物？

扁豆呗，扁豆新闻人物呗！

他们是笑话我。爹的样子似有些害羞。

他们为什么笑话你呢？

我也说不好。

你跟别人不说实话，跟我还不能说吗？

没啥不能说的，我就是种着玩。咱这里几十年不种扁豆了，我想看看地里还长不长扁豆。

你是特别想吃扁豆吗？

不是。我都这么大岁数了，吃啥都行。

那，是不是我爷爷跟你托过梦，让你种扁豆呢？

你爷爷死了四十多年，他自己恐怕都变成梦了，他从来没给我托过梦。

儿子替爹算了一笔账。种一分地的麦子可打上百斤，种一分地的扁豆呢，连二十斤都打不了。而麦子的价钱跟扁豆的价钱差不多，就算扁豆稍贵一点，也贵不了多少。种扁豆的付出与收入不成正比，很不划算。

咱家里存的小麦有七八千斤呢，就算地里两年不打粮食，也饿不着人。

儿子的眉头皱了起来：我说的话你怎么就不明白呢，问题在于，别人都不种扁豆，只有你一个人种，别人就会认为你不正常。

爹不服气：谁不正常，我正常得很。别人都不种扁豆，我为啥就不能种。我种的是自家的地，出的是自己的力，流的是自己的汗，碍着别人什么事了。依我看，说我不正常的人，才是真正的不正常！

啥时候有啥时候的潮流，种庄稼嘛，还是随大溜好一些。你今年已经把扁豆种上了，非让你拔掉也不好。明年不要再种了。

爹没有说明年是种还是不种。

过罢年，残雪化尽，春风吹过来了。得到春天的信息，扁豆棵子的精神为之一抖，迅速把浑身的旧绿换上了新绿。扁豆换新绿，不像人换衣裳，人由棉衣换单衣时，需要从外到里，一层一层把衣服脱掉，才能换上单衣服。扁豆从旧绿换新绿时，无须把原来的叶子脱掉，只需发一下内功，说一声变，根部储存的新鲜汁液就源源不断地输送到扁豆的叶子上，使扁豆旧貌换新颜。经过对比，景中海看出来了，扁豆换成新绿的叶子是发亮的，像是充了电一样。还有，扁豆棵子上的毛孔是张开的，仿佛充满了前所未有的张力。他想摘下一片叶子，在手指上捻一捻，看看能不能把手指染绿。但他没舍得摘。

高粱开花，玉米开花，凡是庄稼，没有一样不开花。扁豆自然也不例外。扁豆开白花，花朵小小的，跟桂花的花朵差不多。景中海蹲下身子把鼻子凑近扁豆的花朵闻了闻，没有闻出什么明显的香味儿。春天来了百花开，以前地里花是很多的，粉嘟嘟的豌豆花，黄灿灿的油菜花，还有各种各样的野花。现在不见了豌豆花，不见了油菜花，连野花也很少很少。景中海不能明白，花应该越来越多，为什么会越来越少了呢？是不是因为人太多了，花就少了呢？扁豆开花不是把花举起来，举高，而是开在叶子下面，远看只见叶，不见花，只见绿，不见白，一点儿都不显眼。可金子再小也是金，花朵再小也是花，谁能说扁豆花不是世上的一种花呢！

　　一些小虫子爬过来了，在扁豆花上爬来爬去，显得很兴奋的样子。景中海隐约听人说过，扁豆花也分公母，公母之间也要授粉，授粉正是小虫子帮助完成的。小虫子从公花里爬出来，沾了一身花粉，又钻进母花的花心里，母花才会受孕。按这样的说法，小虫子担负的是传媒的角色，或者说它本身就是一个活跃的性器，于扁豆不可或缺。

　　糟糕的是，扁豆叶子上也生了虫子。那些虫子跟人身上生的虱子差不多大小，只不过它们是绿色的，跟扁豆叶子的颜色一致。它们吸取扁豆叶子的汁液，边吸边排泄，把好好的扁豆叶子弄得黏糊糊的。这些家伙都是害虫，如果任它们糟害，这些扁豆很快就会蔫掉，景中海种扁豆等于白种。好在景中海早有准备，他用竹篮子从家里提来草木灰，轻轻撒在扁豆的叶子上。扁豆生了虫子，他本来可以用农药喷雾的办法，把虫子消灭掉。农药喷雾要简单得多，也省事。但农药难免喷在花朵上，并残留在扁豆里，那就不好了。他决计用传统的方法消灭可恶的虫子。草木灰细细的，茸茸的，他一撒，灰白的草木灰就把正在大吃大喝的虫子们覆盖住了。须知草木灰里含有碱性，对皮肤薄得透明的小虫子有很强的杀伤力。小虫子们喊了一声不好，快跑！它们刚要开跑，觉得头皮一麻，就失去了知觉。

从地头路过的村长，看见了景中海在扁豆地里除虫子。因景中海在村里当过几年民办教师，又曾教过村长，村长还是习惯把景中海喊景老师。村长说：景老师，这一次你要发财。

景中海笑笑，说今年的麦子长得不错。

我没说麦子，我说的是你种的扁豆。

扁豆不太好，苗儿出稀了。

稀点儿没关系，稀麦稠豆闪死人，扁豆种稠了反而不好。再说了，物以稀为贵嘛！

这个稀不是那个稀。

怎么不是那个稀，我看就是那个稀。道理明摆着，别人都不种扁豆了，只有你自己种，等扁豆打下来，肯定能卖个好价钱。

我倒没想着拿扁豆赚钱。

景老师，这个事你就不用瞒我了。无利不起早，不为赚钱你种扁豆干什么！你放心，等扁豆打下来，我不会跟你要扁豆吃。等你把扁豆卖了钱，我也不会跟你借钱花。

景中海没有再对村长解释什么，村长有村长的逻辑，不管他怎样解释，都不可能改变村长的逻辑。他又抓了一把草木灰，均匀地撒在扁豆叶子的叶面上。

麦子抽穗，扁豆结角。扁豆结的角子是集体性的，在扁豆棵子的分杈处集成一撮一撮。村里的年轻人大都没见过扁豆，出于好奇，有人到扁豆地边看了一下。他们没看到什么新奇的东西，说扁豆不就是扁的嘛，再种它也长不圆。

乡里有一个通讯员，平日里爱给县里的小报写点东西。不知他听谁说景中海种了扁豆，带了笔记本和照相机，专门到村里采访景中海。他用照相机对着将要成熟的扁豆左照右照，照了全景，又照特写，一再称赞景中海种的扁豆是独特的风景。之后，他又拿出笔记本，向景中海提了一连串问题：你以前种过扁豆吗？别人都不种扁豆了，你为什么要种扁豆呢？你种扁豆的动机是什么？是因为特别爱吃扁豆，还是要拯救扁豆这一濒临灭绝的物种，保持乡村生态的多样性？

景中海连连摇头，对通讯员的话表示听不懂，说他种着玩呢。

你不识字吗？

识几个，不多。你认识的，我不一定认识；我认识的，你也不一定认识。

那不一定，你说一个字我听听。

景中海摆摆手，没有说。

你不想出名吗？

出什么名？

我把你种扁豆的事写成稿子，往报纸上一登，你就成了名人。你一出名，说不定乡长也会接见你一下。

开玩笑。

麦子用机器收割，扁豆用镰刀收割。景中海割扁豆时，割得小心翼翼，生怕弄炸了扁豆的角子，让扁豆子儿散落在土里。他割得一点儿都不着急，割完一垄两垄，就坐在地头歇一会儿。太阳当头照着，白蝴蝶翩翩地飞，地里都是扁豆棵子的气息。景中海有些走神，想得远一些。土地是不变的，恐怕几千年几万年都是这个样子。变的是人，是人的想法。人想种什么，地里就长什么。种瓜就长瓜，种豆就长豆。这块地几十年没种过扁豆，但土地好像并没有把扁豆忘记，他一种，扁豆就长了出来。好比土地的肚子装着很多很多歌，就看人们点什么。不管人们点哪首歌，土地都唱得出来，而且唱得还不错，动人肺腑。

新扁豆打下来，景中海用文火熬了半锅扁豆稀饭。扁豆是玉红色，熬出的稀饭也有些发红。他一边喝，一边感叹：多少年没喝扁豆稀饭了，一喝还是这个味儿，真好喝！老婆也在喝扁豆稀饭，他问老婆：味道怎么样？

老婆的评价不像他那么高，说：你说好喝就好喝呗。

我问你自己的感觉。

还行，就是红得有点吓人。

村里有一个人在北京工作，他秋天回老家看望母亲时，母亲一心想让他往北京带点什么。他什么都不想带，说全国各地有的，北京都有。

有人提供信息，说景中海种了扁豆，他可以带一点扁豆回去。如今扁豆可是稀罕东西。

扁豆？扁豆还没有绝种吗？真的还有人种扁豆吗？他小时候也喝过扁豆稀饭，对扁豆好像有些兴趣。

母亲去景中海家买扁豆时，当儿子的特别对母亲说：一定要给人家钱，人家说多少钱一斤，就是多少钱一斤，千万不要跟人家讲价钱。

景中海坚决不收钱，说多少钱一斤他都不卖。他用一只塑料口袋装了四五斤扁豆，说想吃就拿走，要是给钱，扁豆就不能拿走。

母亲犹豫了一会儿，还是把扁豆拿走了，说：就算欠着你的一份情吧。

到了秋后，景中海还会种扁豆。

2014 年 4 月 14 日至 5 月 3 日于北京和平里

只告诉你一个人

　　单位今年组织春游，也开始打人性牌。往年单位组织春游或秋游，只限本单位的职工参加。今年人性牌一打，职工出游可以带上自己的家人。带妻子，带丈夫，带孩子，单身职工带上父母，都行，都欢迎。平日里，他们偶尔也会说到人性，但要问人性是什么，恐怕谁都说不出一二三来。每个人都是实在物，有头有脸，有手有脚，看得见，摸得着。而人性不知依附在人的什么地方，有些玄，有些虚，既看不到，也摸不着。好比人的灵魂，人活着时，灵魂应该是有的。至于人的灵魂是圆是方，是轻是重，是黑是白，真的很难说清楚。把人性与春游可以带家人联系起来呢，似乎有那么一点意思了，人性的指向比较具体了。噢，人性原来是这么个玩意儿！以前出去玩不让带家人，是不太讲人性。这次到郊外去玩，丈夫可以牵着妻子的手，妈妈可以把孩子抱在怀里，是开始讲人性了。如此算下来，人性不再是虚妄的东西，也是可以牵可以抱的。

　　潘雯是一个单身女职工，这次春游，她不打算告诉父母。父母老是催她抓紧时间找对象，她躲避老爷子、老太太唯恐不及，才不愿招他们给自己添麻烦呢！她只想带上她的草莓，问春游的组织者是否可以。她所说的草莓，不是那种红糜糜可啖的水果，是一条她豢养的宠物狗。组织者的答复是，最好不要带"草莓"，万一"草莓"咬了人就不好了。她说"草莓"很乖，不咬人。组织者还是不松口。潘雯提出了质疑：这次春游不是人性化了嘛？组织者说：人性化是不错，但不是狗性化，你要求带的是狗，而不是你的家人。潘雯表示了不满，认为人性化还是化得不够彻底。如果不让她带"草莓"，这次春游她就不去了。

　　为了联系安排出游车辆，单位要求各部室统计上报所带家人的人数。组织者估计，这次参加春游的人数大约是本单位职工总人数的两倍到三倍。往年春游，租一辆大巴车和一辆中巴车就够了。这次春游，恐怕至少要从首都汽车公司租三辆大巴车才坐得下。各部室的统计人数报上来了，汇总情况大大出乎组织者预料，这次参加春游的人数比往年不但没有成倍增加，反而有所减少。一些类似"驴友"的出游积极分子，一听说可以带家人，他们不带家人不说，连自己也不去了。一些女职工的丈夫，大概出于自尊，不愿参加老婆单位的活动。一些男职工的妻子呢，心理更复杂一些，各有各的不愿参加丈夫单位集体活动的理由。统计来统计去，只有几个当妈妈的愿意带孩子参加春游。你看这事儿闹的，单位打了人性牌，初衷是好好和一把，其结果不但和不成，好像连点炮儿的效果都没有。看来人性这玩意儿飘忽不定，的确很难把握。你想讲点人性，人性可能偏偏不买你的账。单位领导吃不准了，他们做出的春游可以带家人的决定，是离人性近了呢？还是离人性远了呢？

　　每年的春天只有一个，单位组织春游每年也只有一次。参加春游者坐车不花钱，参观景点不花钱，中午还有一顿免费的午餐，带有集体性福利性质。福利关乎幸福，单位领导要求各部室的主任还是再动员一下，能去参加春游的尽量去。

这一动员，有意思的事儿就出来了。

第三编辑室的室主任姓秦，叫秦风。秦主任手下有七个编辑，四个男编辑，三个女编辑。男编辑当中，齐国良岁数大一些，他比秦风还要大好几岁。秦风是原来的副主任，正主任退休后，他才替补上去，当了正主任。目前室里空缺一个副主任，齐国良是备选人之一。秦风隐约觉出，齐国良的夫妻关系不太好，至少不那么和谐。平日里同事们说家常话，齐国良说到过他的女儿，他的母亲，极少提到他妻子。好像他妻子很难言说，一说到妻子那里，他不知不觉就打住了。还有，三编室所有结婚成家的男女编辑，秦风差不多都看见过他们的配偶，唯一没见过的，就是齐国良的。年复一年，日复一日，编辑们几乎把编辑室坐成了家，谁的家人不到编辑室里看一看呢！然而多少年过去了，齐国良从不带妻子到编辑室里来，齐国良的妻子也从未主动踏过编辑室的门槛。齐国良的夫妻关系，构成了秦风心中的一道谜语，谜底在齐国良的妻子那里。秦风可以把谜语猜一猜，往哪个方面猜都行，只是不能直接向齐国良打问谜底。因为谜底属于齐国良的隐私，隐私的特点是隐蔽，别人还是别触及好一些。都是知识分子嘛，谁能没有一点隐私呢！自己也有隐私，就得学会尊重别人的隐私。秦风虽无意打探齐国良的隐私，但他有动员本室的同事参加带家人春游的任务。他对齐国良说：老齐，你可以带夫人出来游游嘛。

我才不带她呢!

秦风没问为什么,他有他的说话艺术,他说:反正是周六,在家里待着也是待着,为何不到郊区呼吸一下新鲜空气呢!

没法儿说。有些事情不是一句话两句话能够说清。齐国良说着,扭过头朝另两个编辑看了一眼。一个办公室坐四个人,另两个编辑,一个是潘雯,还有一个编辑姓刘。在五楼的办公室,大窗户朝南开。窗外立着一棵高高的杨树,树杈上有一蓬废弃的喜鹊窝。秦风和齐国良的办公桌放在靠窗的位置,自然光线比较充足。潘雯和老刘的办公桌没有跟在他们的办公桌后面,而是把桌子一竖,各面向一面墙。

潘雯说:老齐是不是有什么悄悄话要给主任说,如果嫌不方便,我和老刘可以回避一下。

齐国良脸上红了一下,笑着说:哪里有什么悄悄话,我说话光明正大,从来不说什么悄悄话。

潘雯说:那不见得吧,你和你夫人谈恋爱的时候也不说悄悄话吗?哎,老齐,你说实话,你夫人是不是长得特别漂亮?

怎么说呢,特别漂亮说不上,不过长得还可以。她上大学的时候,当过文艺演出的节目主持。齐国良说着,眼皮一通乱眨。这是他的习惯,只要跟人说话,就不自觉地乱眨眼皮。他的眼皮不是照相机的快门,快门眨得快了,可以多拍一些照片,他乱眨眼皮,像是自我遮蔽,自我保护,免得别人通过他的眼睛看到他心中的秘密。

仿佛已经得到了齐国良的秘密,潘雯笑得很得意,她说:怎么样，我一猜你的夫人就很漂亮，不然的话，你不会一直把夫人藏在金屋里。漂亮不能一人独享，哪天把尊夫人带来，也让我们瞻仰一下嘛！

齐国良不眨眼皮了，他说：小潘，你这话我不爱听，我老婆还不到让人瞻仰的时候。

潘雯说：老齐，你这话我也不爱听，瞻仰怎么了，作为一个老编辑，我觉得你对瞻仰的理解受思维定式所限，是不全面的。我建议你查一下词典，把瞻仰的词义弄清楚再说。

你最好不要跟我说这个，我背词典的时候，你可能还没出生。对每个词的理解，都不能死搬教条，对公众的约定俗成也要给予足够的尊重。

秦风让他们打住，说不要跑题，不要争论。又说春游自愿，想去就去，不想去就不去。

齐国良给秦风递了一个纸条，上面写的是：主任，您下班后能否晚走一会儿，我向您汇报点事儿。这是齐国良与人处事的一个特点。他的椅子和秦风虽说相距不到两米，但需要和秦风交流时，他更愿意动笔，不愿动嘴。好在当编辑的一天到晚不离笔和纸，写个纸条方便得很。办公室里支棱着那么多耳朵，动嘴容易被别人听去，并容易引起别人的猜忌。他给秦风递纸条，也有可能被别的编辑看见。看见怎么了，他跟主任请示的是业务上的事，是关于一个动词的用法，谁都无权干涉，谁想递纸条，你们也递呗。

秦风把纸条看了一眼，拉开抽屉，随手一扒拉，把纸条扒拉到抽屉里去了。他没有看齐国良，他知道齐国良这会儿正装作埋头编稿子，他看齐国良，齐国良也不会看他。他没有给齐国良回纸条，没有答复是能还是否。在一个办公室里互相递纸条，他认为是可笑的。又不是做地下工作，又不是对暗号传递情报，有啥话当面不能说呢！他离座起身，到厕所去了。他一边撒尿一边想，这个神神道道的齐国良，会跟他说什么事儿呢？他是不是又要打别人的小报告呢？是不是还急着当副主任的事呢？齐国良曾向他打过潘雯的小报告，说潘雯和一个出租车司机勾勾搭搭，很不像话。齐国良曾让他到社领导那里帮齐美言，推荐齐当副主任。齐国良信誓旦旦，说他要是当了副主任，一定和秦主任好好配合，肝脑涂地，在所不惜。秦风不爱听小报告。潘雯爱和谁勾搭就勾搭去，那是她的自由。秦风也不愿推荐齐国良当副主任，不说别的，仅齐国良跟他许诺的过头话，就让他感到别扭。秦风还想到，齐国良会不会跟他说说自己夫妻关系方面的事呢，因为他们刚才几乎涉及了这个话题。齐国良说不是一句话两句话能够说清，齐国良约他晚走，是不是想和他多说几句呢！他对这个话题略微感兴趣一些，但也不是太想听。他业余时间又不写小说，知道那么多家庭琐事干什么！每个家庭有每个家庭的地道，每条地道都会有弯弯绕，绕来绕去，还能绕出什么花样儿呢！

　　每天下班，秦风差不多都是最后一个离开办公室。假如办公室是一条船，不管船遇没遇到风浪和危险，作为"船长"，他都坚持最后一个撤离。到了下班时间，齐国良穿上风衣，背上背包，也走了。秦风相信，齐国良还会回来，他做出按时下班的样子，是给别的同事看的。果然，不知齐国良在哪里转了一圈，他又回到了办公室。他买了一纸袋带皮的炒花生，不由分说，在秦风的桌角放了两把，说是大锅炒花生，原味儿，挺好吃的。秦风没有马上吃，他说谢谢！齐国良把办公室的门关上了。

齐国良的"汇报"让秦风有些感动，并对齐国良心生同情。秦风没有想到，事情怎么会是这个样子呢？不应该是这个样子嘛！齐国良谈到，他跟妻子的关系不太好，他跟妻子已经分居三年多。妻子是一家标准件厂医务室的主任，经常住在医务室里不回家。他们两口子虽说没办离婚手续，但婚姻生活已经名存实亡。谈起造成这种状况的原因，齐国良脸色发红，眼皮眨得飞快，显得很是窘迫。他说，这不能怨他妻子，真的，他妻子人挺好的。要怨，只能怨他自己，怨他的性功能出现了障碍，不能满足妻子的要求，不能让妻子幸福。齐国良有些自我感动似的，不把秦风叫主任了，叫成了哥们儿，说哥们儿，这是我身体的阴暗面，也是我最大的隐私。这些事情我以前从没有跟别人说过，连我妈都不知道真相。这些年我觉得你对我不错，我才告诉你。我只告诉你一个人，请哥们儿千万替我保密。这些事儿说起来挺丑的，让哥们儿见笑了。

秦风当然不会笑，也不会表现出惊奇，他说：谢谢老兄对我的信任！请放心，什么话到了我这里，就等于装进了瓶子里，我不会对任何人把瓶盖儿打开。秦风做出这事儿很平常的样子，说其实也没什么，据调查城里百分之二十以上的男性有性功能障碍。这也不是什么大碍，现在医疗技术这么发达，是可以治愈的。你治过吗？

一直在治。

效果如何？

不知道。医生说，男人的这种病，得有女人帮着治。如果没有女人的积极配合，男人吃再多药也无用。

磨刀离不开磨刀水，好像是这么个理儿。

秦风没捡到金子，也没捡到玉石，但他像是得到了很宝贵的东西，心情有些兴奋。进门对妻子说：亲爱的，我回来了！

妻子正在厨房里做晚饭，问他：有什么好事儿吗？

好事儿，什么好事儿？没有呀！秦风想，齐国良有性功能障碍，自己没有，这不能算什么好事儿吧，顶多算是正常。

那你为啥这么高兴呢？

我高兴了吗？我天天都是这样嘛！

吃饭时筷子夹起虾仁，一个念头噌地跳上秦风的脑际。吃完饭看电视里的动物世界，还是那个相当活跃的念头，又噌地一下跃上秦风的脑海。念头所重复的是同一个意思，那就是，齐国良是个没用的软家伙。念头一露头，秦风就按住念头的头皮，把念头压制下去，没有对妻子提及。直到和妻子一块儿躺到大床上，接触到妻子的身体，他有些管不住自己似的，还是把齐国良的事儿说了出来。他是对齐国良承诺过，一定替齐国良保守秘密，不会对别的任何人说起。但自己的妻子，不能算是别人吧。再说，谈谈别人的夫妻生活，跟自家的夫妻生活作一番对比，正好可以给自家的夫妻生活添一点不错的佐料。他问妻子：你知道我们单位的齐国良吗？

知道呀，不就是那个大高个子嘛，他怎么了？

没错儿，就是他。齐国良不但个子高，还是高鼻梁，大眼睛，红脸膛，称得上仪表堂堂。但这个人徒有其表。

怎么说？

他有性功能障碍，不能和老婆做爱。

你怎么知道？

齐国良亲口跟我说的。因他下面疲软，他老婆不堪忍受，住在单位不回家，已和他分居好几年。

他跟你说这些干什么？

他愿意跟我说，我就听听呗。我问一个问题，我要是得了性功能障碍，你会嫌弃我吗？会和我分居吗？

你一直这么厉害，哪里会有什么障碍！

咱就是假设一下嘛，好玩儿呗！

就算你有了障碍，我也不会和你分开。我不觉得那事儿有多么重要。

你是饱妇不知饿妇饥，要是我有了障碍，不知你有多着急呢！好了，趁我现在能干，今天我好好喂喂你。

喂完后，秦风才把单位组织春游可以带家人的事跟妻子说了一句，他给妻子的建议是，不要去，没啥意思。有那个钱还不如发给大家呢！

妻子赞成他的观点，说就是。

在办公室再见到齐国良，秦风所看到的就不只是齐国良的表象，仿佛透过表象看到了齐国良的身体内部，看到了齐国良的本质。齐国良的本质是虚弱的，他不再具备一个男人应有的性质。在秦风的想象里，齐国良在老婆面前低声下气，百般讨好，一再要求再试一次，说这一次他保证能进去。结果呢，他的手硬起来了，脚硬起来了，那地方还是软的。他头上流汗了，脊梁沟里流汗了，下面却什么都流不出来。他几乎发出乞求：门啊，我的门啊，你放我进去好不好！可门无动于衷，对他还是关闭着，他只能吃闭门羹。他老婆忍无可忍，再次把他斥为无用的东西，让他滚开！齐国良垂头丧气，只得把无用的东西收起来。一个男人，小头和大头是相通的，是联系在一起的。如果小头抬不起来，让他昂首挺胸做人，恐怕不那么容易。不管怎么说，男人出现这种状况是可怜的。把男人和女人相比，人们通常认为，男人是强者，女人是弱者。岂不知，事情有时会发生转换。一旦河东转河西，男人就成了弱者。

秦风无法安慰齐国良，也不能给予齐国良过多关注，他只能像以前那样，装作齐国良什么话都没跟他说过，他对齐国良的隐私一无所知。秦风用眼角的余光瞥了齐国良一眼，发现齐国良今天的情绪不大对劲，像是在和谁赌气。往日，齐国良会拿抹布擦一下自己的桌子，再泡一杯花茶，然后才开始看稿子，或者编稿子。这天他既没有擦桌子，也没有泡茶，一坐下就拿过一摞稿子看。秦风相信，齐国良看稿子并没有看进去，他的眼睛虽然看着稿子，心思不知钻进哪个牛角尖里去了。齐国良对他讲了自己的隐私，是不是意识到自己遭受了重大损失，而有些后悔呢！齐国良是不是故意给他脸子看，进一步警告他，防止他泄露隐私呢！秦风认为齐国良大可不必这样使小性子，你的事儿是你自己愿意给我讲的，我又没让你讲。你让我给你保密，我给你保着密呢，你还有什么不放心的！我只给我老婆说了说，我老婆又不会对别人说，你拉着个脸子给谁看呢！

潘雯也觉出办公室里的气氛有些压抑，大概想放松一下气氛，就讲了她在报上看到的一则新闻，是发生在办公室里的性骚扰。一个男的在办公室里撩了女同事的裙子，摸了女同事的屁股。女同事认为自己受到了骚扰，就告给了领导。领导找那个男的谈话，男的不承认，说：我老婆比她漂亮得多，我连我老婆都不想骚扰，谁去骚扰她！潘雯讲罢，兀自在那里笑。

这个话题是敏感的。这间办公室里有女性，也有男性。有三个男性，只有一个女性。三个男性难免有所联想，联想到自己和潘雯。潘雯也是穿裙子的人，连冬天都穿裙子。他们会不会撩潘雯的裙子呢？三个男性都没说话，一时间，他们不知道说什么。

潘雯问：你们为什么都不说话？你们是男人吗？你们是不是在联想？

刘编辑答话，你让我们说什么，我们不管说什么，都会掉进你预设的陷阱。小潘你放心，我们都不会骚扰你。

陷阱？我有陷阱吗？

有没有你自己知道。

齐国良说：无聊！

老齐，你说谁呢？潘雯问。

谁无聊，我说谁。

我看无聊的是你自己。我说的是报纸上的新闻，你瞎对号干什么，这么吃心干什么！

你以为只有男的骚扰女的才是性骚扰吗，性骚扰除了身体上的，还有语言上的。你在办公室里谈性骚扰，实际上就是在对我们进行性骚扰。

潘雯认为可笑，太可笑了。她笑得有些夸张，还有些尖锐，笑完对齐国良说：我骚扰你，你哪里值得我骚扰！有骚扰你的工夫，还不如骚扰我的"草莓"呢！

话越说越多，眼看两个人要吵起来，秦风只得出面制止：现在是工作时间，你们都少说两句好不好。他特别对潘雯说：小潘你要学会尊重老同志，和老同志说话要讲分寸。

潘雯喊了一下，表示不服。

秦风知道，潘雯对齐国良看不惯不是一日两日。一有机会，潘雯总是愿意捎带齐国良两句。潘雯私下里跟秦风说过，她最看不惯齐国良的娘娘腔和娘娘做派，要是齐国良当了副主任，她就要求调到别的编辑室去。从潘雯的话里话外听出来，潘雯好像也知道齐国良的身体有毛病。所谓娘娘做派，就是说齐国良不像个男人嘛。别看女人对有性能力的男人保持着警惕，而一旦知道有的男人丧失了性能力，她们就会嫌弃那样的男人。让秦风不明白的是，潘雯是怎么知道齐国良是个不行的男人呢？齐国良跟秦风说过，那个"最大的隐私"齐国良以前没跟任何人说过，只告诉他一个人。按齐国良的说法，潘雯不可能知道。难道物质决定精神的法则在齐国良身上起了作用，齐国良的雄性能力不行了，不知不觉间就反映在他的精神上，体现在他为人处世的方方面面？齐国良精神上一带样儿，就被比较敏感的潘雯觉察出来。可能是这样。

有一天，一位副社长找秦风到他办公室谈工作上的事。两个人谈了一会儿，不知怎么就说到了齐国良。副社长说：齐国良是一个性无能患者，你知道吗？

秦风摇头，说不知道。

看来你对你的部下不够关心呀！

不是，这事儿，这个，您是怎么知道的呢？

当然是齐国良本人跟我说的。他跟我说得神神秘秘，好像事情本身有多么宝贵似的。性无能已经是一种常见病，多发病，城市病，一点儿都不稀罕。每个男人最终都会性无能，只不过时间上有早有晚。

齐国良才四十多岁，正当壮年，时间上是早了点儿。

他也不见得就不行，他老婆不配合他，他也不知道自己到底行不行。

齐国良跟您说他的隐私，他没要求您替他保密吗？

要求了。他说他只跟我一个人说，要我一定要替他保密。他说是这样说，我才不相信他只跟我一个人说呢。据我所知，他至少跟社长和总编都说过。

秦风长长噢了一声，心说：原来是这样，真是匪夷所思。

人们在生活中需要谈资，没有谈资的日子是平淡的，好比朋友聚会没有酒喝。得谈资如得美酒，几杯美酒下肚，人们脸热心跳，便会兴奋起来。而美酒容易买到，高质量的谈资却不是想有就有。秦风多次参加朋友聚会，把酒喝了一会儿，就有人提议，说点儿好玩的事吧。好玩儿的事就是谈资，谈资有时候有，有时候没有。在没有谈资的情况下，人们你看我，我看他，那是相当无趣。在随后的日子里，秦风注意到，社里的人差不多都知道了齐国良是一个失去了性行为能力的人，愿意把齐国良的事作为一个谈资，一份笑料。见齐国良走过，有人在背后把齐国良指了指，说这家伙厉害。如果说这家伙不厉害，别人不会觉得可乐。一说齐国良厉害，听话的人会意，都禁不住乐起来。有人说人不能十全，每个人都有缺憾。你看有的人表面长得很排场，实际上是个银样镴枪头。他这么一说，别人就知道这个说法是以齐国良为例。有人甚至得出一个大胆的判断，说凡是长得漂亮的男人，其性能力大约都值得怀疑。有人不避讳说出齐国良的名字，说像齐大编辑这样的人也很好，哪里发生了强奸案，不会怀疑到他头上。一次聚会喝酒，齐国良不在场，有人讲了齐国良一个段子。说齐国良治疗一段时间之后，向老婆报告，说感觉可以了，保证可以给老婆一个惊喜。进入具体操作阶段，他让老婆闭上眼睛，把所有感觉都集中在下面，好好享受。老婆这次没有失望，感觉齐国良揳入她身体里的东西是挺棒的，长度、硬度、直径都非同以往。老婆正要把齐国良表扬一下，一看，齐国良使用的原来是一支代用品，假性器，便一脚将齐国良蹬开了。这个段子让喝酒的人乐得喷酒，至少多下了一瓶酒。

潘雯和齐国良到底还是吵了起来。他们本来是对某个作者的写作水平有不同看法，二人争论了几句，就抛开了作者，互相开始了人身攻击。一个人知道了另一个人的隐私，大概不说出来也难受，不能明指，也得暗指。潘雯对齐国良说：就你那点水儿，其实跟没水儿也差不多。连你老婆都不买你的账，你还想指点我，没门儿，一边凉快去！

齐国良涨红了脸，说：我有水儿没水儿，你怎么会知道呢？我不明白，你怎么会知道我没水儿呢？

你不明白的多着呢，不明白我正好告诉你，一个人一个地方没了水儿，脑子里就没了水儿，嘴里就没了水儿，全身都是干的。

齐国良也握有潘雯的隐私，他说：什么有水儿没水儿，在你眼里，只有开出租车的司机最有水儿对不对！

潘雯急了，说姓齐的，你胡说什么呢！再胡说八道我揍你，你信不信？说着抓起放在桌角的半瓶饮料。

这天秦风外出开会，没在办公室。刘编辑见状站了起来，他说哎，哎，要冷静，不要冲动，冲动对谁都没好处。

齐国良说：君子动口不动手，我不会跟你一般见识。

潘雯的样子很不屑，说：什么君子不君子，我看你就是一个小人，最小的小人。

齐国良没能当上第三编辑室的副主任，出版社任命的副主任是刘编辑。

一天，齐国良瞅准只有他和秦风在办公室里时，齐国良对秦风说：你不够意思！齐国良的脸子拉得老长，一开口就没好气。

秦风问：你什么意思？秦风以为，齐国良没当上副主任，对他有意见。

齐国良说：那个事儿我只跟你一个人说过，社里的人怎么都知道了！

什么事儿？

你明白。

我不明白，我也不想明白。秦风的口气一点儿也不弱，他又说：要问最好问你自己。你跟每一位社领导都说你有多么痛苦，多么值得同情，然后让人家替你保密。你这样做，没觉得自己太聪明了吗！

齐国良辩解，他确实没跟别人说过，只告诉了秦风一个人。

秦风说：你拉倒吧你！

过了一段时间，齐国良到外地出差时嫖娼被人捉住了。他乖乖地交了五千元罚金，要求当地派出所的人为他保密，不要告诉他所在的单位。派出所没有为他保密的义务，还是通知了齐国良所供职的出版社。

2014年5月13日至25日于北京和平里

婆　媳

　　管玉新和丈夫长期两地分居，丈夫在长江南岸一座城市的大学里教书，管玉新在黄河北边一个矿区的机械修理厂当技术员。管玉新生有两个孩子，大的是男孩儿，小的是女孩儿，两个孩子都是婆婆帮她带。管玉新去看一次丈夫，要跨过黄河，还要跨过长江。只不过，她一般不去看丈夫，都是丈夫到矿区来看她。妻子在哪里，孩子在哪里，家就在哪里，一个家的根据地也在哪里。管玉新这么认为，婆婆也同意管玉新的看法。一个人找不到根据地，生活就谈不上有根据，没有根据的生活不会踏实，也不算真正的生活。丈夫要找到生活的根据地，只能北上，来到这个藏在山窝里的矿区。好在丈夫每年都有一个暑假，还有一个寒假，可以利用假期到矿区和管玉新相会。

　　下过一场小雪，一场大雪，这年的春节一天比一天临近。连着好几个春节了，煤矿都不放假，不停产，过的是革命化春节。时间大约是二十世纪七十年代初，那时候，满天飞的都是革命，革命多得像雪片子一样，稍不小心，革命就有可能落到你头上。相比之下，粮食和煤炭有些紧缺。越是到了冬天，煤炭的缺口就越大。种粮受季节制约，到了严冬，土地就要休息，不再生产粮食。而埋在地下的煤炭，一年四季都是成熟的状态，什么时间都可以挖。在春节期间，不但煤矿工人要照常下井挖煤，连矿务局的机关干部也要被赶到井下去，跟工人一块儿干活儿。管玉新所在的矿山机械修理厂，虽说不直接承担采煤任务，却是直接为出煤服务的。比如说井下运煤需要钢板做成的矿车，矿车就是管玉新他们厂里制造的。井下出的煤多，矿车就用得多。矿上不停产，厂子也不能停产。过年过的是放假，是闲心，全矿务局上上下下和平常一样上班，过年的味儿就淡化了，就平常了，年过不过都无所谓。

这天早上，婆婆问管玉新，也不知道金明他爸今年过年回来不回来？婆婆还是习惯按阴历过日子，她对阴历的每一天都很清楚。家属院里如果有人忘记阴历到了哪一天，问她，她张口就能说出来。婆婆不识字，不是通过看台历记日期。她是在心里一天一天数，一天一天累计，过一天是减一天，也是加一天。不光是阴历，婆婆对阳历的日期记得也很清，一号就是一号，二号就是二号，从来不带错的。

管玉新说，她也不知道元林过年回来不回来。她丈夫的名字叫屈元林。

你给元林写封信，让他最好回来，就说两个孩子想他了。

管玉新端着茶缸到门外刷牙去了，牙刷放进嘴里，牙刷说话，她没有再说话。她不愿听婆婆指挥，对婆婆的话有些抵触。管玉新的一口牙又白又密，称得上是皓齿。她对自己的牙很爱惜，每天都刷得很仔细。她家住的是一间半平房，房子里没有卫生间，没有洗脸池，她每次刷牙都是蹲在院子里的一棵桐树下面去刷，漱口水吐在桐树根部。时间长了，桐树根部留下一些斑斑点点的白，牙膏白。

等管玉新刷完了牙，婆婆说：我知道你忙，你要是顾不上写信，就让金明给他爸写。去年过年，他爸回来带回来的咸鱼不错，两个孩子都爱吃，你也爱吃。今年过年，让他爸再带点咸鱼回来。咱这边买点儿大肉也难，他爸那边要是能买到，捎点儿大肉回来也可以。大过年的，一家人总得包顿饺子吃吧。

听婆婆这么一说，管玉新顿时警惕起来。她可不敢让儿子给丈夫写什么信，儿子一句话写不好，就可能引起丈夫猜忌，造成严重的后果。她一定得把给丈夫的写信权牢牢掌握在自己手里，独自跟丈夫通消息。她说：金明哪里会写什么信。

他都上了两年学了，还不会给他爸爸写封信吗！

你以为写信是那么容易的，别说上两年学，有的孩子都上了中学，还不会写信呢！

那还是你自己写吧。

管玉新才不会给丈夫写信，催丈夫回来过年呢。丈夫想回来，就回来，不想回来，就不回来，一切悉听尊便。管玉新心里明白，她和丈夫的婚姻已经到了一个危险的边缘。如果丈夫不回来，她和丈夫的婚姻关系会维持着。如果丈夫回来，听到一点什么，看到一点什么，她和丈夫的婚姻能不能继续维持，恐怕很难说。她所做的一些事情，可以瞒得过两个孩子，但瞒不过经得多见得多的婆婆。别看婆婆整日平平静静，从来没对她说过难听话，也从来没给过她

204

脸色看，很有可能，那些事情婆婆一笔一笔都给她记着，等丈夫一回来，婆婆就会一五一十地告给丈夫，由丈夫给她摊牌，跟她算账。婆婆之所以愿意让丈夫回来，也许觉得自己力量不够，急于借助丈夫的力量吧。如果真是那样的话，丈夫还是别回来好一些。

管玉新穿好了大衣，戴上了围巾，正要出门去上班，梅成会来了。梅成会手里抓着一块猪肉，猪肉用废报纸包着，没有包好，红白相间的新鲜猪肉从湿破的报纸里露了出来。梅成会对管玉新说：该过年了，我替你们家买了一块猪肉。买肉的人太多了，能把活人挤成死猪，妇女老人根本挤不进去。

管玉新没有说感谢的话，也没有接猪肉，她问：多少钱？

梅成会说：回头再说。

你不说多少钱，这肉我不能要。

我说玉新，你这人咋这么死板呢，一会儿到办公室，你再给我也不晚哪！

管玉新这才对婆婆说：妈，老梅帮咱家买了一块猪肉。

婆婆从厨房里转出来了，说：买到肉可不容易，我正想着让金明他爸往回捎肉呢，你就把猪肉帮我们买回来了，真是有劳你了。婆婆把猪肉从梅成会手里接过，说不少，恐怕有五六斤吧。

五斤七两。

你看，我一掂斤两就差不多。等金明他爸回来，你哪天过来吃饺子。

管玉新对梅成会说：你去洗把手，咱们一块儿走吧。

梅成会把手看了看，手上并没有沾猪血，说不用洗了，走吧。

跟管玉新一块儿上班去了。

梅成会也是技术员，跟管玉新在一个办公室上班。那时厂里有政工组、生产组、后勤组。梅成会和管玉新所在的办公室叫生产组。梅成会业余时间爱打篮球，还是厂里篮球队的队员。他个头不算高，但两个屁股蛋子像扣着两只半拉篮球一样，看上去壮实有力。他在球队打的是控球后卫的位置。天热穿短裤时，梅成会的两个膝盖上天天戴着护膝，不打篮球的时候也戴着。当时的说法是，技术越多越反动。受这种说法影响，梅成会对自己技术员的身份似乎并不看重，更愿意让人知道他是一个喜欢打球的人。管玉新住的家属院离厂子不太远，步行十来分钟就到了。二人来到办公室，趁别的上班的人还没来，管玉新把买猪肉的钱如数给了梅成会。

私下里，梅成会给管玉新起了一个名字，把管玉新叫成管玉的，他说：管玉的跟我分得真清。

再说，我跟你分得清吗？

是清是浊，两个人心里明白。梅成会内心深处美美地美了一下。

管玉新说：我婆婆让我写信，催她儿子回来过年。

你写了吗？

你说呢？我要是不写，老太太就让我儿子写。这老太太可不是一般的老太太，你别看她不识字，她比有的识字的人还厉害。

没看出来。

要是屈元林回来过年，你千万别到我们家去了。

老太太不是说，等屈元林回来，让我去你们家吃饺子嘛！

傻帽儿，她那么一说，你就相信了。她嘴上那么说，心里不知怎么想的呢。别说让你吃饺子，不把你的肉包成饺子就算不错。

敢，反了她了，她不就是一个地主婆嘛！她要是敢对我要阴谋诡计，我就喊她地主婆，把她以前剥削人压迫人的老底儿揭露出来。

你不要胡来！她是地主婆不假，但她也是我两个孩子的奶奶，她替我把两个孩子看管得挺好的，一个比一个乖。就算屈元林回来过年，他才能回来几天，顶多一个星期到头了。

梅成会想想也是，因工作上的关系，他和管玉新几乎天天在一起。他的老婆在农村，老婆一年到头难得到厂里来一次。从使用价值上说，管玉新差不多代替了他老婆。但管玉新毕竟是屈元林的老婆，屈元林要是回来，管玉新当然得让给屈元林几天，让屈元林"过过年"。等屈元林一走，管玉新的好皮好肉还是归他享受。好比管玉新的身体是一只篮板上的篮筐，他想往篮筐里投几个球，就投几个球。

到了腊月二十九，屈元林还是回来了，他不仅带回了咸鱼、麻糖，还给两个孩子各买了一件新衣服。屈元林是名牌大学的毕业生，又一直在大学里当老师，一身的文气，气质比梅成会好多了。可屈元林一回来，管玉新就开始紧张，对丈夫不敢不热情，又不敢太热情。不热情不合夫妻之道，说不过去。太热情又怕丈夫起疑。所以她对丈夫的态度不冷也不热，稍稍有些不自然。厂里不放假，给了管玉新一个理由，她不必天天在家里面对丈夫。可是，她到厂里上班，心里照样打鼓。丈夫是知识分子，也是人们所说的"臭老九"。丈夫活得很小心，每次到矿区来，丈夫哪儿都不去，只在家里守着老太太，陪老太太说话。公爹去世早，老太太就屈元林这么一个儿子，母子两个到一块儿，总是有说不完的话。屈元林还是去年春节时回来的，今年暑假期间，因丈夫要带领学生下乡学农，就没有回来。母子俩大长一年没能见面，见了面，不知有多少话要说。老太太会说到两个孩子，难免也会说到她。她要是在家里张着耳朵，老太太说话会收着点儿。她从家里出来了，老太太还不是想说什么，就说什么。她不知道老太太会说些什么，对她怎样评价。反正婆媳关系是人类最复杂的关系之一，不是冤家的婆媳能有几对呢！儿媳干干净净还好些，倘儿媳稍有毛病，哪个婆婆不是把儿媳说得一无是处呢！

中午管玉新回家吃午饭，婆婆和丈夫已经包好了饺子。金明在院子里一个一个放小细炮，居然放出了些许过年的气氛。一家人坐在一张矮脚小饭桌前吃饺子时，金明的妹妹金声说到了梅叔叔，说：包饺子的肉是梅叔叔买的。

梅叔叔，梅叔叔是谁？丈夫问的是金声，却看了一眼管玉新。

怕鬼有鬼，鬼到底来了。管玉新不由得低了一下眉，胸腔子里那颗悬着的心一下子提到了嗓子眼。

金明积极抢答：梅叔叔会打篮球，梅叔叔投篮投得可准了，唰地一下子，就是一个空心球。说着模仿了一下梅叔叔投篮的动作。

婆婆打断了金明的话：吃着饺子还占不住你的嘴，赶快好好吃你的。

管玉新这才解释说：老梅是我的一个同事。过年买点肉难得很，我和妈都挤不上去。我托了同事，才买到几斤肉。

丈夫没有再说话。

下午来到办公室，管玉新心里烦乱得很，摸笔不是笔，拿纸不是纸。她想，到了晚间，丈夫一定会继续追问她，姓梅的到底是谁。她似乎已经看见，丈夫冷若冰霜，两眼像斩鬼一样盯着她，非要她说出心中的鬼来。她打定主意，不管丈夫怎样追问，她只承认和梅成会是一般的同事关系，绝不承认和梅成会有什么不好的关系。她的口要是有一点守不好，整个家庭就可能面临破裂。

梅成会没眼色，除了过来过去给她递眼波，还当着其他同事的面，叫她管技术员，跟她说笑话，问在大学教书的人技术水平是不是更高些。

管玉新在心里说了一句讨厌，起身换上工作服，到翻砂车间跟工人一块儿干活儿去了。工人们正在筛砂，管玉新拿起一张锨，跟工人们一块儿筛。管玉新长得漂亮，在全厂是有名的。工人们都欢迎她到车间干活儿，夸她能跟工人阶级打成一片。

晚上，婆婆带着两个孩子到半间屋的小床上去睡，把大屋的大床留给了屈元林和管玉新。躺在床上，管玉新心里发紧，身上发紧，好像连汗毛眼子都是紧的。丈夫拉灭了灯，屋里顿时填满了黑暗。丈夫说话了，丈夫没有提起老梅，丈夫说的是：玉新，我不在家，你辛苦了！丈夫搂过她，把她在怀里紧了紧。

管玉新还是没能放松。她往一个紧张的方向走得有些远，一时还转不过弯来。

丈夫又说：妈跟我说了，你对妈挺好的，两个人连脸都没红过。

看来，她把婆婆想错了，婆婆不但没有对丈夫说对她不利的话，还帮她说了好话。她心里热浪一翻，有点想哭。她这才放松下来，把脸埋在丈夫胸前。她觉出丈夫的胸口湿了一片，她的眼泪可能已经流了出来。她说：我不辛苦，要说辛苦，妈最辛苦。要不是咱妈在这儿帮我，这个家我可撑不起来。既然婆婆说了她的好话，她也开始说婆婆的好话。她说，孩子的衣服都是婆婆洗，一天三顿饭都是婆婆做。婆婆自己吃粗粮，把细粮省给孩子吃。往饭锅里打一个鸡蛋穗儿，婆婆都是把鸡蛋穗儿盛到两个孩子碗里，自己一点儿都不吃。婆婆的一件衬衣不知穿了多少年，上面打了不少补丁。她给婆婆买了一件新衬衣，打补丁的衬衣婆婆还是舍不得扔，缝缝补补接着穿。有人跟婆婆借缝棉衣的大针，婆婆的大针本来用断了，她说有，回家给你找。她临时去商店买了一根大针，借给人家用。整个家属院里那么多大人孩子，没有一个人不说婆婆好。

丈夫把管玉新的后背拍了拍，轻轻叹了一口气，说妈不容易，你也不容易。都是我们家的家庭成分拖累了你，当初你要是不嫁给我就好了。

话不能这样说，谁也没有逼我，是我自己乐意。当年，管玉新家里比较穷，没有钱供管玉新继续求学。眼看管玉新就要失学，是家里比较富裕的屈家接济了管家，管玉新的学业才没有中断。从高中到大学，管玉新上学的费用都是屈家资助的。管玉新大学毕业时，国家的形势发生了变化，屈家被划成了地主成分，管家被划成中农成分。这时候，管玉新完全可以自主择婚，不必嫁给屈家的儿子屈元林。屈元林比管玉新大五岁，管玉新上大学时，就开始与已经大学毕业留校任教的屈元林通信。信来信往，两个人建立了感情，管玉新还是嫁给了屈元林。给家庭成分是地主的人家当了儿媳，从阶级阵营上划分，就不是革命的依靠对象，不能入党，不能提职，各方面都很吃亏，吃亏就吃亏吧，总是吃亏的人多，占便宜的人少，管玉新认命。

　　管玉新和梅成会做的事到底还是被人发现了。他们在梅成会住的单身宿舍里做过，在厂子外面的玉米地里做过，趁老太太外出买菜，在管玉新家里也做过，都没有被人发现。每次做完，他们都得到一些冒险的乐趣，同时深感庆幸。梅成会欲望很强，要求很多，似乎往"篮筐"里投进多少球都不够。说来他们还是有些欲令智昏，这天下午，一看办公室里其他同事都不在屋，他们两个在办公室就办上了。却原来，是办公室里的其他同事联合起来，设计了一个圈套。他们说是有事，一个一个相继外出。他们并不走远，躲在隐蔽处吊着梅和管的线。等梅在门口观察一番，回身掩上了办公室的门，估计男女二人已做到一处，他们才破门而入，把梅和管逮了个正着。二人并没有完全脱下裤子，只把裤子脱掉一半就做上了。同事们进来时，梅成会竟忘了提裤子，望着同事们傻笑。

　　同事们都很兴奋，办公室里一片喝彩之声，有人说是好球，有人说是好节目，还有人招呼别的办公室的人快来看。

　　那时候，对于婚姻之外的男女关系，有两个比较流行的说法，一说是不正当关系；二说是作风不正。虽然把男女关系说成是作风问题，但处理起来，都是和资产阶级思想、修正主义和阶级斗争相联系，最终都会上升到政治问题。什么事情都怕沾上政治，一沾上政治就闹大了，就严重了。结果是，梅成会受到了党纪处分，还被调到一个比较偏远的煤矿下井挖煤去了。管玉新没受什么处分，也没有从原单位调走，但她的日子也不好过。厂机关政工组、生产组、后勤组老是召开干部联席会，命她在会上做检查，进行斗私批修。她每检查一次都流眼泪，都对自己悔恨无比。可干部们仍认为她的检查不够深刻，没有触及灵魂，对她的检查不够满意。比如有人在会上提问，她和梅成会一共发生了多少次关系？都是在哪里发生的？谁处在主动的位置？

她低着头，说记不清了。

记不清？记不清可不行，说明她的态度不够老实，检查不够彻底，还得继续反省，继续检查。

犯了错误的人，一般来说都不愿继续待在熟人圈子里，想换一个新环境。管玉新也要求把她调到别的单位去。然而，她想离开熟人，熟人们却不愿放她走。斗熟人才有意思，斗熟悉的女人更有意思。要是把姿色不错的管玉新调走，开起会来，连一个批判对象都没有，还有什么意思呢！所以梅成会可以走，管玉新不能走，公的可以滚蛋，母的得留下来。

这样检查来检查去，批判来批判去，管玉新和梅成会做下的丑事不但全厂的职工都知道了，连家属院里的家属们也知道了。她从家属院里一过，大人孩子都像看反派人物一样看着她。有人还指着她发议论，说看见没，就是她，在办公室里跟一个男的干那事，让人家给逮住了。听说还是上过大学的人呢，真不像话！

管玉新的婆婆是个爱干净的人，只要天不下雨，她几乎天天洗衣服。家里没有水龙头，她洗衣服只能到公用的水龙头那里去洗。她洗衣服用的是一只大木盆和一个木头搓板。木盆经常盛水有好处，不致干裂漏水。而搓板用得多了，棱子有些平，衣服一搓一滑，洗衣效果就差一些。洗衣服用水多，婆婆在那里洗衣服，家属院里别的老太太也凑在水龙头周围洗衣服。这天上午，婆婆蹲在木盆边刚开始洗衣服，一个老太太就对她说：你儿媳妇跟一个男的好，让人家逮住了，你知道吗？

婆婆正往一件衣服上打肥皂，衣服有些大，看样子像是管玉新的，她没有抬眼，说不知道。

又一个老太太说：这事儿可是真的，听我们家老头子说，你儿媳妇在厂里挨批判都挨了好几遍了。你可得跟你儿子说说，让你儿子好好管管她。儿女都有的人了，还不扎紧自己的裤腰带，多丢人哪！

婆婆把打了肥皂的衣服在搓板上搓，衣服上搓出一些泡沫，木盆里溅起一些水花儿。

这时金声过来了，喊着奶奶奶奶，人家说我妈是坏人，他们不跟我玩儿。

不要听别人胡说，当妈妈的都是好人。他们不跟你玩，你回家自己玩儿去，等奶奶洗完衣服，带你去苹果园看苹果花儿。

别的老太太听管玉新的婆婆这样护着自己的儿媳妇，把嘴撇了撇，没有再说什么。

这天晚上，管玉新下班回到家对婆婆说，她身体有点不舒服，想睡一会儿。

婆婆见管玉新的眼圈红红的，显然是在外面哭过，她说：睡去吧，等我把饭做好，再喊你起来吃。

婆婆把晚饭做好，盛在碗里，摆在小饭桌上，才对金明说：去喊你妈起来吃饭。

金明来到小屋床前喊：妈，起来吃饭了。

妈这会儿不饿，你们和奶奶先吃吧。

金明对奶奶说：我妈让咱们先吃。

奶奶说：那可不行，你妈不吃，咱们谁都不能吃。钱是你妈挣的，你妈最辛苦了。这是她给两个孩子定下的规矩，饭菜端上桌，必须等人到齐，等大人先动筷子，小孩子才能吃。

金明不敢违背奶奶定下的规矩，只得再次去喊妈起来吃饭：妈，你不起来吃饭，奶奶就不许我们吃。

管玉新只得起来。她的眼圈儿比刚才红得还厉害。她躲在床上大概没睡着，又悄悄流了一会儿眼泪。

不是暑假，不是春节，屈元林却回到家里来了。家属院里的人估计，一定是屈元林听到了什么消息，杀回来跟老婆算账来了。看到屈元林的人说，屈元林的脸子拉得老长，满脸都是杀气。还有人进一步提供证据，说屈元林以前回来，都是提着大包小包，这次回来，不见他带什么礼物，是提着两个巴掌回来的。如果巴掌也算礼物的话，这"礼物"应该是为偷汉子的老婆预备的。不管怎么说，屈家都会有一场热闹好看。家属院里住着上百户人家，房连房，户挨户，一家有热闹，差不多家家都知晓。他们将耳朵像收音机一样打开，谁都不想错过即将到来的热闹。

让他们感到失望的是，屈家风平浪静的，一点儿热闹的信号都没发出。

有人打听出来，屈元林是到附近一个城市出差，顺便回来看看，只在家里住了两天就走了。

屈元林再回来时，身份有所转换。国家形势从河东转到河西，屈元林很快当上了大学的教授，还当上了副校长。为解决夫妻两地分居的问题，由校方出面，把管玉新从矿区调到屈元林所在的城市去了，并安排到一家科研所搞研究工作。接下来，他们的两个孩子也相继考上了大学。

当然，婆婆也跟着他们到城里来了，一如既往地带着管玉新做家务。

婆婆病重时，管玉新端茶倒水，一直在床前伺候。有一天，趁病房里没有别的人，管玉新对婆婆说：妈，有些事我对不起元林，也对不起您，您能原谅我吗？

婆婆的气息已经很微弱，婆婆说：我的孩子，你们总算过成了一家人，过成一家人家不容易，你也不容易。

2014 年 6 月 9 日至 23 日于北京和平里

烟花灿烂

　　雪花漫天落，打工的人遍地走。打工这个词，和打工者一样流行。不管在北京干什么活儿，都可以用打工一言蔽之。在地下挖地道的，说是打工。在足疗馆里捏脚的，说是打工。哪怕是一个在居民小区扒垃圾桶捡破烂儿的妇女，有人问她，在北京干什么呢？她张口就来，打工，到北京打工去了。

　　杨南丰对打工这个说法不是很认同。打架才是打，打老婆才是打，工作就是工作，打个什么劲呢！他认为打工的说法既不准确，也不好听。杨南丰把自己在北京干的活儿说成工作，不管谁问他，他都说自己在北京工作，不说打工。如果有人想问得具体点儿，杨南丰的回答一点儿都不具体，反而更加笼统，他说嗨，为人民服务呗！这不得了，这样回答就有些大了，差不多让人想到了中南海，想到了新华门，问话的人就不敢再问。

　　别的打工者流动性比较强，几乎是打一枪换一个地方，或是换三个地方都打不了一枪。杨南丰把自己与别的打工者相区别，一个重要的理由是，他的工作是固定的，工作场所也是固定的，打一枪是老地方，打一百枪，还是老地方。好比他把第一泡尿撒进一个便

216

池里，撒一百泡尿，还是撒在那个固定不变的便池里。这一点一般的打工者做得到吗？做不到吧！有如此优越的条件吗？没有吧！

一到过春节，大多数打工者就坐不住钓鱼台了，纷纷收起"钓竿"，回老家去过节。而杨南丰在北京工作八年了，每年都是在工作岗位上度过的，从没有回家过过春节。为什么？他的工作岗位重要么，首都人民离不开他么！

过了腊八过祭灶，这年的春节眼看又要到了。春节不仅是一个时间概念，不仅是一个节点，它像是有着动员的力量，一说春节要来，人们都有些兴奋，有些坐不住便桶。夏天小孩子到柳荫公园的水塘边喂鱼，小孩子一把饼干投进水里，红、黄、白、青各色鱼等，便浮出水面抢吃的，把原本平静的水面搅成了一锅乱粥。这里好有一比，好比人们是水里的鱼，小孩子手里拿的饼干就是春节，小孩子一把"春节"投进水里，人们就慌了手脚，乱了阵脚。春节又不是春药，哪至于让人们变得这般模样！可是，不行啊，它的效果或许比春药还厉害，似乎比服了春药还让人来劲。春字下面两个虫，有人甚至把春节说成蠢节，说一到春节人就变蠢。

杨南丰不会变蠢，越是过春节，他的头脑越清醒。怎么，难道他不过春节吗？不是的。大家的时间都是一样的，要过初一，都过初一，要过十五，都过十五，谁都不能逃脱到时间之外。只是呢，他过春节的办法和别人不大一样。他所站的是局外人的立场，所持的是冷眼旁观的态度，不管炮火连天，依然我行我素。举例来说，过春节期间，北京的人家，谁家不放烟花呢，谁家不放炮呢！过年不就是过个热闹嘛，图的不就是发发声嘛，不就是听个响嘛。杨南丰不，他烟花不买，鞭炮不买；二踢脚不买，麻雷子不买；钻天猴不买，坐地炮不买，凡是一点就冒火花，一冒火花就炸的东西，一律不买。

儿子杨展给杨南丰打来电话，说今年要到北京过春节。他们父子好久没在一块儿过春节了，好久没在一起吃过年的团圆饭了，儿子一说出自己的想法，他就说好呀，欢迎你们来！但他随后又说，这个事情我还要和你妈商量一下，等商量有了结果，再答复你们。杨南丰所说的你们，指的是儿子一家三口，其中包括儿媳和孙女。儿子一家也没在老家农村种地，他们也走出了黄泥地，在老家附近的一座煤城工作，生活。杨南丰说是跟妻子商量，其实是先跟自己商量。好多事情都是这样，遇事都是先跟自己商量，跟自己商量得差不多了，再跟别人商量。他问自己：怎么办？

自己的回答：不好办。

怎么不好办？

不好办就是不好办，你自己还不清楚吗！

儿子提出来北京过春节，表明心里想着你，是对你的孝敬，你怎么能拒绝呢？

我也不想拒绝儿子一家到北京来，我也想趁过年享受点儿天伦之乐，可现实的难题摆在那儿，你让我怎么办呢？儿子一家来了，住在哪儿呢？大冷的天，总不能让儿子一家住在露天地里吧！

哎呀，你说的这个难题，的确是一个难题。衣、食、住、行，住排在第三位。人只要活在世上，总是要穿衣，总是要吃饭，总是得有个地方住，总是得行走。孩子大老远地奔你来了，连个落脚的地方都没有，那是万万不可以的。

现成的办法，把你们两口子住的地方腾出来，让你儿子一家住，不就行了吗？

开玩笑，你怎么能想出这样的馊主意呢？打嘴，打嘴！

杨南丰与杨南丰商量的结果，是没有结果。

这就不得不把杨南丰从事的工作简单交代一下。他的工作不能说不重要，但并不复杂，技术含量也不高，也就是在一个人口密集的居民小区看守一间公共卫生间，并负责卫生间的日常保洁。这份工作的收入是稳定的，每月都能领到三千多块钱的工资。他在北京干了一段时间后，在他的召唤下，妻子也到了北京。妻子应聘在一幢高层居民楼打扫卫生，每月也能挣一两千块钱。那么，他们两口子住在哪里呢？卫生间里有一间值班用的小屋，小屋的面积两个平方米多一点，不到三个平方米。小屋里能放下一张单人床，但不能放单人床，如果放一张单人床进去的话，人就没有下脚的地方了，进屋就得上床。他们的办法，是放进去一张简易的折叠沙发。白天立起一半当沙发坐，脚可以放在地上。夜里把立起的一半放下去，就变成了一张沙发床。两口子可以在床上睡觉，还可以干点儿别的什么。

这张折叠沙发不是杨南丰花钱去商场买的，是常年在卫生间门口一侧扎摊收购废品的老侯送给他的。老侯声称，他除了不收活人，不收海洛因，别的什么东西都收，都收得到。一张破沙发，等于是一块不易处理的垃圾，不值几个钱。老侯让杨南丰拿去用吧。杨南丰对老侯说了谢谢。老侯还有话说，他说：沙发床这么狭窄，

219

你们两口子是不是每天晚上都要摞起来睡呢？杨南丰说：睡法各有千秋，这个你就不用管了。老侯想听听杨南丰的"千秋"是什么。杨南丰当然不会告诉他，杨南丰说：睡觉嘛，只要能躺倒，能伸开腿，能闭上眼，就行了，别的没什么。

卫生间再卫生，也是厕所。厕所在杨南丰老家叫茅房。人睡在茅房里，总归不太好吧。让老家的人知道了，恐怕会有人说闲话吧。北京那么多房子，两口子租间房子住不好吗？北京的房子是很多，抬眼就是高楼，仰脸就是大厦。拿这个居民小区来说，除了杨南丰所看守的公共卫生间是平房，周围矗立的都是高楼。高楼高的有二十多层，低的也有五六层。杨南丰租间房子住好是好，可是，哪怕他租一间不怎么样的房子，一个月的租金也得好几千块呀！等于他把挣来的工资都砸在房租里还不太够。不好不好，干工作等于白干，这不划算。金銮殿虽好，那是皇帝老儿住的地方，不是谁想住就能住的。

杨南丰把儿子要求来北京过春节的事跟妻子一说，妻子的态度倒是很明确，说好呀，正好我想我儿子了，也想我孙女了，我正想让他们来呢！妻子的样子不怕儿子一家来北京，像是害怕儿子一家不来北京。

我也想让他们来，可他们来了住在哪儿呢？

你想办法。

我想不出来。

你不是办法多嘛，平时吹得十个八个的，好像一肚子两肋巴都是办法。该你拿办法的时候，你肚子里什么都没有了，都变成尿了。

话不要说得这么难听好不好，我倒是想睡在梁头上呢，这里哪有梁头呢！

你干脆蹲在男卫生间里得了，你从里边把门一插，别人还以为你在拉一个大号的，老也拉不完呢！妻子禁不住笑。

我要是蹲在男卫生间，你就蹲在女卫生间。屎都快憋到屁股门子了，你还开什么玩笑！

妻子说：你不会去租一间房子嘛！

你说得轻巧，年底到了，哪里有现成的房子等你租。等你租到了房子，年早跑得远了。哎，你这一说倒是提醒我了，楼上没房子，楼下面的地下室里应该有房子。不少在地下室租房子的人回家过春节去了，肯定会有房子空下来。咱去那里租一间房子给孩子住，你觉得怎么样？

这就对了嘛！咱们辛辛苦苦出来挣钱为了什么，还不是为了孩子嘛！孩子高兴了，咱们就高兴。孩子不高兴，咱们也高兴不起来。

让他们住地下室，他们不会不高兴吧？

他们要是不愿意住地下室，我去住，让他们住卫生间。卫生间的香味我早就闻够了。

又开玩笑。

旁边两幢高层住宅楼下面都有地下室，物业公司把地下室包给了一个姓牛的东北女人，由老牛负责对外出租。杨南丰对老牛是熟悉的，因为地下室没卫生间，老牛也是卫生间里的常客。杨南丰找到老牛，问地下室有空房子吗？

老牛说没有。见杨南丰面带失望，她问：怎么着，你过年也要改善一下生活吗？

我生活挺好的，改善不改善无所谓。我儿子一家三口今年要来北京过春节，我得给他们找个地方住。

这个事情很重要，孩子奔你来了，没地方住可不行。

我看有的人拉着大箱子走了，他们都没退房吗？

没有，暂时还没人退租。过了春节，他们会回来继续住。

这可难住我了，没想到地下室的房子也这么紧俏。

老牛这才说了一个信息，有一个租户，租的一间房子到期了，没说继续租还是不租，房子倒是在那里空着。

柳暗花明又一村。杨南丰说：那就租给我吧。

老牛问他打算租多长时间。

杨南丰说：一个星期就够了，顶多租十天。

老牛说：那不行，要租的话，最少租一个月。

租一个月多少钱？

都是熟人，我给你优惠价，不跟你要一千了，你给八百就行了。

这么贵？

你要是嫌贵，咱就不谈了。你可以到房屋中介公司那里去看看，他们那儿的房子便宜。

杨南丰知道老牛说的是反话。中介公司挂出的房源都是地面上的楼房，哪套房子的租金不得三千五千，哪有什么便宜可言！他只

222

得咬了咬牙，把老牛说的价钱接受下来。

除夕的前一天，儿子一家到北京来了。这年的北京一冬天都没下雪，干天，干地，还有点干冷。儿媳两个耳朵上各戴了一支毛茸茸的球形的暖耳，把耳朵扩大得有些夸张。儿媳说：北京就是冷，冷死了。

杨南丰说：到了屋里就暖和了，屋里有暖气。他没有把儿子一家往他工作的地方领，直接把他们领到地下室去了。通向地下室的通道是一个长长的斜坡，往下面一看黑洞洞的。儿媳往楼上看了看，以为公爹是带他们往上走，往高处走，却原来，是带他们往下走，往低处走。儿媳有些不大乐意，脚下也有些迟疑，说哟，是地下室呀！说着瞥了一眼自己的丈夫。

我本来想安排你们住宾馆，只是宾馆离我们上班的地方有点儿远，吃饭也不方便。杨南丰赶紧解释说，风吹不到地下室，地下室里更暖和。

儿子杨展问：我妈呢？

你妈还上着班，她下了班就过来，不耽误给你们做饭。你们想吃什么，你妈就给你们做什么。

儿媳说：风是吹不到地下室，所以地下室里空气也不好。

眼看事情有些僵，杨展对妻子说：出门在外，不要那么多事儿。他要过妻子手里拉着的红色拉杆箱，一个人提两个箱子，带头向地下室走去。

地下室里租来的一间房子，杨南丰是按新房的样式布置的。床上的床单、被子，还有枕头，都是新买的，主色调都是粉红色。屋顶的灯泡一照，屋子里的确有些新房的味道和温馨的气氛。加之墙上贴满了拆开的新年挂历，每一张挂历上都印有央视女主播的俏影，好像她们都应邀到这里捧场似的。不过，除了这些表面的东西，屋子别的东西，都是杨南丰从老侯收购废品的摊点上租来的，或以极便宜的价格买来的，其中包括沙发、席梦思床垫、折叠饭桌，还有电视机、毛绒玩具什么的。儿子一家来北京是临时性的，住几天就走了，什么东西凑合能用就行了，没有必要花那么多钱买新家具。

儿媳把房子看了看，只说了一句连个窗户都没有，对房子里的东西倒没有挑剔。她把床铺按了按，按出床铺有一些弹性，就在床边坐下了。

杨南丰老家过春节的传统，对大年三十，也就是除夕，格外重视。除了请灶神，贴门神，贴春联，有什么好吃的，也都是集中在除夕那天吃。北京人对过除夕也很重视，放烟花爆竹，包饺子，吃团圆饭，守夜，所有辞旧迎新的仪式都是在除夕之夜进行。加上电视台有一个一年一度的春节联欢晚会，人们不知不觉间就把自己和"联欢"捆绑在一起，不熬到把新年的钟声敲响，就好像对不起自己。在杨南丰的安排下，妻子把除夕的晚饭准备得相当丰盛，别的凉菜、热菜不说，仅具有家乡风味的扣碗儿就蒸了六个，扣碗儿包括条子肉、小酥肉、黄焖鸡、大块鱼、牛肉丸子等，一闻香味，就唤起了对家乡的记忆。杨南丰买了一瓶北京二锅头，要和儿子喝两杯。他知道妻子、儿媳和孙女都不喝白酒，专门买了一瓶大可乐，准备让她们以可乐代酒，届时全家人共同碰杯。要不是碰杯前出现一点不愉快，他们家过的应该是一个欢乐祥和的除夕。

不愉快的焦点出现在是放炮还是不放炮的问题上。

酒斟满了，可乐也倒上了，杨南丰端起酒杯，刚要以家长的身份说几句祝年的吉利话，儿媳说：爸，咱家还没放炮呢！此刻，外面已是炮声不断，炮火连天，整个北京城开始沸腾起来。他们一家虽然在地下室的封闭空间，虽然看不见烟花开放，但隆隆的炮声仍可以通过地面的震颤，传导到他们的耳膜。

老家的规矩，除夕的晚饭开饭之前，也要放上一挂鞭炮。但这是在北京，不是在老家，杨南丰说：咱家不放炮。

为什么？儿媳的样子有些惊奇。

我来北京七八年了，过春节从来没买过炮，也没放过炮。

儿媳还是问：为什么呢？

杨南丰没解释为什么，他说：咱们先吃饭，等有空的时候，我再跟你们说。

儿媳不举杯，她说：哪有过年不放炮的，连个炮都不放，那还叫过年吗！

这一次杨展没有指责妻子多事儿，他似乎同意妻子的观点，过年是要弄点儿烟花爆竹放一放。平时没有放的机会，过年不放啥时候放呢！

有人给儿媳打来了电话，儿媳接电话声音很大：喂，喂，我听不清你说的啥，你大点儿声好不好。我在地下室，可能是我这边信号不好。跑地下室干什么？你问我，我也不知道。什么什么？你等等，我出来了，我到外边去接。儿媳把手机捂在耳朵上，起身朝门外走去。

电视里在预报，春节联欢晚会很快就要开始。电视机是老款式，荧屏有点儿小。电视的信号也不好，荧屏上不时有"雪花"飘过。说是"雪花"吧，又像是放烟花棒时爆出的"火花"，每一朵"火花"开放时，电视机都会吱啦一下，放出难听的噪音。

杨南丰手里的酒杯不知放下好，还是继续端着好，他对儿子说：以后吃饭的时候最好不要接电话。一个人接电话，一家人都得等她。

儿子说：可能是她妈打来的电话，她不接也不好。要不咱们先吃吧，不用等她了。

杨南丰说：那可不行，吃团圆饭嘛，一个人都不能少。

妻子说：看看，我说让你买点儿炮，你就是不买，吕欣不高兴了吧！

杨南丰这才把酒杯放下了，他放得稍稍有点儿重，以致杯中的酒溢出了一些。放下酒杯的同时，他皱起眉头瞥了妻子一眼，他的意思是警告妻子，大过年的，不要埋怨他，免得惹得他不痛快。

等了一会儿不见儿媳回来，杨南丰说：一个电话怎么打这么长时间！他让儿子出去看看儿媳，让儿媳快点儿回来。

孙女年年说：我也去找妈妈！

杨展拉着女儿的手，一块儿到外面找吕欣去了。

房子里剩下了老两口。桌子上摆着一桌子菜，还有酒，还有可乐。可两口子都乐不起来，有些面面相觑，一时无话可说。对过年放炮的事情，杨南丰是懂得的。从年三十到大年初一起五更，至少要放四次炮。除了除夕吃晚饭前要放一次炮，睡觉时要放关门炮，起床后要放开门炮，吃新年第一顿饺子时还要放贺新春的炮。关门炮和开门炮，放的都是散炮，放三声就行了。而除夕辞旧的炮和初一迎新的炮，放的都是鞭炮，响声持续的时间长一些。在老家时，杨南丰是很爱放炮的，关门炮和开门炮差不多都是由他亲自放。特别是放开门炮，那是有些讲究的。村里谁家起得早，谁家起得晚，一听开门炮就知道了。开门炮规定的是三声，如果只响了两声，或者只响了一声，那就不好了，就显得不太吉利。所以他每次放开门炮时，口袋里都会多预备一枚到两枚炮，如果有的炮因质量问题成了哑炮，他会及时把备用的炮点上，使开门炮达到圆满的效果。有一次放开门炮时，他所点燃的三枚炮只响了两枚，等于只把"门"打开了三分之二。这可不行，他绝不能让邻居听见他家的开门炮只响了两声，也不能让家人在期待中只听到两声炮就完了。亏得他预备的还有炮，他赶紧把炮从口袋里掏出来点响，才使三声炮没有缺声。不管放哪种内容的炮，在老家都有听众，也有观众。在北京放炮，他的听众是谁们呢，他的观众又在哪里呢？放了炮村里人都不知道，他不是等于白放了嘛，钱不是等于白花了嘛。北京有钱的人那么多，买起炮来车拉车载，放起炮来排山倒海。就算他也买点炮来放一放，恐怕连大海中的一个浪花都激不起来，就被起伏的波涛淹没了。为避免被淹没，最好的办法，是一个炮都不放。北京人放炮，他们当一个旁观者就行了。

　　杨展领着女儿找到吕欣，见吕欣已接完了电话，正在外面看北京人放烟花。那是居民小区的一个花园，花园里有一块圆坛形的空地。居民们把成箱的烟花从楼上抱下来，或用大号的塑料袋子把烟花提下来，你方放罢我登场，都在那块空地上燃放。因烟花的种类不同，燃放的烟花由低到中，由中到高，形成了一种立体的效果。在低处燃放的是鞭炮。把一盘五千头或一万头的鞭炮在地上伸展，将鞭梢的捻子点燃，一条火龙便在噼啪声中蜿蜒而去。处在中间位置的是一种会喷花的烟花。金花银花往上喷得有一树高，如同一棵棵开满鲜花的花树。在高处开放的烟花，是用一种助推的小型火箭打上去的。在夜空的背影下，可见一个个蝌蚪一样的红点儿，拖着长长的尾巴，在迅速向高处攀升。当红点儿升到一定的高度，高过了二十多层高的居民楼，随着砰砰的巨响，绚烂的五彩烟花霎时间布满天空。杨展对吕欣说：电话接完了，你怎么还不回去？咱爸咱妈都等着你吃饭哪！

吕欣说：吃饭没那么重要，放炮才重要。

大过年的，不要闹情绪，闹情绪对谁都不好。

谁闹情绪了？我看你爸就是抠门儿。

不知杨展在吕欣的耳朵上说了什么，吕欣说：放屁，我才不稀罕你的炮呢！

好老婆，给你老公点儿面子嘛！好了，走吧，乖，回去吃饭吧。想放炮，老公明天给你买。

咱们来到这儿，炮就该由他们买。

没问题，我跟老头儿说说，让他给你买。

什么给我买，这话我不爱听。难道你不喜欢放炮吗！

说话间，又一枚烟花弹在夜空中炸开。这枚烟花道法自然，模

228

仿的是蜜蜂乱舞的景象。刹那间，仿佛有一万只金色的蜜蜂箭一样上下翻飞。不知"蜜蜂"采到蜜没有，"蜜蜂"散去后，却见空中飘起一只只绣球样的小灯笼。杨展承认，是挺好看的。

杨展一家三口回到地下室，杨南丰不再说祝年的话，只说好，喝酒喝酒，吃菜吃菜！他用筷子指点着，让儿媳吃这个菜，吃那个菜，说这个菜很好吃，那个菜也很好吃。他问孙女：在北京过年好吗？

孙女说：好，天上有小灯笼。

明天早上别忘了给你奶奶拜年，你奶奶好给你发压岁钱。

发多少？

这个先不能告诉你，等你拜了年就知道了。

奶奶是不是要给我发一万块钱？

奶奶咦了一声，说你这个小财迷，你的口比狮子的口还大。

杨南丰等着儿子、儿媳给他敬酒，祝他新年吉祥。儿子、儿媳迟迟不向他敬酒，他只好自己倒酒，自己喝，对儿媳说：你给你爸你妈拜年的时候，替我向你爸你妈问个好，就说我随时欢迎他们到北京来。

儿媳说：他们不愿到北京来，他们听人家说，北京的空气质量不好。

杨南丰本来想说，北京的空气质量是不太好，平常日子还好一些，过年一放炮，空气污染得就更厉害。话到嘴边，他又咽了回去。炮这个字眼目前来说是敏感的，他要是一提放炮，儿媳可能又会不高兴。好像儿媳的肚子里装着不少炮，炮的捻子都支棱着，捻子一点就会响。他只含混地说了一句，天安门还是不错的，值得去看一看。

地下室里住有不少人家，有的人家是放炮的，他们嚷着放花喽，放炮喽，热热闹闹从杨南丰租的房子门口走过，一走出地下室的出口，就在出口前面的一块空地上放起炮来。因离地下室比较近，震得电视里说相声的演员似乎都成了哑巴，只见比画，听不见说的是什么。

儿媳又把问题提了出来：地下室里住的都是外地人，人家怎么放炮呢？

看来这个问题是绕不过去的，杨南丰郑重地说：吕欣你放心，等哪年咱们一块儿回老家过春节，我买上上千块钱的烟花爆竹，在村里好好放一放。我要让村里人看看，你爸这些年在北京干得还可以。杨南丰听说了，这些年外出工作的人春节回老家，放炮放得很厉害，简直把村子当成了放炮的比赛场，看谁家的炮放得大，放得响，放得花样儿多，放得时间长。放炮放的是面子，也是气势，谁都想把面子搞得宽一些，把气势弄得大一些。

吕欣还没说话，杨展抢先把自己的观点说了出来，杨展说：爸，你说的都是老皇历，人到哪儿就该说哪儿的话。咱放炮，是放给自己看的，不是放给别人看的。咱放炮是为自己高兴，别人的态度无所谓。你和妈在北京干了这么多年了，怎么就不能放放自己的炮呢！

杨南丰说：你说放炮是给自己看的，那不可能。房子里又不能放炮，你只要到外面放炮，别人就看得见。

谁想看，就让他看嘛。你看北京人放炮，也可以让北京人看看你放的炮嘛！我们刚才就看了一会儿人家放的"天女散花"，看得我心里直痒痒。

吕欣说：就是，就是。

年年说：我也要放"天女散花"。

妻子说：买，买，明天就买。只要孩子高兴，花多少钱都没什么。

杨南丰思想上还没转过弯儿来，还在为自己辩解。他说：不是花多少钱的问题，我还考虑到，负责在小花园里清理垃圾的是我的一个朋友老于，每年除夕过后，小花园里留下的炮壳子多得都下不去脚。老于夜里两三点就开始清理，到天亮还清理不完。我不放炮的意思，也是想为老于减轻一点儿负担。

年初一上午，杨展一家三口到附近的地坛公园去赶庙会。从庙会上回来，杨展把吕欣、年年送回地下室，自己到街边的烟花销售点买了一大塑料兜子烟花爆竹，提到卫生间爸爸值班住的小屋里去了。杨展对爸爸交代：你对吕欣和年年说，就说这些烟花爆竹是你买的。

杨南丰说：那我给你钱。

儿子说：你给钱，我就要。你不想给，也无所谓。

2015 年 1 月 9 日至 20 日于北京和平里

银扣子

　　在现实生活中，现成的、能够直接写进小说的故事总是很少。我们所写的故事，大都是经过我们绞动脑汁、苦思冥想编织出来的。而关于一枚银扣子的故事，却是一个现成的故事，它起承转合，有头有尾，不用怎么加工改造，就可以搬进小说。当然了，就体量而言，它像一枚小小的银扣子一样，只能构成一篇短篇小说。同样的道理，弄好了，它或许会像银扣子一样，精致而有光彩。

　　关于银扣子的事，我曾在某篇作品里提到过，连我妻子都说她有印象。读者朋友不要以为我没什么可写了，在炒剩饭。不是的，我的写作资源还不到枯竭的时候，没写的素材还有很多。之所以要把银扣子的事作为一个独立的短篇小说写出来，我觉得不写有些亏，对素材是一个浪费。我说在某篇作品里提到过，使用的文字大约只有几十个，对故事的叙述只是一个梗概。写成短篇小说呢，至少要写几千字或上万字，要加入对细节的描写。更重要的是，通过写这篇小说，我想纪念一个人。至于纪念的是哪一个，我先不说，您看到最后就知道了。您说我在卖关子，哎呀对不起，卖关子原本就是小说作法之一法，吃写小说这碗饭的人，谁能不卖一点关子呢！不过，破解关子可不是作者一个人的事，读者诸君须参与进来，承担一份破解的责任。不同的读者，有可能会读出不同的机关来。

闲言少叙，书归正传。有一个少年姓刘，我们姑且称他为刘少年。刘少年十四岁那年，娘送他到镇上的银匠炉当学徒。在此之前，他在村里读过两年私塾，教书的先生是他的姑父。因少年的爹老是去找少年的姑父，让少年的姑父点灯熬油，为其读闲书，以致姑父读闲书花的时间比教私塾用的时间还要多。少年的姑姑听说后有些烦，有些生气，就把丈夫唤回到自己身边，不许丈夫再教书了。私塾停办，少年只得中断学业，学种庄稼。少年的爹对听人读闲书和到镇上听艺人唱小戏比较热心，种庄稼的心却一直热不起来。家里虽然有几亩地，每年的收成却总是不如人。爹干什么干得好，到了儿子这一辈往往不行，总是达不到父辈的水平。而爹干什么不行呢，到了儿子这一辈有可能会得补偿，把父辈干不好的事情干得很出色。刘少年对种庄稼一点儿都不排斥，好像还有点儿喜欢。春播一粒种，秋收百颗粮，他觉得种庄稼是值得的。因爹种庄稼不在行，娘把爹说成是假斯文，二流子，成天把爹埋怨得灰溜溜的。娘对爹的埋怨，无意中对儿子也是一种教育。刘少年暗暗立下了一个志向，他一定要好好地学种庄稼，要成为一个种庄稼的好把式，扭转一下因家里种庄稼收成不好被人家看不起的状况。他还意识到，他是这个家的长子，长子当立，他有责任改变这个家庭的现状。他很快就学会了犁地，耙地，锄地，还学会了育红薯秧，栽红薯，刨红薯，窖红薯。一个人有了志向，跟着志向而来的必定是一股子狠劲。像刘少年这样的年龄，每天早上都愿意睡懒觉。有了志向之后，他的狠劲上来了，不再睡懒觉，每天鸡不叫就起床，到结满桑葚子的大桑树下去拾猪粪。那时候为防备土匪侵袭，每个村子都是封闭的，猪都是在村子里散养。猪们到桑树下去吃成熟后下落的桑葚子，一边吃，一边拉。刘少年瞅准了时机，每天早上都会拾回一筐猪粪。刘少年的狠劲，还表现在他夏天冒着烈日到地里锄地上。赤日炎炎似火烧，盛夏的太阳总是很毒辣，一晒就会烧掉一层皮。刘少年对自己狠，他不怕掉皮。午后村里不少人还在睡午觉，狗还在阴凉处吐着舌头散热，小孩子还在水塘里玩水，他一个人就扛着锄头到赤日下面锄地去了。他头上戴的是高粱篾子编的帽壳，经日晒雨淋，已经破了，遮阳的效果很有限。太阳先是把他的胳膊、后背晒得发黑，发紫，接着就起了一层白皮。他不怕脱皮。蝉要蜕皮，蛇要蜕皮，人一辈子哪能不掉几次皮呢！照这样的劲头干下去，可以预想，刘少年一定会成为一个出类拔萃的庄稼人，他家的田里所种的粮食，单位面积产量定会大幅度提高。

然而，命运不让刘少年留在地里种庄稼，命运对他另有安排。命运总是很厉害，人一出生就搭上了命运的车，谁都不知道命运之车会把自己运到哪里去。刘少年的娘大概看出儿子是一个有志气的孩子，不想让儿子在泥巴窝里种一辈子地。她认为种地不是手艺，种来种去，种不出什么出息。只有学一门手艺，一辈子才可能会有点儿出息。什么算是手艺呢？做木匠活儿，打铁，锢缸锢盆锢碗，戗秤，锻磨，撺炮，刻年画印版，算是手艺。剃头，吹大笛，捏糖人儿，也算是手艺。当然了，到银匠炉当银匠，做银子活儿，是更高级的手艺。刘少年娘的娘家跟镇上的老银匠拐弯抹角沾那么一点儿亲戚，她打定主意，要让自己的儿子到银匠炉去学艺。刘少年的妹妹手上放有一只羊，羊放了一年多，由瘦弱的少年羊长成了身肥体壮的成年羊。刘少年的娘把羊牵到集上卖了，用卖羊的钱去给老银匠送礼。老银匠戴老花镜，留八字胡，是一个寡言的人。刘少年的娘把礼送了一次又一次，把"一只羊"都快送完了，老银匠还没答应收她的儿子当学徒。学徒的人拜师学艺，是要给师傅下跪磕头的。刘少年的娘再次给老银匠送礼时，秋风一阵紧似一阵，她自己几乎给老银匠磕了头。老银匠的口气这才松了一点，他问刘少年的娘：你儿子手脚子干净吗？

刘少年的娘心中一喜，听出老银匠总算开始考察她儿子了。老银匠考察的是她儿子的品性。所谓手脚子干净不干净，是问她儿子偷没偷过别人家的东西。她很能理解老银匠的考察。银匠炉过手的都是银子，加工的都是银子。银子是什么，银子就是钱啊，通用的银圆"袁大头"就是用银子做成的。说白了银匠炉跟银行也差不多，要招一个人到银匠炉当学徒，手脚子不干净可不行。她赶紧对老银匠说：我儿子的手脚子干净得很，用清水泡三遍，洗三遍，都比不上我儿子的手脚子干净。她打了一个比方，说她儿子从人家枣树底下过，如果有熟透的枣子从树上落下来，掉进她儿子的口袋里，她儿子都会把枣子从口袋里掏出来，还给人家。

老银匠把八字胡的一撇捋了一下，又把一捺捋了一下，说：你的话有些夸吧！

我说的话都是实话，一点都不夸。不信你让他到这里学一段

235

儿，你就知道了。

哪天我见见他再说吧。

我明天就带他来见你吧？

老银匠摆了摆手，说不，你不要带他来，让他自己来。咱把丑话说在前头，我要是看他不适合学这门手艺，你就不用再来找我了。

刘少年自己去银匠炉见老银匠，不知老银匠对少年发问了什么，也不知少年回答了什么，反正老银匠答应试用刘少年一年。一年是试用期，也是考验期。待老银匠认为少年经受住了考验，试用合格，才正式举行拜师仪式，收下他这个徒弟。

"一只羊"没有白送，刘少年的娘很是高兴，高兴得像儿子中了举一样。她的娘家在一个小镇上，小镇每逢单日就有集市，每逢集市便有不少人云集到集市上做生意。她从小就在集市上穿行，看做生意的看多了，比单纯的庄稼人多了一点生意意识。她一心一意送儿子到银匠炉学手艺，理想是，等儿子把手艺学到手，也在镇上开一个店铺，做银货生意。她不让自己的后代再当庄稼人了，要到镇上当生意人。在她的想象里，有朝一日，她的儿子也会成为像老银匠那样的银匠炉掌柜，手上开的花是银子，结的果也是银子，家里再也不会为缺钱花犯愁。她见过别的女人戴的银模梳、银簪子、银耳环、银手镯等，她一样银首饰都没戴过。等儿子当了掌柜，她一定让儿子亲手为她打制一只银光闪闪的银模梳，她要天天把银模梳戴在头上。

少年的娘哪里知道，她的儿子要学到一个银匠应知应会的手艺，不是那么容易的，恐怕还要付出很多很多的代价，都不一定能接触到银子，更不要说学手艺了。少年也是到了银匠炉才知道了，老银匠说的试用期，是让他到这里干杂活儿来了，当长工来了。娘给老银匠送礼，不算交学费。他以劳动代学费，先交一年"学费"再说。少年干些什么杂活儿呢？可以说除了有关银子的活儿，不能摸，不能干，别的杂活儿都归他干。挑水，扫地，烧锅，刷碗，洗衣服，倒尿罐子，看孩子，给孩子擦屁股，不一而足。

　　老银匠并不老，还不到五十岁。老银匠的老婆比老银匠还要年轻一些。以前，老银匠家里的杂活儿，还有银匠作坊里的活儿，都是老银匠的老婆干。自从少年来到之后，老银匠的老婆就袖了手，能让少年干的，她就不干了。比如每天早上倒尿罐子，以前都是她倒，现在她不倒了，留给少年倒。她站在门口嗑着葵瓜子，一边吐瓜子皮，一边对少年说：去，倒尿罐子！少年在自己家里不倒尿罐子，尿罐子都是他娘倒。娘把盛满尿水的尿罐子提到地里，倒在麦子地里或菜地里去了。少年不想替老银匠的老婆倒尿罐子，放了一夜的黄尿有些难闻，给人家倒尿罐子也让他觉得有伤自尊。但是，不倒尿罐子就碰不到银罐子，为了能早日碰到银子，早日学到手艺，他一声不吭，就去把尿罐子倒掉了。老银匠家只"种"银子，不再种地。尿水无地可倒，少年只好把尿水倒进街边的公共厕所里。老银匠家的尿罐子与他家的尿罐子也不一样，他家的尿罐子是陶制的，灰突突的；老银匠家的尿罐子是木制的，尿罐子里外都刷了红漆。他家的尿罐子口是蛤蟆大张嘴；老银匠家的尿罐子口有些往里收。木制的尿罐子当然好，冬天蹲在上面撒尿不会太凉。少

237

年把尿水倒掉后，不是把尿罐子送回原处就完了，老银匠的老婆还要让少年把尿罐子刷一刷。刷尿罐子用水塘里的水是不行的，水塘里有小鱼小虾，还有蚂蟥，万一有蚂蟥吸附在尿罐子里就不好了。必须用清水刷洗尿罐子。少年看了看，水缸里的清水已经不多了，于是他挑起水筲，到背街的井口去挑水。挑一担水不够用，他需要挑两担水，才差不多能把水缸灌满。两只水筲都不小，挑水用的钩担穗子也有些长，而少年的个子还没长开，还有些瘦，水筲盛满水后，重担压得少年走起来有些晃悠，水筲几乎碰到了地面。连街面上的人都有些可怜少年，觉得银匠炉上用徒工用得太狠了。少年感到了别人可怜的目光，但他不能让别人把可怜的话说出来。要是听到别人说出可怜的话，也许他会垮下来。他咬紧牙关，提着心劲儿，一趟一趟，日复一日，把清水挑进了银匠炉。

银匠炉承接来料加工。有人拿来了银块子或银圆，指定加工成什么银饰品，银匠炉就给人家加工，只收取加工费。银匠炉承接对现成银饰品的清洗。有的银饰品戴得时间长了，上面生了锈，没了光彩。送到银匠炉一清洗，银饰品就会焕然一新。清洗收取的费用要低一些。银匠主要赚钱的做法，是根据市场的需求，预设性地制成多种多样的银饰品，供顾客欣赏，购买。他们制作的银饰品有银项圈、银锁、银手镯、银铃铛等。柜台里面立有一块木板，木板上钉着钉子，那些银饰品就挂在钉子上，挂得琳琅满眼。顾客想买哪一款，用手一指，老银匠的儿媳就把那一款取下来，拿给顾客看。如果顾客相中了，经过讨价还价，就把银饰品买下来。银匠炉是一家家族式的作坊，在作坊里做银饰品的都是老银匠的家里人。相比之下，刘少年就是一个外人。在老银匠的家人眼里，刘少年就好像是一个入侵者，他们都对刘少年保持着警惕，似乎一不小心，刘少年就会把他们赖以生存的手艺偷走。这天刘少年正在作坊里擦桌子，见老银匠的儿子已把一锭银子在炉子上化开，不知要铸成一件什么银品。刘少年低着眉，装作对铸造过程并不关心，只对擦桌子有兴趣。其实他心里的眼睛大睁着，在"看"银子是怎样变成铸件的。尽管他没有抬眼，老银匠还是不让他待在作坊里，让他带孩子到外面去玩。孩子是老银匠的孙子，才三岁多一点，正是贪玩的时候。刘少年只好领着他的手，带他到街面上看耍猴的去了。

刘少年给老银匠家洗了床单，晒了被子，他并不在老银匠家里睡，还是回到村里自己家里去睡。不管刮风，还是下雨，他都得来回跑。少年给老银匠家烧好锅，帮助老银匠的老婆做好了饭，他并不能在老银匠家里吃饭，还得跑三里多路，回到自己家去吃。老银匠家有米有面，有蛋有肉，做出的饭闻起来很香。少年烧锅时，已是饥肠辘辘。闻见饭香呢，他更是饿得几乎晕倒在锅灶前。老银匠的老婆从不让他吃一口饭，饭一做好，她就挑挑手让少年走了。少年家的生活与老银匠家的生活差得很远，常常是吃了上顿，还不知下一顿吃什么。有时少年中午回到家了，家里还是冷锅冷灶，娘还在为中午吃什么发愁。少年觉得委屈，眼里含了泪。他在银匠炉不含泪，到娘面前，不知不觉就含了泪。含泪的少年有些赌气，他不等娘做饭了，饿着肚子又回到了银匠炉。娘知道儿子心中的委屈，儿子的委屈不在吃没吃到饭上，在于儿子在老银匠家受人奴使，干了那么多的活儿，吃了那么多的苦，还连一点儿手艺都没学到。待儿子晚上回到家里，娘特地从地里扒了一块红薯蒸熟了给儿子吃。娘劝儿子千万要忍着，不管受多少委屈，都要忍着，只有忍到一定时候，才有可能学到手艺。娘不会劝人，翻来覆去只会说一句话：吃不得苦中苦，哪有甜上甜呢！

也许刘少年吃苦吃得差不多了，连老银匠也有些过意不去，少年在银匠炉干满一年之后，老银匠开始让少年接触银子。但拜师仪式尚未举行，少年也不是正式开始学习制作银器的手艺，老银匠让他干的不过是"擦边"的工作。所有的银饰品从模具里取出后，表面都有些粗糙，不是很光滑，需要经过后期的反复打磨，银饰品才会变得细腻光滑起来。还有，银饰品铸造成型后，都乌突突的，没有光彩，需要经过反复擦拭，白银应有的光彩才会焕发出来。老银匠让少年干的就是打磨和擦拭的工作。

手上总算摸到银子了，不管是打磨银项圈，还是擦拭银手镯，刘少年都干得兴致勃勃，又小心谨慎。想到日后要长期跟银子打交道，他见每一样银饰品都觉得有些亲切，拿在手里老也看不够。在擦拭一只银镯子时，趁旁边无人，他把银镯子戴在手上试了一下。他的手腕子有些细，银镯子一戴就戴上了。银镯子就是往手腕子上戴的，手腕子上一戴上银镯子，手腕子果然显得不同些。好比一匹马，没配鞍子前马一点儿都不好看。而戴上了银镯子，好像给马配上了鞍子，马一下子就神采奕奕。不过，他很快就把银镯子从手腕上取了下来。平生第一次戴这么好看的东西，让他觉得有些不好意思，脸红得像初试银镯子的一个少女一样。

现在该说到银扣子了，刘少年命运的转折发生在一枚银扣子上。不知银扣子是为少年扣上了，还是为少年解开了，有一点是肯定的，刘少年的命运因一枚银扣子而发生了改变。

银扣子一共是五枚，是一位财主为他即将出嫁的女儿订制的。双方说好明天上午财主派人到银匠炉把银扣子取走，银匠炉在明天上午之前必须把五枚银扣子的制作任务全部完成。银匠炉赶急活儿赶多了，这份活要得并不算特别急。老银匠亲自动手，在头天下午就把五枚扣子全部制作出来。剩下的事情，就是把五枚扣子逐枚擦拭一下，擦出光亮来，便可以按时交活儿。擦拭不需要多大力气，也无须多少技术，花费的主要是时间和耐心。老银匠要刘少年晚上不要回家了，在作坊里加一个班，连夜把银扣子擦拭出来。

加个夜班不算什么，夜里不睡觉就是了。刘少年认为这是师傅对他的信任，愉快地把任务接受下来。银扣子小小的，比一个人的指甲盖儿大不了多少。也许就是因为小，银扣子显得分外精致，格外漂亮。银扣子分正面，背面。正面是纯粹的白银铸成的，扣面上的图案是缠枝莲。背面镶嵌的是一点红铜，红铜上留了小孔，是穿针线缀扣子所用。正面和背面，白银和红铜，结合得天衣无缝，浑然天成。少年擦拭银扣子用的东西是一块生白布。所谓生白布，是用当地出产的棉花纺成线，织成布，布从织布机上取下来，截取一块，没有洗过，没有浆过，就是生白布。生白布拿在手里绵绵的，软软的，似乎还可以闻到阳光照在棉花朵子上的味道。柜台上放着一盏煤油灯，少年就坐在柜台里面的煤油灯下，轻轻地、反反复复地擦拭着银扣子。

生白布是洁白的，少年用生白布把第一枚银扣子擦了一会儿，

241

还没看出银扣子明显发亮，却见生白布上面有些发灰。比如生白布是一张白纸，拿在少年手里的银扣子是一支画笔，"画笔"画在"白纸"上的画是一点一点描上去的，一开始是浅灰，慢慢地就变成了深灰。随着生白布上的灰逐渐加深，银扣子扣面的光亮就逐渐显示出来。这样给人的感觉，好像银扣子上的光亮不是本身就有的，而是从生白布上借来的，它不仅借了生白布的白，还借了棉花朵子的亮，借了阳光的魂。也就是说，银扣子光亮的生发，是以生白布变灰为代价的。换一个说法，你说生白布是盖在银扣子上的幕布也可以，幕布一揭开，银扣子便闪亮出现在人们面前。

擦拭银扣子，须借助煤油灯和灯光，检验银扣子擦拭得怎样了，也需要在灯光下面进行。为了省油，老银匠把煤油灯的灯头弄得很小，如一粒小小的黄豆。"黄豆"顶在灯芯子上，颤颤巍巍的，似乎随时都会掉下来。还好，"黄豆"像是玩杂技的高手，总算没有从高处掉下来。少年把银扣子擦拭一会儿，就把银扣子拿起来，凑近灯光照一照。顶在灯芯子上的"黄豆"是一粒，映在银扣子里的"黄豆"也是一粒。待把银扣子擦拭得像一面小镜子一样，映在"镜子"里面的"黄豆"比顶在灯芯子上的"黄豆"还要饱满，还要光鲜，这枚银扣子就算擦拭好了，可以擦拭下一枚。

少年穿的是粗布衣服，扣子和扣鼻儿也都是用粗布折成的布条做成的。他从没有把银扣子和自己的衣服联系起来，没想过把银扣子缀在破旧的衣服上是什么样。什么样的衣服才配得上这么好的银扣子呢？当然是绫罗绸缎做成的嫁衣。什么样的姑娘才配用这样精美的银扣子呢？当然是有钱人家的姑娘。手上捏着银扣子，少年难免把那个不知名的待嫁的姑娘想象了一下。他一想二想，老也想象不出那个待嫁的姑娘长什么样，却只把缀在姑娘衣服襟子上的银扣子想象到了。"看到"五枚银扣子在姑娘衣服上闪闪发光，他心里有些美，真想告诉别人，银扣子的光亮还是他擦拭出来的呢！

后半夜起了风，大风把外面的街筒子吹得呼呼响。银匠炉的店铺打烊时，门口是把一块块活动的门板拼接起来当门用的。门板与门板之间拼接得并不严密，风把头一偏，就可以钻进来。当一股风钻进来时，波及了煤油灯的灯头，灯头摇晃得更厉害。季节到了霜降，天气一天比一天寒。少年禁不住打了一个寒噤，身上感到了阵阵寒意。少年穿得有些薄，下面只穿了一条夹裤，上身只穿了一件夹袄。夹袄是他们这里特有的说法。一般来说，凡是叫袄的衣服，里面都应该套有棉花。可他们这里的夹袄，夹层里一点儿棉花都不套，只有薄薄的两层棉布。拿少年穿的夹袄来说，他的夹袄内层麻麻花花，薄得不能再薄，是靠一块块同样很薄的补丁连缀起来的。那么，他夹袄的外层应该完整一些吧，应该讲点儿面子吧？可是也不行，外层也是补丁连补丁，比内层好不到哪里去。有的补丁也破了，就那么鲇鱼的嘴巴大张着，像是一口接一口喘气。这样的夹袄亏得里面没套棉花，要是套了棉花的话，不知"开花"会开成什么样子呢！老银匠的老婆对少年穿得如此破烂很看不惯，不知对少年撇了多少次嘴。她悄悄对老银匠说过，说少年穿得像个叫花子。她也对刘少年说过，让刘少年的娘把刘少年夹袄上的补丁再补一补。刘少年的娘也想给儿子的夹袄补上一些新的补丁，可补丁需要的是布，而不是树叶儿，家里哪儿找得出一块可以作补丁

243

的布呢。小洞不补,大洞一尺五。有些事情可能就出在破绽的补丁上。这是后话。

擦拭到最后一枚银扣子时,少年的瞌睡袭来了,两只眼的上下眼皮先是发涩,然后像抹了胶一样,老是往一块儿黏。眼皮一黏到一块儿,他的头就往下一磕。头差点磕在柜台的台面上,他惊了一下,就醒了过来。他意识到自己困了,对自己说:这不好,这不好,活儿还没有干完,怎么能睡觉呢!他把精神像打懒牛一样打了打,把精神打起来,继续擦拭银扣子。不料困是很厉害的,困压过来了,人很难抗拒。人说死最厉害,人到该死的时候,谁都扛不住,谁都躲不过去。岂不知困也相当厉害,人到该睡觉的时候,自己也很难控制自己。如果睡觉有一个开关的话,你不把睡觉的开关关上,到了一定的时候,它自己就把开关关上了。和死相比较,死是第一厉害,困就是第二厉害。不过,死的厉害只厉害一次,而困的厉害是经常性的厉害,是日复一日的厉害。少年又把银扣子擦拭了一会儿,瞌睡再次袭来。他有点生自己的气,在心里对自己下命令:不许困,再困我揍你!他想起了头悬梁锥刺骨的说法,仰脸把梁看了看,低头把自己的大腿也摸了摸,心说没那个必要吧。然而当瞌睡第三次袭来时,他再也抵抗不住,头一瘪,就趴在柜台上睡着了。

是公鸡打鸣把他打醒的。老银匠家的后院里养的也有一只公鸡,公鸡的打鸣声像号角一样嘹亮。他激灵一下,脑子像水洗一样,彻底清醒过来。醒过来的第一反应是接着擦拭银扣子。可是他手上空空的,银扣子不见了。他看了左手,又看右手,左手五根手指头一根不少,右手的五根手指头也一根不缺,独独不见了银扣子。已经擦拭好的放在旁边的银扣子是四枚，他数了数，还是四枚，一枚都不多。第五枚银扣子到哪里去了呢？银扣子是金属制品，又没扎翅膀，又不会飞，它能到哪里去呢？一觉醒来，少年应该感到冷，可他一着急，身上竟忽地出了一层汗。煤油灯里的灯油经过一夜煎熬，所剩已经不多。可小小的灯头还亮着。它不再像是黄豆，像是一个未曾熄灭的梦，"梦"显得有些朦胧。店铺里还是黑的，他端起"梦"来，在柜台后面的地上寻找。银扣子既然不在台面上，很可能是睡着时一松手，银扣子掉在了地上。他把地上照了一遍，没有发现银扣子。找东西是一种想象，找东西的过程也是一种想象的过程。在他的想象里，带有弹性的银扣子落地时会弹跳一下，一跳有可能会跳到柜台下面。于是他双膝跪在地上，用"梦"往柜台下面照。按他的想象，银扣子就在柜台下面藏着，银扣子的样子有些调皮，他照到银扣子时，银扣子还眨着眼冲他笑。他伸手就把银扣子捏住了。事实没有跟着他的想象走，柜台下面的地上只有灰尘，连一点闪光的东西都没有。

老银匠是个习惯早起的人，鸡叫第二遍时，少年听见了老银匠的开门声。少年一惊，拿起笤帚，装作开始扫地。他把希望寄托在扫地上面，看看通过扫地式的搜索，能不能把银扣子搜出来。

老银匠通过店铺的后门，走到店铺来了，他问少年：扣子都擦好了？

擦好了。

怎么只有四颗，那一颗呢？

可能掉在地上了，我正在找。

那你赶快找出来吧，取扣子的人一会儿就来了。擦扣子的时候，你是不是睡着了？

少年没敢承认他睡了觉。他的头一蒙，突然间觉得自己的头变得很大，大得像一只斗。头突然间又缩小了，小得像一枚银扣子。

老银匠的脸越拉越长，八字胡也似乎越来越浓重，他问：昨天晚上屋里进来过老鸹吗？

没有，我没看见老鸹进来，我敢保证……

银扣子没被老鸹叼走，那会被谁叼走呢！五颗扣子缺了一颗，你让我跟取扣子的人怎么交代！银扣子又不是金扣子，一颗银扣子值不了多少钱。

刘少年听出了老银匠对他的怀疑，眼里即时涌满了泪水。他让老银匠搜他的身吧。他夹袄上没有口袋，夹裤上也没有口袋。如果两只鞋算两只口袋的话，他把两只布鞋都脱下来了，口朝下磕给老银匠看。两只光脚丫子从布鞋里拿出来后，鞋壳里空空的，什么东西都没磕出来。

老银匠表示不会搜刘少年的身，说搜身没用。

银扣子确实找不到，老银匠对刘少年说：你走吧，你可以走了。老银匠还对刘少年说：你再也别到银匠炉来了，我可不敢收你这样的人当徒弟。

刘少年回到家，只说在银匠炉干了一夜活儿，没跟娘说他弄丢了一枚银扣子的事。娘让他吃早饭，他不吃，躺到床上蒙头睡觉去了。该吃午饭了，他还不起来吃，他说他不饿。不饿也得起来，再睡就把天睡黑了。不想吃饭可以，学徒必须学下去。学手艺跟上学识字一样，功课一天都不能落。娘让少年尽快回到银匠炉那里去。娘似乎看出了儿子的情绪不大对劲，问儿子：没出什么事吧？你没跟师傅闹气吧？这本来是他和娘沟通的一个机会，也是对娘诉说心中委屈的一个机会，可他犹豫了一下，像是怕娘生气似的，把机会放弃了，他说没事儿。这样，等于他自己把自己放到了一个墙角，后面无路可退。

天下起了小雪。临出门时，娘让他把夹袄脱下来，给他换上了一件拆洗过的棉袄。他走走停停，仰脸看一会儿落雪的灰色的天空，又看一会儿茫茫的旷野，还是走到了镇上。他不会再到银匠炉去。老银匠说了那样的话，他怎么好意思再踏进银匠炉呢！少年在街上走来走去，走到了一个走投无路的境地。

天将晚时，少年在街头看见两个穿军装的人，打着小旗，在那里招兵。少年从没想过去当兵。好铁不打钉，好男不当兵，这种说法在当地流传甚广。当银匠是没戏了，不当兵当什么呢？在目前这种情况下，当兵或许是一条出路。他鼓起勇气对招兵的人说：我想去当兵行吗？人家把他打量了一下，说他个子太矮了，人也太瘦了，恐怕马上上不了战场。

人家没答应招他，他并没有走，一直站在那里看着。尽管招兵的人说到了军队有吃有穿，半年之后每月还发钱，应招的人还是不多，他们一共才招到了两个青年。

招兵的人带着两个青年往县城走时，少年在后面跟着。大概因为招兵的人没招够人数，想拿少年充一个数，没有撵少年回去。

少年的娘两天不见少年回家，第三天到银匠炉问情况。这一问，少年的娘大惊失色，银匠炉的一颗银扣子不见了，她的儿子不见了。老银匠话里藏话，说银扣子可以换盘缠，有的人有了盘缠，就可以往外走。少年的娘不相信她的儿子会拿走银扣子，她痛痛地哭了一场。

那枚银扣子还是一个悬念，它到底到哪里去了呢？

有一天，少年的娘要把少年留在家里的夹袄洗一洗。搓洗的时候，她觉出有个硬硬的东西硌了一下她的手。什么东西呢，可能是一颗杏核吧？她从一个开了口的补丁里把硌她手的东西剥出来，呀，天哪，是一颗银扣子。别看银扣子湿了水，看去仍光彩熠熠。一见银扣子，当娘的叫了一声我的儿，眼泪就下来了。不用说，是儿子夜里擦扣子时，一打盹，一不小心，扣子就掉进补丁的缝子里去了。该死的烂补丁，真是害人不浅哪！

少年的娘为证明儿子的清白，赶紧把那颗银扣子送回了银匠炉。

直到两三年之后，少年给家里写了信，家里人才知道他到外边当兵去了。

小说写到这里，前面所说的关子就可以解开了。少年当了二十多年兵，从少年当成了青年，又当成了壮年。他很幸运，那时兵荒马乱的，他不但没死在战场上，还当上了一个小军官，并在外地娶了太太，生了孩子。

他，就是我们的父亲。

2015 年 1 月 25 日至 2 月 10 日于北京和平里

杏花雨

　　这年的立春和春节没有合上拍，立春立得早，春节来得晚，春天早就化好了妆，节日的锣鼓还没敲起来。这样也有好处，等春节终于闪亮登场时，天气已经不太冷。往年过春节，天也寒，地也冻，早上锅里碗里都结有冰碴子。这年过春节，云也开，河也开，处处暖意融融。

　　院子里有棵老杏树，安子君带女儿从北京回老家过春节，一进院子就把杏树枝头的花苞苞看到了。杏树哪里都不去，无论她走到哪里，杏树都一直站在老地方等她。只要她回到老家，杏树总是一如既往地欢迎她。杏树所举的虽说不是盛开的鲜花，但满树颗粒饱满的花苞苞也足以让她心生欢喜。她走到树下，仰脸把数不清的花苞苞欣赏了一下，见每粒花苞都毛茸茸的，花苞的顶端都露出了一点胭脂色。莫道杏花无动静，胭脂一点报消息。照这样的势态来看，说不定在过节期间，或一场春雨后，杏花就会嫣然开放。

　　果然，过罢春节，当安子君携女儿再次辞别父母离家北上时，杏花已经开了一朵，两朵，三朵。她一步三回头，对杏花有些不舍。春雨细如愁，她没有把雨伞撑开。母亲让她把雨伞打起来吧，她摇头，说不用，任细雨落在她的头发上，落在她的衣襟上。

在行进的列车上，安子君收到了董云声发给她的一条短信：子君，我爸去世了！安子君看了短信，像是把董云声爸爸的样子简短回忆了一下，没有显得太吃惊，也没有给董云声回短信。车窗外的小雨还在下，遍地刚返青的麦苗一片油绿。停了一会儿，董云声又给安子君发来一条短信：我再也没有爸爸了，我心里好难过，我该怎么办呢？子君，你安慰安慰我吧！

人死如流水，一去不复回，安子君不知怎样安慰董云声才好。她由董云声的爸爸联想到自己的父亲，反正她父亲的身体挺好的。父亲树要自己栽，鱼要自己逮，一个人掀翻一头肥猪还不成问题。除夕那天，父亲还亲自下灶，为她烧了一道她最爱吃的臭鳜鱼。董云声死了至亲的人，老不搭理人家，似乎也不合情理。安子君想了想，还是给董云声回了一条短信。在信中，她除了按常规礼节说了节哀之类的话，还对董云声说：谁的孝谁戴，求人不如求己。遇到这样谁终究都会遇到的事，别人都不能代替你，也无法安慰你，只能是你自己安慰自己。

安子君和女儿在北京租住的是一间高层居民楼的地下室，她们和众多住在地下空间的人们一起，被说成是"地下一族"。同是一幢楼，人家进楼是往高处走，她和女儿进楼是往低处走。离地下室出口不远处，建有一个小花坛。在花坛一角，也有一棵杏树。杏树不大起眼，住在高处的人眼高，也许会对杏树忽略不计。而安子君所处的位置低一些，杏树在她眼里还是高的，她每次从地下室里走出来，都愿意仰脸把杏树看一看。更深层的原因或许是，她小时候在老家院子里看杏花看惯了，心里有眼里就有，到哪里只要看到杏树，心里一明，就格外留意。她老家在长江边，那里的春暖早，杏花自然也开得早。北京在长城边，杏花就开得迟一些，大约会比老家的杏花迟开六七天吧。安子君注意到了，北京的杏树枝头也在喷码儿。喷码儿不是北京的说法儿，是她老家的说法儿。好一个喷字，无声胜有声。等码儿喷得差不多，接下来就该喷花儿了。如果以杏花开作为春天的标志的话，她在老家过了一个春天，到北京可以再过一个春天。

晚上，董云声给安子君打来了电话，希望安子君能跟他一块儿回一趟老家，跟他爸爸作最后的告别，为他爸爸送葬。安子君给董云声回过短信后，以为事情已经过去了，董云声的爸爸已经远行。听董云声的意思，事情还在那里摆着，还有一些后事需要办理。安子君一听董云声的电话就有些不悦，说话就有些急，她说：那不可能，我算老几？她没说董云声算老几，眼睛向内，说自己算老几。安子君这样说，因为一年前他们已经解除了婚约，不再是夫妻关系。那，他们现在是什么关系呢？按安子君的说法，她和董云声现在的关系也就是路人之间的关系，大路朝天，各走一边，谁都不必再搭理谁。试想想，如果跟一个路人去参加路人爸爸的葬礼，那成何道理！

你是我女儿董泉的妈妈呀，这一点你不能不承认吧！董云声说。

安子君不想承认也不行，她单方面生不出女儿，女儿的确是属于他们两个人的，这是永远都不可能改变的事实。还有，为了保护

251

女儿的心灵不受伤害，他们离婚的事儿没让女儿知道，一直对女儿瞒得严严实实。董云声还负着抚养女儿的责任，每个月都会按时打到安子君银行卡上一千元钱。女儿董泉呢，也会经常说到爸爸。安子君在有些事情上一不高兴，董泉就会说，她想爸爸了，她要去银川找爸爸。可安子君对董云声说：一码儿归一码儿，这是两码儿事。你不要把两码儿事混为一谈。

董云声说：任何事情都不是孤立的，码子与码子之间都是有联系的，不可能分那么清。有时候要一分为二，必要的时候还要合二为一。你实在不愿意跟我一块儿回去也可以，我不勉强你。我带董泉一个人回去就行了，让董泉见她爷爷最后一面。

女儿可是安子君的心尖子，像是她生命的一部分，从女儿出生，到如今女儿长到五岁多，她从没有让女儿离开过自己。若是让董云声把女儿带走，带到一个陌生的地方，去参加一场悲哀的活动，那是不可想象的。安子君对董云声说：亏你想得出来，我怎么可能会让你把我女儿带走呢！你要弄清楚，董泉的法定监护人是我，是安子君，而不是别的任何人。

这我都知道，我非常尊重你，也非常感谢你，可是……

你不要跟我说可是，可是可不是，现在跟我说可是是没有意义的，可是后面构不成任何转折。

董泉可能从妈妈的手机里听见了爸爸的声音，她看着手机问：是爸爸打来的电话吗？还没等妈妈回答，她就大声喊：爸爸爸爸！

董云声在手机里听到了董泉的声音，他说：我听见董泉喊我了，让董泉跟我说句话可以吗？

安子君赶紧把手机捂在耳朵上，免得女儿听见董云声说的话。她没让董云声跟女儿说话，却对女儿说：好好在屋里看书，不要出去！地下室信号不太好，我出去接个电话就回来。说罢，带上门就出去了。她一边沿着长长的地下通道往上走，一边继续和董云声说话：咱事先达成的不是有协议嘛，要互相尊重，互相理解，互不干预对方对今后道路的选择，互不干扰对方的生活。你这是干什么？要撕毁协议吗？

　　实在对不起，这不是特殊情况嘛！死去的可是我亲爸爸呀，我想我此时的心情你一定能够理解。谁没有爸爸妈妈呢！

　　在地下室的出口停下来，安子君听出董云声的声音不大对劲，像是双重的声音，既像云中的声音，又像耳边的声音，这是怎么回事呢？带着疑问她不由得往小花坛那边看了一眼，见花坛一角的杏树下立着一个人，也在打电话。那个人的身影有些熟悉，安子君再一看，那个人不是别人，正是董云声。自从和董云声分手后，董云声只身一人离开北京，去了银川，她和董云声已经一年多没见面了。不用说，董云声得到他爸爸去世的消息后，已匆匆从银川赶到了北京。董云声没敢贸然走进他们共同住过的地下室的小屋，就先用电话跟她联系。董云声身旁立着一只大号的拉杆箱，拉杆箱的拉杆没有合进去，两根金属拉杆还是拉出的状态。董云声就那么一手握着拉杆上面的手把，一手在给她通电话。这事情意外吗？好像一点儿都不意外。在这个充满意外的时代，什么意外的事情都有可能发生。而意外多了，什么意外都不算意外，都变得很普通。好比移动电话的普遍使用，使人与人之间变得很近，又很远。说很近，是说两个人哪怕相距千里万里，电话一打，就互相听到了对方的声音。说很远呢，是说两个人哪怕近在眼前，电话信号也要先传到卫星上，在无垠的天空中绕一个很大的弯子，再反射回来，才能送进对方的耳朵。董云声和安子君目前的情况就是如此。

几乎在安子君看见董云声的同时，董云声也看见了安子君，他们都把手机从耳边放了下来。居民小区的路灯不是很亮，他们两个人又都是在暗影里，身影有些朦胧。春天的潮气从地下往上涌，地面显得湿乎乎的。一位提前穿了短裙的摩登女士，边快走边对着手机大声嚷：休想，休想，你就死了你那颗狼心吧，我早就把你看透了！安子君和董云声没有往一块儿走。他们刚才还在电话里隔空交涉，这会儿竟突然间无话可说。不说难，说亦难，是两难。不走难，走亦难，还是两难。两难复两难之际，若不是董泉等妈妈等不及，从地下室里走了出来，说不定安子君会转身走进地下室，把小屋的门对董云声关上。董泉从地下室里一走出来，局面顿时不大一样。董泉看见了爸爸，欣喜异常，叫着爸爸爸爸，蝴蝶一样张着双臂，跑着向爸爸扑去。

董云声一下子把董泉抱了起来，说我闺女又长高了，爸爸好想你呀！

我也好想你，我都想死你了，你怎么老也不回来呢！董泉像是怕失去爸爸似的，把爸爸的脖子搂得紧紧的。董泉又把爸爸的脖子松开了，两手捧着爸爸的脸，在爸爸腮帮子上亲了一下又一下。

安子君哎呀了一声，说行了，行了，我说了不让你出来，谁让你出来的！你这孩子，就是不听话。

孩子的作用是强大的，孩子总是父母之间的桥梁、纽带和黏合剂。孩子一出来，他们就把注意力转移到孩子身上去了。既然离婚的事一直瞒着董泉，他们就得做出还是夫妻的样子，把戏接着演下去。如果说他们曾经的夫妻戏是纪实版，干得真枪实弹，那么他们目前的夫妻戏就是虚构版，演得有些貌合神离。虚构的东西需另起炉灶，比纪实的东西要来得艰难。好在他们两个都不愿意当主角，不约而同地把主角的位置让给了董泉，跑龙套似的一切围绕着董泉转。刚来到地下室的小屋，董云声就把拉杆箱打开了，一样一样往外给董泉掏礼物。那些礼物有裙子，有玩具，有画书，还有食品，都是董泉所喜欢的。每得到一样礼物，董泉都高兴得近乎欢呼。

不管如何，董云声对董泉还算不错，让安子君无可挑剔。不过，安子君可高兴不起来，她看得有些眼冷。

不要以为小孩子什么都不懂，小孩子有时是敏感的。董泉问：妈妈，你高兴吗？

只要你高兴，妈妈就高兴。你说谢谢爸爸了吗？

董泉说：谢谢爸爸！

董云声说：自家的闺女，不用谢。

董泉问爸爸：你给妈妈买礼物了吗？

还没等董云声回答，安子君先答：妈妈什么都不要，妈妈只要你。有了你，妈妈什么都有了。

爸爸，你这次回来，是带我去银川吗？

不是，爸爸这次是带你回咱们的老家。

是长城外古道边的老家吗？

我闺女记性真好，爸爸只跟你说过一遍，你就记住了。

我还会唱长城外古道边的歌呢！

董云声没让董泉把歌唱出来，他说：我这次带你回老家，是因为你爷爷死了。

我爷爷是谁？在董泉还不会走路的时候，董云声和安子君曾抱着董泉回过一趟董云声的老家，董泉对老家的爷爷奶奶都没有留下什么记忆。从那以后，董云声再也没带董泉回过老家。

你看我闺女，连自己的爷爷都不知道是谁。你爷爷就是我爸爸呀！我爸爸死了，是昨天夜里死的。

我爸爸没死，我不让爸爸死。

你爸爸也会死的，只是暂时还没有死。董云声说着，看了一眼正在看电视的安子君，见安子君也在用眼角瞥他。安子君拧着眉头，目光有些严厉，意思是说，什么死呀活的，孩子还小，你少跟孩子说这个。

有些细节是可以想象的，而有些细节想象得太细也不好。当晚，不知董云声对安子君说了什么样的软话，做了什么样的动作，给了什么样的许诺，反正安子君松了口，答应第二天一早，就带着董泉，随董云声到董云声的老家去奔丧。也许他们的离婚是以协商的方式进行的，彼此并没有造成很深的伤害和裂痕，对有些事情还留有回旋的余地。还有一个原因不能不说，那就是，他们离婚的事不但没对董泉说，也没对双方的父母说。结婚，由他们自己承担。离婚，也是由他们自己承担。不管是穿鞋还是脱鞋，都是他们两个人的事，没必要让家里人为他们多操心。也就是说，在安子君父母心目中，董云声还是他们的女婿。在董云声父母的心目中呢，安子君还是他们的儿媳妇。如今公爹去世了，当儿媳妇的倘若不露面，大面上无论如何都说不过去。

董云声的老家不像安子君的老家，安子君的老家在农村，董云声的老家不在农村。要说董云声的老家在城市，恐怕也有些勉强，因为董云声的老家在山窝里的一个矿区。矿区周围除了连绵的群山，就是众多的农村。矿区好比是外来的城里人插进农村的一只脚，一抬脚就到了农村，不抬脚也被农村包围着。什么树开什么花，什么土地长什么庄稼。煤矿既然开在了这个山窝窝，入山随俗，其婚丧嫁娶的文化和礼仪就难免会染上当地的色彩。董云声爸爸妈妈所住的两间平房是早些年自建的，与一大片低矮的房子连在一起，构成所谓棚户区。董云声他们刚走进棚户区的入口，随着一声高喊：老三一家回来了，起乐！唢呐、笙管便吹奏起来。吹奏者吹奏的曲调一点儿都不复杂，高上来，低下去；低下去，又高上来，跟人类的哭声差不多。吹奏者吹出的音响一点儿都不华丽，朴素得甚至有些沙哑。但正是这样的音响，直入肺腑，直抒胸臆，有着催人悲痛的效果。董云声的眼圈开始发红，安子君的眼里也有了湿意。

棚户区的夹道内白影憧憧，董云声的哥哥、嫂子、姐姐、妹妹等迎上来，不由分说，就用孝布把董云声、安子君和董泉扎裹起来。顷刻间，他们被穿上了孝服，戴上了孝帽，扎上了孝带，几乎都变成了雪人。

安子君哪里感受过这样的气氛，哪里见过这样的阵势，她有些不大适应，还有那么一点抵触情绪。她的头脑是清醒的，知道自己已经不是董家的儿媳妇。但她得做出还是董家儿媳妇的样子，对董家安排的一切不能拒绝，不能流露出任何别扭的情绪，只能是接受和配合。

爸爸的尸体在屋当门的一张小床上停着，董云声见爸爸的脸色是黑色的，黑得像一块刚从矿井下采出的原煤。爸爸挖了一辈子煤，刚退休就得了尘肺病。煤尘沉淀在爸爸的肺叶子里了，使爸爸的肺似乎也变成了两块煤。爸爸的肺失去了呼吸功能，连被称为严重污染的最糟糕的空气爸爸都呼吸不成了。以致爸爸连睡觉都无法正常睡，只能坐着睡，或跪着睡。最终，爸爸还是被活活憋死的。董云声叫了一声再也不会答应的爸爸，就跪在床前的地上哭起来。他双膝跪地，双手支地，连头也抵在水泥地上，一边哭一边磕头。他们这里雨水不是很充沛，但到了夏天，山洪暴发的情况还是有的。雨水在山上越聚越多，就会顺着山沟倾泻而下，形成山洪。山洪在下山过程中，众多支流式的山洪都会积极响应，参加进来。很快，山洪就形成了奔腾咆哮之势，不可遏止。董云声的大哭恰似山洪暴发，呈现的也是不可遏止之势。他浑身抖索，失声号啕，泪水奔涌，显示出前所未有的悲痛能力和悲痛能量。

董云声自己的耳朵听见了自己的哭声。如果自己的哭声也是一种动力的话，他像是从哭声中获得了新的动力。这种动力推动着他，使他在为苦命的爸爸痛苦的同时，也在为自己痛哭。董云声在某个沿海城市大学毕业后，选择的第一个目标就是去北京，一心要在北京找工作，找对象。他在北京一家公司找到了工作，一个月可以挣三千多块钱。在业余时间，他用撒网的办法在网上找对象，最后网住了美丽的安子君。和安子君成家后，他春风得意，踌躇满志，决心靠自己的奋斗让心爱的子君过上幸福的生活。他们的打算是，在北京买一套房子，而后再买一辆汽车。为了多挣钱，董云声跳了一次槽，又跳了一次槽。可他每次跳槽的效果都不理想，"槽"里都没有多少薪水可涨。照这样算下来，把二十年的工资攒到一起，都不够买一间房子，更不要说买汽车。生下女儿董泉后，为了有一个固定的住所，他们不得不在阴暗沉闷的地下室租了一间屋子。这时，随着生活往"低处"走，安子君对他的热情也开始降低。安子君先说自己瞎了眼，后来就说他徒有其表，上了他的当。有一次，因他嫌安子君买的一样东西太贵了，安子君就跟他翻了脸，提出和他分手。如果安子君提一次两次也就罢了，此后安子君像是把分手的话挂到了嘴边，越提越频繁。董云声也是要面子的人，脸上一挂二挂挂不住，也是一气之下，就答应了安子君的要求。

听一个亲戚说，银川的生意比较好做，董云声就去了银川。他在银川找到的工作是在一家快递公司当快递员，每天骑一辆箱柜式电动三轮车，穿行在大街小巷，给人家送快递。作为一名学经济管理的本科毕业生，当快递员只是他的权宜之计，他的目的是尽快积累一定的资本，办一家自己的快递公司，自己当老板，自己管理公司。为了多挣钱，他每天早出晚归，跑得马不停蹄。就说今年过春节吧，别的快递员都回家过年了，只有他一个人还在奔忙，连除夕和大年初一都不休息。为了省钱，他对自己很是苛刻。饿得不行了，他常常是泡一碗方便面充饥。鞋底子磨穿了，他舍不得买新鞋，就到垃圾堆里拣一双人家丢弃的旧鞋穿。爸爸那一辈是不容易，别人哪里知道，到了他这一辈，过得也很不容易，也有道不完的委屈，连老婆孩子都保不住啊！董云声从没有这样哭过，这一次他是彻底放开了。如果为爸爸而哭只是由外而内，到了为自己而哭，就变成了由内而外。谁都是一样，只有从内心生发，只有为自己而哭，才会哭得这样持久，这样惊天地，泣鬼神。爸爸死了，他把自己所有的痛苦都集中在一起，干脆也哭死算了。

董泉被吓坏了，见爸爸跪地大哭，她吓得也哇哇大哭起来。她还没有痛苦的概念，的确是害怕。她以前没见爸爸哭过，爸爸突然间这样大哭，一定是遇到了危险。爸爸的危险就是她的危险，她只能跟爸爸一起面对危险，一起大哭。爸爸哭的是爸爸，她喊着爸爸，爸爸，哭的也是爸爸。

安子君怎么办？来之前，她没打算下跪，没打算哭，要保持自己的形象。按她的设想，她给董云声一点面子，配合董云声走一下过场，也就完了。她万万没有想到，董云声上来就给她来了这一手。以前，董云声在她面前以硬汉子自居，遇事极少掉眼泪。她看书掉眼泪，看电视剧掉眼泪，董云声还笑话她泪窝子浅，泪水子多。她和董云声办离婚手续的那天，董云声的情绪虽说有些低落，但一滴子眼泪都没掉。看来董云声并不是不会哭，也并不是不会掉眼泪，他一哭竟哭得这般霹雳闪电，一流泪竟流得如此泪水滂沱。安子君见不得别人哭，见董云声哭得这样痛心，她的眼泪呼地就下来了。她特别听不得女儿哭，女儿和她是连心的，女儿是吓坏了，她是心疼坏了。她对董泉说：董泉，董泉，不要害怕，妈妈在这里！这样劝着女儿，她膝盖一酸，不知不觉就跪了下来。一跪下来，她就加入了与董云声、董泉的合哭。他们的合哭是三重，有男声、女声，还有童声。

董云声的哥嫂和姐妹没有劝他们别哭，哭是孝心的表达，是葬礼的重要组成部分，也是一种仪式，哭是必要的。他们已经哭过了，该老三一家子哭一哭了。

安子君与董云声的爸爸只见过短暂的两次面，谈不上有多少感情。她的哭只能从内部挖掘动力，只能为自己而哭。她为自己哭过很多次了，再哭一次也没什么。安子君高中毕业后，就随着一帮北漂漂到了北京，应聘在一家安全生产培训中心工作。她的主要优势，除了聪慧好学，长相还相当出众。她的一双大眼睛老是水灵灵的，清澈而明亮。给人的感觉，她的真还不失天真。培训中心的一位副主任对她颇有好感，就托人给其儿子介绍，希望安子君能成为他的儿媳妇。副主任家的条件当然不错，有大房子，好汽车，存款恐怕也不是小数。除了副主任的儿子个头稍低一些，说话有些居高，别的无可挑剔。然而，安子君的想法是浪漫的，甚至带有一些艺术性。干吗要别人给她介绍对象呢，网上海阔天空，她要到网上自己谈。生活上干吗要依靠别人呢，她要靠自己的劳动，开创属于自己的新生活。于是，她操纵长尾巴的鼠标，在网上寻寻觅觅，就寻到了也在网上东张西望的董云声。董云声明鼻亮眼，长腿长身，那叫一个帅气。人说某个香港的歌星长得帅，董云声比那个歌星还要帅三分。董云声是正儿八经的大学毕业生，不光中国话说得有条有理，外国话也说得一嘟噜一串，让安子君不得不佩服。结婚前，他们双双来到婚纱影楼，光艺术照就照两大本子。翻开每一页，他们的形象无不光彩照人。他们的婚姻是浪漫了，也艺术了，可在铁的现实面前，浪漫的东西总是易碎的，艺术的东西总是虚拟的，浪漫和艺术都不堪一击。它们既不能代替柴米油盐，更不能代替房子。京华丰富的物质世界让他们炫目，同时也让他们失落。在经济主导一切的情况下，让他们感到担忧的正是他们的经济命运。琐碎的日常生活没能磨炼他们的意志，却对原有的意志有所消磨。渐渐地，安子君有些扛不住了。每次和参加培训班的学员一块儿喝酒，那些学员就对安子君的美发起恭维。有人问安子君有对象没有，要是没有的话，就给安子君介绍一个。当听说安子君已经有了孩子时，问话的人不愿意相信。更有甚者，当有人知道了安子君找的对象只是一个无根的北漂，直言不讳地替安子君惋惜，说像安子君这样的条件，怎么着也应该找一个北京的富二代呀！

让安子君伤心的事正是发生在这里，让安子君借机为自己痛哭不已的事也是发生在这里。和董云声分手后，有人真的给安子君介绍了一个有北京户口的男人。男人请安子君喝咖啡，看电影，吃西餐，还带安子君到外地旅游，出手就像个有钱人。可惜男人的有钱没维持多久，就开始张口跟安子君借钱，说是遇到了急事。跟安子君借一次钱不够，过了不几天，再次跟安子君借钱，而且至少要借一万。安子君意识到坏了，她可能是遇到骗子了。她拿不出那么多钱借给人家，人家果然不再搭理她。这件事情让安子君深受打击，深感委屈。但她把委屈埋在心底，没跟同事说，没跟父母说，当然更不能跟董云声说。委屈也是种子，遇到合适的时机，迟早会发芽儿。安子君的委屈这会儿显然是遇到了时机，不发芽儿则已，一发就是爆发的状态，疯长的状态，一发而不可收。

一些围观的人纷纷对安子君的哭做出评价，认为她的哭是真哭，不是应付。他们说：老三媳妇儿真是有孝心哪，老三两口子真不错啊！

安子君听到了别人对她的评价，像是受到了鼓励和推动，悲上加悲，哭得更深远些。

这场前所未有的哭，使安子君加深了对董云声的理解，也使她对董云声的看法发生了一些转折。董云声不是不会哭，董云声哭起来是很惊人的。董云声有硬汉子的一面，也有柔软的一面。董云声不伤心的时候是坚强，一伤心也很脆弱。总的来说，作为一个男人，董云声的责任更重，压力更大，痛苦也更多，比她活得还不容易。

一场春雨后，当地下室门口的杏花开满一树时，董云声向安子君和董泉发出邀请，请她们母女"五一"放长假时到银川游一游。

安子君明白，董云声表示的是想修好和复婚的意思。安子君没有马上答应，但也没有拒绝，她回信说：到时候再说吧。

2015 年 2 月 11 日至 24 日（春节期间）于北京小黄庄

啄木声声

杨树和杏树、桃树一样，都是先开花，后长叶。叶子从来不与花儿争春，它们都是躲在后面，让花儿先开，尽情地开。等花儿谢幕时，它们才伸出叶子为花儿鼓掌，长时间鼓掌。

杨花比不得杏花和桃花，杏花哪个白来桃花哪个红，都鲜艳得很，而杨花灰秃秃的，一点儿都不打眼。杨花不是朵状，是穗状。落在地上的花穗毛茸茸的，被小孩子说成像毛毛虫。有的小孩子愿意把"毛毛虫"提溜在眼前看，说"毛毛虫"还会动哪！

挂满杨树枝头的花穗，如果真的是毛毛虫就好了，啄木鸟就不用东敲西打地忙活了，每天都有吃不完的大餐。可目前来说，杨树的叶子还没长出来，与杨树叶子共生的各种虫子也没有出现，啄木鸟还得通过啄木，才能把头年隐藏在树洞子里的虫子或虫蛹叨出来。

冯登龙家院子外面的地里，就栽有一片杨树，每棵杨树都是已经成材的样子，树腰都比人腰粗。杨树的志向是蓝天，它们还要往高里长。冯登龙下班一走到树林边，就听见了啄木鸟在杨树林子里啄木的声音。每年秋后，当杨树的叶子落尽，总会有一只啄木鸟按时上岗，开始为杨树捉虫子。啄木鸟非常忠于职守，哪怕是大雪飘飘的寒冬，它也从不停止为杨树除害的工作。冯登龙从自行车上下来了，不声不响地站在树林边谛听。他非常喜欢听啄木鸟啄木的声音，从秋天听到春天，老也听不够。在他听来，啄木鸟啄木像是卖油郎敲梆子的声音。卖油用的梆子，是取一段木头，将其掏空，安上手柄，用木棒敲击。梆梆村东，梆梆村西，敲起来相当响亮，很有召唤力。只是敲梆子的声音薄一些，不如啄木鸟啄木的声音来得浑厚。啄木鸟啄木，还像是戏台上敲边鼓的声音。边鼓手是伴奏乐队的总指挥，嗒嗒咿嗒嗒，敲击速度极快。可边鼓手和啄木鸟比起来，那就差远了，啄木鸟一啄，发出的声响就是震颤性的一串，让人分不清点数。更为难得的是，啄木鸟啄木是在高处发声，高处播声远，听来有些悠远，还有些旷古，像是天外来音。

听着啄木鸟断断续续地啄木不够，冯登龙还想把啄木鸟看一看。好比啄木鸟是一位独唱的歌手，他听了歌手动听的歌声不够，还想目睹一下歌手的风采。他仰着脸往树林上面瞅，只见树冠上枝丫交错，枝条上的花穗，摇摇坠坠，却瞅不见"歌手"在哪里。冯登龙寻找树上的"歌手"好多次了，都是只闻其声，不见其"歌手"的身影。这么说来，啄木鸟是一位孤独的"歌手"，也是一位耐得住寂寞的"歌手"，它不在意听众反应如何，更不会向听众要掌声。

冯登龙的妻子路采凤从院子里走了出来，她一出大门口，就看见丈夫双手握着自行车的车把，在树林边仰着脸站着，她说：干什么呢，等着天上往你嘴里掉馅饼呢！

冯登龙这才回过脸来，说：你猛一说话，吓我一跳。

你还吓我两跳呢！我约莫着你该回来了，一等二等不见你回来，我还以为哪只母狼把你从半路劫走了呢！

哪来的什么母狼，我想看看啄木鸟长什么样。老啄师傅老给咱家帮忙，我从来没看见过它的真面目。

啄木鸟害羞，它不会让你看见的。

冯登龙看着路采凤。

你看着我干什么，我又不是啄木鸟。

你就是我的啄木鸟，我看你害羞不害羞。

我当然害羞。不光害羞，我还害怕呢，该回来不回来，我正准备到井口找你去呢！好了，饭早就做好了，快回去吃饭吧。

近来冯登龙上的是夜班，夜班的上班时间，要从半夜零点到早上八点。从这个时间上算，煤矿实行的是八小时工作制。可由于煤矿的工作环境比较特殊，八小时两头总要附加一些时间。拿冯登龙上的这个夜班来说，说是零点上班，他半夜十一点多就得往矿上赶。到队部参加过必修课一样的班前会，再换工作服，领取矿灯，乘罐笼下井。垂直穿过几百米深的井筒，从地面来到井底，还要走过长长的巷道，才能到达采煤工作面。比起班前，班后附加的时间更多一些，因为从煤窝里爬出来的人总得洗一个澡。好比一个唱包公戏的演员，从戏台上下来，不能穿着戏装带着油彩回家，他必须卸掉戏装，洗去脸上所涂的油彩。试想一下，如果"包公"戴着乌纱帽，穿着粉底靴，黑头黑脸地回家，不把家里人吓得目瞪口呆才怪。煤矿工人和"包公"一样，都是把自己洗得干干净净，再出现在家人面前。不同的是，"包公"的油彩只涂在脸上，洗起来容易些。而煤矿工人身上的"油彩"无处不在，清洗起来就麻烦些。就说脚上吧，一只脚四个脚指头缝，如果你把三个脚指头缝都洗到了，只有一个脚指头缝没洗到，里面就有可能还夹着一层煤。要把全身的夹夹缝缝、毛毛孔孔都洗净，时间就像洗澡水一样流走了。冯登龙每天班后附加的时间，大约是一个多钟头到两个钟头，说是八点下班，等他回到家，差不多到了十点。

作为矿工的妻子，路采凤已经摸准了冯登龙的作息规律。她不能按所谓八小时为冯登龙掐点儿，要是那样的话，她连冯登龙的影子都掐不到。她必须学会用加法，给丈夫归家的时间留出一些富裕。她给丈夫留的时间不是一个钟头，也不是两个钟头，取其折中，是一个半钟头。也就是说，她估计丈夫九点半左右能回到家。她不敢指望丈夫九点钟就能回到家，到时见不到丈夫，她会担心，着急。她也不愿丈夫延迟到十点以后回家，那样做饭的时间不好掌握，丈夫也会饿得受不住。还算不错，丈夫都是按她所估计的点儿回来，一般来说误差不会超过一刻钟。丈夫今天的脚步要不是被啄木鸟留住，应该会准时到家。就算丈夫被啄木鸟啄木的声音吸引住了，比九点半才晚了八分钟。

馒头、新韭菜炒鸡蛋、红薯丁子甜稀饭，都不热不凉十分可口。冯登龙一边吃得狼吞虎咽，一边还说着好吃，好吃。吃完了饭，冯登龙抽了一支烟，就开始打哈欠。他的哈欠红红的，打得很大，把眼泪都打了出来。夜班是黑夜，井下也是黑夜，在双重的黑夜里，他都捞不到睡觉。现在回到了井上，回到了白天，他却睡睡得不行了。看他哈欠连连的样子，似乎一靠枕头就能睡着，一睡就是昏天黑地，不但啄木鸟啄木听不到，恐怕天上打春雷也轰不醒他。那么，冯登龙就自我放倒睡觉去吧，还硬撑着干什么！哪个上夜班的矿工，不是把睡觉放在头等重要的位置呢！可是，不行啊，冯登龙还有一项更重要的任务没有完成。这项任务关系到他的前途和命运，必须按时完成。这项任务不是矿上给他布置的，也不是路采凤交给他的，是他自己给自己安排的。老是等着别人给布置任务，那是被动的，也显得不够成熟。只有自己开始给自己安排任务了，才是主动的、负责任的、成熟的表现。

冯登龙给自己安排的任务是练习唱歌，而且要唱够一个小时。

他打开录放机，机子里一位男高音歌唱家开始唱歌。他和着节拍，跟人家一块儿唱。人家唱什么词，他也唱什么词。人家唱高，他也唱高；人家唱低，他也唱低。他没有进唱歌学习班学习，也没有专门拜老师。录放机等于是他的学习班，歌唱家就是他请来的老师。他不仅模仿老师唱歌的腔调，还装作自己也站在舞台上，模仿老师唱歌时的状态。他挺胸收腹，目视前方，手持一根红红的胡萝卜，把胡萝卜对在嘴上唱歌。

三岁的儿子小海，站在冯登龙对面，眼睛看着爸爸手里拿的胡萝卜。如果冯登龙的歌唱需要观众的话，小海代表的就是观众。小海像是对胡萝卜最感兴趣，爸爸把胡萝卜放在嘴边，要吃又不吃，让他觉得挺好玩儿的，也挺好笑的。小海笑着，把一根指头放进嘴里。他的手指头也像一根小小的胡萝卜，他把"胡萝卜"放在嘴里噙着，嘴角直流口水。

见儿子看着他笑，冯登龙几乎有些"笑场"，他让儿子到一边玩儿去。

儿子问：爸爸，你拿着胡萝卜干什么？

这不是胡萝卜，这是麦克。

什么是麦克？

麦克就是麦克，小孩子不要问那么多。把手指头拿出来，不许吃手！

小海把手指头从嘴里拿了出来，说他没有吃手。

路采凤过来把小海拉走了，说：别耽误你爸爸干正事。

什么是正事？

正事嘛，就是大事，等你长大就知道了。

冯登龙反复唱的是一支关于煤矿工人的歌。人说干什么吆喝什么，他是干什么唱什么。每年的"五一"，矿上都要组织开展全矿歌咏比赛，到时候，不管你是采煤工、掘进工、放炮员，还是在灯房收发矿灯的女工，都可以到俱乐部的舞台上一展歌喉，参加比赛。如果唱得好，可以拿名次，得奖金，上广播，还有可能成为矿上的名人。一开始，冯登龙没敢产生参加歌咏比赛的想法，唱歌比不得挖煤，挖煤只要舍得努劲就行了，唱歌可不是舍得努劲就能奏效，不是谁想唱就能唱的。后来，窑哥们儿纷纷登台亮相，挂牌参赛，事情越闹越红火。有一个掘进工，以前天天抱着电煤钻在煤墙上打眼，电煤钻的喧哗把他的耳膜都快震破了。他参赛拿到了一等奖，命运一下子发生了转折，调到矿工会当上了文体干事。从此之后，他再也不用下井了，再也不用抱着电煤钻往煤墙上使劲了，只动动嘴动动嗓子就行了。掘进工的调动，给了冯登龙很大触动，看来动手不如动嘴，干得好不如唱得好，唱歌还真是走出煤窝子的一条途径。连妻子路采凤也鼓励他，说他也是高中毕业生，说他嗓子也不错，人家能唱歌，他为啥不能唱呢！人家通过唱歌，从井下唱到井上，他为啥不能试一试呢！那好吧，啄木在鸟，成事在运，他摩了拳，擦了掌，也开始练习唱歌。既然到了唱歌的时代，既然大家都愿意听歌，再多他一个唱歌的也不算多。啄木鸟都能通过自己的方式发声，他比啄木鸟也不差吧。

他本来喜欢唱的是一支关于石油工人的歌，那支歌的歌词很美，曲子也很抒情。可是，他参加的是矿上组织的歌咏比赛，比赛的组织者要求，最好唱和煤矿工人有关的歌，上什么山唱什么歌嘛。你想唱别的歌也可以，在评比时没有加分。你唱了带煤字的歌呢，就可以得到题材方面的加分。为了能得到加分，冯登龙只好选择了一支歌唱煤矿工人的歌曲。歌曲采用的是第一人称，自称是一位在煤海里冲浪的黑小伙。黑小伙头戴丹心一样的矿灯，大步走进深深的矿井，脊梁上流淌着黑色的汗水，胸中燃烧着青春的激情。苦一点算什么，累一点算什么，煤矿工人前仆后继，无怨无悔。黑小伙看到行进的列车，璀璨的灯火，飘香的饭菜，还有姑娘嘴角的微笑，都可以和自己的工作联系起来，都感到光荣和自豪。歌曲反复强调的是作为黑小伙的快乐，把快乐比成太阳，比成月亮，比成风帆，比成翅膀，每一段的结尾都落到"真呀真快乐"上。

路采凤领着小海没有走远，到邻居陈师傅家去了。说是邻居，陈师傅和他们家住的是同一个院子。他们家的房子比较多，有五间正房，还有东西各两间厢房。陈师傅一家租住的是他们家的东厢房。陈师傅比不得冯登龙，冯登龙是矿上的正式工，陈师傅只是一个在矿上打工的合同工。陈师傅的老家在外省，只能临时性地在附近农村租房子住。陈师傅在井下受伤后被截去双腿，现在只能在轮椅上生活。陈师傅不能打工了，由妻子代替他外出打工。妻子打工的地方不是煤矿，是一家烧砖的砖瓦厂。妻子早上起来出门前，把陈师傅抱起来，放在轮椅上。妻子傍晚下班回家，睡觉前再把陈师傅抱下来，放到床上。轮椅的两个胶皮轮子当腿，陈师傅进退自如，可以自己做饭吃，也可以到矿街上买东西。可他就是没能力自己上轮椅，也不会自己下轮椅，妻子一把他放到轮椅上，他如同和轮椅连成了一体，每天只能在轮椅上做动作。如果轮椅是他的人生舞台的话，他的舞台面积有些小，显得有些逼仄。曾几何时，陈师傅也是一条挖煤的好汉，在煤海里称得上是浪里黑条，干得左右逢源。没了腿就不行了，陈师傅认为自己已经成了一个废人。陈师傅听见了冯登龙的歌声，也明白冯登龙的用意，对路采凤伸着大拇指说：行，登龙现在唱得不错了，差不多可以参加比赛了。

路采凤说：参加什么比赛，他是唱着玩儿呢！

不管采取什么办法，你得让登龙尽快从井下调上来，千方百计，钻窟窿打洞，也得从石头缝里调出来。黑脸石头不长眼，它可不管你是光棍，还是眼子，砸住一个算一个。一砸住就不行了，不是头破就是骨头折。你看我就是现成的例子。我这一辈子算是杇了，连啄木鸟都不愿意多看我一眼。

登龙也想从井下调上来，哪有窟窿可钻呢，哪有洞可打呢！

路采凤仍没有把冯登龙练习唱歌的真实想法说出来，她可能觉得，想通过唱歌唱到井上是一件很难指望的事，说出来还不够让人笑话的。

见女房东说话有些躲闪，陈师傅也不好把话说破。其实他的看法跟女房东的看法差不多，也觉得想通过唱歌调到井上有点儿玄。天下会哼哼几句歌的人很多，唱歌唱出名堂的人能有几个呢！陈师傅建议：最好的办法还是托熟人，拉关系，给矿上管事的领导送礼。只要把礼送出去，只要领导愿意收你们送的礼，时间长了，用礼把自己的脚垫高，领导一伸手，兴许能把登龙从井口拉上去。

我们倒是想送礼呢，矿上的领导我们一个都不认识，想送礼都没地方送。烧香得找到庙门，连庙门都找不到，烧香也没地方烧。

小海扒着轮椅的轮子，想往陈师傅坐的轮椅上爬。他家的椅子没轮子，不会走，这个椅子有轮子，会走，他大概觉得轮椅挺好玩的，想爬到轮椅上玩一玩。

陈师傅不愿让小海上他的轮椅，说别别，这可不是小孩子玩的。

轮椅可不是椅子，一把椅子下面装上轮子就不好了。路采凤有些害怕似的，命小海：松手，下来！

不，不，我就要上去！

听话，不下来我揍你的屁股。路采凤拽住小海，强行把小海抓着轮椅的手拽了下来。

小海双脚弹蹬着，哇哇大哭起来。

路采凤带着小海从家里出来，她的耳朵好像还留在家里，一直

272

留意听丈夫唱歌。小海这边一哭，丈夫的歌声就中断了。她以为是小海的哭闹干扰了丈夫唱歌，说走，咱们回去看看你爸，看你爸是不是生气了。

他抱着小海回到家里一看，原来冯登龙仰躺在床上睡着了。冯登龙一只脚搭在地上，另一只脚杠在床上。杠在床上的那只脚在床头悬空着，大脚趾上挑着一只旗帜一样的塑料拖鞋。冯登龙的嘴微微张着，好像还在唱歌的样子。而他的眼睛却闭得紧紧的，恐怕用指头掰都掰不开。小海还在哭，小海的哭声似乎对冯登龙没有任何影响，冯登龙仍睡得呼呼的。路采凤对小海说：别哭了，要是把你爸爸吵醒，你爸爸休息不好，就没法儿下井。爸爸要是下不了井，就挣不到钱，就没法给你买玩具。你要是听话，妈妈一会儿就带你去买玩具。给你买个啄木鸟，能敲响的那种。小海这才不哭了。

路采凤把小海放在地上，把冯登龙脚上的拖鞋脱下来，将冯登龙搭在地上的一只脚搬到了床上。她轻轻拍了拍冯登龙的脸，说醒醒，脱了衣服，盖上被子，好好睡。冯登龙一动不动，睡得像一盘石磨一样。看来冯登龙真是累坏了，也困坏了。路采凤想把冯登龙往上抱一抱，抱得冯登龙的头枕在枕头上。可她个子小，冯登龙个子大；她身子轻，冯登龙身子重，她哪里抱得动冯登龙呢！没办法，她只好搬起冯登龙的两条腿，像推磨一样把冯登龙的身体推得斜过来，拉过枕头，塞在冯登龙头下面，并拉开被子，盖在冯登龙身上。做完这一切，她瞪大眼睛看着冯登龙，她的脸与冯登龙的脸贴得很近，她的眼睫毛几乎碰到了冯登龙的鼻子。可她的看是单方面的，冯登龙闭着眼，睡得呼呼的，对她的看没有任何回应。我的受苦的人儿啊，你什么时候才能从井里出来呢！路采凤在心里这么念着，鼻子一酸，两只眼睛都模糊起来。

跟着录放机里的歌唱家学唱了一段时间，冯登龙自觉学得差不多了，就关掉录放机，试着独立地歌唱。要唱出去，预先要走出去。他没有继续在家里唱，到离他家不远的一条山沟里唱去了。向阳坡上的山桃花开得正盛，远看一片白，近观一片红。冯登龙就站在明媚的春光里，对着漫山遍野的山桃花歌唱。山沟是他的舞台，桃花是他的听众。舞台真大，听众真多。他觉得桃花很爱听他唱歌，每朵桃花似乎都对他露出了笑靥。有一支歌唱桃花的歌，冯登龙也会唱，但他没有唱那支歌，唱的还是关于煤矿工人的歌。好在桃花没有什么身份定位，更没有本位主义，一直是开放和欢迎的姿态，不管人们唱什么，桃花好像都乐意听。

一个老汉和一群绵羊，沿着山沟的缓坡走了过来。羊群意不在走，在吃，羊群走的过程就是吃草的过程，所以羊群总是不慌不忙，显得静好，从容。新生的野草又是那样肥嫩，营养又是那样丰富，每只羊都吃得又甜又香。见羊群逐渐靠近，冯登龙暂时停止了歌唱。

放羊老汉问他怎么不唱了。

他说：我唱得不好，我怕吓着了你的羊。

你只管唱你的，羊不怕唱歌，有时候还喜欢听唱歌。

真的吗？

不信你唱一下试试。

冯登龙打了打嗓子，接着唱起来。他一唱，果然有的羊停止了吃草，抬起头来看着他。那些羊温情脉脉的样子，仿佛真的听懂了他唱的歌。他唱的是黑小伙，他本人也是黑小伙，那些羊都是"白小伙"。如果黑小伙只是跟"白小伙"说话，"白小伙"不一定听得懂，他把说话转变成歌声呢，"白小伙"似乎就听懂了，黑白之间就达成了沟通。怪不得世间除了有话，还要有歌。

台子要自己搭，舆论要自己造。冯登龙为了让工友们知道他会唱歌，为了能给参加歌咏比赛打下舆论基础，上班走在通向采煤工作面的大巷里，他装作不经意间哼起了歌。下班走在宽敞明亮的大巷里，他唱歌唱得声音更大些。大巷的顶是穿顶，有着很好的回音效果，他一唱歌，整条巷道都在嗡嗡作响。冯登龙不在采煤工作面唱歌，工作面煤尘太多，矿灯一照，浓密的煤尘像银色的蛾子一样扑打着翅膀上下翻飞。倘若他张嘴唱歌，那些活跃的"蛾子"会纷纷飞进他的嘴里，并有可能飞进他的喉咙。那样的话，他的喉咙就会被噎着，使他难以发声。更为严重的情况是，"蛾子"一旦钻进他肺里，就会变成"蛾子"的尸体在他肺里沉积下来，尸体沉积得多了，他呼吸起来就困难了。而在岩石层里开凿的用于矿车运行的大巷里唱歌就好多了，虽说大巷里的空气质量也谈不上优或良，到处难免充盈着地层深处所共有的污浊气息，但可以致人以职业病的煤尘总算少多了。

冯登龙在井下一开唱，工友们就听到了。他们以前没听见过冯登龙唱歌，还以为这哥们儿是一只不会打鸣的公鸡呢。公鸡打鸣头一声，不鸣则已，一鸣鸣得还不错，很像那么回事。社会到了今天，识字的人多了，会跳舞的人多了，会唱歌的人也多了。每人一张嘴，好像谁都能哼哼几声。但实在说来，唱歌唱得真正好的人还是很少，能上得大台面的人更少。唱歌不像挖煤，挖煤嘛，只要有把子力气，又不惜力，舍得往煤墙上使劲，就可以挖出煤来。而唱歌可不是仅仅舍得使劲就能奏效，唱歌得有天赋，第一嗓子要好，音域开阔；第二乐感要好，唱起来不跑调。冯登龙怎么样呢，应该说他唱歌的天赋还是可以的，他的嗓子圆满，浑厚，洪亮，高亢，唱到高处一点都不劈。更为难得的是，他唱歌一点儿都不跑调，分分寸寸，点点滴滴，都拿得很准。

班长说：好小子，你唱得不错呀！

冯登龙说：瞎唱，唱不好。

是龙你盘着，以前没见你露过呀！

见笑见笑。

我看你这水平，可以参加矿上的歌咏比赛了，说不定还能上星光大道呢！

班长道破了冯登龙的想法，让冯登龙有些不好意思，他说那可不敢，参加歌咏比赛，我想都不敢想。他问班长：你说我真的能报名参加歌咏比赛吗？

又不是比赛撒尿，那有什么不敢想的。等你唱出了名堂，别忘了咱哥们儿就是了。

话说劳动节就到了，冯登龙家院墙外的杨树林子枝叶大展，每片杨树叶子都像一只小巴掌。一阵风吹过，"巴掌"鼓掌鼓得哗哗的。杨树叶子不是为啄木鸟鼓掌，因为啄木鸟停止了啄木。在树叶落尽的冬季，人们都很难瞅见啄木鸟的身影。如今树叶长得密不透风，人们更不知道啄木鸟隐身何处。

冯登龙报名参加矿上的歌咏比赛获得批准，他明天晚上就要登台。他理了发，刮了脸，路采凤还为他贴了面膜。他预习性地穿上结婚时穿的藏青色西服，打上结婚时打的红花领带，俨然一副新郎官的样子。如果他和路采凤结婚是第一次举行婚礼的话，他似乎把明晚登台唱歌当成了第二次婚礼，激动的心情不言而喻。

陈师傅也知道了冯登龙明晚要参加歌咏比赛，驾着轮椅，特地到冯登龙家门口表示祝贺。陈师傅见冯登龙打的是领带，建议冯登龙最好不要打领带，要戴领结。他说他在电视上看男歌手唱歌，人家领口戴的都是领结。一句话提醒了冯登龙和路采凤，是的呢，他们也经常在电视上看男歌手唱歌，的确是戴领结的居多。可冯登龙从来没戴过领结，家里也没有领结，这可怎么办呢？现在干什么都讲究形象包装，他们可不愿让冯登龙在包装方面丢分。路采凤说，她去买领结，赶紧搭长途汽车到城里去了。

晚饭之前，路采凤总算把领结买了回来。她让冯登龙站在穿衣镜前，当即就把领结给冯登龙戴上了。白色的衬衣领口戴上黑色的领结，使冯登龙的形象顿时提高了一个级别，不再是新郎官的样子，显示出歌手应有的风采。新郎官算什么，新郎官是一次性的，新郎官早就成了旧郎官，当歌手才是他们两口子的新希望。对着穿衣镜，冯登龙站得板板的，做出已经登台的范式，继续练唱，在作最后的冲刺。为了不耽误冯登龙作登台准备，路采凤把儿子小海送到她娘家去了，她一心一意为冯登龙打下手，搂后台。她递给冯登龙的"麦克"不是胡萝卜，而是一根小擀面杖。小擀面杖是她

277

包饺子时擀饺子皮用的，比胡萝卜长出不少。冯登龙把"麦克"握得有些紧，像在井下攉煤时握住铁锨把一样。去年秋后，井下发生了一次瓦斯爆炸，弟兄们瞬间倒下了一百多。冯登龙那天上的是四点班，爆炸发生在夜班，他升井刚洗完澡，井下就出了事故，他有幸躲过了一劫。灾难虽然没落到他头上，他还是吓得手软脚软，好几天都不敢下井。他不想再下井了，想从此告别挖煤的生活。有同学也劝他，说别的工厂车间门朝南，煤矿的车间门朝天，门朝天的地方不是好待的，何必在那里干一辈子呢！冯登龙心里清楚，天下三百六十行，数在地底下挖煤的人最累最苦最凶险，谁都不愿意长期在井下挖煤。说是扎根井下，也就是说说而已，连煤在井下都扎不住根，连木头柱子在石头底板上都扎不了根，何况长有两条腿的人呢！可不管好歹，挖煤也是一份工作，有了工作，才能挣钱，才能顾家，才能养孩子。要是没有工作，他和家人靠什么生活呢！从这个意义上说，每个下井的人都是生存所迫，都是出于无奈呀！现在好了，冯登龙总算找到一条通向井上的道路，成败如何，就看他明晚的现场发挥了。

冯登龙和路采凤难免有一些想象，在他们的想象里，冯登龙发挥得很好，一举就成了歌咏比赛的第一名。这一下，评委认识他了，矿上的领导知道他了，他很快在全矿蹿红，成了矿上的名人。名人是不会被埋没的，调到井上就是顺理成章的事。到了井上的科室，他就不必每天穿煤一身泥一身水一身的工作服了，穿举行婚礼和上台唱歌时穿的西服就可以。这样的想象让路采凤稍稍有些担心，她问冯登龙：到那时候，你不会不要我了吧？

冯登龙说：看你说的，哪能呢！不管到啥时候，你都是我的宝贝儿。

也许因为冯登龙太兴奋了，也太紧张了，他临场发挥得不太理想，如果说平时准备的水平是十个格，他所发挥的水平连七个格都不到，其结果，他不但没能夺得第一名，连三等奖里都没有他的名字。

没办法，冯登龙还得继续下井。

杨树叶子落了又生，生了又落。一场小雪之后，啄木鸟又开始啄木。啄木鸟把树木啄得梆梆的，不是歌声，胜似歌声。

冯登龙没有灰心，劳动的节日年年有，到明年的劳动节，他还会报名参加歌咏比赛。他练唱的曲目还是那支黑小伙。在唱黑小伙之余，他还会唱一唱别的歌。这天他唱的是一支关于下雪的歌。大雪飘飘，天地一片白。千山鸟飞绝，万径人踪灭……他把自己唱醉了，把妻子唱哭了。

2015 年 3 月 14 日至 4 月 11 日于北京和平里

让她到家里来嘛

每个人都有自己的天赋，只是天赋的内涵有所不同。有人嗓子好，有人眼睛亮，有人嗅觉灵，有人脑子转得快。还有人生来就是情种，特别能讨女孩子的欢欣。

梅成玉呢，在做饭方面比较有天赋。

同样的饭菜，经梅成玉的手一做，味道马上就提了起来。哪怕是一道汤，别人烧出来又寡又淡，梅成玉端上来的汤又鲜又美，后面还要加上一个厚。拿绘画作比，有人画出的画色彩单调，经不起细看。而高手画出的画，除了画面灵动飞扬，还像是背面敷粉，层层铺垫，深不见底，让人老也品味不够。梅成玉做饭的水平堪比绘画界的高手。

有人吃了梅成玉做的饭，啧啧称赞之余，让她讲一讲窍门在哪里。梅成玉的样子有些谦虚，还有些调皮，她说做不好，瞎做呢！人家劝她不要保守，把窍门传授一下嘛！她否认自己保守，说真的没什么窍门，也就是凭感觉而已。她举的例子是往锅里放盐，油在锅里烹着，水在锅里沸着，谁也不会把盐量一量再往锅里放，甚至连想都不用想，捏点儿盐就撒到锅里去了。

不管你是炒菜，还是烧汤，咸味总是占带有主导性的第一味。咸味合适，味道才算合适。如果咸味不合适，一票就把菜或汤否决了。梅成玉凭着感觉，每次都把盐放得恰到好处，不多也不少，增一粒则咸，减一粒则淡。

感觉是什么？感觉就是天赋啊！很多人不了解自己，不知道自己的天赋是什么，致使天赋得不到发挥，白白作废。梅成玉也不愿把做饭和天赋相联系，她把天赋看得比较高，认为音乐、绘画、跳舞、写作的天赋，才配得上天赋的说法，在厨房里要勺子，摆弄一下油盐酱醋，哪里说得上什么天赋不天赋呢！好在梅成玉一直喜欢做饭，在不自觉的状态下，把自己做饭的天赋发挥得相当可以。试想想，现在还有多少人愿意下厨做饭呢，不少人把做饭看成一件被动的事，一件迫不得已的事，甚至当成了一种苦役，能到街上买着吃，或摁摁手机叫一下外卖，他们就免得做饭了。梅成玉不，她把厨房当成了一个舞台，一登上"舞台"，她仿佛在说，我来了，看我的，很快就进入了状态，干得津津有味，乐此不疲。

家有这么一位善于做饭的老婆，最受益的莫过于梅成玉的丈夫唐晓东。唐晓东做别的事情还行，只是做饭的能力不怎么样。梅成玉让他烧过几次佐餐的蛋花儿汤或是虾皮白菜汤，他烧的汤不是咸了，就是淡了，连盐都放不准。算啦算啦，靠边站吧！再做饭时，梅成玉很少再让唐晓东插手。唐晓东乐得吃现成的，喝现成的，他高兴得直骂自己：我他妈的，这是哪辈子修来的福呢！

这天晚饭，梅成玉做了两个菜，一个是丝瓜炒虾仁，一个是用砂锅炖的鱼头豆腐。去了皮的丝瓜是绿的，炒熟的虾仁是粉红的，盛在盘子里像是绿叶红花。这样的菜香气扑鼻不说，仅菜的颜色就够诱人的。鱼头豆腐呢，既是菜，又是汤。汤汁子炖得白白的，浓得像牛奶一样。唐晓东还没吃饭，先用调羹尝了一点汤。梅成玉问他味道怎么样？唐晓东没有点头，却摇开了头。他的摇头不是否定的意思，是肯定，是赞叹：哈，一个字，鲜！他说了一个字，接着画蛇添足，又补充了一句：鱼羊鲜！成了三个字。

梅成玉纠正他：错，今天的汤不是鱼羊鲜，是鱼豆鲜。

对对对，是鱼豆鲜。哎，不对呀，一个鱼字加一个豆字，不成鲜哪！

什么不成鲜，我想让它成鲜，它就得给我成鲜。在别人那里成不了鲜，到本厨这里就可以成鲜。

我老婆端的厉害。

娶了我这样的老婆，你就羊大去吧，羊大死你！

唐晓东眨眨眼皮，好像没明白梅成玉话里的意思。

连羊大都不懂，你还跟我踋文呢！你跟我踋文，我也跟你踋一把，看谁踋过谁。

唐晓东像是想了一下，才把羊大的意思弄明白了。他笑了笑，承认在踋文方面不是梅成玉的对手。别以为梅成玉只是一个在矿灯房里收发矿灯的女工，人家还在矿工报上发表过诗歌呢！踋文踋不过梅成玉，他就在饭量上和梅成玉比赛。他吃了虾仁吃豆腐，吃了豆腐再吃鱼肉，还用筷子把鱼的一个眼珠子夹起来，放进梅成玉的饭碗里。按流行的说法，把鱼的眼珠子给谁吃，就是高看谁一眼。

梅成玉说：你少跟我来这一套，我不吃这个。

那你吃什么？

我什么都不吃。

你又不减肥，干吗什么都不吃呢！软硬都不吃的人最难伺候。

我难伺候吗，我觉得我最好伺候了。一个老是伺候人的人，哪里敢奢望得到别人的伺候。倒是有的人，吃着碗里的，望着锅里的，那才叫难伺候呢！

唐晓东不说话了。他吃到了一根鱼刺，要是使劲把鱼刺咽下去，卡住喉咙就不好了。他用舌尖一顶，把鱼刺分离出来，用牙把鱼刺咬住，然后将鱼刺吐到一只专盛鱼骨鱼刺的小盘子里。他听出来了，梅成玉话里有话，碗里的，锅里的，似都有所指。他只拿鱼刺说事儿，说他吃到了一根鱼刺。

梅成玉笑了。她的笑不是大笑，像是狐狸的笑，笑得轻轻的。但她的笑举重若轻，每次都笑得似乎大有深意。笑过之后她安慰唐晓东说：没关系的，鱼头上的刺都是扁刺，卡不住你，你只管放心吃就是。哎，哪天让你同学到家里来，我给她露一手怎么样？

正说着鱼刺，一下子又跳到唐晓东的同学那里，唐晓东一时有些转不过弯儿来。因梅成玉脑子太快，说话跳跃性太强，唐晓东经常会遇到跟不上趟儿的情况。跟不上，他就不跟。根据以往的经验，等梅成玉发现他落下了，还会回过头来找他。

果然，梅成玉问：我跟你说的话，你听见没有？

说什么？

你跟我装聋是不是！我说请你的同学到咱家吃饭。

噢，这个呀。我的同学那么多，哪里请得过来。

一个一个来嘛，先请一个你的女同学。我一说你就明白了。

我不明白。我的女同学也不少，全班女同学比男同学还多。

你还在装。你就装吧你，等把太子装成狸猫，你就不装了。就是那个，你在学校追人家没追到手的那个，叫夏什么莲来着？

唐晓东知道梅成玉说的是夏志莲，既然梅成玉没说出夏志莲的名字，他也不说。他相信，梅成玉对夏志莲的名字是烂熟的，梅成玉把夏志莲说成"夏什么莲"，是假装对夏志莲并不重视，也不在意。越是这样，越说明梅成玉对夏志莲的忌讳和警惕。其实梅成玉一提让他的同学到家里来吃饭，唐晓东的心往上一提，就想到了梅成玉指的是夏志莲。怎么，他和夏志莲的交往难道被梅成玉察觉了？难道梅成玉抓到了他和夏志莲私下里交往的什么证据？不会吧！唐晓东说：她呀，我和她早就没什么联系了。

她是谁？

你说的不是小夏吗？

我想起来了，你的同学叫夏志莲。有志于莲，出淤泥而不染，很好的名字。早就没联系没关系呀，重新接上关系就是了嘛！

同学一般都是过去时，过去了就过去了，再联系还有意思吗？

有意思呀，"同桌的你"，挺有意思的。

我和夏志莲可没同过桌。

神经过敏！同桌是一个泛指，跟同窗一样，都是同学的意思。我听说夏志莲长得挺漂亮的，像出水芙蓉一样，让你老婆开开眼嘛！

你听谁说的？

别管听谁说的，你只说夏志莲漂亮不漂亮吧？

漂亮什么，我看比我老婆差远了。唐晓东说着，两眼看着梅成玉。

梅成玉用筷子把鱼头上的一块扁骨夹出来，对唐晓东说：我说了我不吃鱼的眼珠子，你还拿这一套哄我，你老婆就那么缺乏自知之明吗，心眼儿就那么小吗！我说请夏志莲来家里吃饭可是真心实意，你不要以为我在跟你开玩笑。

唐晓东答应找别的同学问一问，看能不能找到夏志莲的电话。

唐晓东原来在井下上班，是采煤队的一名炮手。用电钻在煤壁上打孔，将炸药和雷管捅进孔底，扭动放炮器，嗵的一声，煤壁就被崩得稀里哗啦。唐晓东下井时，有时是从梅成玉手里领矿灯。矿灯被称为矿工的眼睛，梅成玉在诗歌里也是这样写的。梅成玉给唐晓东发矿灯时，她说给，拿好你的眼睛，我把你的眼睛擦得很亮的。唐晓东下班交回矿灯时，梅成玉会说：哟，你的眼睛有点儿发红，像是得了红眼病，我得帮你整一整。唐晓东说她贫，她就乐了。那时候，唐晓东下井虽然辛苦一些，梅成玉觉得挺好的。因为井下没有女性，在上班期间，唐晓东起码没有机会和女性接触。唐晓东喜欢搞点儿小革新，小发明，后来就调到了井上的机修队，当上了副队长。到了平地的唐晓东买了一辆宽轮子、大排气量的摩托车，开起来轰轰作响。他轰地跑到东，轰地跑到西，说是到一处因矿井排水形成的水库里去钓鱼，谁也不知道他去钓什么。摩托车的两个轮子，使唐晓东像是又长了两条腿，由两条腿变成了四条腿。男人的腿一多，想法就多。梅成玉估计，她的男人就是买了摩托车之后，才又跟夏志莲联系上的。唐晓东去水库倒是每次都能钓回鱼来，鲤鱼、草鱼都有，省得爱烧鱼的梅成玉再去市场上花钱买鱼。可是，或许还有一条"大白鱼"，唐晓东却不往家里带。

星期天一大早，唐晓东收拾好钓具，又要到水库去钓鱼。梅成玉这天也休息，她对唐晓东说：我跟你一块儿去。

唐晓东一口答应，说好呀，春来鱼醒，正是爱吃钩的时候，我正发愁我钓的鱼太多拿不动呢！

梅成玉还在床上躺着没起来，乌黑的长发拥着雪白的脖颈，她说：我跟你说着玩呢，我才不去呢，你要是约了你的女朋友一块儿去玩，我一去，不是把你们的好事搅黄了嘛！

你要是这么说，今天我非得拉上你这个调皮鬼不可，你去也得去，不去也得去！说着，唐晓东来到床边，拉住梅成玉的一只胳膊往起拖。

老公，别闹别闹，鱼醒我没醒，我还要再睡一会儿呢！春困发幽情，这会儿睡觉最舒服了。

那你还胡说不胡说了？

我再也不跟你开玩笑了，哼，一点儿都不幽默，土老帽儿！

唐晓东乐意承认，他的确是个土老帽儿，的确跟不上时代潮流。

唐晓东刚把梅成玉放开手，梅成玉问他：上次我说的让夏志莲来家里吃饭，你跟她联系了吗？

我还没找到她的电话。

人在电话在，找同学一个电话，不至于那么难吧！我看你还是不相信我。你是不是怀疑我要给夏志莲摆鸿门宴哪？

啥是鸿门宴？

连鸿门宴都不懂，亏你还是一个汉人，不跟你说了。

夏志莲在另一座煤矿的小学校里当老师。唐晓东把摩托车停在一块麦地边，给夏志莲打电话，说他已经出发，让夏志莲也出来吧，二人在一个叫夏庄河三岔路口的老地方见面。唐晓东来到三岔路口时，见夏志莲已站在路边的那棵老榆树下等他。夏志莲头上戴着宽檐的遮阳帽，嘴上戴着口罩，肩上斜挎着一只小坤包，右手还提着一个鼓鼓囊囊的布兜子。布兜子里装的有火腿肠、鸡蛋、葱油饼，还有两盒饮料。那是夏志莲提前预备的二人野餐。二人见面后没有说话，夏志莲也没有把口罩摘下来。唐晓东对夏志莲笑了笑，夏志莲的眼睛也笑了笑。唐晓东接过夏志莲提的布兜子，放进摩托车前面的篮筐里。夏志莲把一条腿抬高，抬得与另一条长腿几乎形成直角，跨上摩托车的后座子。摩托车随即风驰一样向水库边驶去。

钓鱼是一件安静的事，只有静下心来等待，才有可能钓到鱼。水面铺展着，岸边有新生的芦苇。一只小小苇鹰，在一棵苇芽上停了停，展翅飞走了。苇鹰的身姿倒映在水里，像一条飞鱼。唐晓东的眼睛看着鱼漂。随着唐晓东，夏志莲摘下口罩，两眼也看着鱼漂。鱼漂上面有一点红，如同一粒花苞。夏志莲把鱼漂看了一会儿，那点红就有些发虚，仿佛花苞已经开成了花儿。两年前，夏志莲与丈夫离了婚。她丈夫是矿上生产科的科长，一个很能干的家伙。一个偶然的机会，她发现丈夫跟矿上的女团委书记好上了，两

287

个人动不动就往一块儿凑。一气之下，她向丈夫提出了离婚。她本来是想拿离婚的话吓唬一下丈夫，不料丈夫说，离就离，现在谁离开谁都能过。回过头想，她与丈夫离婚离得不够理性，有些草率了。只要丈夫还对她好，还对孩子好，丈夫分出一部分精力，爱跟谁好，就跟谁好去。到头来，丈夫还会回到她身边，她不会损失什么。好比现在她和唐晓东这样子，一点儿都不影响唐晓东和梅成玉的关系，唐晓东不但从没提过和梅成玉离婚，连对梅成玉不满意的话都没说过。

这时唐晓东提了一下鱼钩，鱼钩上是空的，没钓上鱼来。

夏志莲说：你提钩提早了，等鱼吃钩吃得深一些，你再提钩，鱼就跑不了啦。

唐晓东说：我今天争取钓到一条大鱼。梅成玉跟我说过好几次了，要请你到我们家里去，她要给你烧糖醋鱼吃。

夏志莲惊了一下，说坏了，咱俩的事一定被梅成玉察觉了，下次我可不敢跟你一块儿出来了。

没事儿，不会的。她就是爱显摆她做菜的手艺，想在你面前露一手。

事情不会那么简单，你老婆可是个聪明人。你一说你儿子学习特别好，我就知道了你老婆不是一般人。儿子仿妈，继承的是妈的遗传基因，妈妈聪明，儿子才会聪明。我和梅成玉又不是同学，我们两个谁都不认识谁，她干吗单单让我去你们家呢？

她听说我在学校时追过你，还听说你长得特别漂亮，就想见见你。

我漂亮什么！你这么说我就更不敢去你们家了。

反正我觉得你漂亮，一看见你，我心里就特别快乐，一种说不出来的、让人感动的快乐。

那是你自己的感觉，别人看见我，就不一定有你这样的感觉。你看见你们家梅成玉，不是也挺快乐的嘛！

唐晓东口讷了一下，没有否认梅成玉给他的快乐，只是说快乐和快乐是不一样的。又说：梅成玉是我老婆嘛，是我儿子的母亲嘛！

夏志莲叹了一口气。她叹气叹得有些长，像是从很远的地方叹过来的。

唐晓东以为他的话让夏志莲感到了失落，正要放下钓鱼竿安慰夏志莲一下，夏志莲说话了，夏志莲说的是：你对梅成玉好，我一点儿都不嫉妒。我觉得像你这样的男人，才是真正负责任的男人。我当初怎么就把你错过了呢！

春天里来百花开，不久的一个星期天，夏志莲真的到唐晓东家里来了。因为梅成玉发了狠话，如果唐晓东再不把夏志莲请到家里来，她就不搭理唐晓东了。发过狠话之后，她就开始给唐晓东颜色看。她不再展示她的厨艺，不再给唐晓东做好吃的，每天只做一些淡饭。上次唐晓东钓到了三条鲫鱼和一条草鱼，梅成玉连把鱼收拾一下都不收拾，只把鱼往冰箱里一冻就完了。在某种生活上，以前梅成玉与唐晓东配合得很好，一边配合，一边还说着一些热烈的话，能把唐晓东幸福得发狂。现在呢，梅成玉别说热烈配合了，连冷淡都谈不上。当唐晓东提出要那种生活时，梅成玉是拒绝的，她说免了吧，老做老做有什么意思呢！那可不行，唐晓东不吃饭可以，不睡觉可以，那种生活天经地义，万万免不得。在这种情况下，唐晓东才做通了夏志莲的思想工作，把夏志莲约到家里来。

三个人都有些紧张。

夏志莲紧张，是她吃不准梅成玉到底知道不知道她和唐晓东的交往，不知道梅成玉请她到家里来是什么意思，会对她怎样。她手上提着一兜子刚上市的新鲜荔枝，整个心似乎也提了起来。来到梅成玉的家门口，她把唐晓东告诉她的嵌在门上的号码确认了再确认，才轻轻敲了两下门。

应声开门的是梅成玉，她一副很欣喜的样子，对夏志莲说：您就是晓东的同学夏老师吧，欢迎欢迎！

夏志莲说：我叫夏志莲。

知道知道，老听我们家晓东说起您，今天总算见到真人了。

初次登门，我也不知道给你们带点什么。我看荔枝还不错，不知你儿子爱吃不爱吃？

太好了，谢谢您！我儿子最爱吃的水果就是荔枝。梅成玉接过盛荔枝的兜子。

你儿子呢？

那小子，简直就是个野人，一到双休日就往外跑。现在的孩子自主得很，你拿他一点儿办法都没有。在没见到夏志莲之前，梅成玉对自己的要求是，放松，从容，不要紧张。是呀，夏志莲私下里跟她的老公好，正义在她这一边，她有什么可紧张的呢！可当夏志莲出现在她面前时，她不知不觉就紧张起来，好像输理的不是夏志莲，而是她梅成玉。梅成玉紧张的表现是热情过度，是话多，多得比成串的荔枝还多，弄得唐晓东几乎插不上嘴。

唐晓东控制着自己的表情，装作多年没跟夏志莲见面了，还装作见了面也很平常，并没有什么特别的惊喜，只跟老同学打个招呼就完了。其实，心里最紧张的还是唐晓东。以前，梅成玉警告过他，不许他和夏志莲有任何来往，若是发现他和夏志莲有来往，就杀了他。而近段时间以来，不知梅成玉别到了哪根筋，抑或是抻开了哪根筋，一心二心要请夏志莲到家里来。人心隔肚皮，人对人的认识总是很难。别说别人了，连对自己同床多年的老婆，恐怕都很难说得上彻底认识。唐晓东的紧张是出于他的担心，他紧张的度数有多高，担心的度数就有多高。他一是担心夏志莲哪句话不注意，露出了他和夏志莲的秘密。二是担心梅成玉伤害到夏志莲，夏志莲伤害到梅成玉，两个女人互相伤害。他的神经绷得紧紧的，两只眼睛和两只耳朵都处在捕捉的状态，手上抓满了"稀泥"，随时准备往不良苗头上抹"稀泥"，化解有可能会出现的危机。

梅成玉梅提前买了水果，还买了干果。水果有橘子、苹果、香蕉；干果有花生、开心果、瓜子。水果和干果分别盛在青花瓷盘里，放在长沙发前面的茶几上。梅成玉让夏志莲在沙发上坐下，指着水果和干果，让夏志莲吃这个，吃那个。夏志莲答应的是好，可她没有动手，什么都没吃。梅成玉拿起一根蜡黄的香蕉，剥开香蕉上的包皮，递给夏志莲吃。在梅成玉剥香蕉皮时，夏志莲先说我自己来，又说您自己吃吧。梅成玉说：到我们家里来，您不必客气，晓东的同学跟我的同学是一样的。梅成玉只把香蕉皮剥开一半，剥开的香蕉皮像盛开的玉兰花瓣一样。夏志莲只好接过香蕉,尖起牙齿,咬了一点点。

长沙发上可以坐三个人,唐晓东没往沙发上坐,只在沙发旁边站着。夏志莲本来想让唐晓东也坐,话到嘴边又咽了回去。这不是在水库边钓鱼,是在梅成玉家的客厅里,她可不敢多走一步路,多说一句话。梅成玉发话,支使唐晓东说:你去给我们泡茶,用那只新茶壶,泡茉莉花茶。你今天要好好为我们女同志服务。

遵旨!唐晓东爽快答应。唐晓东到厨房瞅了一圈,没瞅见新茶壶在哪里,他问梅成玉:新茶壶在哪儿呢?

连自家的茶壶都不知道在哪里,你是这家的当家人吗!要是搁往日,梅成玉会跟唐晓东说一个笑话,说茶壶在唐晓东的裤裆里呢!今日当着夏志莲的面,这样夫妻才能说的笑话就免了。她起身来到卧室,把从未用的新茶壶找了出来。她不让唐晓东泡茶了,自己洗茶壶,自己泡茶。泡好了茶,把茶倒进玻璃茶杯里,茉莉花的花香随着缕缕热气,即时在客厅里弥散开来。她对唐晓东说:你陪夏老师说话吧,我开始做饭喽!我要烧一条糖醋鱼给夏老师吃。

客厅里只剩唐晓东和夏志莲两个人了,唐晓东才在沙发上坐下来。他们两个人不知不觉间就拉开了距离,把中间的位置空了出来。别看他们在背后做得亲密无间,自自然然,到了这里,他们似乎都有些不自然。唐晓东起身到厨房去了,问梅成玉:我能帮忙做点什么吗?

梅成玉说:不用你帮什么,你只能越帮越忙。又说:别不好意思,没关系的。

唐晓东回到客厅，轮到夏志莲起身去了厨房，她对梅成玉说：我跟你一块儿做吧，我们家的饭都是我做。

梅成玉说：您是我们请来的尊贵的客人，哪能劳动您做饭呢！你们说话吧，老同学多年不见，不知有多少话要说呢！

两个人一时不知道说什么，唐晓东只好拿起遥控器，点开了电视机，让电视里的人说。电视画面出现了，一个男的和一个女的在前面走，还有一个女的在后面跟。走在前面的男女肩并着肩，目光不时互相关照，像是很亲密的样子。而走在后面的女人与前面的男女保持着距离，一会儿躲在墙角，一会儿躲在电线杆子后面，像是在悄悄跟踪前面的一男一女。直到二人一同上了一辆出租车，后面的女人才无奈地停止了跟踪。唐晓东和夏志莲很快就看明白了，走在前面的男女是一对情人，在后面盯梢的女人是那个男人的妻子。这样的情节是敏感的，夏志莲和唐晓东互相看了一眼，唐晓东赶紧换了频道。唐晓东接连换了几个频道，荧屏上不是男女之间的角逐，就是雄性动物为争夺交配权大打出手。终于换到一档美食类的节目，唐晓东才把遥控器放下了。

看美食节目之间，梅成玉已把美食做好了，四热二凉，三荤三素。梅成玉隆重推出的是盛在白玉瓷鱼盘里的糖醋鱼，那条焦黄的、上面浇着汤汁的糖醋鱼，是那样的华丽，那样的香气扑鼻，让人垂涎欲滴。梅成玉提议：喝点儿酒吧。她问夏志莲：您是喝白酒还是喝红酒呢？

夏志莲说，她不会喝酒。

无酒不成席，无酒不成欢，多少还是喝一点儿吧。我也不会喝酒，今天我陪您。您今天能到我们家来，我特别高兴。

酒是让人兴奋的东西，夏志莲不敢兴奋。要是喝了酒兴奋起来，说了不该说的话，那就丢人现眼了。她还是说，她真的不会喝酒，喝一点点脸就红得不行。这样说着，夏志莲脸上先就红了一下。

梅成玉看到了夏志莲脸颊上的莲红，她说：脸红好呀，您不喝酒都这么好看，要是喝点儿酒，神采一飞扬，不知好看到什么程度呢！又对唐晓东说：你帮着劝劝夏老师嘛，给灯房女工一点面子嘛！

唐晓东知道，夏志莲是喝酒的。有一回，夏志莲带了一小瓶二锅头，他们二人对着瓶嘴一口一口喝，不一会儿就把酒喝干了。夏志莲喝酒前与喝酒后，情态的确大不一样。可既然梅成玉把话说到这个份上，他拦着不让夏志莲喝一点儿酒也不好。两个女人好比是他手里端着的一碗水，他得把碗端平，既要保护夏志莲，也要照顾梅成玉的情绪。他说那就开一瓶红葡萄吧。

葡萄美酒高脚杯，他们先是共同举杯，举过三次后，开始互相敬酒。梅成玉给夏志莲敬酒时，没有再夸夏志莲长得漂亮，夸的是夏志莲的气质，她说：夏老师，您的气质太好了，温文尔雅，一看就是腹有诗书的人。我要是个男的，也会追求您的。

夏志莲说：哪里哟，我觉得您的气质才好呢！您的气质是自信的气质。人有自信，气质才会好。人没了自信，气质就好不到哪里去。我就是缺乏自信。

我自信吗？我觉得我就是一个没心没肺的吃货，成天就知道傻乐，人家把我卖了，我还帮着人家数钱呢！

谁把梅成玉卖了呢，这话有些敏感了。唐晓东刚要举杯抹稀泥，夏志莲没让他抹，夏志莲说：您看，只有自信的人才会自我调侃，才这样幽默。

成玉领教了！就冲夏老师对我的鼓励，这杯酒我也要喝。梅成玉说着，把杯子里的酒喝干了。

夏志莲没有把酒喝干，只喝了一点点。她把酒杯端在手里，人也有些端。

梅成玉没有勉强劝夏志莲喝酒，她用筷子指着糖醋鱼，让夏志莲吃鱼吧，趁热吃，尝尝她的手艺如何。

夏志莲把鱼尝了，糖中有醋，醋中有糖，甜中有酸，酸中有甜，味道确实不错。她夸梅成玉真是一个烹饪的高手。

就这，还有人不满足呢！

谁不满足呢？唐晓东听出来，梅成玉指的是他。别看梅成玉并没有拿眼看他，他也知道梅成玉旁敲的是他。话又到了一个临界点上，唐晓东怕梅成玉再次说出"吃着碗里的，望着锅里的"那样的话。要是那样的话，拍到簸箕米动弹，夏志莲就该坐不住了。唐晓东赶紧接过话头，接到自己身上，说：我很满足，天天都很满足。为了我的满足，我得敬我老婆一杯。说着，把玻璃杯往梅成玉面前一伸。

梅成玉没有跟唐晓东碰杯，她笑了，笑得轻轻的，像是狐狸的笑。笑过之后她说：乱了吧，同学在先，你还没敬老同学，怎么能先敬自己的老婆呢！

夏志莲说：应该的，先敬您是应该的。要不这样吧，我来敬你们夫妇吧。夏志莲站了起来，一副很郑重的样子：你们夫唱妇随，相敬如宾，真是太幸福了！我祝你们永远幸福！为了表达我的诚意，这杯酒我一定要喝干！说着将酒杯与梅成玉、唐晓东手中的酒杯碰了一下，一口喝干了杯中的酒。

酒喝下来，唐晓东与夏志莲出言谨慎，互相补台，总算没出什么纰漏。只是当唐晓东向夏志莲敬酒时，梅成玉像是很随意地问了一句：你们多少年没见面了？

多少年没见面呢？这是一个问题。如果回答含糊，或两个人的回答不一致，就有可能引起梅成玉的怀疑。好在唐晓东和夏志莲事先统一了口径，由唐晓东回答说：自从毕业之后，我们这是第一次见面。

梅成玉点评说：这不好，同学也是修来的，也是一种缘分，你以后要与老同学多走动。

把夏志莲送走后，梅成玉的脸还红着，酒色尚未褪尽，她问唐晓东：老公，我对你的同学怎么样啊，这下你放心了吧？

唐晓东对梅成玉的表现大加赞赏：我老婆太开明了，胸怀太宽广了，包容性太强了，我一定要好好感谢你！

怎么感谢呢？

你想让我怎么感谢，我就怎么感谢。

老一套呗！

唐晓东也有问题：你以前好像不是这样，什么时候变得这样开明呢？

我一直是这样，只是你以前不了解你的老婆而已。

梅成玉也有情人，她的情人是她的一个诗友。某一日，梅成玉又与诗友相会，尽欢之后对诗友讲了她请丈夫的情人到家里吃饭的事，她说：他们还以为我蒙在鼓里呢，其实蒙在鼓里的是他们，我才是敲鼓的人，真是好玩死了。

诗友说：你没把鼓敲破，这很好。哪天我也到你家里去看看怎么样？

好呀，你去了我给你做好吃的，让我丈夫陪你喝酒。

诗友笑着摇摇头说：我跟你说着玩呢，我才不会去你们家呢。

为什么？

我要是去了，会对你丈夫造成伤害。成玉你记着，男人和女人是不同的动物，男人可以带女友到家里去，女人最好不要带男友到家里去。有些事情你可以隐瞒丈夫，但万万不要伤害他。

2015 年 9 月 7 日完成于莫斯科

留　言

　　妻子在阳台上浇花，丈夫在地底下挖煤。花是红的，煤是黑的。煤里包含的或许有红花，绿叶，还有蜜蜂，蝴蝶，只是早被天翻地覆的地壳运动统统变成了黑色。有位诗人知道煤的来历，在想象中把自己变成了一块煤，满怀激情地呼喊：给我以火！火来了，煤一经点燃，红花在开放，绿叶在伸展，蜜蜂在歌唱，蝴蝶在翻飞，顿时绚烂无比。矿工的妻子不知道煤是怎样变成的，只知道黑石头一样的煤可以烧锅做饭，可以用来取暖。矿工的妻子也没有诗人那样的浪漫情怀，虽说她在阳光灿烂的阳台上浇花，却从没有把黑色的煤和红花绿叶联系起来。在她心目中，黑就是黑，红就是红，红不能变成黑，黑也不能变成红。一如她不会下井挖煤，丈夫也变不成摇笔杆子的诗人。

　　把花浇滋润了，宋双鱼开始打扫室内的卫生。卧室靠窗处打横放着一张写字台。写字台过去叫桌子，现在叫写字台。过去有桌子的人家，家里不一定有人识字，写字，谁都不敢把桌子叫成写字台。还有，过去每一个字都是稀罕物，识字的人少而又少。现在字被解放出来了，"旧时王谢堂前燕，飞入寻常百姓家"，识字的人走进了千家万户。在这种情况下，把桌子说成写字台，也是与时俱进的意思。宋双鱼家的写字台，是宋双鱼特意为丈夫胡金柱添置的。胡金柱读过十多年书，肚子里装了不少字，买一张写字台是必要的。可写字台买回家后，宋双鱼很少看见胡金柱在写字台上写字。比起写字台旁边的大床，写字台的利用率低多了，几乎等于闲置。写字台的台面不算小，要是在上面写字的话，斗大的字都写得开。写字台下面，左侧是一个小柜子，右侧是上下排列的四个小抽屉，中间还有一个大抽屉。尽管少见胡金柱在写字台上写字，宋双鱼还是用抹布把写字台的台面擦了擦。倘是台面上有了灰尘，丈夫可以用指头直接在台面上画字，那就不好了。擦完了写字台的台面，宋双鱼下意识地在写字台后面的转椅上坐下来，并下意识地顺手把右侧的几个小抽屉拉开看了看。之所以强调她是下意识，不是有意识，是她原本没打算看那些抽屉，心不到手到，不知不觉间，她就把那些抽屉拉开了。其实她对抽屉里放的东西心中有数，不用看就知道每层抽屉里放的是什么。这个家好比是一捧燕子窝，窝上的每一口泥都是他们夫妻衔来的，每一根草都经过他们的挑选，或者说每一口泥都带有他们的口液，每一根草都有他们所赋予的体温。第一层抽屉里，放的是他们的几本影集；第二层抽屉里，放的是一些光碟；第三层抽屉里，放的是他们吃剩下的药品；第四层抽屉里，放的东西要复杂一些，有一只石头砚台，一本获奖证书，一支废弃的手电筒，还有一块早已停摆的机械手表。别看这些东西零零碎碎，每样东西宋双鱼都舍不得扔掉。因为那些东西里包含的有他们两口子的记忆，说不定还有感情，倘丈夫是个爱写字的人，以抽屉里的东西为线索，恐怕写一大本子字都写不完。丈夫成天忙于挖煤，零碎就只能是零碎，不会变成字。

当宋双鱼拉开第四层抽屉时，看见了一样以前没看见过的东西，她的目光集中了一下，意识回来了一点点。什么东西呢？是一张纸，一张折成对折的纸。那张折起来的纸在获奖证书上放着。有一年，胡金柱当上了全矿的劳动模范，矿上给他发了奖金，还发了这本证书。证书的封面是大红的，上面烫着金色的字，很值得保存。与华丽的证书相比，那张纸显得有些旧，有些灰突突，一点儿都不醒目。宋双鱼有一段时间没看过抽屉里的东西了，这张纸是什么时候放进抽屉里去的呢？要不是宋双鱼对抽屉里所有的东西了如指掌，她对抽屉里多出的这张纸或许会忽略不计，恰因她对原有的东西太熟悉了，对新放进去的东西才有一些陌生感，才难免拿出来看一看。

这一看不要紧，宋双鱼就不是宋双鱼了，胡金柱也不是胡金柱了。这一看，宋双鱼的感情受到巨大冲击，心理发生很大变化。或者说，从此以后，她对世界的看法就与以前不一样了，人生的态度也会发生转折。人一辈子总会遇到一些事情，心理总会在某个节点上发生一些变化，使心灵突然间得到成长。可是，谁都吃不准自己的心理会在哪一刻发生变化，谁都预料不到自己的心灵什么时候突然间成长。然而可以肯定的是，作为一个矿工的妻子，宋双鱼的心理就是在此时此刻发生变化的。窗外春光明媚，楼下小花园里第一茬月季花正以喷发之势开放，蓝白相间的喜鹊在树间翻飞。宋双鱼把折着的纸打开，读第一遍纸上的字，她稍稍有些紧张，还有些害怕，吓得脸都白了。读第二遍时，她的意识彻底回来了，意识在迅速增强的同时，还产生了联想。联想的结果，她的心疼起来。到了读第三遍，她就流出了眼泪。

写字的纸显然是从笔记本上扯下来的，因为纸的一侧豁豁牙牙，带着从装订线处撕扯的痕迹。纸的颜色有些发黄，上面打着浅蓝色的横格。字像是用圆珠笔写上去的，纸上留有被笔戳破的小孔。字迹不是很清楚，一些带有煤黑的手印几乎把字迹盖住了。可宋双鱼还是把纸上的字辨认出来了，一字一句都辨认得清清楚楚。那些字像是穿过了煤层，每一个字都像一根顶天立地的柱子。写在纸上的字不算多，一张纸都没写满。确凿无疑的是，每一个字都是她丈夫胡金柱写给她宋双鱼的。因为一开始写的是双鱼，最后写的是金柱。

从格式上看，像是丈夫写给她的一封信。可是，丈夫既然给她写了信，为什么不交给她呢？再说，丈夫和她差不多天天见面，天天说话，干吗还要给她写信呢？宋双鱼看了下面的落款日期，像是回想了一下，才想起来了，天爷，这可能是丈夫在危难时刻给她写下的留言。

也就是今年春节的前三天，井下发生了一场透水事故，一大包蓄势已久的老水倾泻而出，将正在工作面挖煤的四十多名矿工困在水中。矿山救护队迅速赶来，一面用大功率的水泵紧急排水，一面选定矿工有可能在那里躲水的巷道高点，由地面向地下钻孔，通过钻孔传递信息，并输送氧气和面汤。那天下起了大雪，该矿大门外的广场上站满了等候救援消息的矿工家属。有的是母亲在等儿子，有的是妻子在等丈夫，有的是女儿在等爸爸，有的是姐姐在等弟弟，也有的是，年迈的爷爷抱着还不会走路的小孙子，也在雪地里等，那是爷爷和孙子在等同一个人。梨花片子一样的大雪，模糊了他们的身影，也模糊了他们的眼睛。他们都不说话，就那么静默地往矗立在井口的井架方向望着。在他们看来，井架上方还在转动的天轮，像是空中的一个漂浮物，有着梦幻般的色彩。矿上打开了俱乐部的大门，让家属们到俱乐部里避雪。可不祥的预感，让家属们变得有些对抗，也有些固执，他们哪里都不去，任大雪落满他们一身。那些刚才还黑压压的家属们，很快就被白雪包裹起来，变成了一片凝固似的雪人。

那次胡金柱也被透水困在了井下，宋双鱼也在雪地里站成了雪人。发生事故的时间是下午，入夜，当宋双鱼听说一个又一个从井下抬上来的人都已经遇难时，她绝望得再也支持不住，一头栽倒在雪地里。醒过来时，她已躺在矿医院白色的病房里，医生和护士正在给她打针，输水。万幸的是，宋双鱼的丈夫胡金柱的性命没有被透水吞没，当救护队员蒙上他的双眼，用担架把他抬出井口时，他的那口气还在延续。胡金柱在井下被困了三天三夜，终于从地下时间重新回到地面时间。地面的时间是大年三十，矿山附近农村的村庄正在燃放辞旧迎新的爆竹，不时有缭乱的烟花在夜空中开放。那次事故，共有二十四名矿工生还，十八名矿工遇难。在一个逼仄的幽闭的空间里，在面临随时有可能死亡的情况下，胡金柱难免会想到她，思念她，会有足够的时间给她写留言。胡金柱活着出来后，大概觉得留言用不着了，没有给她看，就折起来，放进平时不常开的最下面的抽屉里。胡金柱没有跟她讲过在井下受困时的险恶处境，没有提到过给她写留言的事，更没有说过写留言的过程。胡金柱只在医院里住了三天，体力一恢复，就和以前一样了，照常下井，照常睡觉，照常吃饭。胡金柱平平静静，好像从来没遇到过什么凶险，也从没给她写过留言。而在宋双鱼看来，这份留言太好了，太动人肺腑了，太宝贵了。胡金柱没给她写过信，连谈恋爱的时候都没有给她写过信，她还以为胡金柱不会写东西呢。没想到，胡金柱嘴上不好意思说的话，可能都写在这里了。胡金柱一辈子要跟她说的掏心窝子的话，也写在这里了。宋双鱼把留言捧在手里，在胸口贴了贴，又在脸上贴了贴，心说金柱，金柱，你给我写的留言我看到了。她想把留言拿走，这时有一只喜鹊，翩然落在窗外的阳台上。与宋双鱼拉近距离的喜鹊，显得个头挺大，不像是喜鹊，像是一只鹏鸟。喜鹊的突然造访，把宋双鱼吓得一惊，她赶紧把留言放回抽屉去了，并把抽屉合上。据说喜鹊是喜鸟，她不想让喜鹊飞走，想让喜鹊在阳台上多待一会儿。可喜鹊还是看见了在窗玻璃后面的她，翅膀一展飞走了。

宋双鱼没有再把留言拿出来看，更没有把留言挪地方，既然丈夫没有把留言交给她，或许丈夫有自己的道理。鸟有千羽，路有万条，各人与各人的道理都不一样，谁都得学会尊重别人的道理。可那些留言已留在宋双鱼的心上，今生今世，恐怕她再也不会忘怀。

离胡金柱下班时间还早，看过留言的宋双鱼一时有些恐慌。在她的错觉里，好像井下又透了水，胡金柱又被困到了水中央，又在通过留言跟她告别，这可怎么办呢？她在屋里转了一圈，又转了一圈，看门不是门，看窗不是窗，差点儿撞到了墙上。她赶紧定了定神，看门还是门，看窗还是窗，门外没有发生事故时杂乱的脚步声，窗下也没有救护车的尖叫，一切都很正常。她叫了自己的名，对自己说：金柱正在井下挖煤，金柱活得好好的，你不要胡思乱想，慌里慌张。好了，把心静一静，该干什么还干什么吧！

干什么呢？宋双鱼包了胡金柱最爱吃的羊肉馅儿饺子，做了几个胡金柱最爱吃的菜，还烫了一壶酒，她今天要陪胡金柱喝两盅。胡金柱生还后，她还没有特意让胡金柱喝压惊酒，今天她要为胡金柱把酒补上，把受到的惊吓压一压。

宋双鱼一听到胡金柱的脚步声，还没等胡金柱掏钥匙开门，宋双鱼就适时地把门拉开了。闯过回来了，宋双鱼的两眼就直直地看着胡金柱的脸，她看得有些贪，好像要把胡金柱收到眼底一样。

怎么了？胡金柱问。

不怎么，我看看是不是你。

是我吗？

不是你，是我男人。宋双鱼一关上门，就拦腰把胡金柱抱住了，抱得紧紧的，脸贴在胡金柱的胸口。

我老婆今天到底怎么了，有什么事儿吗？

宋双鱼没把她看到的胡金柱给她的留言说出来，说：什么事儿都没有。

胡金柱看到，宋双鱼已经把餐桌摆好了，餐桌上放着好几样菜，烫酒器里还烫着一壶酒，一缕热气正徐徐地从酒壶里升出来，清醇的酒香弥漫得满屋都是。他问：今天是什么日子？

宋双鱼让他想一想。

今天不过年，不过节，既不是宋双鱼的生日，又不是他的生日，还不是他们的结婚纪念日，是什么值得喝酒的日子呢？胡金柱想了想，没有想起来。

想不起来吧，今天是平常的日子呀！

平常日子什么记号都没有，谁会想起来呢？胡金柱说：平常日子，怎么想起来喝酒呢？

宋双鱼装作一切都很平常，说：平常的日子，就是最好的日子。又说：你那次幸免于难，我忘了给你喝点压惊酒，今天把酒给你补上。

两口子共同喝了两盅酒，宋双鱼让丈夫说话嘛，讲讲嘛。

丈夫问她讲什么。

讲讲你们困在井下三天三夜的经过嘛！

丈夫眼皮塌了塌，说事情都过去了，还讲那些干什么。

不嘛，我就让你讲嘛！宋双鱼的样子有些撒娇，说你不知道，我在大雪中等你归来是多么煎熬，你那次要是不能活着回来，我也活不下去。宋双鱼说着，喉头有些哽，眼里也有了泪水。她看着丈夫，极力微笑着，没让眼泪掉下来。

丈夫说，大水刚涌出来时，哇哇叫着，凶恶得很，比一群老虎下山还厉害。这时谁顺着水往下跑，就毁了，跑不了多远，就得被越来越深的大水淹没。凡是顺着水头跑的，没有一个活着出来的。亏得他们一帮哥们儿顶着水头，攀着巷道边的柱子，奋力逆流而上，最终总算找到一处巷道没有被大水填满的地方，嘴里肚子里才

305

没有灌水。他们跑到巷道尽头时，水还在往上涨，他们原以为他们也不行了，幸运的是，水涨到腰窝那里就停止下来。

那你们害怕了吗?

说不害怕那是假的，在那种情况下，谁能不害怕呢! 头两天，大伙儿还算沉得住气。到了第三天，有的哥们儿就顶不住了。有一个小杨，还没有结婚，正在谈恋爱，吓得哭了起来。跟我们在一起的技术员不让他哭，说哭会消耗氧气，消耗体力，谁哭谁死得快些。听技术员这么一说，小杨就不敢哭了。

那你呢，你害怕吗?

害怕是最无用、最可恶的东西，你越害怕，害怕就越缠着你，只能加速心理的崩溃。

后来呢?

后来我们看见头顶的巷道上方打下来一根钻头，我们把钻头敲几下，上面也把钻头敲几下，我们知道有救了。

宋双鱼不想让丈夫这么快就说到有救，最关键的地方丈夫没有讲到，哪能这么快就说到结尾呢! 什么是最关键的地方呢? 丈夫给她写留言才是最关键的地方。她的目的，是想把丈夫给她写留言的话题引出来，证实丈夫确实给她写了留言。她给丈夫夹菜，劝丈夫喝酒，说丈夫说得太简单了。你们在井下那么长时间，就没想点什么吗?

什么都想，等于什么都没想。想什么都是白想。

想我了吗?

你说呢?

我问的是你，你让我说什么，谁知道你想没想我。

丈夫笑了一下，说：我没想你。

真的？不会吧！宋双鱼的样子有些惊讶。

我只想我老婆，我老婆的名字叫宋双鱼。

你个臭柱子，我就知道你会想我的。那，你没想着给我写几句话吗？

丈夫不说话了。

宋双鱼知道，丈夫是个寡言的人，让他说话比让他喝酒难。她说：你不想说就算了，喝酒吧。把烫好的酒喝完，我给你下饺子吃。

丈夫脸色沉重了一下，回忆说，在最无望的时候，技术员从一个塑料袋里掏出随身带着的记事本，撕给每人一张纸，说谁要给家里亲人交代什么话，就写在纸上吧。写好后交给他，他集中装在塑料袋里，再把塑料袋的袋口扎紧，以免进水。那样的话，就算我们不能活着出去，救护队员也会找到我们，并在塑料袋里发现我们活着时留给亲人的最后的话，分送给每个人的亲人。丈夫记得，技术员大概为缓和当时的绝望气氛，还说了一句不合时宜的笑话，说谁要是不想写给自己的老婆，写给情人也可以。结果没一个人笑，连技术员自己也笑不出来。

你写了吗？

写了。

写的什么呢？

丈夫像是想了想，说记不清了，反正当时挺伤心的，只想哭。

307

后来技术员把你们写的东西还给你们了吗？

好像还了。

在哪里呢，能给我看看吗？

看它干什么，看了还不够心里难受的。

宋双鱼从座位上站起来了，走到丈夫一侧，晃着丈夫的肩膀说：你给我写的，人家就是要看嘛！其实丈夫的每一句话，都已铭记在宋双鱼的脑子里，说到要看时，似乎把那些话很快重读了一遍，眼里又涌满了泪水。

我记得技术员是还给我了，我忘了放在哪儿了。

那么重要的东西，你怎么能乱放呢！你老也不给我写信，在特殊情况下总算写了一次，也不给人家看，真不像话。你要是把给我写的东西弄丢了，得给我重写一次。

双鱼，你不要吓唬我，我可不想再遇上透水，我可不愿再写那样的留言。

好好，对不起，我说错了！

第二天，丈夫上班刚走，宋双鱼就迫不及待地从抽屉里拿出那份留言，看了一遍，又看了一遍。宋双鱼听人说过，坐飞机的人遇到凶险时，乘务员也会让乘客给亲人写留言。一般来说，留言都是交代一些具体事项：比如欠人家多少钱，人家欠他多少钱，私房钱在哪里放着；比如一定要把孩子拉扯大，还要善待父母；再比如要妻子不必苦着自己，想再走一家就再走一家吧。而丈夫给她的留言，没涉及金钱、孩子、父母，还有她的去留问题，一样具体的事项都没有。也就是说，丈夫的留言一点儿都不实际，都是一些有关感情的话语，虚的话语。正是这些虚的话语，如明月清风，阳光雨露，河汉星辰，让她看一遍，看一遍，老也看不够。比如，丈夫一上来就把她称为恩人，这可是前所未有。她与丈夫结婚十多年了，丈夫叫她老婆，也叫过她大鱼、小鱼、鲤鱼、鲇鱼，从没有出现过恩人这样的字眼。丈夫向别人介绍她时，顶多使用过爱人这种通用的说法。恩人和爱人虽说一字之差，二者的感情级别和意蕴却不可同日而语。恩人的说法是重大的，深厚的，似乎和前世、今生和后世都有联系，让她有些担当不起啊！比如，丈夫在留言里说：我可能再也不能活着见你了，我死一百回都不甘心啊！我想我这辈子没得罪谁呀，上苍干吗这么对我过不去呢，干吗非要把我俩分隔在阴阳两地呢！再比如，丈夫写道：在我活着的时候，我对你不是很珍惜。死到临头，我想到的都是你的好处，才知道你是一个真正的好人。如果我有对不住你的地方，就请你原谅我吧。等来生我再去找你，再好好报答你！

宋双鱼相信，丈夫说的都是真心话。丈夫是个口讷的人，也是一个羞怯的人，平常是不会跟她说这些话的。只有到了死神面前，他不说就没机会说了，才把真心话说了出来。而且，这些话不是用嘴说的，是用笔一字一句写在纸上的。说出来和写出来，那可不一样。口说无凭，字落生根，每一个字的根都像是扎得很深。这种写在纸上的留言，几乎带有神圣的性质，它像是丈夫对她写下的誓言，又像两口子一生的契约，千金万金都买不来的。人生一世，不是每个人都有机会写下留言，或得到留言。有的人未及写下留言，就走了。有的人虽然得到了留言，但留言者也是一去不返。他们家呢，丈夫给她写了留言，丈夫又回来了。这样很好，留言不但不会作废，还给他们双方都留下了实践留言的机会。

宋双鱼急于行动起来，按丈夫留言里说的那样去做。丈夫说她是恩人，她要按恩人的标准要求自己。丈夫说她是真正的好人，她还要再往好里做。以前，他们家只有丈夫一个人上班，全家人的吃穿用度，包括儿子住校读书，只靠丈夫的工资支付。她曾提出过到附近的砖瓦场做工，为丈夫减轻一点儿负担。丈夫不让她去，说寸土不饶人，砖瓦场的活儿太重了，累着她就不好了。丈夫还跟她说笑话，说砖瓦场里的那些男人，一个两个都是饿狼，她长得那么好看，被饿狼盯上就不好了。丈夫的意见，让她在家里做做饭，养养花，擦擦地，就可以了。现在想来，丈夫舍不得让她外出做工，是爱惜她，心疼她。她四十岁不到，身体好好的，不能那样娇气。夫妻恩爱，丈夫心疼她，她也应该心疼丈夫才是。说干就干，她换上了一身旧衣服和一双旧运动鞋，头上包一块方巾，就到砖瓦场去了。恰好砖窑里刚烧熟了一窑砖，往外出砖正缺人手，场主见她像是能干的角色，就把她留下了。场主告诉她，场里实行的是计件工资制，谁出的砖越多，挣的钱就越多。宋双鱼见窑门口大开着，而来干活的人都在一块麦地边站着，或坐着，没人往窑里进。当宋双鱼推起一辆胶皮轱辘的手推车往窑口走时，有一个妇女对她说，窑里还太热，进不去人，等外面的风再往窑里吹一吹，窑里的温度再降一降，才能进去。还有一个男的对她说：你要是不要命，想进去也没人拦你。你进去的时候是人腿，出来的时候就成烤羊腿了！不会这么邪乎吧，宋双鱼只管向窑里走去。她心里想的是，砖窑又不是煤窑，煤窑下透了水，人很难自己跑出来，砖窑在平地，里面要是真的很热，试一下再出来就是了。她走进砖窑里一试，里面的热气果然有些熏头，她头上呼地就出了一层汗。她摸摸那些码成砖垛的红砖头，砖头也有些烫手，她拿起一块砖，赶紧扔进车斗里，砸得铁皮斗子砰地响了一下。往推车里装三五块砖还可以，如果连续装下去，她的手会烫得起泡。怎么办？她从窑里退出来，也跟那些人一样在麦地边待着？不能，要是那样的话，宋双鱼就不是宋双鱼了。有丈夫的留言激励着她，砖窑里温度高一点，又算得了什么呢！宋双鱼想了一个办法，她把包在头上的方巾摘下来，缠在右手上，这样右手上像戴了一只手套一样，就好多了。她很快装满了一车砖头，把砖头从窑里运了出来。窑外春风徐徐，麦苗青青，宋双鱼从窑里运出来的红砖显得格外新鲜。

别人见宋双鱼从砖窑里运出砖来，也不再怕热，纷纷推起推车向砖窑里走去。

尽管宋双鱼用头巾缠了手，她右手的手指上还是被烫起了两个水泡。水泡鼓鼓的，明明的，像两粒白豌豆。宋双鱼不想让丈夫看见她手指上的"豌豆"，不想让丈夫知道她外出做工，等挣下一些钱，再给丈夫一个惊喜。丈夫回到家，一上桌吃饭，就把宋双鱼手指上的"豌豆"看见了，丈夫说：让我看看。

看什么？

你的手。

宋双鱼不由得把右手背到身后，说：手有什么好看的，你又不是没见过。

你是不是到砖瓦场干活儿去了？

你怎么知道的？

是你手上的水泡告诉我的。一定是刚烧熟的砖头退温不够，才把你的手烫成这样子。

宋双鱼这才把手拿到桌面上，说没事儿，过两天泡就下去了。

丈夫说：那可不行，要是砖头把水泡磨破，伤口会感染的。来，我用针帮你把水泡挑开，把里面的水放出来，再用创可贴包上。

不用了，我没那么娇气。

听话！丈夫加重了语气。

丈夫把钢针的针尖在煤火上烧了烧，等于为针尖消了毒，才捏住宋双鱼的手指，轻轻地把一个水泡挑开了。水泡一挑开，一股有些发黄的液体就流了出来。在丈夫帮她处理水泡时，她难免想到丈夫给她的留言，亏得丈夫没有离她而去，要是丈夫的留言真的变成了遗言，就没人这样心疼她了，这样爱惜她了。她叹了一口气。

丈夫问她是不是疼了？她说不疼，又说疼，又说不疼，到底也没说清是疼还是不疼。出乎宋双鱼意料的是，丈夫这次没有劝她别去干活儿了，丈夫说：只要你高兴，你想干什么就去干什么吧。不管你干什么，我都不会拦着你。只是有一条，你记住就行了，那就是一定要注意保护自己的身体。

这时宋双鱼说了一句连她自己都有些吃惊的话，她说：我要是死了怎么办呢？

丈夫却并不显得吃惊，他说：不会的，你不要吓唬自己。要死，只能是我死，这是我的工作性质决定的。上次能死里逃生，是万幸，不定哪天又遇上个事儿，也许就不那么幸运了。

那，咱不下井了不行吗？咱想办法调到井上不行吗？

我也不想下井，不下井干什么呢！我也想调到井上，天天都能见到阳光，可调到井上可不是那么容易的。

当晚，宋双鱼做了一个梦，梦见她的丈夫胡金柱真的死了。但矿上的人并没有明确告诉她胡金柱死亡的消息，事情似乎有些神秘，人们对她也有些躲避。她找到一个像是科长一样的人物，问她的丈夫到底怎样了，还存在不存在？科长没有正面答复，含含糊糊地说，开大会时就知道了。说是开大会，却没有在俱乐部开，而是在矿街的集市上。面对集市上黑压压的人群，科长说就在这里吧，有点拿她示众的意思。她想，她又没做什么见不得人的事，干吗拿她示众呢！这时科长拿出一张字纸，让她把上面的字给大家念念吧！宋双鱼一看，纸上的字不是别的，正是丈夫写给她的留言。她不想念，可科长说不念不行，每个死了丈夫的妻子都得走这个过程。没办法，她只好低下头念起来。念着，念着，她就哭了起来。她一哭就哭得很大，是痛彻心扉，也有抗议的性质。她想让全集市的人，全中国的人，全世界的人都听见她的哭声。她把丈夫都哭醒了，她的哭还收不住。

丈夫赶紧唤她：双鱼双鱼，你怎么了？是不是做梦了？快醒醒！

宋双鱼嗯了一声，像是醒了过来。她一醒过来，就紧紧抱住了丈夫的脖子。她抱得有些用力，胳膊不由得痉挛了两下。她虽然不

313

再哭了，但还是长长地抽泣。梦是清晰的，她没有给丈夫讲做了什么梦，没说自己为什么痛哭，只说没事儿的，睡吧。又说：把你惊醒了吧，真对不起！

夜往深里走，深得渐渐与井下有些接近。井口旁边的矸石山上，偶尔传来矿车倾倒矸石的声音。声音有些细碎，像是淋在树叶上的一阵雨。胡金柱的眼睛是闭着的，越是闭着眼，他"看"得就越远。他知道，矸石山上只要在倾倒矸石，就表明井口在出煤。矸石往往夹在煤层和岩层之间，是岩与煤的过渡带，也是煤的伴生物。矸石总是出得很少，煤总是出得很多。而井口只要还在往上提煤，就表明和他一样的弟兄们仍在井底劳作。他仿佛看见，在比井上的黑夜黑得更加深沉的井下黑夜里，那些像煤一样的小黑人儿，仅凭头顶上的一点光亮，正袒胸赤膊，"开天辟地"，进行着原始般的不屈的舞蹈。有人倒下了，后面的人补充上去，接着舞蹈。他也曾差点倒下去，但总算没有倒，还在尽着自己的一份责任。他给妻子写的留言，他当然不会忘记，也不可能不知道留言放在了哪里。是的，他识字不算少，写东西却很少。这份留言，是他心痛到极处不得不写的一点东西。在正常情况下，他不会写这些话。是死亡和心魂的逼使，他才写下了这些话。妻子不在跟前的时候，他有时也会把留言拿出来看一看。每次看过，他的眼都会湿一阵，心就会疼一阵。他还会产生错觉，恍惚之间，仿佛自己真的已经死了，看留言的只是他的灵魂。如此一来，他就是以一个死者的身份看留言，也是以一个死者的眼光看世界。在死者的眼里，世界就不一样了，看天天高，看地地长，看山山美，看水水善，一切的一切，都是那么美好，那么可爱。比如那次透水事故之后，有的人对矿井产生了恐惧心理，把矿井看成了雷池，再也不敢跨进雷池一步。胡金柱与有的人正相反，他觉得自己是死过一次的人，是死而复生的人，还有什么可怕的呢！有矿井可下，有汗水可洒，有钱可挣，有家可回，就证明自己还活着。活着就是最大的满足啊！

胡金柱想到了，妻子有可能会看到留言。他之所以没有把留言销毁，之所以愿意把留言拿回家，除了想把留言作为自己的一份誓言，在潜意识里，他也希望妻子把留言看一看。他不好意思直接把留言拿给妻子看，只能把留言放在抽屉里。他相信，只要留言在，妻子总有一天会看到。

那天一回到家，见妻子那样眼泪汪汪地看着他，见妻子给他烫了酒，他马上意识到，妻子一定是把留言看到了。从那以后，妻子像变了一个人一样。妻子去砖瓦场做工后，他跟妻子说过，妻子挣的钱不要用在家庭生活的花销上，可以单独建账，自由支配，自己想买什么都可以。可妻子把钱攒够一定数目后，竟把钱寄给了远在老家的胡金柱的母亲。胡金柱预想，妻子一旦看到留言，会对妻子的心理产生一些影响，但他没有想到，对妻子心理的影响会这么大。妻子在梦里痛哭，说不定也跟他的留言有关。这让他心中有些不安，也有些愧疚。

胡金柱不想让妻子再看留言，他把那张留言压到砚台下面去了。

改天胡金柱下班一回到家，宋双鱼就迎上去问他：你把给我的留言放在哪里去了？

什么留言？我不知道呀！

你知道，你知道，快点儿还给我！宋双鱼急得脸都红了。

以后不要再看了。

不嘛，我就要看。你写给我的，所有权就属于我，我想看就看，我要看一辈子！你要是不还给我，我今天就不吃饭了，明天也不吃饭了。

胡金柱没想到妻子会这样急切，反应会如此强烈，他说：不是还在原来的地方放着嘛！

宋双鱼马上到卧室拉开抽屉看，获奖证书上面光光的，哪里有留言呢！

你看看砚台下面有没有。

宋双鱼拿开砚台，才把留言找了出来。她失而复得似的很快把留言看了一遍，说：不放在这儿了，我要自己保管！

2015 年 9 月 26 日至 10 月 12 日（国庆长假期间）

于北京和平里

生　人

　　华学敏在徐州中国矿业大学完成本科学业，到北京某国家工业部门参加了工作。工作三年之后，一位京生京长的姑娘，成了他的老婆。

　　信息传到华学敏的老家，村里人都觉得这事情了不得，不得了。北京，在以前那可是皇城。在皇城里出生的姑娘，恐怕跟皇姑也差不多。娶了"皇姑"做老婆的人，不是成了"驸马爷"嘛！华学敏的父亲在村里民办小学当过老师，乡亲们习惯叫他华老师，有人说：华老师，你就等着抱北京的孙子吧，你可是北京人的爷呀！华老师咦了一下，说不敢不敢，不着急。又说：两个孩子工作忙，工作要紧，一切为工作让路。

　　华学敏的老婆叫白燕明，原是机关办公室的一名打字员。她当打字员那会儿，使用的还是那种老式的打字机，啪嗒啪嗒往卷在滚筒上的蓝色蜡纸上打字。打字的工作机械，单调，让白燕明不胜其烦，要是捏着打字机的手柄打一辈子汉字，他姥姥的，那可惨到家了。情况还算不错，过了没多久，就有了电脑，人们开始用电脑打字。用电脑打字比用打字机打字方便多了，可以用五笔，也可以用

317

拼音，一个指头或几个指头，捣巴捣巴就会了，人人都可以上手。不管什么技术，一旦普及，就不算技术了。好比人人都会吃饭，穿衣，那还叫什么技术呢！白燕明及时扔掉了打字员的帽子，调到一家新成立的报社，当上了一名收发员。报社作为信息吞吐单位，来往信件当然很多。报社专门为白燕明配备了一只大提包，她每天都能从部机关总收发室那里提回一提包报纸和信件。白燕明像邮局的分拣员那样，对取回的报纸、信件作二次分拣，然后一一送给总编、副总编和各部室。有人问白燕明在哪里高就？她说在报社。一般理解，在报社工作，不是编辑，就是记者。白燕明一说她在报社工作，人家就把她当成了编辑或记者。白燕明没有否认别人对她的理解，说嘿，凑合活着吧！一副很谦虚、很低调的样子。

白燕明和华学敏结婚时，男的二十六岁，女的二十五岁，不算早婚，也不算晚婚，算正当其时吧。从生孩子的角度看，两个人都处在最佳生育期。可白燕明的态度是，三年之内她不打算生孩子。说出这样的打算时，白燕明的态度显得十分坚决，像是一妇当关，万夫莫开。华学敏的态度不是很明确，或者说有些暧昧，他说：顺其自然吧！

什么叫顺其自然？你给我说清楚！两条长胳膊正吊在华学敏脖子里的白燕明，把华学敏松开了。

好歹你也是读过高中的人，难道连顺其自然都不懂吗！

不懂，怎么啦？我没你学问大，行了吧！我要是什么都懂，要你干什么！

华学敏只好给白燕明解释：刮风，下雨，就是自然。风来了，雨来了，谁都挡不住，只能顺着风，顺着雨，就是顺其自然。

我要是不顺其自然呢，刮风，我穿上风衣；下雨，我打上雨伞，自然能把我怎么样！

自然不能把你怎么样，你也不能把自然怎么样，风该刮，照样刮；雨该下，照样下。

那，刮风下雨跟生孩子有什么关系呢？

关系是有的，就算你下雨天打着雨伞，风一吹，个别雨点也会溅到你身上，你就可能会怀孕。

白燕明笑了，说你别逗了，要是雨点溅到我身上我就会怀孕，我不知道怀过多少次孕了。

我的话只是一个比喻，我的意思是说，咱不急着要孩子，万一怀上了呢，咱就把他生下来。

那不行，要生你自己生，我不生！我还没玩儿够呢，我妈说我自己还是一个孩子呢，自己还管不好自己呢，生什么孩子！

这个你不用发愁，要是你不想看孩子，到时候让我妈来，帮咱们照看。

白燕明把华学敏推了一下，说华学敏，你少给我提你们家的人，我知道你爸你妈急着要孙子，急着把我变成你们华家的生殖机器，没门儿！

白燕明喜欢去歌厅唱歌，还喜欢去舞厅跳舞。因天赋条件有限，她唱歌唱得不怎么样，该拔高的时候老是拔不上去。而她跳舞跳得不错，每次跳舞都能吸引不少艳羡的目光。白燕明最喜欢、最拿手的是独舞，跳迪斯科。她腿长，腰长，胳膊长，脖子长，外加头发长，跳起来如风中的小白杨一样修长，漂亮。她知道自己的长处所在，长了还要长。跳着跳着，她会将双手高高举起，指尖搭成敦煌壁画的飞天舞蹈那样，扭动着腰肢矮下去，矮下去。她矮下去的目的，是为了展现从低到高的优美过程。矮到一定程度，她伴随着快节奏的舞曲，开始大幅度扭动身体，由矮里往高处长。在多彩的、闪烁的、变幻的旋转灯光和镭射灯光照耀下，白燕明简直就像是一条在水中游动的美女蛇，酷极了，妖冶极了！这里那里传出喝彩声：好！够味儿！

华学敏也喜欢看白燕明跳舞，白燕明每次去舞厅跳舞，他都愿意跟白燕明一块儿去。当白燕明把自己跳成一条"美女蛇"时，华学敏看得甚至有些怀疑：这个挺不错的女人是我老婆吗？为了打消自己的怀疑，每次跳完舞回到家，华学敏都急于做那件事。那件事是好事，白燕明也不拒绝。但白燕明提出一个前提，要求华学敏必须提前把保险套儿戴上。白燕明不说保险套儿，她有时说成气球儿，有时说成紧箍咒儿，说，去，先把气球儿戴上！或者说，去，先把紧箍咒儿戴上。华学敏总是有些磨叽，说一开始不必戴，等有动静了再戴也不迟。白燕明说绝对不可以，等有了动静再戴就晚了。她说你戴不戴？不戴拉倒！

华学敏可不愿拉倒，他说好好好，戴戴戴。

为了证实白燕明的确是自己的老婆，华学敏这晚在白燕明身上还问：请问这位美女，你是我老婆吗？

你说呢？

我不说，就让你说。

白燕明的回答是：我不是你老婆。

不是我老婆，那你是谁的老婆？

我是狗的老婆。

华学敏高兴得癫狂了几下，说：能娶到这样一个老婆，当狗也风流。

我要是怀了孕，你还能这样吗？还能当狗吗？

不能。

我要是腆着个肚子，还能去舞厅跳舞吗？还能保持这么好的身材吗？

但是……

但是是个蛋，还是个臭蛋，你少跟我玩儿这个。

华学敏在但是后面本来想说，孩子总是要生的，生完了孩子，好身材还可以恢复。白燕明不爱听但是，他就不说了，他说好老婆，你不会对我念紧箍咒吧，你是要念紧箍咒，我会很疼的。

就念。白燕明把紧箍咒紧了一下。

哎呀，疼死我了！

白燕明把紧箍咒念得更快些，一箍接一箍。

华学敏装作受疼不过，说师父师父，别念了，疼死徒儿了，徒儿再也不敢了！

疼死你个臭猴子，看你今后还调皮不调皮！

尽管白燕明防范严密，每次都让华学敏戴紧箍咒，一年多之后，白燕明还是怀了孕。当白燕明到医院证实自己确实怀了孕，把一切责任都推到华学敏头上，把华学敏埋怨得鼻子不是鼻子，脸不是脸，说：都怨你，都怨你！

老婆怀了孕，华学敏内心深处是高兴的，这表明他们的生命得到了真正的结合，并将孕育出新的生命。可华学敏的高兴一点儿都不敢表现出来，好像一切都很意外。按白燕明的另一个说法，他把保险套说成了气球，说他反正每次都把气球戴得好好的。

那你的东西是怎么钻出来的？是不是你偷偷用大头针在气球上扎了眼儿？你必须老实交代！

华学敏的表情严肃起来，说燕明，咱俩认识好几年了，结婚也一年多了，你这样说话，说明你对我还是不了解。我历来主张，做人要诚实，行为要端正，我怎么会做那种偷偷摸摸的小动作呢！你这样说简直就是对我的诬蔑，我万万不能接受。

那是怎么回事，难道是孙悟空搞的鬼！

华学敏像是想了一下，说：我认为不排除产品质量有问题。现在肉里有注水，鸭蛋里有苏丹红，很多产品都有掺假，谁能保证保险套儿只只都是合格产品呢！一百只保险套儿里如果有一只是冒牌货，那就不保险了。

对于华学敏这样的判断，白燕明没有提出异议。他们使用的保险套儿都是单位免费提供的，每逢节假日前夕，两个人所在单位管计划生育的人，就把保险套成盒成盒地发给他们，足够他们用的。便宜没好货，不要钱的货恐怕更值得怀疑。白燕明问华学敏：那怎么办呢？

华学敏说：我的意见是，既来之，则安之。

讨厌，你跟我说话，能不能不踐文！

华学敏否认他跟白燕明踟了文，说：我认为这是天意。

还说不踟文，这不是踟文是什么！虚头巴脑的，跟姑奶奶显摆你的学问大是不是！

华学敏把一根指头竖在嘴前嘘了一下，提醒白燕明说话小声点儿，别让爸爸妈妈听见。入冬后，北京开始供暖，华学敏让他的爸爸妈妈到北京来了。他们家的房子是华学敏的单位分给华学敏的，只有一室一厅。华学敏本来安排二位老人睡在客厅的折叠沙发上，因白燕明每天在客厅里看电视剧看到很晚，而二位老人的生活习惯是早睡早起，为了不影响儿媳看电视剧，华爸爸就提出到阳台上去睡。华学敏拗不过当过老师的爸爸，只得临时买了一张钢丝折叠床，把爸爸妈妈安置在阳台上。华学敏之所以不想让爸爸妈妈听见他和白燕明的对话，是暂时不想让二位老人知道白燕明怀了孕。不知道白燕明怀孕时，爸爸妈妈已对白燕明哈得不成样子，要是知道白燕明怀上了他们的孙子，还不得把白燕明当神仙敬。关键的问题还在于，在结婚之后三年内，白燕明不打算要孩子，现在虽说白燕明怀了孕，但身孕能不能保住还很难说。从白燕明以往玩儿心很大的态度判断，保住身孕的可能性很小。倘若爸妈知道白燕明怀孕了，还没来得及高兴呢，白燕明又把身孕流掉了，对二老的打击不知有多严重呢！

白燕明不但没有把声音放小，反而加大了音量，她说：我从来不会小声说话，谁爱听见谁听见！

明明，我的小姑奶奶，你听我慢慢跟你说好不好！我说的天意，不是人的意思，是老天爷的意思。咱们还不想要孩子呢，是老天爷认为咱们该要孩子了，你该当妈妈了，就给咱们送来了一个孩子。你知道吗，老天爷送来的可是天使呀，天使来了，谁都不拒绝。

你蒙我的吧？

我亲爱的老婆，我怎么会舍得蒙你呢，你是谁，我是谁，你是天使的妈妈，我就是天使的爸爸呀！

我明白了，你的意思是让我把孩子怀到底，生下来，对不对？

我老婆就是聪明，一点就透。

白燕明冷笑了一下，又冷笑了一下，说什么天使地使，你少跟我来这一套，那是不可能的。她和一家整容医院约好了，下周就去那家聘有外国整容医师的医院做整容。她这次整容的项目是把下巴颏儿加长一些。她的几个要好的女同事一致认为，她的身体哪里都长，只是下巴颏儿稍短那么一点点，倘若把下巴颏儿适当加长一些，那就更加协调，更加完美，变成无可挑剔的大美女。到时去京城之冠摄影楼做一套写真集，恐怕这明星那名模都得被她比下去。白燕明反复去医院咨询过了，人家告诉她，手术挺简单的，只把下巴里侧拉一个小口儿，装进一个用特殊材料做成的柔性下巴，再把小口儿缝合就完了。手术全部完成后，一点手术的痕迹都不露，只见下巴大大改观。白燕明对整容后的面貌已经有了美好的想象，并与整容医院约好了做手术的时间，现在肚子里怀了孕，不知整容手术还能不能做。要是她正在手术台上，医师正给做手术，她的妊娠反应上来，又是呕又是吐的，那该如何是好！还有，她的下巴加长了，手术成功了，她的肚子却大了起来，那叫什么形象！这样想着，白燕明突然变得狂躁起来，她骂了一些脏字儿，说：没法儿活了，我不活了，我去死了算啦！说着双手狠狠抓住华学敏的胳膊，歇斯底里似的长"啊"了一声。

睡在阳台上的华爸华妈，都被白燕明的叫声惊醒了。因折叠床又窄又小，老两口儿只能采取打老通的办法，一人睡一头儿。华妈问华爸：你听见了吗？

华爸没有说话。

华妈只好用脚趾动了动华爸的耳朵，说：你就睡那么死吗！

三更半夜的，不好好睡觉，你乱动什么！

刚才我听见有人叫了一声，我听着怎么像咱家燕明的声音呢？孩子没什么事吧？

华爸睡觉很轻，窗外的风吹起一只塑料袋子，他都听得见，何况白燕明发出的那么大的叫声呢。可华爸却说，他没听见什么声音，让老伴儿闭上眼睛闭上耳朵好好睡觉吧，不要操那么多心。

我睡不着。我看咱们的儿媳好像是怀孕了。

你怎么知道的？

谁像你们这些男人，成天价吃热不管凉，吃凉不管酸。女人对女人总是更知道一些，我一看燕明的脸色，一看她吃啥啥不香的样子，就约莫着她可能怀孕了。

噢，你只是约莫着，那是不科学的。

不约莫怎么着，我又不能摸她的肚子。我约莫也能约莫个八九不离十。华妈说着，长出了一口气，又说：咱们的孙子，一定跟爷爷奶奶亲。

这话从何说起?

你想啊,两个孩子结婚都一年多了,咱们不来北京的时候,孙子老也不来。咱们刚来北京,孙子跟着就来了,这不是跟咱们亲是什么!

八字还没有一撇呢,你不要老是说孙子,孙子,要是来个孙女儿怎么办呢?

孙女儿也是孙子辈,来个孙女儿我也喜欢。不像你,老脑筋。

窗外刮起一阵风,把窗玻璃刮得抖索着响起来。有一个窗户缝关不严,寒风从窗缝儿透了进来。阳台上没有暖气片,不能抵御寒风。头发细的缝儿透进门板大的风,寒风很快在阳台上扩散开来。华爸把华妈的两只脚握了握,拉得靠近自己的身体,并把被口掖得严实一些,说:这个事儿你最好不要问孩子。

为啥?这不是好事儿吗!

好事儿是好事儿,你还是别问好一些。现在的孩子都是有思想的人,有些事情他们想跟你说,你就听着;他们要是不想跟你说,你问了,他们会不高兴。

我不问燕明,问问学敏还不行吗!

学敏也不一定了解情况。

看你这话说的,我怀孩子的时候,你能说你不了解情况吗!

你老说那时候,现在跟那时候能一样吗!那时候你们家生了八个孩子,我们家生了六个孩子,现在能生那么多孩子吗,不能吧!

华妈还是不服,说羊生羊,人生人,这都是老天爷安排下的事儿。羊生羊该生多少还生多少,人生人倒成了难事儿。

天还不亮，楼下的清洁工刚开始清理垃圾桶，老两口儿就起床了，轻手轻脚地在厨房里做早饭。儿子和儿媳都习惯睡懒觉，每天早上都有工作赶着，再不起床就要耽误上班，才不得不起床。他们起床后，从来不做早饭，或是上班路上买点什么垫巴垫巴，或干脆什么都不吃。老两口儿来到北京后，天天给小两口儿做早饭。干的有时蒸馍，有时蒸包子，有时煎面糊饼。稀的有时熬大米粥，有时熬小米粥，有时打红薯稀饭。不管爸妈做什么饭，华学敏都爱吃，都能吃出老家的味道。白燕明就不行了，她还是愿意吃北京风味的早点。这好办，华爸就每天早上到街上给白燕明买早点，每天都不重样。如果昨天买了炒肝儿和小笼包儿，今天就买豆浆和油条。去买火炒肝儿和豆浆时，华爸都是端口小锅出去，买了东西就赶快把锅盖儿盖上，以免东西着凉。这天早上，华爸给白燕明买的早点又换了样，干的是糖油饼，稀的是豆腐脑。早饭在客厅里摆上了桌，华学敏也坐到了桌边，白燕明还在卫生间里没出来，正蹲在马桶上抽烟。他们家华爸和华学敏都不抽烟，只有白燕明抽烟。白燕明抽的是细细的女士烟，烟味不是很呛。华学敏隔着卫生间的推拉门对白燕明说：爸今天给你买的是糖油饼和豆腐脑儿，快出来吃吧。

白燕明说：你们先吃吧，我不饿。

不着急，我们等你。

白燕明干呕了几声。

华爸华妈互相看了一眼，又一同把目光转移到华学敏的脸上。

华学敏觉得爸妈的目光在读他，似乎要从他脸上读出某种内容。他是爸妈的"作品"不假，但他不想让爸妈再读他，遂把眼皮塌下了。他说：咱们先吃吧。

华爸说：还是等等燕明吧。又说：你想先吃你吃，趁热。

华学敏端起爸妈熬的红薯花生稀饭喝起来。

等到白燕明从卫生间出来，又从卧室里出来，她已经化好了妆，穿上了羽绒服，围上了羊绒围巾，并提上了提包，是准备出门上班的样子。

华爸华妈都有些诧异，不知道昨天晚上到底发生了什么事。华爸说：燕明，吃了饭再去上班吧。我听学敏说你喜欢吃糖油饼，就让人家给你炸了糖油饼。

白燕明笑了一下，说谢谢爸！我今天真的不饿，真的不想吃。拜拜！白燕明摆摆手，只管出门去了。

华爸问华学敏：燕明怎么了？

怎么也不怎么，别管她！华学敏推开饭碗，也上班去了。

华学敏和白燕明中午都是在单位食堂吃饭，中午在家吃饭的只剩下老两口儿。老两口儿对午饭一点儿都不重视，他们的意思，吃也可以，不吃也可以。吃也就是吃点剩饭，应付一下自己，也是避免剩饭浪费。这天中午，他们两个心事重重，连剩饭也不想吃。白燕明不吃早饭就走了，显然有些不正常。至于为什么不正常，他们无论如何都想不明白。世界变化快，年轻人的变化也快，谁知道如今的年轻人是咋想的呢！拿怀孕来说，以前谁怀孕了，说是有喜了。有喜带来的是喜讯，一人有喜，全家都欢喜。从白燕明早上的表现看，老两口儿进一步得出判断，他们的儿媳确实像是有喜的样子。然而，儿媳的表现不是喜，像是烦，是忧。儿媳不欢喜，他们

328

暂时也不敢欢喜，只能把欢喜压抑着。

午饭他们可以不吃，晚饭是要准备的，因为两个孩子回家吃晚饭。晚饭做什么，他们颇有些犯难。他们想炖鸡，烧鱼，给儿媳增加点儿营养，可又不敢。儿媳为了保持身材的苗条，晚饭从来不沾荤腥，只吃一点点素食。商量来，商量去，他们顺着儿媳的口味，最后选择了包饺子，包韭菜鸡蛋馅儿的素饺子。

买韭菜，炒鸡蛋，和面，拌馅儿，老两口儿从半下午就开始忙活。他们像在老家时合作一样，华妈擀皮，华爸包馅儿。离两个孩子下班还有一个多钟头，他们就把饺子全部包好了，整整齐齐排列在他们从老家带来的用高粱莛子做成的盖板上，单等孩子一进家，他们就往锅里下饺子。

儿子按时回来了，儿媳没有回来。儿子说：别等燕明了，她今天不回来了。

闻听此言，华爸华妈不再是诧异，简直有些吃惊，他们望着儿子，一时连为什么都忘了问。

儿子解释说：燕明回她家看她爸她妈去了，她两周都没回去了。

燕明的爸爸妈妈只有燕明这么一个女儿，她回去看望爸爸妈妈也是应该的。华爸对燕明回娘家表示理解。但他又说：你妈为燕明包了素馅儿的饺子，燕明不回来吃饭，你应该提前跟我们说一声。

我一忙，就忘了。实际情况是，白燕明临下班时才给华学敏打了个电话，告诉他要到爸爸妈妈家里去。华学敏为白燕明打了掩护，把责任揽到了自己身上。

吃饭期间，华妈没有管住自己，还是问了一句：燕明是不是怀孕了？

华学敏嘴里正吃着一个饺子，他把饺子咽下去才说：可能吧。

可能是咋说？你带燕明去医院检查了吗？你这孩子，我看你对燕明一点儿都不关心！

华爸对华妈说：你不要着急嘛，听孩子说嘛！说着冲华妈皱了一下眉头。

你让我说什么？华学敏的眉头也皱起来。

你想说什么，就说什么，说说你们的打算也可以。

我们没什么打算。燕明说，三年之内她不打算要孩子。

华爸拿出了当老师的派头，脸上变得难看起来，他说华学敏，你不要老是强调燕明怎么说，作为一个丈夫，你就不能在家里发挥一点儿主导作用吗！

你这个观点我不同意，都什么时代了，你还抱着老皇历不放，还在奉行大男子主义。现在的夫妻关系是平等的，谁能主导谁呢！

夫妻平等我赞成，依我看你们的夫妻关系并不平等，是白燕明在主导你，你承认不承认？

华学敏当然不会承认，他拧了一下脖子，站起来到自己的卧室去了，并关上了房门。

白燕明回娘家，去了一周，两周，三周，都没有回来。其间华学敏到岳父岳母家去了两次，仍没有把白燕明接回来。直到第四周，白燕明才回来了。这时的白燕明已把肚子里的孩子流掉了，却把自己的下巴颏加长了。做了整容手术的白燕明，自我感觉不错，愿意一遍又一遍照镜子，还愿意逮谁跟谁笑。她笑的目的，是希望别人注意到她面貌的改观。

在床上，白燕明接受了上次怀孕的教训，对华学敏的防范更加严格。在使用气球前，她让华学敏当面把气球吹一吹，检查一下气球是否漏气。华学敏取出一个气球吹饱了，饱得像一根黄瓜一样。白燕明让他再吹。华学敏把气球又吹了几口，吹得像一个茄子一样。白燕明还嫌气球不够大，让华学敏再吹，再吹。直到华学敏把气球吹得差不多像一个冬瓜，再吹就有可能爆炸，白燕明才说，就这样吧。不过她还让华学敏捏紧气球的口别撒手，确认"冬瓜"不会变小，等一会儿再撒手不迟。等白燕明宣布可以了时，华学敏一撒手，可笑的一幕出现了，由于气球快速收缩所产生的喷气作用，推动有着生殖器形状的气球打着秃噜向高处飞去，飞到房顶的吸顶灯那里，才落了下来。"生殖器"变成了飞行器，让白燕明觉得太神奇了，太美妙了，太好玩儿了，她乐得直拍床铺。她小时候也偷偷拿爸爸妈妈的保险套儿当气球玩过，但从没有玩出这样的效果。她让华学敏再飞一个。按照白燕明的要求，华学敏这次把气球吹得更大，让"生殖器"飞得更高。白燕明乐得嘎嘎的，说乐死我了！

华爸华妈都听到了白燕明的笑声，他们不明白白燕明为何如此高兴。他们的孙子眼看着就要来了，还没来得及高兴，他们的孙子就没有了，不知到哪里去了。好像生命走到了尽头，他们觉得一点儿盼头都没有了，别提多失望了。窗外下起了雪，映得阳台上白花花的。华妈身上哆嗦了一下，说：他爸，我有点儿冷。

华爸说：你要是嫌冷，就到我这头儿来睡吧，我帮你暖暖。

华妈没有到华爸那头儿去睡，她说：我连想死的心都有。说着轻轻哭泣起来。

华爸劝妻子：你不用这样悲观，孩子又没说不要孩子，他们只是晚点儿要而已。见劝不住妻子，他又说：你要是实在不想在这儿住，咱就回去过年。

再过几天就是农历的小年，华爸此时提出带妻子回家，显然带有赌气的性质。但他对华学敏的解释是：果果想姥姥了，哭着喊着要到北京找她姥姥。果果来，你姐就得来，来了又要给你们添麻烦。他们来，还不如我们回去。华爸华妈一共生有两个孩子，一个闺女，一个儿子。华爸所说的果果，是他们的外孙女。华学敏心中明白爸爸妈妈要回老家的真正理由，无非是想抱孙子没抱成呗。一代人有一代人的难处，老一辈人哪能理解新一辈人的难处呢！两位老人执意要回老家，华学敏知道留也留不住，就随他们去吧。

白燕明问华爸：你们不是说好在这儿过春节吗，怎么说走就走呢？

华爸说：不过了。

我听说老家挺冷的。

老家再冷也没有北京冷。

老两口回到老家，村里有人问：华老师，怎么不在北京过年呢？

华老师的解释是：北京没有熟人，不热闹，不如在家里过年热闹。

怎么样，有孙子了没有？

快了，儿媳妇已经怀上了。

那好，那好！

回头再说北京的小两口儿。每次房事前，白燕明都让华学敏吹气球，这让华学敏觉得有些麻烦，也多少有失一个男人的尊严，他提出让白燕明吃避孕药。白燕明不干，说还没怎么着呢，先吃药，太麻烦了！

你麻烦我就不麻烦吗，每次把我的腮帮子都吹疼了。

白燕明乐了一下。

还好意思笑，你不要太以自我为中心！

我怎么以自我为中心了？你不是说过我就是你的中心嘛！怎么，变卦啦？

你再这样我就不干了！

不干正好，我正想当单身贵族呢！

就你，还想当贵族，八竿子都打不到你，可笑！

听你的口气，你是不是想找小三儿呀？

无可奉告！

僵持了两天，这次白燕明做出了让步。她不是吃避孕药，是到医院妇产科让人家往她子宫里放了一个节育环。这下问题解决了，因节育环占据了子宫的中心位置，先入为主，后来者谁都进不去了。也就是说，不管华学敏和白燕明如何可劲儿折腾，白燕明都不会怀孕了。

白燕明说的是结婚三年之内不要孩子，三年过去了，四年、五年、六年也过去了，他们还没有生孩子。到了他们结婚后的第七年，两个人都超过了三十岁。华学敏问白燕明：怎么样，玩儿够了吧？

你啥意思？这不是挺好的嘛！

已当上副处长的华学敏说：好个屁！再不生孩子，你就废了，连狗都嫌你！

白燕明嘻嘻乐，说干脆，咱们养只狗吧！

扯淡！少跟我提狗，谁提养狗我跟谁急！

白燕明去医院把避孕环取了出来，给未来的孩子腾出了位置。华学敏鼓足干劲，甚是勤奋。白燕明也积极配合，做的是全盘接收的样子。然而，他们耕耘了一年多，播种也播了一年多，竟没有一点收获。有说只管耕耘，不问收获。但耕耘毕竟是为了收获，如果老是耕耘，不见收获，恐怕耕耘者的积极性也难以维持。华学敏问白燕明：怎么回事？

你问我，我还问你呢！

华学敏建议白燕明去医院检查一下。

白燕明对自己的身体充满自信，不愿去医院检查。

华学敏一字一句对白燕明说：你必须去！

不就一个副处长嘛，你牛什么牛！

华学敏带白燕明到医院一检查，两个人都有些傻眼。检查的结果表明，白燕明子宫内部发生了病变，长了别的东西，怀孩子是不可能了。换句话说，地，还是那块地，以前可以长庄稼，现在完全荒漠化了，别说长庄稼，连草都不会长了。

华学敏不愿回家了，称要加班，就住在了办公室。或以到基层调查研究的名义，住在外地。

白燕明的爸爸妈妈也知道了女儿的情况，为了安慰女儿，他们送给女儿一样礼物，一只金毛狗。金毛狗是大型狗，在家里比一个小伙子还要占地方。白燕明忘了华学敏一贯反对在家里养狗，她给华学敏又是发短信，又是打电话，说金毛狗挺可爱的，你回来看看嘛！

华学敏的答复是：我看以后你就跟你的狗过吧！

什么意思，你是要离婚吗？

这可是你先说出来的。

让华学敏没想到的是，白燕明对他一点儿都不留恋，说离就离，现在谁离开谁都能过。她举了报社几个老姑娘的例子，说人家每个人都过得挺好的。白燕明开出的条件是：把房子和房子里的东西全部给我留下，你净身出户！

华学敏也很爽快，说，好，一言为定，明天咱就去签离婚协议，办离婚手续。

离婚后，华学敏拿出自己小金库里的积蓄，又贷了一部分款，很快买了一套二居室。他的目标是，尽快找一个新的老婆，让老婆给他生孩子。爸爸已经去世了，爸爸去世前对他说的一句话让他痛心不已，也自责不已。爸爸说的是：华学敏，你不孝！他在爸爸面前落的是不孝，不能再让妈妈说他不孝。房子是他的资产优势，副处级升为正处级，是他的地位优势，加上北京不缺女性资源，找一个新老婆应该不成问题。

为了适应新形势，华学敏采取了新的策略。他不急于和任何一位女性办结婚登记手续，先试验一下再说。这种办法类似先尝后买，尝了也不一定买。华学敏的目的很明确，试婚对象不论高低，不管胖瘦，谁怀了他的种，他就跟谁结婚。遗憾的是，华学敏试了一个又一个，其中有没结过婚的，有结过婚的，还有生过孩子的，没有一个试婚对象的子宫因他的努力而大起来。这是怎么回事，难道自己的生殖能力出了问题？只想到一点点，华学敏就不敢再想。他还要继续试下去。

2015 年 12 月 18 日至 2016 年元月 2 日（跨年度）

于北京和平里（此间去了深圳和大屯煤矿）

门面房

这是一座全高二十五层的居民楼，顶层为"白云居"，下面是地下室。最值钱的房子在一楼，因为一楼临街的房子都被做成了门面房，开成了商铺。居民楼分三个单元，东西全长不过一百多米。就在这个短短的尺度内，竟膀扛膀、肩比肩集中着十多家、将近二十家店铺。饭店、理发店、洗衣店、修脚店、美甲店、刺青店、鲜花店、杂货店、水果店、童装店，一手店、钓具店，还有小旅馆、麻将馆、地产中介服务中心等等，称得上五花八门，应有尽有。

草木有荣有枯，人有南来北往，这些店铺也不是一成不变。有的店铺变来变去，你方唱罢我登场，弄得楼上的居民都记不清店铺的历史了。比如有一家店铺，前年门楣上的招牌是阳澄湖大闸蟹，去年就变成长岛海参了。比如还有一家店铺，去年还在专营白水羊头，今年春天一装修，就易主易帜，变成了宠物狗美容店。有爱吃白水羊头那一口儿的顾客，在店铺门口瞅来瞅去，仍不甘心，到店里打听去了。他说，请问，这里原来不是卖白水羊头吗？

一位头戴护士帽、身穿白衣天使样服装的姑娘，正在为一只宠物狗梳妆打扮。姑娘把顾客瞥了一眼，对顾客有些不屑一顾，说原来是原来，现在是现在，原来早就跑远了，你把现在看清楚了再进来。顾客刚退出去，姑娘就赶紧用手在鼻子前扇风，说一身的膻气，难闻死了，老羊皮！

　　相对稳定的，是居民楼上的住户。这栋高层居民楼里住有多少人呢，大约有一千多人，将近两千人。单从人口数量上来讲，与一个较大的村庄人口大体相当。所不同的是，村庄里有院落，有水塘，占地面积要大一些。楼房是一层一层往上叠加，占地面积要小得多。村庄里可以养猪，养羊，养鸡，养鸭。楼房里除了可以养狗，别的什么家畜家禽都不让养。村庄里有祖辈相传的宗亲关系，所见不是叔叔，就是大爷；不是婶子，就是大娘，互相认识而且熟悉。楼房里的人，姓是百家姓，根是千条根，几乎谁都不认识谁。有的做隔壁邻居几十年，互相谁都没进过对方的家门，甚至连邻居姓什么都不知道。村庄里生了人，或死了人，都会放放炮，吹吹响器，造一些声势，举行一些仪式，以此向人们昭示，不管生人还是死人，都是大事，而不是小事；都是隆重的事，而不是无声无息的事。楼房里生人和死人都静悄悄的，仿佛来也无踪，去也无影。楼上住一位爱养鸟儿的老大爷，老大爷提着他的鸟笼，天天把鸟儿笼挂在小花园里的一棵龙爪槐上，教小鸟儿说人话。好久不见了小鸟儿，也不见了老大爷，偶尔有人问起来，才知道老大爷和小鸟儿都走了，都走了一年多了。尽管楼上的居民来自山南海北，甚至还有白皮肤和黑皮肤的外国人，尽管居民楼的里人同样有生，也有死，但比起一楼流水一样的商户，楼上拥有北京户口的人毕竟待得时间长一些。多数居民从楼房建成后搬进来，三十多年过去，新楼变成了老楼，年轻人变成了老年人，人都没有挪窝儿。

有一个叫敬吉东的人，跟着爸爸、妈妈，住在第十八层一套三居室的房子里。爸爸是他的亲爸爸，爸爸跟妈妈也很亲，妈妈却是他的后妈。他是从外地过来的，没有北京户口，在北京也没有居所，只能住在爸爸妈妈家里。他在外地结过婚，老婆跟他离婚后，他就只身一人来到了北京。刚到北京时，爸爸利用自己在职时攒下的人脉资源，在文化事业单位为他找到了一份工作。应该说工作相当不错，动动拖着老鼠尾巴一样的鼠标，坐着就把活儿干了。工作说起来很体面，薪酬也说得过去。只是呢，工作时间他老是在网上谈恋爱，谈一个，又一个，还把外地有的女网友约到北京来了。感觉上当的女网友，找到他供职的单位一闹腾，单位就把他辞退了。失去工作后，他一直没有再找工作，跟爸爸妈妈一块儿生活。爸爸妈妈的退休工资都不低，啃老够他啃的。他爸爸的岁数超过了八十，后妈离八十也不远了。名义上他是专职陪伴老人，照顾老人，实际上他是等着继承二位老人名下的房产。目前流动在北京的外地人口太多，长腿的人不值钱。最值钱的是不长腿的被称为固定资产的房子，一个人在北京干三年五年，挣的钱连买一间厕所大的面积都不够。而爸爸妈妈的这套三居室价钱已升至六百多万。乖乖，六百多万哪！拿他敬吉东来说，就算他还干着工作，就算他每月都能挣三千多块钱，连续干上一辈子，甚至两辈子，都挣不了这么多钱哪！敬吉东的算盘打的是，等把二位老人熬过世，等把房产继承下来，自己住一间，租出去两间，仅靠收取租金，日子就可以过得优哉游哉。当然了，作为房东，对租他房子的人，他必须有所选择。他要选择那些看上去比较面善的女孩子当他的房客，因为和女孩子打交道总是好打一些，有女孩子在屋里活动，气息和气氛也会好一些。敬吉东的打算还有另一套方案，把三环以内的这套房子卖掉，到六环外的顺义或怀柔买一套比较便宜点的房子，多余的钱除了存款吃利息，还可以买一辆汽车。到那时候，他，敬先生，有房，有钱，又有车，娶上一房太太，还不是手到擒来。那呀嗨，咿呀嗨，那个咿呀嗨，那个呼呼那个呼呼，那呀伊呀嗨！

剩下的就是时间问题。最强大、最可怕的是时间，谁都干不过时间，最终都会在时间面前低下头来，败下阵来。再过个三年五年，撑破大天了，七年八年，两位老人都得走。老人一走，他的打算即可付诸实施。他相信，对于房产的继承，不存在疑问，也不会出现纠纷。他爸爸只有他这么一个儿子。后妈没有生儿子，只生了一个闺女。后妈生的闺女先在德国留学，后来就嫁给了人高马大的德国人，成了德意志人的老婆。让时间过去，没有别的办法，只有等。俗话说，干慌不如老等。有一种叫鹭鸶的长腿鸟，外号就叫老等。老等长时间一动不动地站在水边，等小鱼小虾游过来，它伸嘴就把美食叼住了。等也不容易，等需要耐心。干慌的人就是缺乏耐心。敬吉东时常提醒自己：夕阳无限好，终归要落山。房子早晚是你的，世界早晚也是属于你的，你小子一定要耐心等待。

敬吉东从三十多岁来到北京，已在北京待了十多年，快接近半百的岁数了。刚进京时，他还是满头乌发。现在理发时对着镜子再看，万发丛中已经鬼鬼祟祟地出现少许白发。他悄悄有些叹气，在和平年代，人们的生活改善了，医疗条件好了，老人可真能活啊！

在一个地方住得时间长一些，敬吉东有机会到楼下的店铺走一走，看一看。那些店铺他差不多都进去过。他虽然不打算住旅馆，连那个小旅馆他都进去过。进了旅馆往下走，原来旅馆开在地下室。敬吉东问了问，在地下室的旅馆住一晚才一百块钱，恐怕这是全北京城最便宜的旅馆了。服务员问他住吗？他说他先看看，等家里来了客人，或许会介绍客人到这里住。把头的一家店铺，像是利用三居室改建的，面积稍大一些。里面的营业内容，先是美泉洗浴中心，再是含贝口腔医院，三是怡心茶社，四变就换成了一个超市。敬吉东与这四家店铺都打过交道，或者说店铺里的服务工作都给他留下了一些印象，回顾起来，颇有感慨。说走马灯也好，人间正道是沧桑也好，似乎都不尽意。

美　泉

美泉洗浴中心存在时，敬吉东是美泉的常客。美泉里面有淋浴，有汤池，有桑拿房，还有按摩。敬吉东喜欢泡澡，还喜欢蒸桑拿。有一回，他下到清碧的汤池里，在池中的按摩躺椅上伸展双腿，刚要眯上眼好好享受一会儿，忽觉下面有了屁意。仅仅为了放一个屁，不值得再跑到卫生间里去，把屁在水里放掉算了，在水中放屁，反正别人看不见，也听不见。于是，他稍稍用了一点力，把一个不算小的屁在水里放了出来。让他始料不及的是，屁刚放出，就变成气泡，从水面咕嘟咕嘟冒了出来。此情此景，让敬吉东不禁有些哑然。他还由此悟出一个哲理，看来水里是藏不住屁的。

341

在汤池里泡得差不多了，敬吉东就到木头桑拿房子里去蒸桑拿。高质量的、物质一样的热气迅速拥抱了他，只一会儿，他脑门上出汗了，脊梁板出汗了，大腿帮子出汗了，似乎连射精管里都出汗了，真他娘的痛快淋漓！是的，敬吉东感觉，出汗不只是新陈代谢，不只有排毒作用，还是一种发泄，这种发泄像射精一样痛快。一个男人要经常射精，不射精就憋得难受。同样的道理，人还要经常出汗，不出汗也不舒服。特别是到了冬天，敬吉东几乎每个星期都要到美泉蒸一次。爸妈家里虽然安有电热水器，也可以洗澡，但在家里洗澡与在美泉洗澡根本不可同日而语。好在美泉洗浴中心的门票并不贵，一张票才二十来块钱。那时敬吉东还工作着，这点消费对他来说不过小菜一碟。

敬吉东到美泉去得多了，连在男浴室看管衣柜的男服务生都认识他了，叫他敬老板。有一次，敬吉东洗完了澡，换上美泉提供的短裤、半袖衫休息用套装，正坐在覆有海绵、铺有白色浴巾的宽板几案上休息，服务生悄悄对他说：敬老板，去到包间做个按摩呗，按摩小姐挺年轻的，手法儿也不错。说着就坏笑起来。

敬吉东一听就明白了服务生的意思，说近水楼台先得月，你让小姐先给你做呗。

服务生说：我倒是想做呢，哪里做得起！

敬吉东问：做一个按摩多少钱？

服务生答：中式按摩六十八，泰式按摩九十八。

敬吉东说：不贵嘛，也就是一壶酒的价钱嘛！

敬吉东真的到包间做按摩去了。他懂得按摩房的规矩，不把小姐叫小姐，叫姑娘。他说姑娘，你给我做一个中式按摩就行了，中国人嘛，还是吃中国菜更对口味一些。姑娘说可以。姑娘把敬吉东的两条腿在按摩床上顺了顺，按住其中一条腿，自下而上往上按。从小腿按到大腿，姑娘说：老板，我们这里还有特殊服务呢！

什么特殊服务？

老板知道的。

我不知道。

姑娘笑了一下，说嘿，就是做爱呗！

我不搞特殊，只做一个中式按摩就行了。你要专心致志，不要三心二意。我看你技术还可以，力度把握得不错。

在大腿根儿那里，姑娘的手碰到了敬吉东的羞处。他的羞处真是不知害羞，竟不可遏止似的膨胀起来，把短裤的裤裆都支起了帐篷。

老板很厉害嘛！

敬吉东有些谦虚，说厉害什么！又说：你招惹它，让它怎么办？

那就做一个嘛！

做一个多少钱？

不多，就二百块钱。加上按摩费，一共才二百六十八块钱。

你自己能得多少？

一半吧。

一半太少了，你们老板真能剥削人。这样不行吗，咱们做了，你别让你们老板知道，我把二百块钱都给你自己。

恐怕不行。你同意做了，我还得到领班那里领保险套，一领保

343

险套，老板就知道了。

真麻烦，领什么保险套，不戴那玩意儿不行吗？

绝对不行！

敬吉东没能管住自己，最终还是把自己交给了按摩女。完事之后，敬吉东表示满意，说：咱俩有了这种事儿，就算有了缘分，我下次来还找你。他问了人家的号码是多少，把号码记下了。他还说：我下次来带一个保险套，咱们用自己的保险套。肥水不流外人田，干吗把钱交给别人呢！

再到美泉接受那个按摩女的按摩，敬吉东果然拿出了一只自备的保险套，还有二百块钱，执意按他的意见办。如果不按他的意见办，他就不做了。按摩女见敬吉东态度坚决，自己又能多挣钱，就同意了敬吉东的意见，二人开始以老公和老婆相称，并开始了秘密交易。

其实敬吉东做的是长线，做长线的目的，是为了省钱。用自备的保险套把那个按摩女套牢之后，他就不再付给人家二百块钱了，一次只给人家一百块钱。敬吉东暗暗有些得意，觉得这样挺好的。他没有老婆，这样等于在美泉找到了一个不用领结婚证的老婆。什么时候需要做那件男人要做的事，下楼到美泉就行了。

敬吉东的长线没能长时间做下去，他又一次到美泉点那个按摩女的号码时，被告知那个按摩女已经走了，不在美泉干了。敬吉东估计，他们的秘密交易有可能被美泉方面发现了，美泉的老板就把他的"老婆"辞退了。他妈的，真不像话！

夏天出汗容易些，敬吉东在整个夏天没有再到美泉蒸桑拿。然而到了秋风凉时再来看，美泉洗浴中心关张了。听人说，水涨价了，门面房的租金提高了，加上去美泉洗浴中心的人越来越少，"美泉"只好"干涸"。

含　贝

美泉洗浴中心关张后，经过重新装修，变成了含贝口腔医院。这家医院为私家所开，在北京有不少连锁店。口腔里有牙，有舌头，含贝主要是看牙，压住乱动的舌头看相对稳定的牙齿。含贝虽说也有洗的项目，但不是洗人的身体，而是洗牙。据说洗干瘦的牙齿比洗肥肥的人体贵多了，洗一次牙要花好几百块钱哪。听洗过牙的人讲，洗牙又是钻，又是磨，又是滋水，那是备受折磨，相当难受。敬吉东决不会去洗牙，就是打掉他的牙，他都不会去洗，一辈子都不会去洗。

路过含贝门口，透过落地的门玻璃，敬吉东不止一次向里面张望过。里面不是身穿白大褂的医生，就是治疗机器和治疗椅。含贝的色调是冷色的，机械化的，与美泉温暖热烈的气氛形成很大反差。这不能不让敬吉东怀念过去的美泉时代。

有一天，敬吉东在含贝门口稍作停留，一个像是负责接诊的护士开门迎了出来，说先生请进。敬吉东犹豫了一下，还是走了进去。敬吉东指了指头顶，说我就在你们上面住，我住第十八层。我住的是楼上十八层，可不是地下十八层。要是地下十八层，就成地狱了。

护士微笑着，没有接他的话。护士看着他的嘴，大概只关注他

345

的牙齿。护士好像对他住多少层不感兴趣，对他嘴里还有多少颗牙齿倒愿意数一数。

敬吉东接着说：这里原来是洗浴中心，中心里有汤池，还有桑拿浴，居民洗澡挺方便的。一改成含贝口腔，居民洗澡就不那么方便了。含贝是什么意思嘛？

护士没有回答是什么意思，继续看着他的嘴问：先生是不是要看牙？

敬吉东看了看护士嘴里的牙，护士的牙又细又白，对看牙的人来说确有招徕作用，让她当接诊员是合适的。他说：我先看看。

护士误会了他的意思，说那就先挂个号吧。

我的牙是有点儿疼，但疼得还不太厉害，等疼得厉害了再说吧。

患了牙病要早治，小洞不补，大洞一尺五，等疼得厉害了就晚了。

敬吉东觉得有些可笑，他的嘴张开都没有一尺五，牙的一尺五从何说起，未免太夸张了吧。他还是走了。

让敬吉东感到悲哀的是，过了一段时间，他有一颗牙齿真的疼得厉害起来，一疼一头汗，一疼两眼泪。不吃饭时还好些，一吃饭就疼得受不了。人说牙疼不算病，疼起来要了命，他算是深刻体会到了。无奈之际，他就近走进了含贝口腔。他捂着一边的腮帮，吸着牙，上来就问：拔一个牙多少钱？

还是那位长有一口好牙的接诊的护士说：先让大夫给您检查一下再说吧。我们的原则是，能不拔尽量不拔。

给他做检查的是一位女大夫，女大夫戴着大口罩，只露着眉眼。女大夫安排他在治疗椅上躺下，他难免联想起当初在这个地方接受"按摩"情景。女大夫虽然也是女的，眉眼也不错，却不是按摩女。他呢，也不再是接受"按摩"，而是接受检查和治疗。他发了一点感慨，说牙是最不讲情意的东西，你成天把它含在嘴里，一含就是几十年，吃硬的怕它硌着，吃软的怕它黏着，吃热的怕它烫着，吃冰的怕它凉着，它看你老了，就要离你而去。

大夫说：话不能这样说，它帮你咀嚼食物，还为你做过贡献呢！

检查的结果是，这颗牙的基础发生了病变，已经保不住了，最好拔掉它。

拔掉它多少钱？

二百元。

敬吉东又吸了一下牙。

大夫以为患者痛惜自己的牙，说没关系的，我们给您拔掉旧牙，可以为您种一颗新牙。我们含贝的种牙技术是世界先进水平。

种一颗牙多少钱呢？

八九千吧，不到一万。

谢谢，那就到此为止吧！

后来有好多次，已经丢掉工作的敬吉东，站在含贝口腔医院的墙角，见有人去含贝看牙，他就悄悄对人家说：千万不要在这里看牙，这里拔一个牙二百块，种一个牙一万块，宰人宰得特别厉害。现在医托儿很流行，而敬吉东的做法显然不是医托儿的所为，应该叫他医扒比较合适。

不知敬吉东的医扒行为起没起作用，反正到含贝口腔医院看病的人少而又少。与含贝口腔隔壁是一家足疗馆，足疗馆小小的，面积还不及含贝的四分之一。敬吉东注意到，进出足疗馆的顾客比进出含贝口腔的人还要多一些。足疗馆的灯光是粉红色，气氛有些神秘。进出足疗馆的人，似乎也有些神秘。结果含贝维持了不到一年，就被怡心茶社取代了。

怡　心

怡心茶社门楣上方的大幅招牌打出来之后，敬吉东像是取得了一个小小的胜利，什么含贝口腔，总算闭了口，总算迎来了新的商户。

敬吉东到怡心茶社去得多些，是怡心的常客。去怡心喝茶的人，差不多都能看到敬吉东，敬吉东几乎成了怡心茶社的半个主人。

他第一次走进怡心茶社时，茶社的女老板正坐在一张厚重的、用原木做成的茶案后面泡茶。女老板热情地跟他打招呼，欢迎光临，欢迎品茶！

敬吉东问：品茶要钱吗？

当然免费。

我是你们的邻居，就在楼上住。我姓敬，尊敬的敬。

噢，敬先生是地主，那以后就请敬先生多多关照喽！

好说好说！

敬吉东刚落座，茶博士一样的女老板就用一盏精致的瓷质茶杯给敬吉东倒了八分茶，放在敬吉东面前。

敬吉东说了谢谢，端起茶盏，没有马上就喝，说：走遍祖国大地，茶我还是懂一点的。他先是闻了闻，然后才品了一点点，说好茶，真正的铁观音。

女老板微笑了一下说：中国的茶文化博大精深，好茶还要高人品，看来敬先生是铁观音的知音。

知音不敢当。您还别说，我最爱喝的茶就是铁观音。把铁观音喝了两道，敬吉东提到：这里原来开的是一家口腔医院，专门拔牙，种牙。拔一颗牙二百，种一颗牙一万，贵得贼死。我和这里的居民联合起来，拒绝到这里看牙，同时反对他们继续把医院办下去，怎么样，没有了民意支持，他们只好收家伙走人。

在这里办茶社，大家不会反对吧？

当然不反对。不但不反对，还热烈欢迎。这里什么都不缺，就缺一个茶社。随后我和城管、派出所和居委会的朋友都说说，动员大家都来支持你们的生意。

那就太谢谢敬先生了！

女老板领着敬吉东把茶社参观了一遍。茶社的大厅宽敞明亮，厅里除了茶座、服务台、盆栽绿植，靠四面墙还摆放有多宝格和货架。多宝格上放的是各种茶具，货架上头放的是茶叶，茶具和茶叶都是可以出售的商品。往里走，有些曲径通幽的意思。幽处是一个个典雅的茶室，茶室里有沙发、茶几、瓶插干花，墙上还挂有字画。茶室的风格不尽相同，有茶马古道，也有小桥流水；有藤沙发、藤茶几，也有硬木八仙桌、太师椅。进得茶室，把门一关，在里面可以喝茶，打牌；可以谈生意，谈恋爱；还可以干别的。敬吉东一路参观，一路称赞，好，好，不错！

敬吉东也有分不清方位的地方，比如当年作美泉洗浴中心时开汤池的位置，他就吃不准了。比方说那个汤池是沧海，沧海在哪里呢？

反正闲着也是闲着，此后敬吉东天天到怡心去喝免费的茶，上午去了下午去，有时晚上也去。任何生意都需要人气，敬吉东在帮人家攒人气。他对怡心的茶赞不绝口，你说他是怡心的茶托儿，也不是不可以。

除了当茶托儿，敬吉东还给女老板出主意，建议茶社实行会员制，对会员的消费给予打折优惠。凡发展成会员的顾客，须持有会员卡。持有五百元一张会员卡的，每消费一次优惠百分之五；持有一千元会员卡的，每次优惠百分之十，依次类推，会员卡的价值越高，享受的优惠待遇就越多。女老板认为敬吉东的建议很不错，很快采纳了敬吉东的建议。敬吉东还亲自出马，找到几个相熟的人，让他们在怡心茶社办了会员卡。

这样一来，敬吉东等于为怡心做出了贡献，使得他更有理由、也更有资格到怡心喝茶。有时女老板外出，他就代行女老板的职务，指挥女服务员干这干那。他给原来所在地的熟人打电话，说他在北京开了一家茶馆，欢迎人家到北京喝茶。人家问他是不是发财了，他没有否认发财，说凑合吧。这年春节前，茶社送给他一套茶具，还送给他一盒好茶。他当即把茶具和茶提到爸爸妈妈面前，不惜编造假话说，他以创意得到了茶社的干股，这是茶社方面给他的报酬。

怡心茶社与房东签的租房合同是三年，敬吉东原以为，等三年合同期满后，怡心会再续三年，或再续五年。不料茶社只开了两年，茶社方面不惜赔给房东一定的违约金，说撤离就撤离了。敬吉东一再问女老板为什么。女老板是南方人，她说出的理由是，北京的生意不好做，赚不到钱。

女老板背后的大老板是女老板的姐夫，大老板仍在南方做生意，偶尔也会到北京的怡心茶社来。大老板每次来北京，都会看到敬吉东，对敬吉东的印象不好，很不好。还有一些话，女老板没对敬吉东说。敬吉东在茶室里对一个女服务员动手动脚，服务员向女老板哭诉过。

花　莲

北京的门面房都是寸土寸金之地，房东决不会让门面房闲置。怡心茶社消失不久，仅经过半个月时间的拆除和装修，一块名为花莲超市的大面积横幅招牌便赫然高悬起来。

敬吉东习惯了每天到怡心茶社喝茶，在花莲超市装修期间，他不知不觉就走到了那套门面房的门口。见里面被拆得乱七八糟，一片狼藉，他倍感失落。落花流水春去也，这个世界的变化真是太快了。怡心啊，我的怡心，你在哪里？

花莲超市开业那天，门口两侧各摆放了六只盛满鲜花的花篮。开业当天，整天无所事事的敬吉东就走了进去。超市里面被分割成四个营业区域。四个区域当中，除了超市摆放各类商品的货架所占面积大一些，其他三个区域占的地方都比较小。那三个区域里，有的卖蔬菜、水果；有的卖道口烧鸡；还有的在现场加工火烧、发面饼、煎饼果子等各类食品，现做现卖。

比起以前的美泉、含贝和怡心，花莲超市走的像是群众路线，顾客大大增多。超市货架的夹道里，你挨我，我碰你，几乎转不开身子。后面手里拿着东西的顾客说着劳驾，劳驾，过一下。前面的顾客说别催，别催，着急没用，我也过不去。

花莲的生意为什么这么火呢？因为开业第一周让利销售，每一样商品都比定价优惠百分之十。北京地面大，总是不断有新的店铺开业。钓鱼的人须抛诱饵，打窝子。新开业的店家也会采用抛诱饵的办法聚拢顾客。北京既然已进入老年人社会，老头老太太是很多的。他们平日闲得无事，除了乘坐免费的公交车东游西逛，就是互相打听哪里有新开业的店铺，哪里的商品有优惠。一旦得到准确消息，他们就会像鱼看到面包渣一样涌过去。不要以为京城的老头老太太们看不起小惠小利，逐利是人类的本能，谁都不会和利益作对。

敬吉东在超市里看了一遍，打算买一根黄瓜和两个西红柿。他自己不能挣钱，花钱只能是爸爸给他。爸爸每月一次性给他几百块钱零花钱，其中包括给家里买菜的钱。后妈从来不给他钱，他也决不会在后妈面前伸手。后妈从内心深处看不起他，甚至鄙薄他，他从后妈冷若冰霜的眼神里看得出来。他当然对后妈也没有好感，认为都是后妈撬了亲妈的行，才使得这个家四分五裂，变成了冷战的战场。他坚信，最终他一定会战胜后妈，因为他有年龄上的优势。我就不信你不死！这是他看见后妈冰冷的眼神常常涌到喉咙眼儿的话。这月爸爸当着后妈的面给他零花钱时，问他：你不是说你在怡心茶社入了干股嘛，作为股东，茶社每月给你多少分红？

敬吉东听出爸爸是在挖苦他，他说：茶社都倒闭了，茶都凉了，还分什么红！

按优惠价买完了黄瓜和西红柿，敬吉东接到爸爸的电话，说他妈被车撞着了。

敬吉东一听就很关心，问什么车撞的？严重不严重？

你不要问那么多了，你妈已被人送到了医院，你马上到医院去看她。现在正是用得着你的时候，你一定要好好表现。

您放心，没问题。

敬吉东把菜寄存在超市里，就骑着自行车向爸爸所说的那家医院赶去。路上他难免对后妈被撞的情况有所设想。一个上岁数的老太太，被疾驰的车撞了，后果不难想象。敬吉东一直有一个担心，担心爸爸先死，后妈后死。一般来说，两口子都是男人先死。加上爸爸比后妈大，爸爸的身体状况又不好，爸爸先死的可能性比较大。倘若爸爸死了，跟着后妈的日子会很难过。他跟后妈一点儿血缘关系都没有，说不定掌握了家政大权的后妈会把他从家里撵出来。要是后妈出了意外呢，一切都会朝着有利于他的方向转化。

敬吉东来到医院，见把后妈撞倒并把后妈送到医院的那个小伙子还在。小伙子开的不是什么汽车，是一辆电动自行车。小伙子在北京打工，为一家快餐店跑外卖。因他跑得比较着急，就把老人给撞了。小伙子讲，老人只是尾骨骨裂，伤势并不严重，现在正在治疗室治疗。

等后妈从治疗室出来，敬吉东马上到病床前看望。后妈闭着双眼，正躺在床上输液。敬吉东说：妈，妈，我是吉东。你需要什么，我马上去给您买。

后妈没有睁眼，没有看敬吉东，后妈说：嗯，我什么都不需要。又说：我需要清静。

尽管后妈说什么都不需要，敬吉东还是到花莲超市给后妈买了一箱"金典"牛奶。看样子，花莲超市短时间不会易主。他妈的，真没劲！

2016 年 2 月 15 日（正月初八）至 2 月 23 日（正月十六）

于北京小黄庄

市井小品

买斤切面赔人家

这是一家集约型超大市场，上下共七层。且不说地上六层，仅地下一层，里面的各类商品多得就够瞧的。这一层以卖食品为主，鸡鱼肉蛋，油盐酱醋，干果湿果，白菜萝卜，吃的喝的，应有尽有。拿肉类来说，除了没有人肉，什么肉几乎都有。拿鱼类来说，除了传说中的美人鱼，别的鱼随便捞，随便挑。再拿蔬菜来说，除了月球上种的菜暂时还没有，地球上生长的蔬菜差不多都能买到。

一位外地来的中年妇女，在其中租了一个摊位，卖自制的咸水鸭、酱鸭、卤鸭肝、酱肘子、凉拌肚丝等熟食。她每天凌晨三点钟起床，开始加工食品。市场八点钟开门营业，她七点半就从商户专用通道进来，提前出现在自己的摊位上。因她自制的食品有着独特的风味，光顾她的食品摊位的顾客不算少，她备下的食品差不多每天都能卖完。她生得干干净净，穿得也干干净净，手脚轻捷利索，一看就是一个不错的生意人。

这天中午时分，一位用塑料袋提着一点切面的老太太过来了，在中年妇女的摊位买了半只咸水鸭。妇女把咸水鸭在电子秤上称过，报了价钱，问老太太要不要切一下，拌一下？老太太说要的。妇女在木墩式砧板上手起刀落，把咸水鸭斩成不大不小的肉块，装进加厚的塑料袋里，放上蒜泥和香菜，并浇上自制的卤汁，递给老太太。老太太提着咸水鸭走了，却把自己刚才提过来的切面落在了摊位的台面上。等妇女发现了老太太落下的切面，欲告诉老太太时，已经看不见老太太了。买了东，忘了西，顾客落东西不算稀罕事。等顾客想起来，回头把东西取走就是了。妇女没有把切面收到柜台里面，只是把切面放到比较明显的位置，等那位老太太回来。

妇女正在给一位顾客称卤水豆腐皮，抬眼看见一位老太太走了过来，她说大妈，您买的切面落在这儿了。说着把切面提溜起来，递向老太太。

老太太像是犹豫了一下，接过切面，离开了。老太太没有对妇女说谢谢。

过了一会儿，那位在妇女这儿买过咸水鸭的老太太回来了，她问妇女：我买的切面忘在这儿了，你看见了吗？

咦，刚才那个老太太不是您吗，她把切面拿走了。

又不是她的切面，她凭什么要拿走！

我也不知道。

我多次在你这儿买东西，你应该记得我呀，怎么能让别人把我的东西拿走呢！

对不起，大妈，人一多，我也记不清了。

光说对不起可不行，我把切面落在你这儿，你不分张三李四，把切面给了别人，你是有责任。她大声对旁边摊位的摊主和一些围过来的顾客说：大家评评理，她是不是有责任？

大家评论得乱哄哄的，听不清评论的主要内容是什么。

老太太不依不饶：我家中午的计划是吃打卤面，你让人家把切面拿走，我们吃什么！

妇女问：您买的切面是多少？

一斤。

您等等。妇女随即到附近卖切面的地方买了一斤切面，赔给了老太太。

老太太接过切面，说这还差不多。

抽你个不要脸的老东西

元宵之夜，月亮很大，风也不小。

就是因为有风，才吹散了雾霾，使美丽的月亮露出了真容。

按规定，一年当中，从除夕到元宵可以燃放烟花爆竹。此后的大长一年，是龙你盘着，是屁你憋着，就不许再放了。元宵节是允许燃放烟花爆竹的最后一天，人们和烟花爆竹的表现都有些异乎寻常。人们的表现像是最后的疯狂，烟花爆竹的表现像是在集中释放最后的能量。天刚黑下来，月亮刚刚升起，千头万头一盘的鞭炮就不断响起，绚烂的烟花就开满了夜空。只不过，不管人世间的烟花爆竹燃放得多么热烈，都不能对明镜高悬般的月亮构成半点影响，月亮表情平静，无所喜，亦无所忧。也许在月亮看来，人类这种进化成两条腿行走的动物，就是爱玩儿，就是喜欢闹出点动静，他们爱怎么，就随他们去吧。

马路一侧的人行道上，一个女人和一个男人厮打在一起。那个女人嚷道：我叫你不要脸，我叫你不要脸，我抽扁你这个不要脸的老东西！女人一边嚷，一边举着巴掌，往男人脸上够。

男人也有两只手，男人的左手攥住了女人的左手腕，男人的右手招架着女人的右手，不让女人的手抽到他脸上。女人的巴掌抽过来，男人的巴掌一挡，女人的巴掌就抽在了男人的巴掌上。男人的巴掌大大的，面积跟人的脸也差不多。但巴掌毕竟不是人脸，巴掌抽在巴掌上，像是两个小孩子在玩"你拍一，我拍一"的游戏。男人说：哎，哎，别这样，这样不好，别人看见了笑话，有啥话咱回家去说。男人的声音压得低低的，像是怕被路过的人听到。

你还知道怕人笑话，怕人笑话你就不该乱搞人家的女人。我就是要把你干的丑事吆喝出来，看看你知道不知道丢人！

北京人多，街面上总是不断有人来往。有人出来放烟花，有人带着孩子打灯笼。也有人不愿自己花钱买烟花，喜欢到街头看别人放烟花。还有人用手机对着天空拍月亮，准备给月亮配上诗句，发到朋友圈里。他们看到一男一女在街边厮打，觉得这个景致也不错，纷纷围过来观看。

见有人围过来，男人像是有些急于摆脱女人的纠缠。他担心一不小心，女人的巴掌抽到他脸上。女人打架的特点是连抓带挠，女人抽到他脸上的同时，再在他脸上抓一下，抓出几道血口子，那就不好了。他说：我不跟你一般见识，该对你好，还对你好。你回家去吧，我在外面转一会儿。

有人大概看出了端倪，说：你们是两口子吧？大过节的，你们不好好在家里吃元宵，庆团圆，在这里掐什么架呀！

女人说：过节他也不消停，又跑出去给人家的老母猪搭圈子去了。那个老母猪就住在我们楼下。

趁老婆跟人家说话，对他有所放松，他把老婆推开，赶紧走掉了。他边快走边为自己开脱说：你们不要听她胡说。

往哪儿跑，你给我站住！老婆随即向男人追去。

围观的人还有一些疑问没解开，有人追着男人的老婆问：看样子你老伴儿年纪不小了吧？

他今年都七十三了。

问话的人笑了一下说：他都这么大岁数了，您对他还有什么不放心的。

不介，他吃药，他偷着吃药。

保卫垃圾

这是一座高层居民楼，居民入住该楼时，见楼内自上而下建有垃圾通道，通道在每层都留有一个倾倒垃圾的开口。居民倒垃圾不必下楼，掀开开口处的铁盖板，直接把垃圾倒进通道里就行了。把垃圾装进塑料袋里往通道里扔时，只听得稀里哗啦一阵响，好一阵子才听见垃圾包落地的声音。把垃圾放进土簸箕里往通道里倒呢，通道的抽风功能会把灰尘抽得返上来，人们躲避不及，会落得一鼻子灰。楼的最底层有一个容积不小的垃圾仓，每天一早一晚，清洁工会打开仓门，把垃圾拉出来弄走。

后来北京爆发了一场名叫"非典"的流行性传染病，为了强化公共卫生安全，堵塞疾病传染渠道，就把高层居民楼上下通气的垃圾道给封闭了。从那以后，居民再扔垃圾，只能把垃圾装进袋子里，乘电梯把大包小包的垃圾提溜到楼下，扔进摆放在门口的垃圾桶里。人们的生活千奇百怪，无所不包。垃圾作为人们生活的余料，内容同样复杂而丰富。其中有些垃圾仍有利用价值，可以拣出来卖钱。于是，捡破烂一族便应运而生。那些穿行在居民区以捡破烂为生的多是外地的女人，她们常常是，左手提着一只蛇皮塑料袋子，右手执一根铁钩子，每看见一个垃圾桶，就走过去，用铁钩子在垃圾桶里扒拉。使用铁钩子这种专用工具的好处是，因垃圾桶比较深，扒垃圾时，不用把桶放倒，人不必钻进垃圾桶里，就把可以卖钱的垃圾捡到了。

　　在这座楼第一单元的楼门口，放有绿、蓝、黑三只不同颜色的垃圾桶，意思是提醒居民，把垃圾分类分装，不同类别的垃圾分别扔进不同颜色的垃圾桶里。居民们哪里管这个，他们把不同的垃圾裹在一起，随便往哪个垃圾桶里一抛就完了。

　　有趣的是，垃圾桶旁边的一个水泥台子上，坐着一位七十多岁的老头儿，他一天到晚守着那几只垃圾桶，像是在保卫那些从各家各户拿出来的垃圾。老头儿坐的地方，既是单元楼门口的出口，也是地下室的出口。地下室出口一侧，是用水泥台子围起来的一个小小的花池。花池里没见种过花儿，只有泥土。坐在花池边水泥台子上的老头儿，显然不是花儿，也不是泥土。花儿比较好看，泥土比较沉默。老头儿既不好看，也不沉默。老头儿的目光有一些凶，样子像是一只看见猎物随时准备出击的鹰鹫。

一个捡破烂的妇女走了过来，老头儿说去去，到别的地方捡去！

为啥？

啥也不为，说不让捡，就是不让捡！

妇女伸头往垃圾桶里看了一眼。

看什么看！

怎么，连看看都不让看吗？

我怕你看到眼里拔不出来。

算你厉害。妇女只好走了。

老头儿不让别人捡，为的是自己捡，他实行的是垃圾垄断。老头儿对捡破烂颇有经验，也比较挑剔。看上去没什么货色的塑料包，他不会打开。旧鞋、破衣服、烂床垫、坏电器和食品一类的东西，他都不要。他只捡一些纸壳子、旧报纸、旧书本和易拉罐、矿泉水瓶子一类的东西。捡到废品，他临时堆放在身后的花池子里。到了傍晚，他把捡到的东西打捆，或放进一辆竹制的老式童车里，推到附近的废品收购点卖掉。

这天中午，老头儿回家吃饭离开了一会儿，回头见一个妇女正在垃圾桶里扒垃圾，并捡出了一个鞋盒子。老头儿大声质问：干什么呢？命妇女把鞋盒子放下。

妇女吓得愣住了。

我让你把东西放下，你听见没有？

妇女像是舍不得把拣到手的鞋盒子放回垃圾桶里去，说：这又不是你们家的东西，你为啥不让捡！

谁说不是我们家的东西，就是我们家的东西，我说不让你捡，你就不能捡。你放下不放下，不放下我让狗咬你！老头儿话音刚落，老头儿豢养的两只狗像是听到了指令，跑到妇女身边，冲着妇女叫起来。两只狗都是狐狸狗，个子都小小的。狐狸狗虽小，叫起来"抓抓"的，声音可不小，样子也有些凶。

有刚好下楼的居民见老头儿和捡破烂的妇女吵架，就站在旁边看。他们知道，这个居民小区原来是北京北郊的一个村庄，老头儿就是村庄里的一个村民。后来北京不断扩大，村庄拆掉，盖起了几座高楼，变成了居民小区。而老头儿是居民小区的回迁户，从村民变成了市民。老头儿没有工作，靠政府发的最低生活保障费生活，属于低保户。别看人家是低保户，却一下子养了两只狗。两只狐狸狗像是他的两个保镖，天天和他一块儿保卫垃圾。

捡破烂的妇女显然也是从外地的农村来的，她不是很害怕狗，但她怕狗仗人势，真的咬到她。要是她的腿被两只狗咬上一口两口，要是她得了疯狗病，那就糟了。于是，妇女狠狠地把鞋盒子扔回垃圾桶，走了。

老头儿获胜。

卖牛奶的老太太

卖牛奶呀——

卖牛奶呀——

每天下午四点来钟，便有一个叫卖牛奶的女声在这一带街区准时响起。不管是炎炎夏日，还是数九寒冬，不管是下大雪，还是刮大风，叫卖声从不间断。叫卖声高亢，嘹亮，穿透力相当强，连钢筋水泥墙都不可阻挡。叫卖声响起，方圆几里好几个社区的居民都听得见。有人评价过，有这么好的嗓音，卖牛奶真是瞎搭了，应该去当歌唱家才是。要是当歌唱家的话，起码应该是女高音。

及至看到卖牛奶者，人们一时没能把叫卖声和卖牛奶者对上号，不曾想卖牛奶的竟是一个满头白发的老太太。老太太把白发掖进一顶白色的卫生帽时，还是有白发从鬓角露了出来。看样子，老太太一定超过了七十岁，在向八十岁靠近。不过老太太脸膛红红的，气色还不错。老太太推来的平板三轮车，停放在一处十字街口的西北角，平板车上放着两只塑料盒子，盒子里放着袋装新鲜牛奶。老太太一边卖牛奶，一边不忘继续吆喝卖牛奶。正买牛奶的人，耳膜被震得吱吱响，他们确认，叫卖声的确是从这个老太太喉咙里发出来的，她的嗓子比金嗓子还金嗓子啊！

一个在附近的某杂志社当编辑的人，从自行车上下来，推着自行车来到老太太摆放牛奶的平板车前，要买两袋牛奶。他没有把自行车的支架支起来，放在路边，而是一手推着自行车，一手接老太太递过来的牛奶。他探着身子，伸手接老太太递给他的两袋牛奶时，觉得有两个人快速走过来，也是准备买牛奶的样子。两个人是一个男的，一个女的。女的从牛奶盒子里拿起一袋牛奶看了看，又放回到盒子里。

老太太说：买不买，不买不要乱摸！老太太的口气有些严厉。

你怎么知道我不买？

我知道你操的不是买牛奶的心！

就冲你这态度，我也不买你的牛奶。女的喊了一声，转身走了。那个男的也走了。

编辑把装进塑料袋的两袋牛奶放进自行车前面的车筐里，掏钱包给老太太付钱。他左肩上挎着一只草绿色的军用挎包，钱包就放在挎包里。他一掏没掏着，再掏没掏着，赶紧掀开挎包的盖子往挎包里瞅，还是没有。

老太太问：钱包找不着了吧？

我的钱包明明放在包里，怎么没有了呢！

你的挎包没系上扣儿吧？

挎包外侧有两根布带，布带下面分别有两个铁扣，把布带穿进铁扣里，才能把挎包的盖子扣上。编辑说，他是忘了系扣。又说，他平常都不系扣。

老太太说：小偷儿的眼尖着呢，谁不小心，他们就偷谁。

编辑突然想起来了，刚才那两个突然走近他的人非常可疑，那个男的好像还碰了他一下，他问老太太：刚才那两个人是不是小偷儿？

老太太没有肯定那两个人就是小偷儿，她说的是：没准儿。又说：他们老在附近转悠。

你既然知道他们是小偷儿，为啥不提醒我一下呢？

你没听见我吵那个女的吗！

编辑从老太太的话里判断出来了，老太太不但知道那两个人是小偷儿，还看见了小偷儿偷走了他的钱包而不加制止。这让编辑对老太太的看法很不好，觉得老太太太缺乏正义感，太缺乏见义勇为的勇气。他说：我钱包里不光有一千多块钱现金，还有身份证和银行卡，这一下全完了！

老太太又喊了一声卖牛奶呀，声音还是那么响亮。

编辑把两袋牛奶还给老太太，心想，以后再也不买这个老太太的牛奶了。

编辑和老太太同住一个居民小区，老太太是北京的老住户，编辑是外来户。过了一两年，某个星期天的下午，编辑下楼去买晚报，见老太太推着一辆儿童车，在小区的院子里一点一点挪动。儿童车里没有儿童，老太太显然是借助儿童车的支撑，在活动自己的身体。哦，怪不得好久没听见老太太高调叫卖牛奶的声音了，原来老太太生病了。看样子老太太病得还不轻，挪挪停停，每挪动一点都很吃重。编辑跟老太太打招呼：大妈，您这是怎么了？

老太太把编辑看了看，才说：我们家老头子死了，我也快不行了，该去爬烟筒了。

您还记得我吗？

老太太把编辑看了看，摇摇头说：不记得了。

您忘了，那次我买您的牛奶，小偷儿把我的钱包偷走了。

丢钱包的多了，我哪里记得住！依我说，这事儿也不能全怪小偷儿。

那怪谁呢？

怪你自己呗！

不是打的

深秋，风在吹，雨在下，树叶在飘落。这里是银杏一条街，明黄的银杏叶子落了一地。汽车一辆接一辆开过，碾在湿了雨水的银杏叶子上，把银杏叶子碾得黄浆浆的。

有一位上岁数的妇女，没有打雨伞，头上包着一块折成三角的紫色方巾。秋雨把她的三角巾淋湿了，衣服也湿得有些花搭。她站在路边的马路牙子上，低着头，右手举过头顶，像是要求发言，又像是要求打出租车。

一个出租车司机注意到了妇女的要求，把车靠边，在妇女面前停下。一般情况下，车一停，乘客就会拉开车门上车，或是坐在副驾驶的位置，或是坐在后面。可是，当车在妇女面前停稳后，妇女举着的手并没有放下来，没有立即上车的意思。妇女不但没有放下手，嘴里还不停地说着什么，似乎还有别的要求。司机听不清妇女的要求是什么，只得把左边的车窗摇下来，问妇女说什么。雨还在下，司机一把车窗打开，雨就涌了进来。

妇女说的是：我坚决不答应，一千个不答应，一万个不答应！

司机皱起眉头想了一下，像是明白了怎么回事，他骂了声神经病，把车开走了。没拉到生意，司机不太高兴，踩油门儿踩得有些猛，车启动时往前拱了一下。

妇女往前走了一段，停下了，保持着和刚才一样的姿势，继续着喋喋不休的言说。

天下着雨，又不是上下班时间，打车的人不是很多，马路上跑着的出租车大都是空车。跑空车赚不到钱，还要烧油，烧钱，这是出租车司机最着急的时候。这时司机会把车速放慢，两眼像猫头鹰搜寻老鼠一样搜寻路边的可能打车人。又一个急于拉活儿的司机对妇女的手势有所误解，把车在妇女身边停了下来。司机主动推开车门，请妇女上车，像是猫头鹰请老鼠上车。这次"猫头鹰"仍没有捉到"老鼠"，"老鼠"对"猫头鹰"的邀请似乎一点儿都不感兴趣。"猫头鹰"听见"老鼠"说的是：千万不要忘记阶级斗争，阶级斗争要年年讲，月月讲，天天讲。

司机骂了妇女一句，说讲你娘的腿！把车开走了。

有一个喜欢在业余时间摆弄小说的人，我们姑且称他为业余作者。业余作者家住银杏一条街附近，有雅兴看雨中银杏的落叶，他打着雨伞慢慢在街边走，边走边看景。他不像出租车司机那样，只盯着路边的人，他的视野比较开阔，比较从容，似乎还有一些审美性。不管看到什么，他都会想，这个细节说不定可以写进小说。银杏树上落银杏叶，也落银杏果，银杏果也叫白果。有两个老太太，在一棵树下捡白果，把捡到的白果放进手提着的塑料袋里。有一个年轻人，从街边的小酒馆里出来，拉开裤子前面的拉链，对着一棵银杏树的树根撒尿。年轻人满脸通红，一定是喝酒喝多了。当街撒尿，太不文明！业余作者想上前加以批评和制止，又一想，人喝醉了酒，就不是人了，就变成了魔鬼，魔鬼是惹不得的。一个身穿西式帽衫、手牵巨型金毛犬的男人走过来了。金毛犬走到刚才那个年轻人撒尿的地方，停下来对着树根闻。金毛犬的样子像是有些纳闷，仿佛在说：我以前在这里做过标记，谁把我的标记覆盖了呢！

狗的主人把拴狗的尼龙绳子拉了一下，说阿福，不要闻了，走了。阿福不甘心就走，它撩起了一条后腿，重新在树根上留下自己的标记，才走了。

业余作者不会忽视那个站在街边举着手说话的妇女，一看见那个妇女，一听见那个妇女说的莫名其妙的话，他马上把妇女和小说人物联系起来，顿时来了兴趣。他装作漫不经心地走到妇女旁边，装作看树上还没落尽的银杏叶子，耳朵在捕捉妇女所说的话。妇女语速很快，吐字也不是很清晰，但业余作者还是听出来了，妇女说的是：谁是我们的敌人，谁是我们的朋友，这个问题是革命的首要问题。凡是敌人反对的，我们就要拥护，凡是敌人拥护的，我们就要反对。业余作者也是过来人，他听出妇女的语言是"文革"语言。他判断，这个妇女定是在"文革"中受过伤害，精神受过刺激，所以妇女的语言和精神还停留在"文革"时代。他很想和这个妇女聊一聊，了解一下这个妇女受伤害的经历。他把妇女叫成这个师傅，请问师傅是哪个单位的？

妇女好像没有听见业余作者的问话，仍在自说自话。妇女似乎也不在意有没有听众，她的话只是说给自己听，也是说给历史听。

业余作者只得离妇女近一些，手中的雨伞几乎罩在妇女头顶，对妇女说：师傅，我请您喝茶怎么样，咱们找个地方聊聊。

妇女这次听到了业余作者的话，她的样子有些吃惊，还有些害怕，吓得脸都白了，她说：我不是反革命分子，我是可以教育好的子女。对我只能按人民内部矛盾对待，不能按敌我矛盾处理。说罢，逃离业余作者似的，穿过马路，向马路对面走去。

这么好的创作素材，业余作者不想轻易放弃。他也横穿马路，向那个妇女追去。他横穿马路时，刚好有一辆出租车开过来，司机紧急刹车，才没有撞到他。司机有些恼火，开窗骂了他一句。司机骂得很简捷，也很难听，前面是一个傻字，后面还有一个见不得字面的字。

2016 年 2 月 24 日至 29 日于北京小黄庄